国家社科基金项目"20世纪末中国民族文学的'文化寻根'现象研究"成果
（批准编号为10XZW039)

贵州民族大学学术著作出版基金资助

中国当代
少数民族文学的
文化寻根

杨红　著

中国社会科学出版社

图书在版编目（CIP）数据

中国当代少数民族文学的文化寻根/杨红著. —北京：中国社会科学出版社，2019.2

ISBN 978-7-5203-4018-2

Ⅰ.①中… Ⅱ.①杨… Ⅲ.①少数民族文学—文学研究—中国—当代 Ⅳ.①I207.9

中国版本图书馆 CIP 数据核字（2019）第 021894 号

出 版 人	赵剑英
责任编辑	郭晓鸿
特约编辑	孙　靓
责任校对	周　昊
责任印制	戴　宽

出　　版	中国社会科学出版社
社　　址	北京鼓楼西大街甲 158 号
邮　　编	100720
网　　址	http://www.csspw.cn
发 行 部	010-84083685
门 市 部	010-84029450
经　　销	新华书店及其他书店
印　　刷	北京明恒达印务有限公司
装　　订	廊坊市广阳区广增装订厂
版　　次	2019 年 2 月第 1 版
印　　次	2019 年 2 月第 1 次印刷
开　　本	710×1000　1/16
印　　张	24.75
插　　页	2
字　　数	327 千字
定　　价	99.00 元

凡购买中国社会科学出版社图书，如有质量问题请与本社营销中心联系调换
电话：010-84083683
版权所有　侵权必究

序　言

少数民族文学作品我读得不多，按说这方面没有发言权，杨红教授要我给她的《中国当代少数民族文学的文化寻根》这本书写序，我是犹疑的。可是20年前，杨红曾来北京大学进修，我是她的指导老师，这事也不好推辞。书稿大致读过，觉得还是挺有新意，也很受启发，就把一些想法写下来，供杨红和这本书的读者参考。

中国当代文学既然是"中国"的文学，理所当然就包括少数民族文学这一部分。可是现有各种"中国文学史"，都极少关注少数民族文学。这些年也有学者在呼吁突破既有的文学史版图，重构一种更加全面的"大文学史"，把少数民族文学也包括进去。实际上，这又很难落实。杨红教授多年来特别关注少数民族文学，发表过许多文章去讨论少数民族文学与整个中国文学的关系，她的这本书就是这方面研究心得的汇聚，虽然集中谈的是"寻根"这一话题，但也涉及如何处理中国当代文学史中的少数民族文学。杨红的研究是在探索和实践"大文学史"的可能性，为这种文学史的书写拓展了视野，做一些很实在的积累。这是非常有价值的。

杨红教授不是铺开来谈论整个少数民族文学，而是聚焦于"寻根"，从这一点入手，考察近二三十年来一些代表性的少数民族文学（主要还是汉语书写的）的样态与趋向。书中梳理了少数民族文学"文化寻根"这一现象产生的原因、背景和趋向，分析了"文化寻根"的内涵及艺术形式，以及和同时期主流文学"寻根"思潮的关系。书中比较细致探讨了"西藏新小说""民族志写作"和大凉山彝族现代诗群等现象，借此勾勒这些年少数民族文学创作的趋向，给人的印象颇深。

这些勾勒大致呈现了近二三十年来少数民族文学"寻根"现象的图景。这些图景是有深度的，是能引发某些问题思考的。因为杨红把少数民族文学"寻根"的现象，置放在20世纪中国文学的历史脉络中，审视少数民族文学与主流文学间的互动，以此把握少数民族文学"文化寻根"与中国文学"文化寻根"的共性与个性，彰显少数民族文学"文化寻根"的独异个性色彩。这种研究打破了少数民族文学与主流文学间的壁垒，改变了少数民族文学研究被隔离在自我封闭的系统内部进行的状态。这是一种方法论的突破。

该书讨论少数民族文学的"文化寻根"，却也提出一些重大的问题。

该书表明，在全球化趋势加剧的语境里，一些少数民族的母语在流失，传统的生活方式、宗教习俗与道德信仰等因与现代文化观念相背离而受到排斥。这是两难的：一方面要发展，要跟上现代化，要融入一体化的世界，这是大势所趋；另一方面，却很难避免民族的地域的文化被消融和同化，最终走向衰亡。电视普及到哪里，铁路修到哪里，哪里的自身文化就会被侵蚀而衰落，这是事实。少数民族文学的作家是那样深刻地感受着民族文化被侵蚀的痛楚与文化濒临消亡的危机，他们以文学的方式勇敢地担负起民族文化血脉传承的重任，以"返回"的姿态，发掘、审视民族自身文化的资源，这本身就是一种可贵的承担。很多"寻根"其实就是在"重述历史"。这是全球化时代里对少数民族"文化创伤"的一种修复与建构。少数民族文学的"寻根"总是伴随着锥心之痛，往往就会唱出文化的"挽歌"，也是这一类文学里最动人的情愫。因传统逝去而产生的失落之痛感，不过是挣扎与无奈，那令人黯然神伤的非主流情绪还不一定是"正确"的，但文学感人的力量往往又来自这些哀伤与无奈。"寻根文学"的价值不只是作为一种文化史、精神史的记录，也在于这种不可复制的文化失落之痛——转化为审美的、可触动不同时代人类心灵的悲剧性的"痛"。

杨红的研究有意无意在提供某种警示：全球化也好，社会的迅猛变革与发展也好，从一定的角度去评判，当然是合法的、进步的、势在必行的，但若从文化的角度看，却又未必。人类在这个问题上也可能有盲区，就像生态的灾难往往是由人类自身的过度索取所造成却又可能无力自拔那样。文学虽然无力，有时也可以提供某些"陌生化"的警示。这本著作还在提示一种"理想"：强势文化挤压弱势文化，弱势文化很自然也会努力保持自身的合法性。在异质文化彼此的碰撞中，双方的关系既是对抗的，也应当是相互吸纳的。理想的状态应当是，文化的变革创造，不是简单地放手让弱势文化完全被强势文化所同化和吞并，也不是让弱势文化总处于和强势文化对抗的旋涡，做好是超越两者本身，以达到一种相互制约、相互沟通和共同发展的状态。虽然这种"理想"在少数民族文学"寻根"过程中表现并不突出，却也留给读者许多思考的空间。

杨红是一位年轻的学者，她这本书还有些不成熟之处，部分有过多搬运理论知识之嫌。但又是生机勃勃的，她的问题意识比许多论述更加引人深思。这也是我乐于写序推荐的理由。

最后，我想引用书中提到的一位大凉山诗人的话来结束。这位诗人说："我想通过我的诗，让更多的人来了解我的民族，了解我的民族的生存状态。我的民族的生活，是这个世界人类生活的一个部分，我想用诗去表现我的民族的历史和生活，去揭示我的民族所蕴含的人类的命运。我的梦想是力图通过再现我的民族的生活，去表达对和平的热爱，对不同文化的尊重，对人的权利神圣不可侵犯原则的坚守。"

这也是我看重这本书，乐于推荐这本书的理由。

温儒敏

2018 年 6 月 19 日

于京西褐石园

目　　录

导　论 …………………………………………………………… 1
 一　中国文学"文化寻根"的出场 ……………………………… 1
 二　少数民族文学"文化寻根"研究的缘起 …………………… 6
 三　少数民族文学"文化寻根"的研究内容与方法 …………… 9

第一章　新中国少数民族文学 ………………………………… 14
 一　民族与少数民族概念 ……………………………………… 14
 二　当代少数民族保障制度的建构 …………………………… 20
 三　"少数民族文学"的发生 ………………………………… 36
 四　国家认同与新中国少数民族文学 ………………………… 47
 五　民族认同与新中国少数民族文学 ………………………… 62

第二章　20世纪80年代中国少数民族文学的"文化寻根" ………… 78
 一　文化热的兴起 ……………………………………………… 79
 二　拉美魔幻现实主义的影响 ………………………………… 91

1

三　文化书写初现端倪 …………………………………………… 101
　　四　"寻根文学"思潮与少数民族文学的"文化寻根" ………… 114
　　五　形式主义倡导下的艺术探索 ………………………………… 125

第三章　20世纪90年代中国少数民族文学的"文化寻根" … 131
　　一　全球化与20世纪90年代的中国 …………………………… 131
　　二　后殖民主义与"文化寻根" ………………………………… 140
　　三　民族历史的建构 ……………………………………………… 148
　　四　多元文化语境的现代性反思 ………………………………… 155
　　五　民族性与人类性契合的追求 ………………………………… 164
　　六　少数民族女作家的双重话语表述 …………………………… 174

第四章　"西藏新小说"与藏族作家的文学书写 ……………… 187
　　一　"西藏新小说"的兴起与界定 ……………………………… 187
　　二　"西藏新小说"与《西藏文学》 …………………………… 192
　　三　"西藏新小说"藏族作家文学书写的本土化追求 ………… 204
　　四　"西藏新小说"藏族作家文学书写的现代主义追求 ……… 214

第五章　大凉山彝族现代诗群的文化想象 ……………………… 227
　　一　凉山彝族的文化生态 ………………………………………… 231
　　二　新时期四川民间诗歌运动 …………………………………… 242
　　三　文化回归的渴盼 ……………………………………………… 248
　　四　文化焦虑的表达 ……………………………………………… 274
　　五　文化重构的追求 ……………………………………………… 289

第六章　少数民族文学的民族志写作 ……………………… 312
一　人类学的"文学转向" ………………………………… 313
二　文学的"人类学转向" ………………………………… 318
三　"地方性知识"的呈现 ………………………………… 338
四　"深描"手法的运用 …………………………………… 347

结语　少数民族文学"文化寻根"的价值 ………………… 360
参考文献 ……………………………………………………… 371
后　记 ………………………………………………………… 384

导　论

　　所谓"文化寻根",是指人类对其祖先、族群、国家、语言、宗教等基础文化结构进行追根溯源的一种认同与追思。作为一种文化现象,"文化寻根"是一种世界性现象。20世纪以来,西方社会出现了"黑色风暴""凯尔特复兴""女神复兴""东方转向"[①]等现象,这被称为西方的"文化寻根",它们是西方社会对现代性的一种自我反思。而20世纪末中国文学兴起了"文化寻根"的潮流,它是全球化语境下中华民族文化认同意识走向自觉的表现,是中华文化实现现代转型、中华民族走向自立自强的追求。

一　中国文学"文化寻根"的出场

　　从1840年起,西方的入侵使中国陷入了危机四伏且激烈动荡的时代。为此,无数知识精英们不断地探索中国如何走向独立与富强。探索之路上,无

---

① 叶舒宪:《现代性危机与文化寻根》,山东教育出版社2009年版,第3—4页。

论是主张"师夷之长技以制夷"的洋务运动，或是改良政治体制的戊戌变法，还是彻底推翻封建君主制的辛亥革命，乃至强调文化启蒙的"五四"新文化运动，向西方学习是其核心。特别是"五四"新文化运动提出反封建的主张，同时主张学习西方文化，不仅学习西方先进的科学技术，更强调学习西方的"科学"与"民主"，为此开启了全面以西方话语为主导的思想启蒙与文化启蒙，也开启了文化激进主义的传统。

在提倡向西方学习的时代主潮中，部分知识分子却充满对中国文化如何向现代转型的忧虑。20世纪20年代初梁启超、梁漱溟等倡导的"新儒学"兴起，他们批评近代以来中国的日趋西化，尤其对"五四"新文化运动反传统的西化主张进行犀利批评，提出弘扬中国传统文化的理念。另外，以吴宓、梅光迪为代表的"学衡派"和以章士钊为代表的后期"甲寅派"，也主张回归中国传统文化。"新儒学""学衡派"及后期"甲寅派"的出现开启了文化保守主义传统。此后，在中国走向"现代"的历史进程中，知识分子对未来国家的文化建构常有两种话语表述，一种是文化保守主义，另一种是文化激进主义。文化保守主义肯定传统文化的优势，主张以"返本开新"的方式实现民族国家的现代化；文化激进主义则否定传统文化，主张以革命方式重新建立新的社会文化秩序。文化保守主义与文化激进主义是知识分子在现代化进程中形成的如何处理"西学"与"中学"、"传统"与"现代"、"本土"与"外来"关系的两种态度。

中华人民共和国成立后，由于极"左"意识形态影响，切断了晚清以来中国知识分子对国家现代化之路的多重想象，包括回归传统与学习西方的文化想象。此后，中国开启"一体化"的现代历程，阶级文化成为该时期最为显著的文化特征。直到20世纪80年代，思想的解放与国门的打开，文化保守主义与文化激进主义又成为主导20世纪80年代思想领域的重要图谱。"文革"结束后，从噩梦中醒来的知识分子拉开批判的帷幕，猛烈地抨击旧体制，并逐步从制度批判走向中国传统文化反思。反思传统文化的同时，他们希望通过学习西方文化来改变中国，使中国快速地走向现代。而且，知识分子不满足于学习西方技术，极力主张学习西方一切制度文化，包括经济制度、政治制度和文化制度等。可以说，文化激进主义是20世纪80年代中国思潮中的重要一极。当然，其时的中国思想中还存在另一极，那就是文化保守主义。季羡林、汤一介等创办的中国文化书院是倡导回归中国传统文化的最早套索。此外，以杜维明、余英时为代表的第三代新儒学的传入也有力地促进了中国文化保守主义的发展。20世纪80年代，文化保守主义虽未占据主流位置，但在国内一些领域产生了影响，在电影、美术、音乐乃至文学等领域掀起了强调挖掘本土文化的"文化寻根"潮流。学者叶舒宪曾描述20世纪80年代"文化寻根"的普遍性："我们在学院派学者的民俗文化研究热潮（如傩文化）和非学院派非科班的学者萧兵、何光岳的上古文化研究著作中；在影片《黄土地》《红高粱》《菊豆》的凝重镜头画面里；在画家罗中立的《父亲》和巴荒的西藏风情油画系列中；在以董克俊、尹光中为首的美术流派'贵州现象'中；在民间美术发掘家靳之林、乔晓光等收集的抓髻娃娃和剪纸造型中；在作曲家瞿小松、谭盾等融合边远异族风格的音乐曲调中；甚至在当今如雨后春笋般涌现的民俗文化村景观和各类新建'古迹'上；在徒步暴走族的新疆沙漠旅行和藏地探险游热潮中；都可以依稀感受到文化寻根作为心理情结或作为一种激情的存在和跃动。"① 而在20世纪80年代宽泛的"文化寻根"潮流中，文学领域的"文化寻根"影响力最为显著。

文学领域的"文化寻根"如何出场？新中国成立初的30年里，政治意识形态对文学的强力控制，造成文坛一片萧瑟。20世纪70年代末，随着中国社会变革的启动，文学领域重现曙光，先后出现"伤痕文学""反思文学""改

---

① 叶舒宪：《现代性危机与文化寻根》，山东教育出版社2009年版，第207—208页。

革文学"等文学潮流。但无论是"伤痕""反思"或"改革",都为典型的"即时性"主题,其将文学视为政治意识形态工具的思维定式仍没改变。历史惯性虽在延续,但改变历史的力量正从各种裂缝中迸发。就文学领域而言,一种突破政治意识形态束缚的冲动正在滋生,那就是试图用文化书写改变政治书写一统天下的局面。最早开始文化寻根的先行者是汪曾祺,他在1982年发表小说《受戒》,该作品摆脱了文学与政治的唱和关系,着力展现民间社会自由自在的文化精神。同时,鄂温克作家乌热尔图也开启了对自我民族文化的书写。随后,邓友梅、冯骥才、陆文夫、林斤澜等相继推出展示地域文化的文化风俗小说。1982年前后,朦胧诗派代表诗人杨炼创作了《诺日郎》《半坡》《西藏》等组诗。"这些作品或者在对历史遗迹的吟赞中探询历史的深层内涵,或者借用民俗题材歌颂远古文明的生命力,或者通过对传统文化的想象来构筑人生和宇宙融为一体的理念世界。"[①] 无论诗歌或小说,都滋生出"文化寻根"苗头。20世纪80年代初期,这些具有"文化寻根"倾向的文学作品的出现,为后来"寻根文学"思潮的兴起作了重要铺垫。

20世纪80年代中期出现的"寻根文学"思潮是文学领域"文化寻根"现象的主要构成部分。1984年12月,《上海文学》杂志社与杭州《西湖》杂志社联合在杭州召开会议,会上许多青年作家和评论家谈论了文学创作中初现的"文化寻根"。1985年,韩少功发表《文学的"根"》一文,率先举起"寻根"大旗。接着,阿城、李杭育、郑万隆、郑义等人阐述"文化寻根"的理论文章相继出炉。在理论引导下,系列体现"文化寻根"理念的文学作品也陆续出现,如韩少功的《爸爸爸》、李杭育的《最后一个渔老儿》、郑义的《老井》等。理论文章与文学作品的互相援引使得"寻根文学"思潮勃然兴起。同时,一批少数民族作家也加入"文化寻根"的行列,如扎西达娃、

---

① 陈思和:《当代文学史》,复旦大学出版社1999年版,第278页。

色波、吉狄马加、张承志等，他们自觉地书写母族文化。

　　进入20世纪90年代，随着全球化趋势加剧，人们尤为重视如何在文化日趋同质化的全球化语境里保持自我。为此，文化保守主义逐渐从20世纪80年代的边缘向中心靠近。"寻根文学"思潮作为一种文学潮流，虽在20世纪80年代后期结束，但在全球化及国内保守主义思潮逐渐占据主流的背景下，"寻根文学"思潮影响力依然存在。许多作家自觉延续"寻根文学"思潮倡导回归本土文化的理念，先后推出众多体现本土文化思考及美学风格的文学作品，如莫言的《丰乳肥臀》、阿来的《尘埃落定》、韩少功的《马桥词典》、陈忠实的《白鹿原》、贾平凹的《秦腔》等。为了区别20世纪80年代中期的"寻根文学"，人们把80年代之后体现"文化寻根"意识的文学作品统称为"后寻根文学"。"寻根文学"开启了人们对本土文化的关注，而"后寻根文学"继续沿着文化寻根之路前行，且更深入地审视中国本土文化。"寻根文学"或"后寻根文学"，它们都具有共同的精神肌理，强调以现代意识审视中国本土文化，既寻找传统文化的精髓，又批判传统文化的糟粕；既有本土意识，又有国际视野；既有明快、简约、古典的传统美学神韵，又不拒绝魔幻、象征、隐喻、变形等西方现代主义艺术手法。总之，"寻根文学"与"后寻根文学"都致力于追求以现代意识重铸民族文化的自我。正是在此意义上，"寻根文学"与"后寻根文学"可视为"进步的回退"，而不是简单的"复古"。"寻根文学"与"后寻根文学"共同构筑了20世纪末中国文学的"文化寻根"。

　　20世纪末中国文学的"文化寻根"是在西方这个巨大"他者"映衬之下，重新寻找自我的一种努力。它以"返回"的姿态，发掘、审视与反思中华民族传统文化，力图从中华民族传统文化中寻找契合现代性发展的有效资源。采用传承中创新、创新中传承的方式重新建构中国文学乃至中国文化。所以说，20世纪末中国文学的"文化寻根"是中国文化自身的一种现代性重构。在中国现代化进程中，中国文学的"文化寻根"是中国走向世界的前提与保证。

二 少数民族文学"文化寻根"研究的缘起

20世纪末中国文学的"文化寻根"是当代文学的重要现象，其中少数民族文学"文化寻根"又是中国文学"文化寻根"的代表。少数民族文学创作涉及汉语创作与少数民族母语创作两种类型，这里所言的少数民族文学"文化寻根"，主要是指20世纪末以来少数民族作家用汉语写作的致力于本民族文化认同与追思的文学作品。

本书以少数民族文学"文化寻根"作为研究对象，主要源于两个原因。

首先，与长期以来少数民族文学"文化寻根"被忽视的现实境遇相关。

少数民族文学"文化寻根"是中国文学"文化寻根"的代表，也是中国文学的重要生力军。但长期以来少数民族文学"文化寻根"却处于主流文学研究的视野之外。为何如此，原因有二。第一，与少数民族文学的历史位置相关。少数民族文学是新中国成立后，中国是在多民族构成的国家框架之下建构起来的。少数民族文学是指具有少数民族身份的作家创作的文学，包括口头文学与书面文学。书面文学又包括母语写作与汉语写作。由于少数民族大多数没有自己的文字，所以口头文学传统较为发达。而就书面文学而言，除了藏族、彝族、维吾尔族、朝鲜族等有自己的书面文学之外，许多少数民族因没有文字从而没有书面文学。中华人民共和国建立后，少数民族的书面文学开始发展，尤其是少数民族作家的汉语写作得以迅速发展，涌现出蒙古族作家玛拉沁夫的《茫茫的草原》、彝族作家李乔的《欢笑的金沙江》等作品。但大多数少数民族作家的汉语写作因起步较晚,与有几千年历史的汉语文学相比有一定差距。第二,与早期少数民族文学丧失文化个性相关。新中国成立后推行了系列民族政策以实现民族平等,其中民族识别的开展使得少数民族作家的民族身份获得了合法性,作家的民族身份认同意识也由此萌发。但由于当时主流意识形态对国家认同意识的过度强调,使得少数民族作家强烈的公民意识遮蔽了他们的民族身份意识,因此少数民族作家几乎不具有自觉的民族文化认同感,这在创作中表现为缺少对自身民族性文化的关注,从而丧失了自我的文化个性。丧失了文化根性或者说丧失了自身文化传统滋养的少数民族文学变得与其他中国文学一样,这也必然注定其遭遇被忽略的处境。

进入20世纪80年代,在解放思想、改革开放的大背景下,长期遭受搁置的民族政策得到恢复,以拉美魔幻现实主义为代表的外来文艺思潮传入,国内以汉族作家为主体的"寻根文学"思潮的影响等诸多因素,少数民族作家曾经萌发的民族身份认同意识逐渐觉醒,因此关注本民族文化、自觉地吸收本民族文化为创作资源,成为少数民族作家创作的重要倾向,少数民族文学由此逐渐获得鲜明的文化个性。此时期,涌现出了乌热尔图、吉狄马加、张承志、霍达、蔡测海、董秀英等具有"文化寻根"倾向的优秀作家。他们或挖掘民族精神美的传统,或批判民族精神的劣根性,或表达文化碰撞的困惑与迷茫。少数民族作家由书写政治转向书写文化的开始,也是少数民族作家启动"文化寻根"的开始。20世纪90年代以后,随着全球化趋势的加剧及后殖民文化理论在中国的传播,少数民族作家的民族身份认同意识更为自觉,他们以强烈的文化危机意识表达文化一体化趋势下的文化焦虑,他们自觉地建构族群文化以抵御外来文化对本民族文化的同化,他们反思现代性的危机,他们也致力于追求民族性与人类性的融合,这些创作的合力推动着少数民族文学的"文化寻根"不断地向纵深处与宽阔处发展。可以说,20世纪末以来少数民族文学"文化寻根"呈现出了一片繁荣的景象。它不仅展现了中华民族大家庭中各民族丰富多彩的文化传统,也记录了在文化碰撞与交融的时代里各少数民族的思想与情感,这是对中国文学的重大贡献。但由于历史的惯性,使得人们对20世纪80年代以后日趋繁荣的少数民族文学,包括少数民族文学的"文化寻根"现象依然视而不见。因此,本书将少数民族文学的"文化寻根"作为研究对象,期望通过研究改变中国少数民族文学一直以来被忽略、被遮蔽的生存处境。

其次,与少数民族文学"文化寻根"的独异性相关。

少数民族文学"文化寻根"是中国文学"文化寻根"的构成部分,它与主流文学的"文化寻根"一样,表现出对传统文化的回望与关注,而且这种关注强调以现代意识审视传统文化,还注重文学艺术形式的探索。所以,无论是来自主流文学界的韩少功,还是来自少数民族作家群体的扎西达娃,他们的创作都鲜明地体现了文化意识、现代意识与形式探索意识的结合。但同时,少数民族文学的"文化寻根"具有鲜明的独异性。一是表现为文化传统的独异性。在"文化寻根"的潮流中,主流文学的"文化寻根"侧重于对中国传统文化(儒、释、道)、地域文化、民间文化之根的寻找;少数民族文学的"文化寻根"则侧重于对少数民族文化之根的寻找,中华民族内部每一个少数民族自身都有着悠久的文化传统,这必然决定了少数民族文学文化表述的独特性。二是表现为文化危机意识的强烈性。随着全球化的到来,少数民族文学的"文化寻根"体现的文化危机感远胜出主流文学的"文化寻根"。因为,以汉族作家为主体的主流文学界面临的文化同化的压力主要源于西方文化的强势进入;而对于少数民族作家而言,全球化带来的文化同化的压力不仅源于西方文化的强势进入,还源于汉文化的强势进入。少数民族作家所体验到的倍于汉族作家的文化危机意识渗透进他们的文学创作中,使其作品有着强烈的文化回归的渴望、强烈的文化焦虑,也有着强烈的建构或重构族群文化的冲动。这些情感体验在吉狄马加、沙马、阿库乌雾、乌热尔图、张承志、潘年英等作家的作品里都有着充分的表述。可以说，少数民族文学的"文化寻根"作为中国文学"文化寻根"的构成部分，它与主流文学"文化寻根"有着内在的同一性，但也有着显著的差异性。本书通过对少数民族文学的"文化寻根"尤其是个案的研究，展现"文化寻根"的不同路径，从而彰显少数民族文学的"文化寻根"的差异性或者独异性，以此丰富少数民族文学的"文化寻根"乃至中国文学的"文化寻根"的多元图谱。

为了改变少数民族文学"文化寻根"在中国文学研究中被忽略与遮蔽的现状，为了彰显少数民族文学与主流文学"文化寻根"的差异性以及贡献，故本书选择其为研究对象。

三 少数民族文学"文化寻根"的研究内容与方法

本书将少数民族文学"文化寻根"置放在20世纪末中国文学大背景下，围绕少数民族文学"文化寻根"与主流文学"文化寻根"的同一性与差异性进行研究，阐述少数民族文学"文化寻根"如何发生，阐述其发展的历史脉络及代表性作家群体的创作，以此呈现被遮蔽的文学图景，使中国文学的"文化寻根"乃至中国文学的面貌更为完整。

（一）研究内容

少数民族文学的"文化寻根"现象的研究内容主要包括三个部分。

第一，探究少数民族文学"文化寻根"发生的前历史。

中华人民共和国建立初期，随着少数民族、少数民族文学以及少数民族文学制度的建构，出现了一种以族别身份命名的文学——少数民族文学。作为一种新建构的文学形态，少数民族文学在新中国成立初呈现为欣欣向荣的局面。但由于政治意识形态对文学的过度干扰，追求符合政治意识形态要求的文学表达成为作家首要的创作目标。对于少数民族作家而言，致力于国家认同的建构是新中国成立初期政治意识形态对少数民族作家的主要要求，因此表达对新中国、新社会及中国共产党领导的强烈认同与强调民族团结是少数民族文学的重要主题。与此同时，由于新中国成立初期对国家认同的突出强调，少数民族作家的民族身份认同意识处于压抑状态。只有零星少数民族作家的文学创作表达了一定的民族身份认同意识，如老舍的《正红旗下》、玛拉沁夫的《茫茫的草原》。可以说，新中国成立初期少数民族文学缺失文化根性的现状是少数民族文学"文化寻根"发生的前背景。

第二，阐述少数民族文学"文化寻根"发展的历史轨迹。

20世纪80年代，随着中国社会的开放，少数民族一直被压抑的民族身份认同意识逐渐觉醒，少数民族文学的文化根性逐渐得以展示。20世纪80年代是中国文学的"文化寻根"发生的年代，也是其部分之一——少数民族文学"文化寻根"发生的年代。20世纪80年代的文化热是促使"文化寻根"发生的因素之一，此时期西方文化大量传入中国，而传统文化悄然复苏，文化激进主义与文化保守主义相互激荡，使得传统文化进入文学书写的视野。还有，20世纪80年代拉美魔幻现实主义是促推动"文化寻根"产生的因素之二。拉美魔幻现实主义那种立足本土又放眼西方的创作思路启发了中国作家的文学创作，让他们发现、挖掘脚下土地有走向世界的可能，这使得"文化寻根"成为一种文学选择。在诸多因素推动下，中国文学"文化寻根"形成了，少数民族文学"文化寻根"也不例外。1985年前后，主流文学界发起"寻根文学"思潮，其对少数民族文化的倡导，激发了少数民族作家的文化自信。如果说之前，少数民族作家"文化寻根"还显得犹犹豫豫，那么"寻根文学"思潮发生后，少数民族作家"文化寻根"显得较为自觉，涌现了扎西达娃

《西藏，系在皮绳扣上的魂》《西藏隐秘岁月》、吉狄马加《自画像》等"文化寻根"的经典作品。可以说，20世纪80年代是中国少数民族文学"文化寻根"的开创时期。进入20世纪90年代以后，全球化进程的加剧，少数民族文化与汉文化乃至西方文化的碰撞也更为激烈，少数民族作家担忧本民族文化即将消亡的文化危机感趋于强化，这使得少数民族文学"文化寻根"相对主流文学"文化寻根"显得尤为急切。同时，后殖民主义理论的传入，其对中心文化的解构以及对少数文化、边缘文化的关注，进一步强化了少数民族作家的文化认同感，为此少数民族作家们"文化寻根"更为自觉。所以，全球化与后殖民主义理论的传播，有力地推进了少数民族文学"文化寻根"向纵深与广阔拓展。此时期，更多体现"文化寻根"倾向的经典之作问世，如阿来的《尘埃落定》《大地的阶梯》、张承志的《心灵史》、央珍的《无性别的神》、潘年英的"文学人类学"三部曲、阿库乌雾的系列诗作等。

第三，选取少数民族文学"文化寻根"中三个代表性个案作为研究对象。将它们置于20世纪末开阔的历史背景下，详尽地剖析少数民族文学"文化寻根"的具体路径、内涵以及艺术形式探索等，以此展现少数民族文学"文化寻根"的丰富性与复杂性及中国文学"文化寻根"的多样性。藏族作家的"西藏新小说"文学书写是少数民族文学"文化寻根"的第一个研究个案。"西藏新小说"是新时期一个重要的汉语小说流派，推出了马原、扎西达娃等优秀作家。其中以扎西达娃、色波为代表的藏族作家的汉语创作是"西藏新小说"的核心，其创作体现了鲜明的"文化寻根"倾向。本书以"西藏新小说"中藏族作家群体的汉语创作为研究对象，阐述以扎西达娃、色波为代表的藏族作家如何进行"文化寻根"。西藏新小说藏族作家的文学书写，一方面致力于本土文化的挖掘，另一方面着力于现代性的追求，他们试图探索一条能更好地将本土化与现代性相结合的"文化寻根"之路。藏族作家开创了一条具有明确路径指向的"文化寻根"之路。

大凉山彝族现代诗群是少数民族文学"文化寻根"的第二个研究个案。大凉山彝族现代诗群是20世纪八九十年代形成的以彝族文化为根脉创作现代汉诗的诗人群落。大凉山彝族现代诗群是一个具有鲜明的"文化寻根"意识的诗歌群体,他们用汉语诗歌深情地表达对"故土"的眷念与怀想,以此寄予了对母族文化的怀念;他们还用汉语诗歌抒发全球化时代强势文化对于位于弱势地位的母族文化的侵蚀而引发的焦虑情怀。这些都是大凉山彝族现代诗群的诗人们追寻彝族文化之根脉的表现。但大凉山彝族现代诗群的"文化寻根"不是"返回",他们在回顾文化之根时又积极地谋求母族文化的重构与创新,在内涵表达上执着地追求民族性与人类性的融合;在形式探索上,力图将母语文化嵌入汉语书写中创造"第二母语"与"第二汉语"。大凉山彝族现代诗群是少数民族"文化寻根"文学中具有独特"寻根"路径的汉语诗歌群体。

少数民族文学的民族志写作是少数民族文学"文化寻根"的第三个研究个案。在少数民族文学"文化寻根"潮流中,部分少数民族作家在寻民族文化之根时有意识地接受人类学的思想、观念与方法的影响,体现出民族志写作倾向。笔者称之为少数民族文学的民族志写作现象。少数民族文学的民族志写作源于20世纪以来文学与人类学两门学科之间的良性互动,即人类学的"文学转向"与文学的"人类学转向"的发生,这是少数民族文学的民族志写作出现的基础。20世纪末,随着全球化趋势的加剧,使得那些有着自觉的民族认同意识的少数民族作家们切实地感知到少数民族文化在全球化语境中的弱势地位,以及可能走向消亡的命运。深重的文化危机意识使得部分少数民族作家,如阿来、张承志、潘年英等选择走进田野的方式,近距离地接触母族文化;他们以深描的手法呈现大量的地方性知识,以此唤起人们的文化记忆,或是实现文化的自我审视,以此实现少数民族文化的保护、传承与创新。少数民族文学的民族志写作展示了不同于其他寻根路径的另一条路径。

（二）研究方法

对少数民族文学"文化寻根"的研究，本书采用了三种方法。

第一，采取了点面结合的研究方法。一方面着力勾勒少数民族文学"文化寻根"的总体面貌，包括少数民族文学"文化寻根"现象发生的前背景、少数民族文学"文化寻根"发展的历史轨迹，以此清晰呈现少数民族"文化寻根"发生、发展的概况；另一方面选取少数民族文学"文化寻根"中三个代表性的文学现象作为研究个案，对其展开深入研究，尤其重点阐述其寻根之脉络。这三个个案分别是"西藏新小说"中藏族作家的文学书写、大凉山彝族现代诗群、少数民族文学的民族志写作。

第二，将少数民族文学的研究置于20世纪中国文学的广阔背景中进行研究。长期以来，由于少数民族文学的边缘地位以及二元对立的思维方式，少数民族文学研究被隔离在自我封闭的系统内部进行，从而造成了少数民族文学研究与主流文学研究之间互不了解，形成彼此间较深的隔阂。笔者力图打破少数民族文学研究与主流文学研究间的壁垒，将少数民族文学"文化寻根"置于20世纪中国文学的历史图景里，以开阔视野审视少数民族文学与主流文学间的互动，以此把握少数民族文学"文化寻根"与中国文学"文化寻根"的共性与个性，彰显少数民族文学"文化寻根"的独异个性色彩。

第三，采用文本细读法。在少数民族文学"文化寻根"个案研究中，采用了文本细读法。无论是"西藏新小说"中藏族作家的小说，或是凉山彝族现代诗歌，或是少数民族文学的民族志写作，笔者认真细读文本，从文本中去体悟作家们的寻根意向，并结合少数民族作家的历史文化背景与创作的时代背景阐述文本，尤其把握不同研究个案开展"文化寻根"的不同路径，以此丰富少数民族文学"文化寻根"的图谱。

第一章　新中国少数民族文学

　　这里所言的新中国少数民族文学是指中华人民共和国建立初期少数民族作家创作的汉语文学，时间范畴为从1949年至20世纪70年代末。在新中国成立后近30年的时间里，少数民族文学是如何建构起来的，它究竟是什么样的面貌，这些问题是我们了解少数民族文学"文化寻根"之所以形成的重要背景。

一　民族与少数民族概念

　　研究成果显示，"民族"一词的起源可追溯到汉代。汉代郑玄（127—200）在《礼记注疏》中说："大夫不得特立宗社，与民族居，百家以上，则共立一社，今时里社是也。"① 这里出现了"民族"两个字，但其只是前后连缀，还不是一个名词。有学者认为"民族"一词最早见于唐代李筌的《太白

---

① （清）孙希旦：《礼记集解》，中华书局1989年版，第1201页。

阴经》（又名《神机制敌太白阴经》）序言：

> 太古之时，人不识其父，蒙如婴儿。夏则居巢，冬则居穴，与鹿豕游处。圣人以神任四时，合万物于无形，而神知之矣。过此以往，非神不足以见天地之心，非心不足以知胜败之术。夫心术者，上尊三皇，成五帝。贤人得之以霸四海，王九州；智人得之以守封疆，挫强敌；愚人得之以倾宗社，灭民族。故君子得之固穷，小人得之倾命。是以兵家之所秘而不可妄传，否则殃及九族。臣今所著《太白阴经》，其奇谋诡道，论心术则流于残忍，以为不如此则兵不能振。故藏诸名山石室间。承帝命欲备清览，敢昧死以进。①

此处的"宗社"与"民族"是相对应的，为并列结构，可理解为"社稷"与"民众"，而"灭民族"可理解为"灭国亡族"。由此可知，这里的"民族"一词虽不具有现代民族的含义，但它不是近代的舶来品，而是本土词汇，且此处被认为是"民族"一词的最早出处。还有学者认为，"民族"一词最早出现于公元6世纪，见于《南齐书》：

> 舟以济川，车以征陆。佛起于戎，岂非戎俗素恶邪（耶）？道出于华，岂非华风本善邪（耶）？今华风既变，恶同戎狄，佛来破之，良有以矣。佛道实贵，故戒业可遵；戎俗实贱，故言貌可弃。今诸华士女，民族弗革，而露首偏踞，滥用夷礼，云于剪落之徒，全是胡人，国有旧风，法不可变。②

此段意在强调国家原有风俗不要轻易改变，这里的"民族"与"夷"相对，实指中原的汉人，这样的含义明显不同于当下用以指称某共同体的"民

---

① （唐）李筌：《神机制敌太白阴经·序》，清咸丰四年（1854）长恩书室丛书本，第1页。
② （南朝齐）萧子显：《南齐书》，中华书局点校本1972年版，第934页。

族"的意义。可以说，现代"民族"的含义是伴随着"民族主义"话语而出现的，就如学者指出"只有有了民族主义的观念，中国传统的文化民族主义才可能发展出现代西方意义上的'种族'或'民族'观念"①。

19世纪末，"民族"的现代含义逐渐产生。1840年之前的中国，因其强大的国力和延续几千年而生机勃勃的华夏文明而雄踞东亚，信奉天下主义。但西方的坚船利炮击溃了国人的天下主义，许多志士仁人在同西方列强的交往中意识到"自我"与"他者"。1882年，王韬在《洋务在用其所长》一文中，首次用"民族"一词区分中国与外国的人群，"夫我中国乃天下至大之国也，幅员辽阔。民族殷繁，物产饶富，苟能一旦奋发自雄，天下当莫与颉颃？"②"民族"概念虽不清晰，但已经开始具有西方"民族—国家"理论的影子。1894年的甲午海战后，国家日益破败，严复的《天演论》从达尔文的生物进化论出发提出"保国""保种"的口号，反对排满论。在此，严复传递出一种世界民族之间互相竞争的族群观念，使国人意识到内部"合群"的重要性。紧接着，梁启超开始用"民族—国家"理论思考严复提出的"保国保种"与"合群"的问题。1898年梁启超流亡日本期间，逐渐认识到民族主义对于16世纪以来欧洲发达及世界进步的意义。1903年，梁启超在《政治学大家伯伦知理之学说》一文里，介绍瑞士—德国政治理论家伯伦知理的民族观念：

> 伯氏以为，学者往往以国民与民族混为一谈，是瞀见也。彼乃下民族之界说曰：民族者，民俗沿革所生之结果也。民族最要之特质有八：①其始也同居于一地（非同居不能同族也。后此则或同一民族而分居各地，或异族而杂处一地，此言其朔耳）；②其始也同一血统（久之则吸纳

---

① 刘大先：《现代中国与少数民族文学》，中国社会科学出版社2013年版，第5页。
② （清）王韬：《弢园文录外编》第3卷，中州古籍出版社1998年版，第143页。

他族互相同化，则不同血统而同一民族者有之）；③同其肢体形状；④同其语言；⑤同其文字；⑥同其宗教；⑦同其风俗；⑧同其生计。有此八者，则不识不知之间，自与他族日相隔阂，造成一特别之团体之固有之特质，以传诸其子孙，是之谓民族。①

伯伦知理的民族定义是"民族—国家"理论学说的一部分，梁启超力图用该民族定义团结大清臣民而振兴中华。此后，梁启超结合中国的历史实情与文化传统继续探讨"民族"概念，"民族"概念也由此在中国流行起来，并打上西方文化影响的烙印。

孙中山关于民族的"五力"定义是中华人民共和国建立前最有影响力的概念，"我们研究许多不同的人种，所以能结合成种种相同民族的道理，自然不能不归于血统、生活、语言、宗教和风俗习惯，这五种力是天然进化而成，不能是征服得来的"②。这成了中华民国官方定义的"民族"概念。新中国成立后，由于深受苏联社会模式影响，斯大林关于"民族"的概念在很长时期里也被作为标准。斯大林认为，"民族是人们在历史上形成的具有共同语言、共同地域、共同的经济生活和表现于共同文化上的共同心理素质的稳定的共同体"③。可以说，这是马克思主义关于"民族"概念的第一次明确表述。直到 20 世纪末，学者开始突破斯大林的民族定义，在中国传统的民族概念与近代民族概念基础上构建新的学说，最有代表性的是费孝通先生提出的"中华民族的多元一体格局"。1988 年在香港中文大学参加学术会议期间，费孝通发表了产生重大影响的《中华民族多元一体格局》一文，阐述对"中华民族多元一体"的理解，"我把中华民族这个词用来指现在中国疆域里具有民族认同的 11 亿人民。它所包含的 50 多个民族单位是多元的，中华民族是一体，它

---

① 《梁启超全集》第 4 卷，北京出版社 1999 年版，第 1067—1068 页。
② 《孙中山选集》，人民出版社 1981 年版，第 620—621 页。
③ 《斯大林全集》第 2 卷，人民出版社 1953 年版，第 294 页。

们虽则都是'民族',但层次不同"①。这里指出了"中华民族"的两层含义:第一,中华民族是一个自觉的民族实体,形成于中国漫长的历史进程之中;第二,中华民族包含中国境内五十六个民族,具有多元性。费孝通的"中华民族的多元一体格局"是在新的历史背景下对"民族"概念的新型阐释,有利于增进各民族平等,促进国家统一与团结。进入21世纪,有学者提出"族群"概念,主张用"族群"取代"民族",认为前者的文化色彩浓厚,而后者的政治意味鲜明,持此种观点的有马戎、庞中英等;用有学者反对"族群"一词取代"民族",持这种观点的有阮西湖、朱伦等。至今,虽然学术争论不断,但"民族"这一称谓仍处于主流位置。通过上述对"民族"概念进行考古式的梳理,可以发现"民族"概念是随着社会与历史的发展而变化的,或者说凸显了"民族"这一概念的建构性。

那"少数民族"这一概念又是如何建构的?"少数民族"的概念,在不同的国家与地区有不同的界定,它是一个具有多重含义的概念。据学者考证,"少数民族"这一词语最早出现在1924年孙中山组织制定的国民党第一次代表大会宣言中:

> 辛亥以后,满洲宰制政策既已摧残无余,则国内诸民族宜可得平等之结合,国民党之民族主义所要求者即在于此。然不幸而中国之政府乃为专制余孽之军阀所盘踞,中国旧日之帝国主义死灰不免复燃,于是国内诸民族因以有杌陧不安之象,遂使少数民族疑国民党之主张亦非诚意。故今后国民党为求民族主义之贯彻,当得国内诸民族之谅解,时时晓示其在中国国民革命运动中之共同利益。②

---

① 费孝通主编:《中华民族多元一体格局》(修订本),中央民族大学出版社1999年版,第3页。
② 《孙中山全集》第9卷,中华书局1986年版,第119页。

这里言及"少数民族",其含义已与当下相近,即指中国境内人口较少的民族。中国共产党关于"少数民族"这一名称的使用,最早出现于1926年《中共中央关于西北军工作给刘伯坚的信》:"冯(玉祥)军在甘肃,对回民须有适当的政策,不损害这少数民族在政治上、经济上的生存权利。"① 这封信第一次提出了少数民族的权利问题。1928年,中国共产党第六次全国代表大会通过了《关于民族问题的决议案》,该议案指出"中国境内少数民族的问题(北部之蒙古、回族、满族、高丽人、福建之台湾人,以及南部苗黎等原始民族,新疆和西藏)对于革命有重大的意义"②。此后,中国共产党相关文件中经常出现"少数民族"称谓,同时也兼有"小民族""落后民族"与"弱小民族"等称谓。中国共产党在长征与解放战争期间,与各民族的交往和合作日趋密切,于是逐渐形成了具有自己特色的少数民族政策。新中国成立后,"少数民族"这个词被广泛地运用于党和国家的各种文献之中。1949年9月《共同纲领》制定完成,其中出现"少数民族"一词。此后,中国宪法提出了"少数民族"概念并规定了少数民族的权利。经中央人民政府的批准,1986年国家民委对"少数民族"这一词语在中国语境中的具体含义作出了解释:

  1. 这个称谓是一个在人口多寡上与汉族相对应的数量概念,在我国不带有歧视少数民族或民族不平等的含义。2. 这个称谓作为除汉族以外其他各民族的统称,我党自1926年开始使用,至今已有60年的历史,早已约定俗成,为全国各民族干部、群众所接受。但是"少数民族"的称谓,在西方国家语境,是带有受歧视、被统治的含义。因此,在国际

---

① 中央档案馆编:《中共中央文件选集》第2册,中共中央党校出版社1991年版,第459页。
② 中共中央统一战线工作部文献研究室编:《新时期统一战线文献选编》(续编),中共中央党校出版社1997年版,第20页。

交往中使用这个称谓，容易引起误解，需要加以解释。①

国家民委对"少数民族"概念进行了颇有权威意味的解释，明确指出该概念是长期以来形成的一种习惯性称谓，且为中国各民族普遍接受，尤其强调"少数民族"概念本身不带有任何民族歧视的含义。20世纪50年代中期，经过民族识别之后，"少数民族"的含义得到明确，特指中国疆域范围内除了汉族之外的其他55个民族的群体。这是"少数民族"概念特有的中国含义。

二 当代少数民族保障制度的建构

自古以来，中国就是一个统一的多民族国家。公元前221年，秦朝建立了第一个统一的多民族的中央集权国家。那时广西与云南等少数民族地区已纳入秦朝的版图。公元前206年汉朝建立，汉朝同样为一个多民族的中央集权国家。汉朝统辖的领土更为广阔，它在秦朝版图基础上向西拓展，将西域（今甘肃敦煌以西地区的总称）纳入其中。汉朝还在西域设置了都护府，增设了十七郡统辖周边的各民族。由于汉朝与周边各少数民族的交往较为频繁，所以各少数民族就用汉族来称呼汉朝人（也称华夏族），由此形成了世界上人口最多的一个民族。中国作为一个统一的多民族国家，在经历了秦朝的开创与汉朝的发展之后最终得以建立。秦汉之后，中国统一的多民族国家格局被后来的历代中央政权继续拓展与壮大。而且，中国历史上各个朝代的中央政权有汉族建立的政权，也有少数民族建立的政权，真正地体现了多民族性。

---

① 中共中央统一战线工作部文献研究室编：《新时期统一战线文献选编》（续编），中共中央党校出版社1997年版，第21页。

第一章　新中国少数民族文学

作为一个统一的多民族国家，如何处理中央政权与各民族之间的关系，这是一个不可回避的问题。中国的发展史中，历代政权都有一套处理民族事务的政策和制度。汉代与唐代实施和亲制度，中央政权通过与周边少数民族政权首领通婚以保持友好关系。西汉的王昭君出塞、唐代的文成公主入藏等都是和亲制度的产物。公元13世纪，元朝在南方少数民族聚居区设置了土官制度。该制度任命少数民族首领担任并世袭地方行政长官，以管理地方。公元17世纪，清朝也实施了系列民族政策，如在西藏地区建立由中央政府册封的达赖与班禅两大活佛制度；在西南民族地区实行"改土归流"制度，即要求少数民族地区行政长官必须由中央政府委派的外地官员担任。纵观中国古代，无论是汉族还是少数民族建立的政权，无论实施什么样的民族政策或制度，都没能改变民族歧视与民族压迫严重的状况。进入19世纪中后期，在内忧外患的危机中中国社会开始了现代民族国家的想象与建构。

中国是一个多民族国家的历史事实，决定了任何一种民族国家的建构都必须直面多民族存在的事实。有学者指出"汉族和其他民族的关系，或者说汉族以外的其他民族与国家的关系，成为现代民族国家建构无法绕开的问题"①。民国政权建立初期，孙中山在《临时大总统宣言书》中提出"五族共和"原则，即为"国家之本，在于人民。合汉、满、蒙、回、藏诸地为一国，即合汉、满、蒙、回、藏诸族为一人，是曰民族之统一"②。这里，孙中山以强调汉族、蒙古族、藏族、满族、回族各民族是国家主人的表述，将各民族置于平等地位，体现了各民族平等的理念。同时，民国时期制定的《中华民国临时约法》还明文规定"中华民国人民，一律平等，无种族、阶级、宗教之区别"③。这是中国历史上第一次以国家法形式承认各民族的平等地位。然

---

① 李晓峰、刘大先：《中华多民族文学史观及相关问题研究》，中国社会科学出版社2012年版，第157页。
② 《孙中山全集》第2卷，中华书局1982年版，第2页。
③ 同上书，第220页。

而，由于中华民国临时政府存在时间较短，各民族平等的原则更多停留于理论倡导层面，并未贯彻于具体的社会实践之中。此后，蒋介石领导的国民政府提出了中华民族一元理论，作为国家民族政策的理论依据。中华民族一元理论认为中华民族是中国不同的宗族由异而渐趋于同，最终形成的单一的民族。"就民族的成长历史来说：我们的中华民族是多数宗族融合而成的。"①这里用"宗族"概念取代中国国内各民族的存在。可以说，国民政府提出的"中华民族"概念是指汉化为汉人的全体，这与中华人民共和国提出的中华民族是由五十六个民族构成的"民族"截然不同。中国共产党建立以来，始终在探索如何建立适应中国国情的民族政策与制度。在中华人民共和国成立后，随之启动建构一套处理国家内部多民族关系的民族政策与制度。这些民族政策与制度包括坚持各民族平等原则、实施民族区域自治制度、开展民族识别活动等。

（一）坚持各民族平等原则

中国共产党建立以来一直致力于建构体现各民族平等的制度。民族平等，是指中国各民族的社会地位一律平等，在国家与社会生活中依法享有相同的权利，也承担相同的义务。在很长的历史时期里，中国各民族间的不平等相当严重。辛亥革命后，孙中山主持制定了《中华民国临时约法》，第一次规定了民族的平等。此后，国民党政府也先后制定了若干有关民族平等的规定，但大多数政策流于形式，民族歧视与民族压迫较为严重。中国共产党建立以来始终坚持民族平等，且把其作为处理国内民族问题的一项基本原则。1931年11月，《关于中国境内少数民族问题的决议案》在第一次中华苏维埃代表大会上获得通过，其中规定了散居在汉族占多数地区的少数民族与汉族一律平等，"亦须和汉族劳动人民一律平等，享有法律上的一切权利和义务，不得

---

① 蒋介石：《中国之命运》，正中书局1943年版，第2页。

加以任何限制与民族歧视"①。1934年1月召开的中华苏维埃第二次代表大会又通过了《中华苏维埃共和国宪法大纲》，它进一步指出"凡十六岁以上工农兵劳苦群众不分男女种族皆享有选举权和被选举权"②。这里言及的"种族"就是指"民族"，而且中华苏维埃共和国还提出了各民族在选举权与被选举权上一律平等，这是中国共产党民族平等政策的重大发展和进步。

1949年9月《共同纲领》明确规定："中华人民共和国境内各民族，均有平等的权利和义务。"③并把中华人民共和国境内各民族一律平等确定为民族政策的基本原则。1954年9月，我国第一部宪法诞生，宣布"中华人民共和国各民族一律平等，国家保障各少数民族的合法权利和利益，维护和发展各民族的平等、团结、互助关系。禁止对任何民族的歧视和压迫，禁止破坏各民族团结的行为"④。同时，国家相关的法律与法规，将宪法规定的体现各民族一律平等的原则进一步细化，如有以下规定：

> 各民族公民不分民族、种族、宗教信仰，都同样地享有选举权和被选举权；各民族公民的人身自由和人格尊严不受侵犯；各民族公民都有宗教信仰自由的权利；各民族公民都有接受教育的权利；各民族公民都有使用和发展本民族语言文字的权利；各民族公民都有言论、出版、集会、结社、游行、示威的自由；各民族公民都有从事科学研究、文学艺术创作和其他文化活动的权利；各民族公民都有劳动、休息和丧失劳动能力时从国家和社会获得物质帮助的权利；各民族公民都有对国家机关和国家工作人员提出批评和建议的权利；各民族公民都有保持或改革自己风俗习惯的自由等等。⑤

---

① 中共中央统战部编：《民族问题文献汇编》，中共中央党校出版社1991年版，第165页。
② 同上书，第166页。
③ 同上书，第173页。
④ 同上书，第175页，
⑤ 《中国少数民族政策及其实践》，《国务院公报》2000年第3期。

中国共产党在理论上确定了中国各民族一律平等的法律地位。

马克思主义的民族平等理论认为世界各民族都是平等的，这是对各民族绝对平等的强调。但同时又意识到各民族之间由于自然条件、历史变迁、生产方式、文化特征等诸多不同，必然造成其在政治、经济、文化发展上的显著差距，从而使各族人民之间存在"事实上的不平等"。为了让处于弱势地位的民族从"形式上的平等"过渡到"事实上的平等"，要求无条件地保护一切少数民族的权利，并以立法的形式给予保障。在我国，由于各民族社会形态的起点与社会发展状况各不相同，尤其是少数民族与汉族的社会发展状况具有一定差异性，这必然导致他们行使平等权利的行为能力有差距。因此，若仅仅停留在简单地奉行各民族一律平等的原则，而缺少其他的制度保障，那各民族在现实生活中存在的差距就不可能得以消弭，从而真正意义上的民族平等也不可能实现。新中国成立后，国家根据中国各民族之间的现实差距，制定了一系列保障少数民族与汉族真正平等的少数民族优惠政策。少数民族优惠政策，是指"国家针对特定的民族或族群所采取的优待政策，获得这种待遇的资格是特定的民族或族群身份"[1]。新中国成立后，国家建构了系列真正实现各民族一律平等的少数民族优惠政策，对发展滞后的少数民族在一定程度上给予权益上的特殊照顾与权利上的特别保护，以保证真正地实现各民族的一律平等。

新中国建立初期，我国少数民族优惠政策的制定理念是实现各民族"事实上的平等"，具体措施包括政治、经济、文化、教育等层面。政治方面，实行少数民族干部政策。1950年11月国家颁布了《培养少数民族干部试行方案》，明确提出如何培养各少数民族干部的政策，以及如何选拔少数民族干部的方针。同时，该"方案"提出建立中央民族学院及其他地方民族学院等高

---

[1] 关凯：《族群政治》，中央民族大学出版社2007年版，第104页。

等学校，以此专门培养高素质的少数民族干部人才。在推行民族区域自治进程中，又提出了"自治机关民族化"的政策。大量培养和选拔少数民族干部就是自治机关民族化的标志。在经济方面，国家给予少数民族地区一定程度的财政补助。此外，国家还特意设立多项专项补助。比如，"从1955年起，在少数民族地区专门设立'民族地区补助费'；1964年又在少数民族地区设立'民族地区机动金'专项资金"①。这些专项经费资助增加了少数民族地区的财政经费。教育方面，国家制定了系列扶持少数民族教育发展，尤其是加大少数民族人才培养的制度。如制定少数民族学生在高等学校招生中享有一定特殊优惠的政策。1950年教育部在文件中专门提出对少数民族考生进行从宽录取的政策，这是实行少数民族考生降分录取的开始。"1956年教育部印发了《关于高等学校优先录取少数民族学生事宜》的通知，规定'少数民族学生达到最低录取分数线后可优先录取'。"② 文化方面，国家制定促进少数民族文化发展的制度。如在民族语言文字方面，"1951年中央人民政府政务院文化教育委员会内设民族语言文字研究指导委员会，职责是专门指导和组织关于少数民族语言文字的研究工作，帮助尚无文字的民族创立文字，帮助文字不完备的民族逐渐充实其文字"。③ 从20世纪50年代开始，国家先后帮助壮族、苗族、布依族、哈尼族、侗族、纳西族等少数民族创制了16种拉丁字母文字。新中国成立初期实施的系列少数民族优惠政策，体现了党和国家对各民族平等权利的强调，以及让各民族共同分享社会发展成果的坚定决心。可以说，中国共产党坚持各民族平等原则，不仅使各民族实现了形式的平等，更为重要的是实现了事实的平等。同时，中国共产党坚持的各民族平等原则确立了各民族，尤其是长期以来饱受民族歧视与民族压迫的少数民族作为国

---

① 韩刚：《中国民族优惠政策研究》，博士学位论文，南开大学，2012年，第81页。
② 同上书，第102—103页。
③ 同上书，第106页。

家主体的身份。

(二) 实行民族区域自治制度

民族区域自治制度，是新中国成立初期实施的一项体现民族平等原则的保障制度。它是指在国家统一领导下，以少数民族聚居区为基础，建立相应的自治地方，设立自治机关，行使自治权，让实行区域自治的民族有效地管理本民族地方性事务。民族区域自治制度是中国共产党建构少数民族制度环境的一项重要举措。近代以来，由于西方列强的侵略，中国民族问题空前严重。就中华民族内部而言，蒙古、西藏、新疆等边疆地区存在不同程度的民族分离倾向，有的甚至公然宣布"独立"。可由于当时政府无能，无力解决存在的民族问题。中国共产党历来重视国内的民族问题，且对民族问题的认识经历了不断深化的过程。"1922年召开的中国共产党第二次全国代表大会上提出了联邦制的国家结构形式，主张蒙古、西藏、回疆要实现自治。"① 这是中国共产党第一次提出关于国内民族问题的纲领。"1923年，中国共产党第三次全国代表大会通过了《中国共产党党纲草案》，提出'民族自决'的口号，强调了民族自决权问题，将列宁所提的民族自决权作为中国共产党解决国内少数民族问题的原则。"② 1928年，党的六大《政治决议案》强调"统一中国，承认民族自决权"并将它列为党的十大政治口号之一。③ "1931年，《中华苏维埃共和国宪法大纲》在中华苏维埃第一次全国代表大会上获得通过，再次倡议成立联邦制国家，主张境内少数民族拥有完全的民族自决权。"④ "1935年12月20日，《中华苏维埃中央政府对内蒙古人民宣言》承认内蒙古民族可以成立自己的政府并且有权独立。1936年5月25日《中华苏维埃中央

---

① 韩刚：《中国民族优惠政策研究》，博士学位论文，南开大学，2012年，第49页。
② 同上。
③ 中共中央统战部编：《民族问题文献汇编》，中共中央党校出版社1991年版，第26页。
④ 同上书，第166页。

政府对回族人民的宣言》，在解决民族问题的七条主张中提出了回民的自治权问题，自己管理自己的各项事务，建立自己政府的权利。"① 可以说，这一时期中国共产党民族政策的核心是民族自决。而民族自决的提出，是苏联相关民族政策影响中国共产党早期民族纲领的表现。此时中国共产党对国内民族问题的研究还处于起步阶段，模仿与借鉴成为可能，包括模仿了某些不符合中国实情的理论。同时，"民族自决"的提出也体现了一个不掌握执政权的政党与执政当局斗争的智慧。

　　1937年抗日战争爆发，国共两党建立抗日民族统一战线。由于国共的合作，中国共产党淡化了民族自决权理论，放弃了联邦制的国家结构形式。"1938年10月，毛泽东在《论新阶段》中，强调各民族团结的目的，为了共同抗日各民族应该团结起来，同时各民族也有自己管理本民族内部事务的权利，并同汉族一起建立统一的国家。"② 《论新阶段》是对民族区域自治政策最早的表述。1947年毛泽东又提出，"中国境内各少数民族有平等自治的权利"③。同时，中国共产党先后与蒙古族、回族等少数民族在陕甘宁边区等地建立了一些民族自治区域。如1946年陕甘宁边区在定边县与正宁县建立了蒙民自治区；1947年内蒙古自治区成立，颁布了《内蒙古自治区施政纲要》。这些自治政权的建立，一方面确实保障了少数民族与边区汉族共同享有平等的地位；另一方面因可自主管理本民族内部事务，也极大地调动了各族、各界人士联合抗日的积极性。接着，回民抗日武装与蒙古族骑兵队等抗日武装纷纷成立，它们的出现不仅扩大了抗日力量，还有力地促进了各民族在文化、经济发展中建立团结互助的良好关系。

　　1949年，中国人民政治协商会议筹备期间，关于采用什么样的民族制度

---

① 中共中央统战部编：《民族问题文献汇编》，中共中央党校出版社1991年版，第367页。
② 同上书，第595页。
③ 同上。

来处理中国内部的民族问题，毛泽东就民族自决与是否模仿苏联成立联邦两个问题征求主管民族工作的李维汉意见。李维汉认为中国不宜采用联邦制，而应建立民族区域自治。李维汉将苏联的情况与当时中国的情况进行了对比，提出建立民族区域自治的六个可行性理由：

  1. 中国有2000多年的中央集权历史，比俄国长得多；2. 俄罗斯曾是帝国主义国家，俄罗斯民族是压迫民族，而中国所有的民族都是受帝国主义压迫的被压迫民族；3. 俄国少数民族在人口中比重大，约占沙皇帝国时期总人口的50%，而中国少数民族只占全国总人口的6%；4. 俄国少数民族大多集中聚居，而中国不仅汉族和少数民族杂居比较多，不同少数民族也杂居在一起；5. 俄国一些少数民族资本主义经济相当发达，但此时的中国少数民族，还不知资本主义是何物；6. 俄国革命期间，一些民族已经分裂出俄国，建立了自己的政权，苏联建国时不具备重新实行高度集权的条件；中国在革命实践中没有经过民族分离，而自治更适合中国的实际情况，也是中国革命过程的结果。[①]

  李维汉的建议被毛泽东接受了。"1949年9月，中国人民政治协商会议批准通过具有临时宪法性质的《共同纲领》，其规定在少数民族聚居的地方，实行民族区域自治。"[②]《共同纲领》明确规定民族区域自治是国家解决民族问题的重要政治制度，这为民族区域自治在全国推行提供了法律依据。1952年，国家颁布《中华人民共和国民族区域自治实施纲要》，它是以《共同纲领》为其准则而制定。《实施纲要》详细地明确自治区的设立、自治机关的组成、自治权利的内容以及自治区内的民族关系等，这为民族区域自治制度的具体

[①] 金炳镐、王铁志主编：《中国共产党民族纲领政策通论》，黑龙江教育出版社2002年版，第527页。

[②] 韩刚：《中国民族优惠政策研究》，博士学位论文，南开大学，2012年，第52页。

实施奠定了行为准则。《中华人民共和国宪法》于1954年颁布，民族区域自治被写入了宪法。宪法是国家的根本法，它具有最高的法律效力。民族区域自治被纳入宪法，表明这一解决中国民族问题的基本制度得到了国家正式承认。

中国民族区域自治的内涵是什么呢？第一，民族区域自治是单一制国家结构形式下实行的自治。中国作为一个统一的单一制国家，"中央政府的首要政治职能就是维护国家主权、领土完整和政治稳定。各级民族自治地方都是一级地方行政区域，都要服从国家的统一领导，保障宪法和法律在本地方的实施"[1]。第二，民族区域自治必须以少数民族聚居区为基础，它是民族自治与区域自治的有机结合。第三，在少数民族聚居地区建立起一级国家行政单位，其层级分别是自治区、自治州、自治县（旗）三级。自治区、自治州、自治县（旗）的人民代表大会与人民政府是其自治机关。中国民族自治地方主要体现为三种类型：

> 一是以一个少数民族聚居区为基础建立的自治地方，如西藏自治区、吉林延边朝鲜族自治州等。二是在一个行政区划较大的自治地区内，下辖有一个或几个其他少数民族建立的自治地方，如新疆维吾尔自治区，是维吾尔族自治的地方，但在自治区内，又建立了包括哈萨克、蒙古、回、柯尔克孜等4个民族的5个自治州，还建立了哈萨克、蒙古、回、锡伯、塔吉克等5个民族的6个自治县。三是以两个以上少数民族聚居区为基础联合建立的民族自治地方，如云南省双江拉祜族佤族布朗族傣族自治县等。[2]

此外，民族自治机关享有一定自治权，其体现在政治、经济、文化等方

---

[1] 韩刚：《中国民族优惠政策研究》，博士学位论文，南开大学，2012年，第53页。
[2] 吴仕民主编：《中国民族理论新编》，中央民族大学出版社2006年版，第251页。

面。如"自主管理本民族、本地区的内部事务；享有制定民族地方自治条例和单行条例的权利；有权发展民族语言文字、少数民族宗教信仰、民族风俗习惯，发展本地区经济建设事业、发展文化教育等各方面社会事业"①。民族的自治权是宪法与民族区域自治法赋予并由相关法律确认。

中国作为一个多民族国家，实施民族区域自治制度有利于保障各少数民族当家作主的权利得以实现，有利于维护国家统一与安全。所以说，民族区域自治以领土完整、国家统一为前提，它使各族人民，尤其是各少数民族把热爱本民族与热爱祖国的深厚感情结合起来，更加自觉地担负起捍卫祖国统一与安全的职责。总之，民族区域自治制度是新中国成立后建构的一项处理中国民族问题的基本制度。它符合中国历史发展需要，符合中国社会的现实境况。民族区域自治制度的实施也是新中国构建少数民族文学制度的一项重要制度保障。

（三）开展民族识别活动

新中国成立后，以国家行为开展的民族识别活动是建构少数民族制度环境的另一重要举措。"民族识别，就是通过对一定地域内、一定时间里的一些人们共同体的特征进行识别，确定其民族的属性和民族的成分。"② 它是新中国落实民族政策的一项基本工作。中国作为多民族国家，许多民族在漫长的历史发展进程中经历了不断演变，民族支系纷繁复杂，且族称众多。又由于民族歧视、民族压迫的存在，使得许多少数民族被迫隐瞒自己的族别身份。另外，历代中央政权也没有对民族的族别身份开展过相关调查研究。所以，新中国成立前，关于我国有多少个民族，每个民族族别名称是什么，这一切都是空白。

---

① 韩刚：《中国民族优惠政策研究》，博士学位论文，南开大学，2012年，第56页。
② 黄光学：《中国的民族识别》，《中国民族》2004年第5期。

第一章　新中国少数民族文学

新中国成立后，国家将各民族平等作为国家民族政策的基本原则。而实施民族平等原则的基本前提则是必须确定对象，即确定中国有多少个民族。因此，民族识别工作的开展提上议事日程。早在民国初年，孙中山先生提出"五族共和"的观点，但他很快意识到中国的民族不止五个，"现在说五族共和，实在这五族的名词很不切当"①，还说我国"何止五族"②。1939年，毛泽东在《中国革命和中国共产党》一文中说道："我们中国现在拥有四亿五千万人口，其中十分之九以上为汉人。此外，还有蒙人、回人、藏人、维吾尔人、苗人、彝人、壮人、仲家人、朝鲜人等，共有数十种少数民族。"③尽管中国革命的领导人意识到中国民族成分的复杂性，但因为时局的动荡，中国究竟有多少个民族仍是一个未知数。新中国成立后，国家制定了民族平等的政策，为了保证这一政策的落实，开展民族识别工作变得迫在眉睫。1950年，主持西南工作的邓小平谈到民族识别工作的紧迫性：

> 西南的少数民族究竟有多少，现在还不清楚。据云南近来的报告，全省上报的民族名称有七十多种。贵州的苗族，据说有一百多种，实际上有些不是苗族。例如侗族，过去一般都认为是苗族，实际上语言、历史都不同。他们自己也反对这么说。从这一情况就可看出，我们对少数民族问题不仅没有入门，连皮毛还没有摸着。当然经过三两年工作之后，对各个民族有可能摸清楚。历史上弄不清楚的问题，我们可能弄清楚。④

为了梳理清楚中国少数民族的数量以及民族族别成分等问题，从1950年起民族识别的准备工作开始启动。

---

① 《孙中山全集》第5卷，中华书局1985年版，第394页。
② 同上。
③ 《毛泽东选集》第2卷，人民出版社1991年版，第622页。
④ 邓小平：《关于西南少数民族问题》，国家民委政策研究室编《中国共产党主要领导人论民族问题》，民族出版社1994年版，第51页。

此外，民族识别工作的开展也是各民族民族意识觉醒的表现。1840年以来，西方列强的侵略激发了国人的"中华民族"意识。而中华民国以来，"民族平等""民族自决"等理念不断出现又激起国内各民族的民族意识。蒋介石曾出版《中国之命运》一书，试图用"中华民族"抹去国内各少数民族的存在。蒋介石对中国多民族性的否定遭到少数民族的普遍抵制，也被中国共产党严厉地批评。最后，国民党只好把"民族平等""扶持弱小民族"等内容写进其政策文本中，但这些条文多流于形式。国民政府时期，由于蒋介石倡导的"中华民族一元论"，使得少数民族的民族意识处于被压制状态。直到新中国成立，国家确立民族平等原则以及制定系列少数民族的优惠政策，使得各少数民族的民族意识普遍觉醒。费孝通先生曾对新中国成立后少数民族的民族意识觉醒作如此描述：

  解放后，在中国共产党领导下，中华人民共和国国内实现了民族平等。长期被压迫的许多少数民族纷纷要求承认他们的民族成分，提出自己的族名。这是党的民族政策的胜利，是少数民族自觉的表现。到1953年，汇总登记的民族名称据称有四百多个。①

伴随着少数民族的民族意识觉醒，许多因民族歧视而隐瞒自己族别身份的少数民族纷纷提出确认自我族别名称与公开自我民族身份的要求，迫切地希望成为多民族国家的一员。为了科学、客观地确定各少数民族的族属与称谓，从1950年起，中央与地方的民族事务机构组织相关专家与民族事务工作者启动民族识别工作。

我国的民族识别从20世纪50年代启动，后来一直持续到80年代。1953年的全国第一次人口普查中，登记的民族名称有400多种。其中云南登记的

---

① 费孝通：《关于我国民族的识别问题》，《中国社会科学》1980年第1期。

民族名称达到 260 多种，贵州登记的民族名称也有 80 多种。针对新中国成立初期 400 多个民族名称的出现，费孝通先生解释："在这个民族名单上有许多是某些民族居住区的地名，有许多是某些居族内部分支的名称，有许多是同一民族的自称和他称，还有许多是不同的汉语译名。"① 这些各不相同的民族名称归纳起来可分为两大类："一是要弄清待识别的民族共同体是汉族还是少数民族；二是在少数民族内确定究竟是单一民族，还是某一民族的一部分。"② 1953 年民族识别工作正式提上议事日程。同年中央民委派出民族识别调查小组分赴浙江、福建等省调查研究畲族的识别问题；中央民委委派中央民族学院派出调查组分赴黑龙江、内蒙古地区开展达斡尔的民族识别调查；中共中南局组织中央民族学院、中南民族学院的专家到湘西龙山、永顺、泸溪等县开展土家人的识别调查。到 1954 年，经过开展系列实地的民族识别调查活动，专家们从 1953 年人口普查所统计的 400 多个民族称谓中确认了 38 个少数民族，它们分别是壮族、白族、布依族、侗族、羌族、傣族、哈尼族、纳西族、拉祜族、景颇族、哈萨克族、乌孜别克族、水族、土族、柯尔克孜族、锡伯族、裕固族、鄂温克族、鄂伦春族、塔吉克族等。此后，土家族、畲族、仡佬族、布朗族、普米族、阿昌族、崩龙族（后改为德昂）、京族、怒族、独龙族、门巴族、毛难族（后改为毛南族）、哈巴族、达斡尔族、赫哲族等 16 个少数民族又得到国家的确认。1979 年，基诺族又被识别为单一的民族。再加上民族识别工作开展前就已公认的蒙古族、藏族、维吾尔族、回族、苗族、彝族、瑶族、朝鲜族、满族、黎族、高山族等民族。至此，确认了 56 个民族，其中少数民族 55 个，民族识别工作完成。新中国的民族识别工作，明确了少数民族自我的民族身份，这为 20 世纪 80 年代民族意识的觉醒奠定了基础。

---

① 费孝通：《关于我国民族的识别问题》，《中国社会科学》1980 年第 1 期。
② 黄光学：《中国的民族识别》，《中国民族》2004 年第 5 期。

新中国成立初期启动的民族识别工作的依据是什么？20世纪50年代的民族识别工作主要遵循斯大林的民族理论与中国民族实际情况相结合的原则，然后根据民族特征与民族意愿进行识别。首先，以民族特征作为民族识别的重要元素。在长期历史发展中，任何一个人类共同体必然会形成自己的特征。20世纪50年代开展的民族识别工作，从我国民族的实际境况出发，有机结合斯大林关于民族的四个特征，即"共同语言、共同地域、共同经济生活以及表现于共同文化上的共同心理素质"[①]。在民族识别中，共同语言是识别民族的主要依据之一。中国少数民族除了少数使用汉语外，大都具有自己的语言。因此，共同语言是识别民族的重要依据。但由于历史的原因与民族分布地区的不同，存在不同民族使用同一种语言，如回族与汉族都使用汉语；或者操两种或几种不同语言的人们共同体可能是同一民族的情况。如贵州的苗族因分布地域的不同形成不同的语言体系。因此，我国的民族识别在以共同语言为识别依据的同时，又充分考虑国内各民族语言运用中的实际情况，并适当结合斯大林关于民族划分的要素。共同心理素质也是民族识别的重要依据之一，它是民族的又一个重要特征，是在长期的社会历史发展中形成的。在民族的发展历程中，一个民族为了求得生存与发展，必然会强化其内部团结，并对某些不同于其他民族的宗教信仰、生活习俗等赋予强烈的感情，天长日久就逐渐养成具有趋同性的民族共同心理素质。所以说，共同心理素质是民族识别的重要依据。同时，也应对民族共同心理素质有清醒的认识，一定历史时期内，共同心理素质维系着民族的存在与发展，但共同心理素质又是变化的，它会随着社会生活的更替而发展变化着。因此，民族识别在以共同心理素质作为识别依据的同时，也应充分考虑各民族心理素质的发展变化。同样，共同地域、共同经济生活这些要素是民族识别的重要依据，在识别民族

---

① 《斯大林全集》第2卷，人民出版社1953年版，第294页。

时也应根据现实情况对其采取灵活运用的策略。其次，民族意愿是民族识别的另一个重要元素。民族意愿，"是指一个民族对于自己究竟是不是汉族或少数民族，是不是一个单一民族的主观愿望的表现"[①]。民族识别时，一般尊重民族意愿，坚持"名从主人"的原则。当然，民族意愿需建立在一定的依据基础上，而不是凭空想象出来的。比如海南岛的苗族，追溯历史渊源可发现他们是明代时从广西迁来的瑶族，从其语言、习俗等诸多方面看也与瑶族较为相似。但在民族识别时，大部分百姓坚持自己是苗族，而不愿意改为瑶族。国家根据这一现实情况，尊重"名从主人"的原则，于是把生活在海南的这个族体名称正式确认为苗族。

新中国成立初期的民族识别是从中国各民族实际情况出发，参考斯大林关于"民族"特征的理论，具体展开对民族的族源、历史、政治制度与民族关系等诸多要素的综合分析，然后科学地确定其民族名称；同时，尊重群体的意愿，按照一定的科学依据，尽量使民族的称谓能"名从主人"。总之，50年代开展的民族识别工作，认真地梳理了纷繁复杂的民族历史源流，科学地分析了各民族的现实境况，从而认定了实行民族平等原则的确凿对象，这为国家制定与贯彻民族政策奠定了坚实基础。20世纪以来，中国共产党领导下确立的民族平等观、民族区域自治制度乃至新中国成立后开展的民族识别工作等，都从制度层面建构了一个各民族平等、团结、和谐，且民族身份明确的社会环境，这为少数民族文学产生与发展提供了制度保障。

[①] 费孝通：《关于我国民族的识别问题》，《中国社会科学》1980年第1期。

三 "少数民族文学"的发生

所谓"少数民族文学",是汉族以外的其他少数民族文学的总称。作为历史形成的统一的多民族国家,中国文学是由多民族的文学构成的。所以说,"少数民族文学"是中国文学的一个构成部分。作为一种文学存在的事实,"少数民族文学"早就存在。但作为一个概念,"少数民族文学"是1949年中华人民共和国建立后才提出的。"少数民族文学"是在国家确定少数民族与汉族一样具有主体性地位后才得以建构起来。可以说,"少数民族文学"是现代民族国家建构中,随着具有国家主体地位的"少数民族"的建构而出现。

（一）"少数民族文学"的概念

"少数民族文学",出现于"少数民族"概念产生后。它最早出现在茅盾1949年10月撰写的《人民文学·发刊词》中,其提出《人民文学》的六项任务,其中第四项为:"开展国内各少数民族的文学运动,使新民主主义的内容和各少数民族的文学方式相结合,各民族间互相交流经验,以促进新中国多方面的发展。"[①] 茅盾明确《人民文学》的办刊任务后,又进一步提出四条要求,第三条写道:"要求给我们专门性的研究或介绍的论文。在这一项目之下,举类而言,就有中国古代文学和近代文学,外国文学,中国国内少数民族文学,民间文学,儿童文学……"[②] 新中国刚成立,茅盾提出"少数民族文学"概念,并公开倡导"开展国内各少数民族的文学运动"[③]。这时茅盾的

---

① 茅盾：《人民文学·发刊词》，《人民文学》1949年第1期。
② 同上。
③ 同上。

政治身份是文化部部长、中国文学艺术联合会副主席、中国文协主席,所以他的发言充分说明国家意识形态对发展中国少数民族文学的重视。茅盾未对"少数民族文学"概念进行界定,但他对"少数民族文学"的理解有自己的标准:"第一,作者是少数民族;第二,作品的内容和形式具有少数民族的特点。"[1] 茅盾提出"少数民族文学"概念后,老舍具体展开了对"少数民族文学"概念的阐述。1956年中国作协第二次理事会议上,满族的老舍作了《关于兄弟民族文学工作的报告》。报告中,老舍用"兄弟民族文学"名称代替"少数民族文学"名称。老舍把"兄弟民族文学"在当代产生的新变化称为"新文学的兴起","描写革命斗争的、对自然灾害作斗争的,和歌颂内蒙人民的新生活的小说、话剧与诗歌相继出现"[2]。这被老舍称为"生长起来"的"新的文学"就是中国当代少数民族文学。老舍认为"少数民族文学"由两大板块构成,即"当代作家的书面作品"和"古代少数民族书面或口头的创作"[3]。这种分类后来成了人们关于少数民族文学构成的共识。随后,1960年中国作协第二次理事会议上,老舍作了《关于兄弟民族文学工作的报告》,着重指出"我国各少数民族文学是祖国文学不可分割的一部分。但是,过去在反动统治阶级的压迫下,少数民族文学是没有地位的。以后,这情况才发生了根本变化"[4]。这里,老舍再次强调"少数民族文学"是新中国成立后随着少数民族获得国家主体地位而出现的产物。正是这些文学大师们的倡导,"少数民族文学"概念被提出、被阐述。可以说,"少数民族文学"是新中国成立后出现的概念,它是在少数民族获得主体地位的语境中构建起来的一个"集

---

[1] 茅盾:《人民文学·发刊词》,《人民文学》1949年第1期。
[2] 老舍:《关于兄弟民族文学工作的报告——在中国作家协会第二次理事会(扩大)会议上的报告》,《文艺报》1956年5月6日第8号。
[3] 梁庭望、张公瑾主编:《中国少数民族文学概论·序言》,中央民族大学出版社1998年版,第1页。
[4] 老舍:《关于兄弟民族文学工作的报告——在中国作家协会第二次理事会(扩大)会议上的报告》,《文艺报》1956年5月6日第8号。

合体"。但如何定义"少数民族文学",新中国成立初期未涉及。

直到 20 世纪 80 年代初期,如何定义"少数民族文学"才有较深入的理论阐述。早在 1961 年,中国科学院文学研究所所长何其芳曾对关于如何定义"少数民族文学"提出过指导性建议,认为"判断作品所属民族一般只能以作者的民族身份为依据"①,但其未展开理论阐述。到 1983 年,《中国少数民族文学》三卷本主编毛星进一步提出:"所谓'民族文学',我们的理解是:第一,作者是这个民族的;第二,作品具有这个民族的民族特点,或反映的是这个民族的生活。"② 此后,关于如何定义"少数民族文学",引起了学者们的激烈争论,归纳起来主要有几种观点:第一种是内容决定论。这种观点认为只要内容是写少数民族生活的就是少数民族文学;第二种是形式决定论,认为只要形式,如语言上具有明显的民族性就是少数民族文学;第三种是创作主体加内容决定论。它首先要求创作主体具有少数民族族别身份,同时还要求少数民族作家创作的内容是反应少数民族的生活;第四种是创作主体决定论,认为只要是具有少数民族身份的作家创作的文学作品就是少数民族文学。目前,学界关于"少数民族文学"的理解,普遍认同"创作主体决定论"。所以,通常而言"少数民族文学"就是指具有少数民族身份的作家创作的文学作品,包括集体创作与个人创作,包括口头文学与书面文学。

(二)少数民族口头文学的收集与整理

中华人民共和国建立前,大多数少数民族没有书面文学,但它们却流传着极其丰富的口头文学。早在 20 世纪初民间口头文学就曾引起了北大知名学者们的关注。1918 年 2 月在刘半农、沈尹默等倡导下,北京大学成立了歌谣征集处开始收集民间歌谣。1920 年冬,北大歌谣研究会成立,周作人、钱玄

---

① 何其芳:《少数民族文学史编写的问题——九六一年四月十七日在中国科学院文学研究所召开的少数民族文学史讨论会上的发言》,《文学评论》1961 年第 5 期。
② 毛星:《中国少数民族文学·前言》,湖南人民出版社 1983 年版。

同、顾颉刚等著名学者又相继加入,进一步加强了民间歌谣的收集、整理与研究。20世纪40年代的解放区,毛泽东把民间口传文学作为解放区文学创作的重要资源,为此他在《在延安文艺座谈会上的讲话》中专门要求作家深入生活、深入民间以创作出通俗化、大众化的文学作品为工农兵服务。但由于那时尚未形成对少数民族文学的清晰认识,少数民族丰富的口传文学不可能得以专门强调,也难以进入民间文学研究领域。

新中国成立后,1950年中国民间文艺研究会成立,提出采集全国民间文学作品的要求,并提出具体的搜集方法:

①应记明资料来源、地点、流传时期及流传情况等,如系口头传授的唱词或故事等,应记明唱者的姓名、籍贯、经历、讲唱的环境等;②某一作品应尽量搜集完整,仅有片断者,应加以声明;③切勿删改,要保持原样;④资料中的方言土语及地方性的风俗习惯等,须加以注释。[①]

从搜集方法看,此时民间文学的采集主要表现为将口头文学资料转为文本。1956年,少数民族民间文学的收集与整理工作正式启动。同年,国家制定了《关于少数民族地区调查研究各民族社会历史情况的初步规划》。同时,组建西藏、四川、云南、贵州、广西、广东、新疆、内蒙古八个少数民族调查组,标志着少数民族地区的调查工作正式启动,其中少数民族口传文学的收集、整理成为此次调查的重要内容。1956年8月,中国科学院文学研究所与中国民间文艺研究会共同组成联合调查采风组,由毛星带队到云南少数民族地区展开调查。调查采风组的宗旨是"摸索总结调查采录口头文学的经验,方法是要到从来没有人去过调查采录的地方去,既不与人重复,又可调查采

[①] 毛巧晖:《国家话语与少数民族资料收集整理——以1949年至1966年为例》,《广西民族师范学院学报》2012年第2期。

录些独特的作品和摸索些新经验"①。调查采风组在采录工作中，注重总结采录口头文学的经验；民间文学的收集重视思想性，这与当时强调政治意识形态的主流要求相符合。如在少数民着族传说的收集中对英雄传说极为重视，因为它们一般都是"具有战斗性和反抗性的故事"②。此次调查采录工作成果突出，先后整理出《白族民间传说故事集》《白族民歌集》《纳西族的歌》等少数民族民间文艺作品，尤以李星华记录整理的《白族民间传说故事集》影响极大。后来，李星华回忆云南的调查采风活动时，专门谈及记录民间故事的方法："多记同一故事的不同讲法，不仅对故事会有全面的了解，便于研究和整理，同时也可以看出群众是怎样依照自己的生活经验和看法来修改一个故事；也可以了解到民间文学跟群众生活是怎样密切地结合在一起。"③ 关于1956年的调查采录活动，有学者认为，"该次调查采录在全国民族调查的情境中展开，同时契合民间文学的基本原则与理念，并在中国少数民族民间文学调查史上具有标志性意义"④。

1958年在"大跃进"运动激进主义思想影响下，倡导全民写诗的"新民歌运动"兴起。1958年4月14日《人民日报》发表社论，题为《大规模收集全国民歌》，极力倡导全民收集民歌。同年，第一次全国民间文学工作者代表大会召开。该会议提出了采录民间文学的主要任务，"全面搜集、重点整理、大力推广、加强研究"⑤，并针对采录工作提出具体的"十六字方针"："全面搜集、忠实记录、慎重整理、适当加工。"⑥ 此次会议强调将整理民间文学、个人改编民间文学以及个人再创作相区别，并提出编写满足不同读者

---

① 王平凡、白鸿主编：《毛星纪念文集》，学苑出版社2004年版，第92页。
② 李星华记录整理：《白族民间传说故事集》，人民文学出版社1959年版，第146页。
③ 杨亮才、陶阳记录整理：《白族民歌集》，人民文学出版社1959年版，第163页。
④ 转引自毛巧晖《国家话语与少数民族资料收集与整理——以1949年至1966年为例》，《广西民族师范学院学报》2012年第2期。
⑤ 同上。
⑥ 同上。

需求的科学资料读本与文学读本。"新民歌运动"不仅刮起了全民写作民歌的热潮，同时也刮起了民间采风运动的狂浪。少数民族地区也迅速地开展起民间文学的采风活动。四川凉山地区，人们开始收集、整理彝族史诗《勒俄特依》、叙事诗《妈妈的女儿》等民间文学作品，最后编入了《大凉山彝族长诗选》与《大凉山彝族故事选》；广西地区，《刘三姐》《百鸟衣》等壮族经典的民间文学作品也被人们收集、整理出来，编入《中国民间故事选》。关于如何评价1958年的"新民歌运动"，一位日本学者曾给予中肯的评价：

> 采集整理的方法和技术虽然还有不足之处，但是中国各民族的民间故事如此大量而广泛地加以采录，这在中国历史上还是第一次。尽管这一工作进行得还有些杂乱，但是这标志着把各民族所创造的神话、传说、民间故事这一个有机的民间口传文学世界，作为一个活生生的整体，而不是零敲碎打地加以把握的一个开端。①

此后，许多少数民族口传文学，诸如壮族的《刘三姐》、彝族撒尼人的《阿诗玛》等经过收集、整理，以书籍、戏剧、电影等方式走进了千家万户，成为中国少数民族口传文学的典范。

20世纪50年代开展的中国少数民族口传文学收集、整理活动，是少数民族文学得以发展的重要举措。新中国成立初期，通过开展收集与整理少数民族口传文学的活动，中国各个民族的神话、传说、民间故事以及歌谣等得以集结成册而面世。所以说，新中国成立初期少数民族口传文学的收集与整理，极大地丰富并有力地推进了中国少数民族文学及中国文学的发展。

(三) 大力发展少数民族书面文学

新中国成立后，除了大力开展少数民族口传文学的收集、整理与传播之

---

① 转引自毛巧晖《国家话语与少数民族资料收集与整理——以1949年至1966年为例》，《广西民族师范学院学报》2012年第2期。

外，还大力发展同样属于少数民族文学构成部分之一的书面文学。新中国成立前，少数民族书面文学已存在，包括两类：一类是用少数民族文字写作的作品；另一类是用汉语写作的作品。就少数民族文字作品而言，主要出现在藏族、蒙古族、维吾尔族、朝鲜族等几个有文字的民族中。如桑吉坚赞的传记文学《米拉日巴传》、六世达赖仓央嘉措的《仓央嘉措情歌》、才仁旺阶的长篇小说《旋努达美》等是藏族文学瑰宝。尤素甫·哈斯·哈吉甫的叙事长诗《福乐智慧》、马合木德·喀什噶里的《突厥语辞典》、阿合买提·玉格乃克的《真理的入门》是维吾尔族文学史上的三大名著。蒙古族的《蒙古秘史》也是一部对后世产生深远影响的文学作品。少数民族除了有用少数民族文字写作的文学作品外，还有用汉语写作的文学作品。如元代蒙古族诗人耶律楚材、萨都剌的诗，维吾尔族作家贯云石的散曲，女真族作家李直夫的杂剧；清代满族作家纳兰性德的词；近现代以来，满族的老舍、苗族的沈从文等创作了经典的文学作品。虽然少数民族书面文学早已存在，但与有着深厚历史的汉族书面文学相比显得相当稀少。而且除了几个少数民族有书面文学外，绝大多数少数民族是没有书面文学的。因此，大力发展少数民族书面文学是少数民族文学建设的一个重要任务。

　　首先，建设少数民族作家队伍。新中国时期少数民族作家构成主要包括两部分：新中国成立前已开始文学创作的与新中国成立后走向创作的作家。前者如满族作家老舍、端木蕻良、马加、舒群、寒风、关沫南等；后者有玛拉沁夫、陆地、李乔等。对于老一代的少数民族作家，由于他们大都参加或倾向于革命，新中国成立后国家意识形态积极接纳他们，并鼓励其文学创作。如老舍，1949年12月从美国回来后，周总理亲自接见他，鼓励他，所以老舍这样感慨："我是刚入国门，却感到家一样的温暖"，"现在，我才又还原为人，在人的社会里活着"。①回国后老舍用文学的方式，全身心地投入民族国家的建构中，完成了《龙须沟》《方珍珠》系列歌颂新社会、新中国的话剧作品。老舍因此赢得了"人民艺术家"的称号。另外，对于新中国成立后成长起来的新一代少数民族作家，加大培养力度。为了维护民族团结与国家稳定，国家制定了大力培养少数民族干部的方针政策。《培养少数民族干部试行方案》于1950年11月24日在政务院会议上获得批准。该方案专门指出了培养少数民族干部的重要性，"为了国家建设、民族区域自治与实现共同纲领民族政策的需要，从中央至有关省县，应根据新民主主义的教育方针政策，普通而大量地在我国培养各少数民族干部"②。此后，开始创办各种少数民族人才培训班。各类协会与学会相继举办文艺理论班、创作研究班等，专门培养少数民族的文学人才。如20世纪50年代初中国作家协会成立了中央文学讲习所，专门培养文学工作者，招入了一些少数民族文学工作者进行培养。蒙古族作家玛拉沁夫就曾到北京参加中央文学讲习所的学习。另外，北京、上海等地的一些高等院校，专门开设少数民族培训班与进修班，培养少数民族文学的骨干分子。国家还创办各级民族学院培养少数民族人才。如在北京创立了中央民族学院，西南、中南、西北各自设立中央民族学院分院。各民族学院设置短期班和长期班，大力培训、培养少数民族干部。各民族学院还先后开办了本科教育、专科教育、预科教育等，其中的少数民族学生在招生、学费等方面享有一定的照顾政策。民族学院还陆续开设了少数民族语言文学专业，专门招收少数民族学生以培养少数民族文化的传承人。可以说，新中国时期民族学院为民族地区培养了一大批优秀的少数民族干部，其中一部分人才走向了文学创作，成了优秀的少数民族作家。所以，新中国成立后一大批具有较高文化素养，且能熟练操作书面语言尤其是汉语的年轻少数民族作

---

① 关纪新：《老舍评传》，重庆出版社2003年版，第408页。
② 孟立军：《新中国民族教育政策研究》，科学出版社2010年版，第2页。

家迅速崛起，如玛拉沁夫、吴琪拉达、扎拉嘎胡、祖农·哈迪尔、李乔、伍略等。他们在国家民族政策的帮助下，接受现代教育，走向文学之路，并始终致力于歌颂新中国、新社会。

其次，文学组织为少数民族文学发展提供了保障。文学组织，就是指对作家进行管理的机构（或称"单位"）。新中国成立后，为了对各类社会成员进行有效的管理，国家构筑了各种形式的单位组织。单位的建构，一方面可使国家掌握社会资源的控制权，另一方面又能让国家高效地调度这些资源为其建设服务。在文学领域，两个重要的"单位"被建构起来，它们是中华全国文学艺术家联合会（简称"中国文联"）与中华全国文学工作者协会（简称"中国作协"）。这两个重量级"单位"的出现，开启了将新中国作家纳入"单位"的体制，其中中国作家协会是最重要的当代文学组织。中国文联下属的各类协会中，中国作协是最大的协会组织，而且各省、区、市、县也成立了相对应的地方作家协会。全国的作家们，包括少数民族作家都被组织在以各级作家协会为中心的文学机构周围。当然，在新中国成立初始时期，各级文学组织的少数民族作家成员稀少，一方面是因为少数民族作家队伍人数较少，更重要的是对少数民族作家队伍的重视不够。蒙古族作家玛拉沁夫针对各级作家协会对少数民族作家重视不够的现象，于1955年1月20日专门给文艺界的主要领导写了一封信，题为《关于少数民族的文学——玛拉沁夫同志致本会信》。信中写道："我国是以大汉族为主体的国家，作家协会当然是以汉族作家为主的；然而又因为我国是多民族的国家，所以作家协会也必然是各民族作家的统一组织。"① 玛拉沁夫的这封信在当时引起颇大的反响，很快中国作协将玛拉沁夫来信与他们的回复信同时刊登于1955年第4期的《作家通讯》上。随后，各少数民族地区成立作协、文联，并将更多的少数民族作

---

① 玛拉沁夫：《关于少数民族的文学——玛拉沁夫同志致本会信》，《作家通讯》1955年第4期。

家纳入其中。据《文艺报》1959年统计，"截至最近为止，已经有二百多位兄弟民族作家、诗人和评论家被接纳为中国作家协会总会和地方分会的会员，其中有些同志还被选入领导机构"①。少数民族作家被纳入文学组织，由此获得了较高的政治地位。同时，在新中国时期，国家机关和事业单位的工作人员享有供给制或薪给制的待遇政策，这为他们的生存与发展提供了坚实的经济基础。那些被纳入"作家协会"的少数民族作家们，还为此获得了较稳定的经济保障。可以说，新中国时期各类文学组织为少数民族作家们提供了政治与经济的保障，这十分有利于他们安心、潜心地从事文学创作，从而有力地推动了新中国时期少数民族作家文学的开展。

另外，现代传媒极大地拓展了少数民族文学的传播空间。20世纪五六十年代，现代传媒手段主要包括报纸、期刊、书籍、广播、电影，这些媒介对新中国时期少数民族文学的产生与发展发挥了重要作用。新中国成立后，在中国共产党领导下，各类传媒归国家的党政部门统一管理。在当时众多的现代媒介中，期刊是最重要的媒介。如有学者以《中国新文艺大系1949—1966少数民族文学集》为个案研究其所选少数民族文学作品的来源，发现半数来源于文学期刊。那么，这些文学期刊是如何传播少数民族文学呢？首先，全国性文学刊物定期发表少数民族的文学作品或相关评论。如当时的《人民文学》《诗刊》《民间文学》《文艺报》发表了一定数量的少数民族文学作品与评论。这些国家级刊物对少数民族文学的相关报道虽还较少，但它们的存在显示了国家级文学期刊对少数民族文学的关注，这使作家获得极大的自信。蒙古族作家玛拉沁夫正是因为《人民文学》发表其小说《科尔沁草原的人们》，由此走向文学创作的道路。另外，少数民族地区积极创办文学刊物以推进少数民族文学的传播。这些民族地区的文学刊物包括少数民族文字版与汉

---

① 《文艺报》编辑部：《突飞猛进中的兄弟民族文学》，《文艺报》1959年第18期。

语文字版。少数民族文字版的刊物是指用少数民族文字出版的刊物。如藏文版《青海湖》、维吾尔文版《塔里木》、朝鲜文版《延边文学》、蒙文版《花的原野》等；另外，汉语文字版的刊物是指用汉语言文字出版的少数民族文学刊物。如新疆《天山》、内蒙古《草原》、贵州《山花》等。这些文学刊物，无论是汉语文字版还是少数民族文字版，它们都大力推介少数民族文学。这些文学期刊还定期召开各种文学创作座谈会、文学作品改稿会等，组织少数民族作家开展文学创作的交流与研讨，并对他们的创作进行指导。如蒙古族作家蒙斯克曾强调《草原》对自己文学创作的意义："我发表的将近四十个短篇小说，有三分之二是在《草原》上首发的。"[①] 可以说，少数民族文学期刊的出现，为少数民族作家提供成长的园地，也为少数民族文学提供了广阔的传播空间。无论是国家级刊物定期发表少数民族文学，还是地方级文学类刊物专门发表少数民族文学，都大力地拓展了少数民族文学的传播空间。同时，在国家的扶持之下，民族出版社与新疆人民出版社等先后成立。这些出版机构在通常的出版范围之外，增加民族文学作品的出版，甚至出版不同少数民族文字的图书。电影也参与拓展少数民族文学的传播空间。如玛拉沁夫在《人民文学》发表了小说《科尔沁草原的人们》后，被调到了中央电影创作研究所工作。在那里，玛拉沁夫与海默、达木林合作，把《科尔沁草原的人们》改为电影剧本《草原上的人们》，之后拍成影片。该影片上映后在全国产生了轰动。该影片还获得1953年文化部的故事片奖。电影这种媒介方式的参与，使少数民族文学在一个更大的公共空间中获得了传播。广播也与电影一样拓展了少数民族文学的传播空间。如白族作家杨苏的小说《没有织完筒裙》发表后，引起了人们的关注。后来，该小说被改编成同名的广播剧，在观众中获得广泛的好评。总之，现代媒介的出现，为有志于文学创作的少数

[①] 陈祖君：《论汉语期刊影响下的中国当代少数民族文学》，博士学位论文，四川大学，2007年，第81页。

民族青年提供发表作品的空间，也为爱好文学的人们提供大量可阅读的少数民族文学作品，这极大地推进了中国少数民族文学的发展与壮大。

总之，新中国时期，加强少数民族作家队伍、文学组织建设以及现代传媒对传播空间的拓展等元素的共同运作，使得"少数民族文学"作为一种门类产生并快速地成长，成了多元一体的中国文学不可缺少的构成部分。

四 国家认同与新中国少数民族文学

新中国成立后，少数民族文学与汉族文学一样在文学表达上共同倾向于体现国家认同的书写，他们共同歌颂新中国、新社会以及中国共产党的领导，他们强调民族团结与国家的统一，以此充分证明国家的合法性。什么是国家认同？新中国时期少数民族文学为何如此强调国家认同的表达？其体现国家认同的文学表述是如何展开的？

（一）国家认同的历史语境

"认同"是社会研究的基本概念之一。它译自英语名词"Identity"，意思为身份、属性；也表示"我者"与"他者"联结为一体的心理过程。"Identity"问题，原本是哲学与逻辑问题，弗洛伊德将其移入了心理学范畴。弗洛伊德将儿童吸收父母或教师身上的某些品质以作为自己人格一部分的行为称为"认同作用"，以此表述个体和他人在情感、心理上的趋同过程，并指出这是个体与他人建立情感联系的最早表现形式。之后，埃里克森在弗洛伊德的研究基础上，进一步提出"认同"是关于"我是谁"的回答。他认为"认同"是在与他者的比较中形成的一种自我认知与自我界定。而且，他认为"认同"具有个体性，也具有群体性与社会性。在埃里克森的"认同理论"

里,"'认同'就是在人与人、群体与群体的交往中所发现的差异、特征及其归属感"①。后来,随着心理学作为一个学科的地位提升以及对认同理论研究的深入,"认同"概念逐渐被广泛地运用于人文社科领域。芒茨爱拉特·吉博诺曾归纳了"认同"的三个功能:"其一是作出选择;其二是与他人建立起可能的关系;其三是使人获得力量和复原力。"②总之,"认同"是一个重要的问题,它影响着人们的行为方式与行为准则。那什么又是国家认同?"国家认同,是指一个国家的公民对自己祖国的历史文化传统、道德价值观、理想信念、国家主权等的认同,即国民认同。"③它是一种重要的国民意识,是维系国家存在和发展的重要纽带。"国家认同实质上是一个公民确认自己的国族身份,将自己自觉地归属于国家,形成捍卫国家主权和民族利益的主体意识。"④人的国家认同,是随着人出生时被赋予的国家身份而具备认同的前提。新中国成立后,作为一个新建立的多民族国家,强调国家认同是保证政权合法性的必要,也是保障国家安定团结的必要。因此,强化国家认同是新中国时期最大的政治任务。然而,要追问的是该时期少数民族文学为何将强调国家认同作为主要文学表述?

新中国成立后很长时期,少数民族文学几乎都把强调国家认同作为主要的文学表述,这使得该时期的文学主题具有更多的相似性。而这样的文学表达,与其历史语境相关。首先,强调国家认同的文学书写与新中国时期主流意识形态对文学的要求相关。早在20世纪40年代的延安时期,毛泽东《在延安文艺座谈会上的讲话》是指导文学艺术的纲领性文件,其核心观点即强调文艺服务于政治。新中国成立后,延安的文艺政策由解放区推行到全国,要求建立符合政治要求的高度规范化的文学趋势更为凸显。如果说新中国成

---

① 贺金瑞、燕继荣:《论从民族认同到国家认同》,《中央民族大学学报》2008年第3期。
② 同上。
③ 同上。
④ 同上。

立前文学为政治服务鲜明地体现在为革命战争的胜利服务,那么新中国成立后文学服务于政治则表现为强化人们对新中国的国家认同。因为,作为一个新建立的国家政权,要让多民族国家中的每个民族在心理上形成对新国家的自觉认同,这需要时间。所以说,强化各民族对新中国的归属感与认同感是新中国成立后的一项重要政治任务。而作为服务于政治的工具——文学,也注定了很长时期内建构国家认同意识是其重要任务。因此,新中国成立后很长时期(直到20世纪70年代末),中国少数民族文学与汉族文学一样始终被要求体现强烈的国家认同。

同时,强调国家认同的文学书写还与中华人民共和国建立后少数民族地位的变化相关。自古中国就是一个多民族的国家,但在漫长的历史岁月中,民族歧视与民族压迫始终存在。直到民国初年,孙中山先生提出各民族平等的主张,并写进国家法,但该主张多限于理论倡导,缺少实践支撑。而中华各民族真正地实现平等,是在中华人民共和国成立后,才实现各民族平等的主张不仅进入国家法,也被贯穿于各族人民的生活实践。国家还针对历史、地理位置、文化差异性等诸多因素的限制、少数民族与汉族存在发展状况不同,专门制定了一系列保证少数民族发展的制度,如民族区域自治制度等。所以,少数民族同汉族一样,不仅享有全部公民的权利,同时还依法享有少数民族特殊权利。正是由于新中国对国内少数民族的大力扶持与帮助,使得少数民族的生存境遇因新中国成立而发生了天翻地覆的变化,他们从被歧视、被压迫的对象,变成了国家真正的主人。这种由生活境遇获得的真切体验,使得少数民族从内心自发地产生了对国家的强烈认同,他们感激中国共产党的领导,感谢新社会让他们过上了有尊严的生活。作为少数民族一员的少数民族作家也同样在生活境遇的变化中,充满对国家的认同。于是,他们开始用文学歌颂新社会、新中国与中国共产党的领导,歌颂民族团结与国家统一。

如果说，国家主流意识形态要求文学服务于政治的主张，是少数民族作家产生国家认同的外在压力，那么新中国成立后少数民族地位的变化，就是他们产生国家认同的内在动力。新中国成立初期，正是由于外在压力与内在动力的聚合，所以少数民族作家执着于用文学表达强烈的国家认同。

（二）国家认同的文学表述

新中国成立初期，获得平等地位的少数民族作家开始致力于文学创作，并创作出许多优秀的作品，如蒙古族作家玛拉沁夫的长篇小说《茫茫的草原》、维吾尔族作家祖农·哈迪尔的剧本《喜事》、彝族作家李乔的长篇小说《欢笑的金沙江》等。这些作品或回顾在共产党领导下一同战胜敌人的历史；或歌颂新中国成立后少数民族地区生活的新面貌；或将新旧生活对比以歌颂毛泽东、歌颂中国共产党。无论书写历史或现实，少数民族作家总是热情地歌颂新中国、歌颂新社会、歌颂中国共产党、歌颂民族团结与祖国的统一，表达强烈的国家认同。

历史书写是少数民族作家表达国家认同的文学表述之一。关于历史，很长时间里人们认为历史就是一种客观事实的呈现。直到20世纪，意大利历史学家克罗齐提出历史是一种叙事，认为没有叙事就没有历史。在他看来，主体的个人意识在历史叙述中有着重要作用。因此，历史书写不仅包括历史事实的呈现，还包括历史叙述者主体意识的表达。可以说，历史书写是客观性与主观性混杂的书写。同样，新中国成立初期少数民族作家关于历史的书写，也兼具客观性与主观性的复杂过程。其中，国家认同的强调是此时少数民族作家的个体主观性在历史书写中的鲜明体现。新中国成立初期，少数民族作家关于历史的叙述体现在两个层面：一是"过去"黑暗历史的叙述，二是"过去"光辉革命历史的叙述。在关于"过去"黑暗历史的叙述中，国力衰弱、民不聊生、哀鸿遍野的社会记忆是少数民族诗歌的基本叙述。蒙古族诗人毛依罕的诗歌《说唱艺人的今昔》写道：

谈起那旧社会的说唱艺人,
他和井底之蛙有什么两样?
说道那旧时代的说唱艺人,
他和破衣乞丐有什么不同?
横暴的政权,残酷的统治,
说唱艺人受尽痛苦的折磨;
无穷的辱骂,无尽的迫害,
说唱艺人也得含泪忍受。
"所有的说唱艺人都不是人",
旧社会就这样凌辱我们;
"说唱艺人还不如土匪",
旧时代就这样谩骂我们
……
流浪得把靴袜磨破了底,
填不满肚皮呀——那社会;
就是走遍了五旗和十县,
赚不了遮体衣呀——那时代。
不管寒冬还是毒热夏天,
哪有暖衣和单衫来调换;
只是那么一件破羊皮袄,
里里外外地反正对付穿。
就是新春或是丰收的深秋,
哪里有各式各样的菜和饭;
日日夜夜是淡茶伴炒米,

>只求得压住饥饿往下咽。
>
>只见有钱人家摆酒肉,
>
>有谁为说唱艺人解忧愁,
>
>直饿得胃肠翻转眼发黑,
>
>无奈含着热泪到处奔走。
>
>就是把嗓门说得嘶哑了,
>
>也经常是空着一双手,
>
>只因为说错了一两句话,
>
>就免不了挨一顿皮鞭抽。
>
>忧虑父母双亲无房居住,
>
>说唱艺人哪天不痛哭呻吟;
>
>担心妻子儿女没有粮吃,
>
>说唱艺人哪天不痛苦涕零。①

诗人用叙事诗的形式讲述了说唱艺人在旧社会的血泪人生,他不仅遭受挨冻受饿的贫困生活,还遭受任由人打骂的精神侮辱。彝族诗人吴琪拉达是彝族当代诗歌的开创者,他也常以叙事诗的形式书写旧时代底层人的悲苦,其中一首《孤儿的歌》讲述了彝族孤儿拉仟为了反抗自己沦为奴隶的痛苦人生,最后以死相抗的悲剧命运:

>没有爸爸的拉仟,
>
>没有妈妈的拉仟,
>
>像落难的雀儿,
>
>是那样孤凄。

---

① 转引自张国亮《文化融合与碰撞中的民族性生存——论十七年的少数民族诗歌》,硕士学位论文,浙江大学,2007年,第21页。

拉仟啊哭啼啼,
走进主人的家里,
给主人当娃子,
一生掉进了虎口。
……
世间天地一般大,
人人父母生,
为什么替主人当娃子?
为什么帮主人去杀人?

看清了褐麻不是菜,
看清了老鹰不是鸡,
拉仟离战场,
逃奔上山冈。
……
拉仟猛力扑来,
双手抓住主人的胸口,
跟来的人吓得直发抖,
抱着主人跳下岩头。
……
从此梭伙山上
留下拉仟的怒吼:
"这世间不自由,

来世切莫做牛马!"①

　　以上两首叙事诗都通过旧时代底层人悲苦人生的书写,控诉了旧时代、旧制度的罪恶。诗人对黑暗的书写正是为了歌咏新时代、新中国的美好,表达诗人对新中国的强烈认同。此外,满族作家老舍的《茶馆》是一部言说历史的经典话剧,该剧以茶馆为空间场景,选择辛亥革命时期、民国初年与解放战争时期三个历史横截面,展现了各式小人物的悲苦命运。而且整部剧本还呈现出"一代不如一代"的历史面貌。老舍通过对过往历史中大众悲剧性人生的叙述,揭示了旧时代必然灭亡的命运。这样的历史书写为新时代提供对立性的存在,同时衬托出新时代、新社会不同于旧时代的光明与幸福。老舍的《茶馆》,正是通过对旧时代的否定表达了对新时代的肯定,强烈的国家认同感充溢其间。所以说,十七年时期的少数民族作家们,无论是书写个人或大众过往悲苦历史,他们都通过对旧时代个人人生苦难经历的控诉,批判了"过去"的黑暗,以此暗示了"当下"生活的幸福,新社会、新生活得以肯定,国家认同也间接得以表达。

　　关于革命历史的书写是十七年时期少数民族作家另一重要的历史叙述。革命历史书写是指对中国共产党领导下少数民族取得革命胜利历史的书写。新中国时期,就文学创作而言,对革命历史的书写无论在数量或质量上都为前列。革命历史书写为该时期文学创作的一个重要现象。对此现象的出现,学者洪子诚解释,"一方面,能够使用文字的'亲历者'自然极愿意回顾这段光荣的'历史';另一方面,这一写作不仅是作者个体经验的表达,还是对于'革命'的'经典化'进程的参与……以对历史'本质'的规范化叙述,为新的社会的真理性作出证明,以具象的方式,推动对历史的既定叙述的合法

---

　　① 晓雪、李乔主编:《中国新文艺大系(1949—1966)少数民族文学集》,中国文联出版公司1991年版,第425—430页。

化,也为处于社会转折期中的民众,提供生活的准则和思想依据"①。这里强调革命历史的重述是革命亲历者的一种心理需求,是一个新国家建立社会规范的需要。对于少数民族作家而言,他们正是通过对少数民族革命历史的书写建构新政权的合法性,以此表达对新中国的国家认同。蒙古族作家玛拉沁夫的长篇小说《茫茫的草原》是一部书写少数民族革命斗争历史的小说。它以特古日克村为核心,讲述了抗日战争胜利后蒙古人民面临着是跟从国民党,还是自治或跟从共产党的道路选择。在当时复杂的斗争形势下,经中国共产党的领导,蒙古族人民最终做出了跟从共产党的历史选择。《茫茫的草原》强调了共产党领导下少数民族的解放。"小说对蒙古族解放斗争历史的描述,为中国共产党领导的革命以及经由这一革命所建立的新政权、新社会,做出了合法性证明"②,以此表达了作家强烈的国家认同。此外,彝族作家李乔的代表作《欢笑的金沙江》也是书写少数民族革命历史的作品。它是作家根据亲身经历写作的一部长篇小说。该作品讲述了20世纪50年代初中国西南地区解放时,一队国民党残匪逃到彝族聚居的凉山地区,封锁金沙江,挑拨当地彝族与解放军的关系,并隔江与解放军作对的故事。最后,在共产党领导下消灭了国民党残匪并消除了彝族同胞对解放军的误解,凉山彝族地区百姓的生活发生了翻天覆地的变化。《欢笑的金沙江》通过书写中国共产党领导下彝族地区百姓生活的变化,直接表达了对新中国的认同。新中国时期的少数民族作家,专注于历史的书写,无论是过往悲苦历史或革命历史,都间接或直接地表达了对新中国的国家认同。

另外,对现实生活的歌咏是少数民族作家表达国家认同的重要文学表述。新中国时期,许多少数民族作家的生存处境发生了巨大的变化,他们由原来

---

① 洪子诚:《中国当代文学史》,北京大学出版社1999年版,第107页。
② 乔以钢、包天花:《民族·性别·历史叙事——重读玛拉沁夫的〈茫茫草原〉》,《社会科学》2011年第10期。

被歧视、被压迫的对象变为了有尊严的国家主人,这种翻身获解放的兴奋,使他们歌咏。他们歌咏党和领袖的英明领导,歌咏新社会的幸福生活,强烈的国家认同感充盈在作品中。苗族作者永英在《我们是一群苗家》一诗中通过苗族人在新旧社会生存状况的对比直接歌咏领袖毛主席:

  我们是一群苗家,

  我们的祖先世代劳动,

  把荒芜的山国

  开辟成良田。

  可是统治者不让我们

  过一天好日子,

  烧掉了苗寨八千八,

  杀死了苗家几十万,

  他们把我们赶进了深山,

  我们失掉了自由和田园。

  ……

  我们苗家进了城,

  被骂做"苗子"

  大姑娘们进了城,

  被剪去头发脱去裙子,

  还说我们放蛊害人。

  ……

  我们等了十四年

  我们的救星——

  毛主席,终于来了。

  他像我们的父亲一样,

他告诉我们——
压迫我们的人
也压迫着汉族的穷人。
我们派人到北京去会他,
把我们的衣服送给他,
他欢欢喜喜接待了我们。①

诗人用质朴的语言道出了新中国成立前后苗家人生活境遇的巨大差异,写出了他们对新生活的欣喜,表达了对领袖毛主席使他们翻身获解放的感恩之情。傣族诗人波玉温借助《在北京街头演唱》一诗尽情歌咏新时代傣家人的幸福生活,以此歌唱党、歌唱新中国:

自从太阳照亮了我们森林,
傣家人就和太阳一道苏醒,
赶走了吃人的虎豹,
消灭了肮脏的苍蝇,
村寨变得更漂亮,
森林显得更干净。
勤劳的傣家人揩干了眼泪,
站在千年荒地上耕耘,
荒凉的原始森林里,
建造起人民的宫殿。
今天在温暖的阳光下,
多少大山伸出手来,

---

① 永英:《我们是一群苗家》,《人民文学》1952年第1期。

把凶猛的山洪阻拦,

刮风落雨的日子,

洪水再不敢吞没村庄;

黄昏日落的傍晚,

虎豹再不敢拖走我们的牛羊;

炙热的盛夏,

死神再不敢敲打我们的门窗;

森林里处处是歌声,

站在穿衣镜前是笑脸的人民。

是党,是太阳使我们民族苏醒,

是党,是太阳把幸福带给傣族人民。

我的母亲啊!

我的兄弟们呵!

听吧!听吧!

这是傣家人从心里发出的声音。①

在这阵阵诚挚的歌咏之声后面,是少数民族作家对领袖毛主席、共产党、新生活乃至新社会由衷的赞美,国家认同感深深地蕴藏其间。

同样,歌唱民族团结与国家统一也是新中国成立初期少数民族作家歌咏曲目中的重要一支。国家建立初期,社会还不稳定,尤其是少数民族地区,原有的反动势力蠢蠢欲动,潜伏的国民党特务分子时常冒头,国外的敌对势力也渗透到民族地区,并伺机破坏新政权。因此,加强民族团结、维护国家统一是一项重要的政治任务。许多少数民族作家自觉肩负起民族团结、国家

---

① 玛拉沁夫、吉狄马加主编:《中国少数民族文学经典文库》(诗歌卷),云南人民出版社1999年版,第33—34页。

统一的责任，用文学努力地强化各少数民族对国家的认同感。玛拉沁夫曾经说过："一个少数民族作家，应当写以歌颂祖国的统一和各民族团结为主题的作品。"① 他不仅说，还如此做。玛拉沁夫写于 1954 年的小说《命名》，讲述了草原上蒙汉两个民族相亲相爱的故事。蒙古族牧民的妻子南斯日玛要临产了，汉族姐妹们送来了鸡蛋、小米。后来，南斯日玛因要赶回老家照看羊群，就把未满月的孩子托给同样有一个未满月孩子的春珍暂时抚养。小说中春珍说了这样一段情真意深的话语：

> 咱们蒙汉族老百姓，多少年来就住在这一块察哈尔大草地上，在旧时代，掌权的那些人们把咱们蒙在鼓里，他们挑拨离间，不教咱们蒙汉团结，解放后，共产党把咱们变成了一家人，比一家人还近，变成了亲兄弟比亲兄弟还亲！所以我的意思是，给南斯日玛的孩子起名叫"布洛汗双德"（蒙语：团结），给我的孩子起名叫"团结"；他们一同生，一起长，永远团结在一块！②

这里，玛拉沁夫借助小说人物的话语表达了对新社会各民族亲同一家的民族关系的歌唱，体现了国家认同感。还有，满族作家老舍写于 60 年代的《正红旗下》，在其未完成的有限篇幅里，作家通过叙述底层旗人（满族）与回族、汉族的友好交往，表达了其对民族团结的肯定。《正红旗下》通过"我"洗三、满月时王掌柜、金四叔的贺喜来表现各族人民的友谊。山东胶州来的王掌柜，是个开肉铺的汉人，也是一个热心肠的好人。王掌柜初到北京的时候，有些反感旗人的穿着打扮、说话腔调与规矩礼节等，慢慢地他主动与旗人交往，并与下层旗人建立起了友谊。平时，他非常关照像"我"家这样生活困难的旗人，"我""洗三"时，他送"一对猪蹄"表示庆贺。如果遇

---

① 托娅、彩娜：《内蒙古文学概观》，内蒙古大学出版社 1997 年版，第 153 页。
② 玛拉沁夫：《玛拉沁夫文集》（卷四·中短篇小说），作家出版社 2015 年版，第 50 页。

到谁家娶媳妇，或者谁家办满月，王掌柜只要听到消息，就会拿点东西来庆贺。为此，王掌柜也赢得了旗人对他的喜爱与尊重，如果他有个头痛脑热，大家就会来看望他，不仅男人们送药来，女人们也会派孩子来慰问。老舍除了写《正红旗下》里满族与汉族的友好与团结外，还写满族与回族的良好关系。回民受满族统治者压迫最深，所以回民们只能卖卖羊肉，烙烙烧饼，或者做些小买卖，最好的不过是开个清真小饭馆。《正红旗下》里回族金四叔却与底层旗人们亲密无间。在"我"出生后，金四叔给"我"送了两吊钱，并祝"我"长命百岁。金四叔的到来也受到了旗人们的热情招待。金四叔严守教规，不喝旗人的茶，旗人们反而更加尊敬他，"当彼此不相往来的时候，不同的规矩与习惯使彼此互相歧视。及至彼此成为朋友，严守规矩反倒受到对方的称赞"[1]。老舍对满、汉、回各民族人民友好交往的文学表述在其以往创作里没有出现过，而其显现在新中国成立后老舍的作品里，这是因为新中国成立后少数民族获得了与汉族平等的地位。于是，满族人老舍带着感恩的情怀歌颂民族团结，表达自我对于新中国的强烈认同。

新中国成立初期的少数民族作家，无论是带着对新中国的感恩情怀还是遵循主流意识形态要求，他们都唱起了颂歌，歌颂毛主席、歌颂共产党、歌颂新时代、歌颂新社会、歌颂民族团结与国家统一。这一片歌颂之声蕴含着强烈的、深沉的国家认同。

（三）强化国家认同的局限性

新中国成立初期，为了维护祖国的统一与团结，强化各民族的国家认同是一种历史必然。同时，国家认同的强化也促进了少数民族文化身份的变革，那就是各少数民族对先进的社会主义制度和现代政治文化产生普遍认同，这让他们获得了现代意义的政治文化身份。而少数民族政治文化身份的建构，

---

[1] 老舍：《正红旗下》，人民文学出版社1980年版，第35页。

是对各少数民族文化身份的一次更新与建构。如英国文化学者霍尔所说："文化身份根本就不是固定的本质，那毫无改变地置身于历史和文化之外的东西。它不是我们内在的、历史未给它打上任何根本标记的某种普遍和超验精神。它不是一成不变的。它不是我们可以最终绝对回归的固定源头。"① 然而，新中国时期各少数民族文化身份的建构存在明显的局限性，那就是因强化国家认同而建立的政治文化身份，遮蔽与消解了少数民族自身的传统文化身份。或者说，"各少数民族现代政治文化身份的获得和强化过程，同时也是各少数民族传统文化身份的逐步弱化和丧失过程，因为对他者现代文化身份的一味认同，其实也意味着对自我传统文化身份的一味否定"②。中华人民共和国是一个多民族的国家，其间的各少数民族都有着丰富而悠久的历史文化传统。而且，新中国成立初期，"那就是少数民族文学同它本民族的社会结构、体制、文化等各相关方面实际上是被主流/汉族社会发展进程挟裹着被迫进入国家现代性的，它们是脱离自身既有发展运行的模式和速度被硬性拉入'中华民族'总体历史进程中的"③。这种凭借外部力量促成的制度文化和政治文化的变革，必然会留下些文化的裂痕和空隙。可以说，中华民族内部存在诸多的文化差异性。但新中国时期在强调国家认同的后面，更多体现为片面要求追求政治文化身份的现代化，而忽视了对中华民族诸多优秀民族文化传统的认同与继承；强化了自我与他者文化身份之间的一体性，而忽视了自我与他者文化身份之间的差异性。这必然造成政治文化身份对少数民族文化身份的压抑与遮蔽。

新中国成立初期，少数民族作家的民族文化身份被强调国家认同的政治文化身份压抑，他们的创作发出的是大一统的声音，缺少对各民族丰富生活

---

① 罗钢、刘象愚主编：《文化研究读本》，中国社会科学出版社 2000 年版，第 212 页。
② 朱斌、赵倩：《一体化身份认同与政治文化——论"十七年时期"民族小说的文化身份研究之一》，《西南民族大学学报》（人文社会科学版）2012 年第 6 期。
③ 刘大先：《当代少数民族文学批评：反思与重建》，《文艺理论研究》2005 年第 2 期。

的展现，缺少对各少数民族文化传统的挖掘。如学者所说"作家在'我民族'生活中所关注、提炼的恰恰不是本民族特有的、带有某种本质性的生活意蕴，而是寻找一种与汉族、与流行的看法相契合的生活表象。他们不过是证明在汉民族生活中发生的事情，诸如阶级敌人破坏生产、落后人物的转变、先进人物的斗争精神等，在少数民族中也同样存在"①。这样的文学书写，其传递的是主流政治意识形态的价值取向与写作规范。它忽略了少数民族文化生活的丰富性、少数民族作家身份的复杂性，必然成了一种脱离实际的文学想象与虚构。总之，对于新中国时期的少数民族作家而言，强化国家认同所形成的单一的政治文化身份，压抑了自身的民族文化身份，有损于少数民族作家对自身文化传统的关注，有损于少数民族文学的民族性表达。这为少数民族文学创作的发展留下了深刻的教训。

五 民族认同与新中国少数民族文学

民族认同有广义和狭义之分。广义的民族认同，是指人们对某一主权民族国家的认同，也称为国家认同；狭义的民族认同，是指国内各民族对自己民族文化的认同，也称为族群认同。这里的民族认同强调的是狭义层面的认同。

中国是一个多民族的国家，在漫长的历史演变之中，中国社会形成了少数民族沿陆路边疆聚居与分布的特点。虽然，中国境内的少数民族与占人口主体的汉族以及汉文化有密切联系，但由于少数民族多生活在自然地理位置

---

① 尹虎彬：《从单重文化到双重文化的负载者》，《当代文艺思潮》1986年第6期。

比较边远与封闭的地区，所以少数民族以血缘、地缘与文化为基础形成了较为单一的身份认同形态。新中国成立后，少数民族被纳入国家建设的进程中，国家通过建立系列民族制度与政策，强化了少数民族的民族认同意识。如民族平等团结政策的实施，使少数民族摆脱了长期以来遭受民族压迫与歧视的境遇。少数民族与汉族一样，在享有全部公民权利的同时，还依法享有特殊权利。此外，国家还加强了对少数民族身份的确认工作。针对我国民族因支系繁多，他称与自称混淆而造成的族属不清的混乱局面。从20世纪50年代起国家相关机构组织专家在全国范围开展了民族识别工作，先后分批确认了57个少数民族。这些民族制度与政策的实施，使少数民族的民族认同意识得到了强化。然而，中国是一个多民族国家，对于少数民族而言，同时具有国家认同意识与自我民族认同意识是其身份形态的需求。那么少数民族的双重身份认同之间是什么关系呢？在新中国时期，由于维护国家政权合法性与稳定性是当时最大的政治需要，所以强化国民的国家认同是此时期最重要的任务，国家认同由此成了认同形式的主体。而少数民族对本民族的认同虽然前所未有地得到了强化，但在该时期它一度被强大的国家认同所遮蔽。

新中国成立初期，正是由于国家认同的主体性地位，民族认同遭遇了淡化乃至遮蔽，这使得少数民族作家的创作更多表现为对国家宏大主题的书写，而忽略了对少数民族自身族性文化的书写。但在少数民族族性文化普遍遭遇忽视的境遇中，仍旧有零星的少数民族作家透过国家宏大主题书写的缝隙去关注族性文化，书写族性文化，以此表达了对本民族文化的民族认同。那么，新中国时期少数民族作家是如何表达民族认同的？

（一）玛拉沁夫《茫茫的草原》：主流话语缝隙中民族认同的表达

新中国成立初期，表达国家认同是少数民族文学的显著特征。少数民族作家们一致地歌颂新中国、歌颂新社会、歌颂中国共产党、歌颂民族团结与祖国的统一。然而，少数民族文学的创作主体是有少数民族身份的作家，而且他们的民族身份是国家意识形态给予并强调的。虽然少数民族作家与其他作家一样有着相同的政治、文化背景,但这些民族作家无法割断与母族文化的血脉联系。这使得一些少数民族作家的书写表现出一种复杂性:一方面,他们在热情地唱着时代的赞歌,表达强烈的国家认同;另一方面,又不由自主地表现对民族文化的依恋和对母族身份、民族文化立场的有限度坚持。在强调大一统的年代,玛拉沁夫的《茫茫的草原》是十七年时期为数不多的体现主流意识形态要求与自我民族身份认同相纠缠的作品,是透过主流话语缝隙表达民族认同的代表。

蒙古族作家玛拉沁夫是新中国时期具有鲜明的国家认同意识的民族作家,他曾说:"一个少数民族作家,应当写以歌颂祖国的统一和各民族团结为主题的作品。"①《科尔沁草原上的人们》《在茫茫的草原上》(后改名为《茫茫的草原》)等是玛拉沁夫反映蒙古族人民历史与现实生活的经典作品。《在茫茫的草原上》于1952年开始创作,1956年出版。该书出版后引起了争论,1962年又修改重印。《在茫茫的草原上》就主题而言完美地符合主流意识形态的思想,通过对一段革命历史的书写歌颂了中国共产党对蒙古族人民的英明领导。"自从1945年日本法西斯投降以后,整个内蒙古草原处于沸腾状态,一种民族自立的要求在人们的心中冲动着。在一部分人身上燃烧着炽烈的'民族热',他们强烈地幻想着民族'独立',少数人甚至幻想建立自己的'国家'。但怎样才能够获得民族独立和彻底解放,对大多数人来说是不明确的。"② 就在这历史节点上,蒙古族的上层反动人士利用人们的民族感情试图笼络人心以走独立或投靠国民党的道路。而此时,中国共产党强调民族平等的民族政策,团结了广大内蒙古地区的百姓,从而建立了广泛的民族统一战线,并最

---

① 托娅、彩娜:《内蒙古文学概观》,内蒙古大学出版社1997年版,第153页。
② 孟和博彦:《动荡的草原,光辉的道路——评〈在茫茫的草原上〉(上册)》,周作秋、向丹主编《中国当代文学研究资料·玛拉沁夫专集》,山东大学出版社1979年版,第73—74页。

终把蒙古族的反动上层和国民党反动派赶出了草原，蒙古地区的百姓获得了解放。玛拉沁夫的《在茫茫的草原上》书写了40年代中期察哈尔草原上发生的复杂、曲折的革命斗争，以此表达了具有宏大历史意义的政治主题，即中国共产党领导的正确性与少数民族对共产党的感激与热爱。玛拉沁夫以历史的书写完成了对新建立的共和国合法性的证明。就这个层面而言，玛拉沁夫是在用共和国公民的身份写作，用被主流意识形态规范的资源写作。

然而，玛拉沁夫又是一个具有民族意识的作家，他曾说："我一直生活在内蒙古，我了解我们内蒙古的苦难的过去，所以每当我写到我们亲爱的社会主义自治区，写到我们的内蒙古草原，心里就充满了说不出的激动，笔端就有了写不尽的激情。"[1] 作为一位对母族文化有着强烈认同感的少数民族作家，当他进入母族文化系统时，族性文化对其创作的渗透不可避免。因此，阅读《在茫茫的草原上》时会发现，"抛除这个政治主题，只要一深入其他的领域或者甚至就在这个领域，作者所隶属的民族身份便会很强烈地显现出来。这使得文本呈现了一种存在于二者之间的张力和裂缝，文本也就在表达时代共名的主题下呈现了另一种面貌"[2]。正因为玛拉沁夫自我民族身份认同意识在作品中的渗透，使得小说与主流文学规范有些差异，为此引发了人们的争论，最后作者也对该小说进行了一定程度的修改。关于《在茫茫的草原上》的争议主要为三个方面：第一，小说中那个犯教条主义错误的共产党员洪涛的形象，不利于突出中国共产党在草原革命活动的领导地位；第二，认为小说主人公铁木尔具有狭隘的民族主义观念且组织纪律性差，而作家对铁木尔的缺点没有给予批评；第三，小说的爱情叙述有问题，尤其是对寡妇莱波尔玛形象的刻画不恰当。以上三点争议中，洪涛与铁木尔的形象与玛拉沁夫民族身

---

[1] 玛拉沁夫：《答〈萌芽〉编辑部问——文学杂谈之三》，周作秋、向丹主编：《中国当代文学研究资料·玛拉沁夫专集》，山东大学出版社1979年版，第10页。
[2] 王兰兰：《中心与边缘——十七年时期的少数民族文学》，硕士学位论文，河南大学，2008年，第78页。

份认同意识的流露相关。洪涛与铁木尔的塑造，体现了作家在遵循大一统的主流意识形态要求时不自觉地表达了其民族认同意识。

《在茫茫的草原上》中的洪涛是一位在内蒙古工作的汉族共产党员，也是一位教条主义者。当时蒙古族百姓对共产党缺乏认识，同时又由于历史遗留下来的民族隔阂，使得部分蒙古族群众有一种狭隘的民族主义情绪。在这种境遇里，作为党的干部贯彻党的民族政策以团结更多的人变得尤为重要。而洪涛独断专行且不了解民族政策，因此他的所作所为不但排斥了蒙古族上层进步人士，甚至伤害了蒙古族战士的民族自尊心，加深了蒙汉两个民族之间的隔阂，影响了民族团结。可以说，《在茫茫的草原上》中的洪涛是一个有缺点的干部，这一形象具有一定的历史真实性，更为重要的是对该形象的塑造体现了蒙古族作家对了解民族政策并能智慧运用的好干部的渴望，这是作家民族意识的自然流露。但洪涛这样一位不完美的干部形象，却不符合新中国时期主流意识形态要求其应该无瑕疵的标准。因为在当时的主流意识形态看来，党的干部需要拔高，不能有瑕疵，其代表整个社会的价值取向，只有他的完美才能证明执政党与国家存在的合法性。所以，小说塑造的不完美的洪涛形象引起了争议。在后来的修改中，玛拉沁夫删除了洪涛，让在原小说中短暂现身的政委苏荣取代了洪涛，并给予肯定性的描写。玛拉沁夫虽然在大方向上能把握历史发展的潮流，表达了其对新中国的歌咏，但由于其具有的民族身份认同意识，使其文学创作仍然没有达到当时主流文学要求的高度。

《在茫茫的草原上》里作家没有把铁木尔塑造为某种思想的概念物和传声筒，而是将他置身于那特定的历史背景中真实地呈现该人物成长中的复杂性与艰巨性。铁木尔具有蒙古族的骁勇、善良、质朴的传统性格，又具有游牧文化熏染下自由散漫的弱点，此外还具有在寻求民族新生和人民解放的特定时代蒙古族人普遍具有的民族主义思想。民族性格常常是一个民族生活的自然环境、历史发展与经济条件等诸多综合因素共同造就的特点。民族性格具有稳定性的一面，也具有可塑性的一面。而铁木尔所体现的民族主义情绪，其实正是那个特定时代里蒙古族人民族个性的表现。铁木尔曾经与草原上所有小伙子一样渴望自己能成为一个勇敢、彪悍的猎人。然而，在那个阶级仇恨与民族仇恨交织的年代里，铁木尔这一素朴的生活理想却难以实现。铁木尔被抓去当壮丁，他的恋人也被贡郭尔霸占。在铁木尔当壮丁期间，他初步接受了革命思想的影响。两年后，铁木尔怀着"复兴民族"的愿望回到了家乡。在铁木尔看来，自己的民族遭受的苦难太深，所以他下定决心为自己民族摆脱苦难而大干特干。回到家乡后，这种决心更加坚定了。因为，国民党已将魔爪伸向了宽阔的内蒙古草原，保护家园与寻求民族新生，成了以铁木尔为代表的蒙古族青年的追求。小说中多次出现体现铁木尔民族主义情结的语句："我是一个蒙古人，蒙古人不能再像从前那样任人宰杀了！我们要复兴！我只想：在这样混乱年头，为自己民族出些力，多出些力"[1]；"我们蒙古人再也不能闭着眼乱跟别人走了……我们要当兵就为自己蒙古民族去干，用哈吐连长的话说：'就是死，也要脸朝北倒下'"；"铁木尔重复哈吐连长这句话时，是那样激动，以致太阳窝那条青筋都鼓出来了。最后这句话，像电流一样传染了全包里的人；沙克蒂尔甚至被这种'民族热'激出了眼泪。"[2]玛拉沁夫在小说中如实地传达和再现这淳朴、地道的民族主义情绪，这也是当时蒙古族人民普遍的时代心理状态。可以说，作家对铁木尔身上具有的民族主义情绪的书写，是其对特定时代背景下蒙古族人的民族个性的把握，具有较强的真实性。而玛拉沁夫笔下人物形象所具有的民族个性，就是作家民族认同意识的表达。

《在茫茫的草原上》对铁木尔民族个性的塑造使玛拉沁夫的民族认同意识在国家认同意识的强劲表述中溢出。然而，这样一个在其成长中曾鲜明地体

---

[1] 玛拉沁夫：《在茫茫的草原上》（上部），作家出版社1957年版，第49页。
[2] 同上书，第49页。

现其民族主义观念的英雄与十七年时期主流意识形态所规范的英雄，在文化特质上明显地不同。十七年时期主流意识形态所要求的文学中的英雄是没有个人特质的，是完全从属于集体与国家的英雄。而《在茫茫的草原上》里的铁木尔形象却具有鲜明的个人文化特质，这使得该形象引起了人们的争议。所以，1957年《在茫茫的草原上》（上）一出版就遭遇一片批评之声，批判的矛头之一指向小说体现的民族主义倾向，"批评者除认为小说爱情描写具有自然主义倾向外，比较一致地认为这部小说最大的缺点是存在民族主义情绪，甚至是狭隘的民族主义情绪"①。主人公铁木尔被认为鲜明地体现了民族主义情绪。批评者指出，比如铁木尔动不动就说"他不是自己人""他不是喝察哈尔的水长大的""我们察哈尔人""我们蒙古人"，把汉人与蒙古人对立起来。同时，批评者认为这样一位具有民族主义情绪的人却还被作家作为主要人物书写也是有问题的。这些批判"流露出主流意识形态对少数民族多元文化的存在对民族国家一体化文化想象体建构的疏离的强烈忧虑"②。在当时主流意识形态看来，作品体现的强烈个人民族情感，就是一种狭隘民族主义的表现。玛拉沁夫的《在茫茫的草原上》描述的是中国共产党领导下的草原革命斗争，但当作者深入创作之后，其民族认同意识使得作品表述与主流意识形态要求的话语发生了偏离，于是干部的领导地位不突出，主人公自身具有缺点且作者不予否定等成了这部作品的争论焦点。但我们发现，"当玛拉沁夫进入民族生活后，民族生活的巨大引力使他在试图将主流意识形态与民族文化结合时，表现出鲜明的对主流意识形态的背离和对自己民族文化立场和个人话语的持守。而正是这种背离和持守，才使他的小说具有了真正意义的文学价值"③。颇为遗憾的是，玛拉沁夫接受了代表主流意识形态价值取向的批评，对《在

---

① 李晓峰：《重读玛拉沁夫》，《南方文坛》2011 年第 5 期。
② 李晓峰：《论中国当代少数民族文学话语的发生》，《民族文学研究》2007 年第 1 期。
③ 同上。

茫茫的草原上》进行了修改，铁木尔的"民族主义"被抹得干干净净。但在"文革"中，玛拉沁夫还是为此付出代价，承担了"煽动民族分裂"的罪名，他的文学作品也被称为"叛国文学"。玛拉沁夫这一个案，折射出了新中国时期少数民族作家创作在与汉族文学一样表现出鲜明的国家认同意识的同时，必然意味着少数民族作家的另一主体意识——民族意识遭遇压抑。同时，《在茫茫的草原上》的存在，也折射出新中国时期民族认同意识曾经从主流话语的裂缝中溢出。这是新中国时期少数民族文学"文化寻根"的最初表现。

（二）老舍的《正红旗下》：族性文化的书写

新中国成立初期，作为知名作家的老舍与其他作家一样致力于国家认同意识的建构，创作出一系列歌颂新中国、歌颂新社会的作品，如话剧《龙须沟》《茶馆》等。同时，作为一位具有满族身份的少数民族作家，在新中国强调各民族平等的民族政策下，老舍内心深处留存的视满族卖国为不齿的阴影被逐渐驱散，而潜藏其心灵深处的民族认同意识逐渐在创作中得以表达。如果说1949年前老舍对族性文化的书写只能隐晦地传递；那么1949年后，老舍对满族文化的书写却变得日趋走向自觉，这鲜明地体现在其未完成的长篇小说《正红旗下》里。《正红旗下》创作于1961年，是一部自传体小说。该部小说出色地描绘了清末北京城里满族人的生活状态，是新中国时期一部少见的书写族性文化的典范作品。

在国家认同意识的建构压倒一切的新中国时期，老舍为何书写了一部体现强烈的民族认同意识的作品？首先，与新中国的民族政策密切相关。新中国成立前，对少数民族的歧视非常普遍。满族虽然在清代是统治阶级，但由于它的懦弱、无能与腐败，使得晚清以来的满族人羞于谈论自己的族别，老舍也不例外。"他曾对和他住过一个屋的好友吴组缃先生说，他羞于说自己是满族人。因为他觉得耻辱。主要是因为两条：一是清朝末年，统治者腐败无能，丧权辱国；二是末代皇帝溥仪后来当了伪满洲国的皇帝，成了民族罪人。

这两条对广大爱国的满族人来说，真是奇耻大辱，老舍作为进步的时代青年，更不例外，所以，索性不提自己的族籍。"① 而新中国成立后，国家制定了系列保证民族平等的政策，使得长期处于被压迫、被歧视的少数民族获得了翻身解放。1952年中央统战部颁布了《关于满族是否是少数民族的意见》一文，专门指出满族是我国少数民族之一。"意见"要求各地要切实保障散居的满族人作为少数民族应享有的各方面的民族平等权利。这份来自国家层面的"意见"对身为满族的老舍有着巨大的影响。1956年老舍创作话剧《茶馆》时，一改惯常的写法，明确指出生性好强的硬汉常四爷和生性怯弱的老好人松二爷的满族身份。而且，老舍还借助常四爷的口，大胆地喊出自我的心声："我是旗人，旗人也是中国人哪！我爱咱们的国呀，可是谁爱我呢？"② 可以说，这两部作品或隐或显所体现的民族认同意识在老舍以往的创作中是被压抑的。

另外，老舍在新中国成立后表达强烈民族认同的书写与国家领导人对他的鼓励与支持有关。"老舍先生的这种思想转变和毛主席、周总理等老一辈领导人亲身对他做民族政策方面的工作有着密切的关系。"③ 周恩来有意识地让老舍作为满族的杰出代表出席各种聚会；毛泽东也曾与老舍专门谈及满族这个民族，还说康熙大帝是他最崇拜的皇帝，建议老舍写写康熙。"毛主席、周总理这些谈话让老舍彻底改变了他对满族的看法。他为自己是个满族人而感到自豪。他开始收集满族的材料，他要正面地历史地描写满族人。他也开始读清史，读有关康熙皇帝的资料。"④ 在这些因素的影响下，老舍的民族认同意识逐渐走向复苏，并开始潜心创作那部鲜明展现作家民族认同意识的长篇小说《正红旗下》。

---

① 舒乙：《老舍和少数民族文学》，《民族文学》2005年第11期。
② 老舍：《老舍文集》（第11卷），人民文学出版社1987年版，第67页。
③ 舒乙：《老舍和少数民族文学》，《民族文学》2005年 第11期。
④ 同上。

老舍的民族认同意识在《正红旗下》中表现之一为对满族民俗文化浓墨重彩的渲染。民族风俗是指一个民族独特的生活习性或社会习惯。它是从人们的日常生活、思想情感、信仰习惯中孕育出来的,是将不同民族区分开来的重要标志。民族风俗具有"集体性",它培育了社会的统一性,增强了民族的认同感,并强化了民族精神,塑造出各异的民族品格。尽管民族风俗随着社会的更替而处于不断流变的发展过程,然而它又是一个民族文化范畴中最为稳定和最具特色的部分。英国学者雷蒙德·威廉姆斯曾将社会文化系统划分为三种成分:主导成分、残余成分与新生成分。主导成分是指那些居于支配性地位的文化;新生成分是指那些崭露头角的价值观与新的社会体验;而残余成分则指过去遗留下来的,未被主导文化收编,仍在当前文化形态中发挥作用的成分。民族风俗就是社会文化系统构成中的"残余成分",它是民族文化构成中有历史感的部分,也是最外显的部分。一般而言,民族风俗的书写在作品中或是故事空间的背景呈现,或是吸引眼球的穿插点缀。但对老舍而言,其鲜明的民族意识使《正红旗下》的满族风俗书写成为小说的重心之一,如学者赵园所说,"在老舍本人,这作品较之此前诸作也更有明确的'展示文化'的意向和为此所需的从容心境。甚至不妨认为这小说的主人公即'风习'"[①]。作家描写了哪些风习呢?

满族是我国北部的少数民族,强悍骁勇,善于打仗。明朝末年,满族入关取代了明朝建立清朝,统治中国近三百年。满族是一个在入关后积极学习汉族文化传统,且又有着自身文化传统的民族。《正红旗下》以"我"(旗人的后代)的视角,讲述了在"我"出生近一个月里家里与家外发生的故事,其间着重展现了满族旗人的各种文化习俗。由于主人公"我"出生于春节前夕,而这时节是中国人习俗最多的时候,所以年节习俗的书写是该小说展现

[①] 赵园:《北京:城与人》,北京大学出版社2002年版,第178页。

民族风俗的重要窗口。小说开篇即宣告自豪地"我"诞生于一个重要的节日:

> 我是腊月二十三日酉时,全北京的人,包括皇上和文武大臣,都在欢送灶王爷上天的时刻降生的呀。①

随后作家展开描述了这一节日的生活场景:

> 大街上有多少卖糖瓜子与关东糖的呀!天一黑,他们便点上灯笼,把摊子或车子照得亮堂堂的……从五六点钟起,已有稀疏的爆竹声。到了酉时左右(就是我降生的伟大时辰),铺户带人家一齐放起鞭炮……每家院子里都亮那么一阵:把灶王像,请到院中来,堆起高香与柏枝,灶王就急忙吃点关东糖,化为灰烬,飞上天宫。灶王爷上了天,我却落了地。②

在民间风俗中,农历腊月二十三被称为"过小年"。老舍细致、诙谐、有趣地描绘了街上卖糖果、放鞭炮以及祭祀灶神等场景,展现了满族祭灶神这一年节习俗。过了"小年",很快就该"过年"了。满族人的祖先原没有过新年的习俗,入关后在与汉族的交融中,也开始重视过新年了。其中"拜年"是北京过年的重要礼仪。一般大年初一开始,旗人的亲戚朋友们就要拜年。《正红旗下》里书写大年初一那天,"我"父亲接受福海二哥的拜年,然后他自己也穿上干净的衣裤出门拜年去了。此外,小说还描写了春节期间的庙会与十五的灯节等节日活动。总之,入关已久的满族人也逐渐把汉族人的节日习俗内化为自己的文化传统的一部分。

小说还围绕"我"的出生,展现了人生成长的仪式习俗。"洗三"是满族的风俗之一。在婴儿降生三日后,主人家请一位福寿双全的老太太来为婴

---

① 老舍:《正红旗下》,译林出版社2012年版,第2页。
② 同上书,第3页。

儿洗澡，洗净身上的不洁之物。到时，亲戚、朋友们都前来祝贺，往"洗三"盆里添铜钱，说吉祥话。小说以幽默、风趣的笔墨写白姥姥给"我""洗三"：

> 白姥姥把说过不知多少遍的祝词又一句不减地说出来："先洗头，作王侯；后洗腰，一辈倒比一辈高；洗洗蛋，做知县，洗洗沟，做知州！"……洗完，白姥姥又用姜片艾团灸了我的脑门和身上的各重要关节……我就在这时节哭了起来；误投误撞，这一哭原是大吉之兆！在老妈妈们的词典中，这叫"响盆"。有无始终坚持不哭、放弃吉利的孩子，我就不知道了。最后，白姥姥拾起一根大葱打了我三下，口中念念有词："一打聪明，二打伶俐！"这到后来也应验了，我有时的确和大葱一样聪明。①

这段话把满族人的"洗三"习俗绘声绘色地描绘了出来，且文字间投射出对新生孩子的美好祝福。"满月"是又一种人生的仪礼。孩子出生三十天后，父母为孩子举行一种抓物品的仪式，并为前来祝贺的亲朋好友举办"满月宴"，以表答谢。小说着力描述"我"的"满月宴"的场面：

> 大家才恭敬不如从命地坐下。酒过三巡（谁也没有丝毫醉意），菜过两味（蚕豆与肉皮酱），"宴会"进入紧张阶段——热汤面上来了。大家似乎都忘了礼让，甚至连说话都忘了。②

满族是一个尤为讲究规矩与礼节的民族，而且各种规矩与礼节较为繁复。而北京旗人在讲究规矩与礼节方面最为突出。请安，是满族最为大众化的一种礼节。如果男子在街市上相见会互相请安；年轻人见到老年人也要请安致

---

① 老舍：《正红旗下》，译林出版社2012年版，第52页。
② 同上书，第56页。

礼。《正红旗下》中的福海二哥非常"懂规矩",他的请安做得漂亮,所以大家都很喜欢他。满族的女性也讲究"规矩"。

> 大姐在长辈们面前,一站就是几个钟头,而且笑容始终不懈地摆在脸上。同时,她要眼观四路,看着每个茶碗,随时补充热茶;看着水烟袋与旱烟袋,及时地过去装烟,吹火纸捻儿……在长辈面前,她不敢多说话,又不能老在那地呆若木鸡地侍立。她须精心选择最简单而恰当的字眼,在最合适的间隙,像舞台上的锣鼓点儿似的那么准确,说那么一两句,使老太太们高兴,从而谈得更加活跃。①

《正红旗下》细腻生动地描绘了大姐侍候长辈的得体,这是满族人讲究规矩的绝好写照。

另外,敬重姑奶奶这一规矩是满族文化的又一个独特之处。在满族文化里,姑奶奶在娘家的地位很高,大姑奶奶的地位更是了不得。从《正红旗下》中,可以看到这种影响的遗存。"我"的姑母是位中年寡妇,丈夫去世后搬回弟弟家住。而姑母在"我"家,有着绝对的权威。姑母经常外出听戏、玩牌、串亲戚。如果姑母去赌钱,母亲便要等她到半夜;如果突然下雨或下雪,母亲和二姐还得拿着雨伞去接。除夕之夜,姑母因母亲坐月子不能为她做年夜饭还极不高兴。总之,姑母在"我"的家里绝对权威的地位就是满族文化里"敬重姑奶奶"这一文化现象的反映。还有"我"的大姐,在婆家就如一个仆人一样被她婆婆使唤,但当她回到娘家,就成了姑奶奶,说话有地位,受娘家人尊重。满族的这一规矩,保留了母系社会的传统。总之,小说以旗人出身的"我"为线索,写了"我"的出生、洗三、过年、满月以及与之相关的各种民族习俗,展示出满族旗人丰富的民俗风情和文化内涵。《正红旗下》

---

① 老舍:《正红旗下》,译林出版社2012年版,第12页。

是一幅表现清末北京满族生活的风俗画卷。

　　老舍的民族认同意识在《正红旗下》中表现之二为对满族八旗制度的批判与反思。八旗制度，是清代满族建立的一种兵民一体的社会组织形式。努尔哈赤时期，为了适应满族社会的发展需要，创建了八旗制度。它以旗的颜色为号，分为镶黄、镶白、镶红、镶蓝、正黄、正白、正红、正蓝八旗，然后将满族人编入八旗。八旗制度的主要内容就是耕战结合，服从战争需要。所以，旗人们平时从事耕作或狩猎，而战时就要参加打仗为国家效力。国家每年要发给"旗人"一定的钱粮以保证旗人的生计。八旗制度实施初期，它能较为灵活地处理生产与战争的关系，也有利于培养满族骁勇善战的民族个性，所以八旗制度对于促进满族政权的兴起与发展发挥了极其重要的作用。然而，由于八旗制度要求旗人全心效力于朝廷而不能自谋生计，又加上旗人内部分为不同等级，因此随着历史的发展特别是进入和平年代之后，这种具有军事色彩的社会制度越来越暴露其弊端。八旗制度最大的问题就是造就了大批不能自食其力的寄生阶层，从而极大地削弱了满族人的生存能力。《正红旗下》正是一篇体现老舍深层思考本民族生存命运的作品，它对清朝的八旗制度进行了深刻的历史反思与批判。老舍夫人胡絜青曾指出：《正红旗下》中，"老舍通过各色各样的人物形象要告诉读者：清朝是怎样'由心儿里'烂掉的，满人是怎样向两极分化的……"[①] 可以说，批判与反思八旗制度是老舍创作《正红旗下》的重心。

　　满族八旗制度的最大弊端，就是八旗制度的保护性养成旗人的寄生性。八旗制度把旗人分为不同等级，不同的等级享有不同的银饷。由于旗人每月有固定的银饷保障生计，而且等级越高银饷就越多，所以许多旗人养尊处优。同时，由于八旗制度是一种军事制度，它不允许旗人自谋职业，而要求他们

[①] 胡絜青：《写在〈正红旗下〉前面（代序）》，老舍《正红旗下》，人民文学出版社1980年版，第5页。

随时为国家军事需要服务。这样的规定在和平年代必然造成旗人长期无所事事的生活状态。于是，旗人们逐渐将追求生活的艺术化变成了他们人生的唯一追求。小说《正红旗下》里，大姐公正翁是四品顶戴的佐领，"却不太爱谈什么带兵与打仗"，也不会"骑马射箭"，而最感兴趣的却是养鸟。"无论冬夏，他总提着四个鸟笼子，里面是两只红颏，两只蓝靛颏儿。"① "他每天一清早就去溜鸟儿，至少要走五六里路。习以为常，不走这么多路，他的身上就发僵。"② 而且正翁还能滔滔不绝地与你聊养鸟经、养蜘蛛经以及制造鸟笼的方法。总之，养鸟与遛鸟是大姐公公生活的大追求。大姐夫多甫也是把追求生活的享受作为自己的唯一爱好。他原本是位骁骑校，可马也不会骑，但却是个玩鹌子和养鸽子的高手。他的口头禅是："咱们旗人，别的不行，要讲吃喝玩乐，你记住吧，天下第一。"③ 小说中旗人父子如此悠闲的状态揭示了八旗制度的保护性造成旗人不务正业、只知玩乐的寄生性。大姐公公与丈夫本是聪明、能干之人，但他们鄙视自食其力，小生意不愿做，不种田又拿不动锄头，基本失去了劳动养活自己的能力。他们喜欢的是成天把所谓的智慧与能力全用在养鸽子、养鸟这些微不足道的事物中，以获得小享受与小慰藉。就如老舍所言："他们老爷儿俩到时候就领银子，终年都有米吃，干吗注意天有多么高，地有多么厚呢？生活的意义，在他们父子看来，就是每天要玩耍，玩得细致，考究，入迷。"④ 可以说，努尔哈赤开创的"骁勇骑射"的传统与勤劳勇敢的品格在后来的旗人身上消失殆尽，剩下的只是纨绔子弟与不肖子孙的恶习。八旗制度养成了旗人们不务正业、只知玩乐的寄生性，旗人自食其力的生存能力由此不断退化，结果导致满族这个民族的民族自信心的丧失与民族性格的扭曲。就如《正红旗下》中的多老大有着双重的卑劣性，在洋

---

① 老舍：《正红旗下》，译林出版社2012年版，第9页。
② 同上书，第39页。
③ 同上书，第10页。
④ 同上书，第1页。

人面前，他谦卑软弱就如奴仆；可在同胞面前，他又耀武扬威如主子。可以说，多老大是民族性格被极端扭曲的代表。《正红旗下》里，老舍通过描绘一个个人物形象的言谈举止、行为习惯等诸多方面的日常表现，深刻地批判与反思了曾经横扫南北的满族八旗制度的弊端。无论是满族文化习俗的描绘，还是满族八旗制度的批判，都鲜明地表达了作家老舍自觉的民族认同意识。只可惜这部老舍先生试图为自己的母族——满族做传的作品因特殊的历史原因未能全部完成，否则先生将会更加全面地对一个民族由盛及衰的历史进行深入的文化拷问。

　　中华人民共和国建立初期，由于政治意识形态对文学的过度干扰，追求符合政治意识形态要求的文学表达成为作家创作的目标。对于少数民族作家而言，致力于国家认同的建构是新中国时期政治意识形态对少数民族作家的主要要求，因此表达对新中国、新社会及中国共产党领导的强烈认同与民族团结的强调是少数民族文学的重要主题。与此同时，由于新中国时期对国家认同的突出强调，从而使得少数民族作家对自我民族文化的认同处于被压抑状态，这也使得注重从民族文化深处书写少数民族生活的具有"文化寻根"倾向的文学作品只是零星地闪现，比如，在玛拉沁夫与老舍的作品里。直到进入20世纪80年代，在解放思想、对外开放的时代潮流影响之下，少数民族作家的自我文化认同意识逐渐复苏，少数民族文学"文化寻根"潮流出现，给中国文坛带来新鲜的气息。

第二章　20世纪80年代中国少数民族文学的"文化寻根"

20世纪80年代，伴随着极"左"思潮的结束与改革开放的启动，文化热在中国悄然兴起，西学与中国传统文化逐渐进入人们的视野。同时，民族政策与文学制度的重构，使得少数民族曾一度被压抑的民族身份认同意识逐渐觉醒，民族文化走向复兴。包括西学、传统文化与各少数民族文化复兴而产生的文化热是新时期少数民族文学"文化寻根"现象发生的重要语境之一。另外，拉美魔幻现实主义文学的成功直接刺激了少数民族文学"文化寻根"的发生。在这样的语境之下，文学领域的文化书写初露端倪，乌热尔图、扎西达娃等少数民族作家开始了由政治书写向文化书写的转向。进入80年代中期，"寻根文学"思潮的出现，使得少数民族作家们更为自觉地进行文化寻根路径的探索，将本土文化与现代意识相融合成为他们的追求。

一 文化热的兴起

20世纪80年代初,西方文化的大量传入、中国传统文化的悄然兴起以及国内各少数民族文化的复兴使得中国大地上掀起了文化热的潮流,这为20世纪末少数民族文学"文化寻根"现象的产生提供了重要的语境。或者说文化热的兴起是20世纪末少数民族文学"文化寻根"现象产生的原因之一。

(一) 西学的盛行

新中国成立后,由于以美国为首的资本主义阵营与以苏联为首的社会主义阵营呈对立状态,这使得属于社会主义阵营的中国与以美国为首的西方世界同样处于对立状态。很长时期里,中国与西方处于隔绝的状态,因此中国与西方国家间的交流互动总体处于停滞状态。但"文革"结束后,改革开放的方针使得中国的国门向世界打开。于是,大量的西方文化涌入中国。纵观中国的近现代历史,西方文化大规模地进入中国,在中国形成了三次文化浪潮:第一次出现于鸦片战争期间。由于清政府长期以来实行闭关锁国的政策,使得国家的发展大大地落后于西方世界。1840年,西方列强直接用坚船利炮打开了中国的国门。这猛烈的一击,震醒了以天朝上国自居的中国人。在亡国灭种的危机之下,部分知识精英把目光转向了西方,掀起了学习西方文化的浪潮。第二次出现于"五四"时期。1911年,辛亥革命推翻了中国几千年的封建帝制,使得西方文化在动荡的中国大地上广泛传播,1915年"五四"新文化运动打出了科学、民主的旗帜大力倡导西方文化,各种外来思潮涌入中国,包括后来开创中国历史新纪元的马克思主义。第三次出现于20世纪80年代的改革开放时期。"文革"的浩劫让中国社会的发展跌入了历史的低谷。

直到 1978 年，党的十一届三中全会明确将"解放思想""改革开放"作为国家发展的方针政策。于是，中国的大门在封闭了几十年后再次向西方打开。而此时的西方文化，经过第二次世界大战后几十年的快速发展，又创造了一个新的历史高度。所以，伴随着中国的改革开放，西方文化迅速传入中国，如哲学思潮、政治思潮、文艺思潮、经济理论、科学技术乃至迪斯科、摇滚乐等大众文化。20 世纪末西方文化的传入，最显著地表现为大量西方著作的引入。改革开放以后，封闭了几十年的中国亟须了解外面的世界，而解决这一困境的最直接方法就是通过对西方著作的翻译加强中国对西方乃至世界的了解。西学的翻译从 70 年代末就已启动，翻译规模不断扩大。王晓明先生曾描述，"据统计，1978—1987 年间，仅是社会科学方面的译著，就达 5000 余种，大约是这之前 30 年的 10 倍。而其他方面，例如文学翻译的情形，也大致相同"[①]。在 20 世纪 80 年代兴起的以西学翻译为主的金观涛主编的"走向未来丛书"与甘阳主编的"文化：中国与世界丛书"最有影响力。"走向未来丛书"从 1983 年 4 月开始筹划，同年 11 月正式出版，到 1988 年出版了七十四种。"走向未来丛书"引进了国外图书二十五本，其中翻译的外国图书为十六本，改写或编译的外国图书为九本。《弗洛伊德著作选》《没有极限的增长》《人的现代化》等著作都出自这套丛书的翻译或编译。"走向未来丛书"引进了当时最先进的人文社会科学与自然科学研究成果，如凯恩斯主义、人工智能、理性主义哲学等。边缘学科与新兴学科随着系列丛书的传播进入中国，有力地打破了当时中国思想界与学术界僵化、封闭的格局，为中国社会科学研究与自然科学研究带来了巨大生机与活力。所以，有学者认为，"走向未来"丛书的出版，"在中国掀起了西方文化热，深刻地影响着中国思想界，对中国的思想产生强大的冲击和严重的挑战，促进了中国思想的迅速发展和

---

① 王晓明：《翻译的政治——从一个侧面看 80 年代的翻译运动》，[日] 酒井直树、花轮由纪子主编《印记：西方的幽灵与翻译的政治》，江苏教育出版社 2002 年版，第 275 页。

第二章 20世纪80年代中国少数民族文学的"文化寻根"

分化"①。总之,"走向未来丛书"掀起的西方文化热,对于改变思维定式、冲破理论禁区,进一步推动人们的思想解放有着重大的意义。

另外,80年代中期出现的"文化:中国与世界丛书"也是掀起西方文化热的另一股重要力量。甘阳主编的"文化:中国与世界丛书",从1985年策划,1986年开始出版,至1995年为止共出版84种。这套丛书主要翻译西方现代思想的学术著作,据曾是参与者的徐友渔回忆:"一开始,我们成立编委会的时候,觉得汤一介、金观涛他们已经搞得非常好了,我们能量又小,辈分又小,还能搞什么呢?但后来分析,我们完全有自己的空间……他们两个编委会,加上别的编委会,再厉害,世界上有一块最重要的东西,他们还是没有涉及,代表西方20世纪主流思想的东西还是没人搞。"② 1985年12月10日,"文化:中国与世界"丛书编辑委员会的首次广告登载于《光明日报》。该套丛书的名称确定为"文化:中国与世界系列丛书",计划将出版若干子系列图书。最先确定出版的两套丛书是《现代西方学术文库》与《新知文库》。这两套丛书主要译介国外重要的学术思想成果。同时,两套丛书的服务对象得以确定,《现代西方学术文库》主要为专业人士服务,而《新知文库》则主要面向普通读者。《现代西方学术文库》的第一批丛书预计翻译出版四十九部著作,着力推介西方哲学思想,包括尼采、海德格尔、弗洛伊德、马尔库塞、哈贝马斯、伽达默尔、萨特以及波伏娃等的著作。《新知文库》预计翻译出版六十部著作。此后,系列丛书的相继出版在中国大陆和港台地区产生了很大影响。"文化:中国与世界丛书"对20世纪西方人文主义思潮思想的译介,大力推动了西方文化在中国的传播,也促进了西方文化热潮在80年代中国的出现。"走向未来丛书"和"文化:中国与世界丛书"的出现迅速掀起了国内学习西方文化的热潮,"西方"被置入当代中国。"这些套'西方知识

---

① 赵智奎:《改革开放30年思想史》(上卷),人民出版社2008年版,第265页。
② 徐友渔:《我对80年代"文化热"的回顾》,《人物》2011年第5期。

81

谱系'为八十年代中国学术提供的,不仅是用以表述自身状态的思想资源和知识表达方式,同时更是一个借重构'西方'来重构本国'学术文化'的理想化镜像。"① 在这种"重构"的西方镜像中,塑造了 20 世纪 80 年代中国道路的曲折转向,也即终结"革命"而开始以"现代化"来命名的道路。

(二) 传统文化的悄然兴起

20 世纪 80 年代,随着西方文化的大量传入,文化激进主义勃然兴起。在一片主张"西化"的呼声中,一股重视中国传统文化的潮流悄然兴起。文化从来不是静态的,动态是其根本,它经历着质疑、批判、发展与融合的历程。就中国传统文化而言,20 世纪初期的"五四"新文化运动对传统文化进行了激烈的批判,人们提倡像废除封建帝制一样摒弃传统文化,主张引进科学、民主等西方价值观念,从而建立起以西方文化为基础的新型文化模式。如果说"五四"新文化运动掀起了摧毁中国传统文化的狂潮,那么将传统文化彻底遗弃的是"文革"。"文革"时期一切传统文化都被否定,从而导致中国统文化彻底被遗忘。"文革"结束后,在改革开放的大背景下,大量的西方文化涌入,传统文化似乎销声匿迹,就在此时部分知识分子认识到西方文化的不足,于是重拾传统文化渐渐成了人们的一种选择,回归传统文化的热潮悄然兴起。20 世纪 80 年代回归传统文化的潮流的兴起与中国文化书院的建立相关。书院起源于春秋时代孔子办学,它是中国古代社会主要的学习场所,近现代学校的成立使得书院走向了衰落。20 世纪 80 年代中期,民间的一些书院逐渐恢复了,最有名的是中国文化书院。中国文化书院是由冯友兰、张岱年、朱伯崑、汤一介等教授共同发起,联合北京大学、中国社会科学院、中国人民大学、北京师范大学、清华大学等单位及港台、海外一些著名学者共同创

---

① 程光炜:《一个被"重构"的西方——从"现代西方学术文库"看八十年代的知识范式》,《当代文坛》2007 年第 4 期。

建的一个民间学术研究团体与教学机构。中国文化书院于1984年10月在北京成立，首任书院主席是梁漱溟。中国文化书院的目的就是恢复和弘扬传统文化，组织者认为中国要走向现代化，传统文化能够发挥极大的正面作用，所以以弘扬与复兴中国传统文化为己任。

在20世纪80年代，中国文化书院主要从学术交流、教学活动两个方面开展传统文化的复兴活动。学术交流方面，书院多次举办规模较大的国际学术会议。比如"梁漱溟思想国际学术讨论会""纪念冯友兰先生九十五诞辰国际学术讨论会""中国宗教的过去与现在国际学术讨论会""纪念五四运动七十周年国际学术讨论会"等。这些学术会议除大陆学者外，还有来自港台地区，以及美国、日本、法国、意大利、加拿大、澳大利亚、新加坡、韩国等国家的学者参加。这些以弘扬传统文化为目的的国际性学术会议的召开在学术界产生了较大影响，推动了国内传统文化的复兴。此外，在教学活动方面，中国文化书院开办了短期讲习班、进修班与函授班来传播传统文化。1985—1989年间，书院举办"中国传统文化""中外文化比较""文化与科学""文化与未来"等短期讲习班、进修班共20多期；1987年开设自主招生文化研究班、1987年开设中外比较文化研究班（函授）。这些班级都由书院导师或书院邀请的国内著名学者亲自授课，或编写函授教材。书院的教学活动曾在全国产生较大的社会影响，如"中外比较文化研究班"有12000余名学生（函授学员），分散于全国各地。书院一些导师的讲课还由中央电视台录制成教学专题片在全国播放，引起较大反响。总之，中国文化书院为复兴传统文化所做的努力是20世纪80年代传统文化热的重要构成部分。

20世纪80年代回归传统文化热的兴起还与李泽厚系列论著的出版相关。李泽厚是中国当代著名的哲学家，出版了系列论著。1981年出版的《美的历程》是李泽厚最有代表性的美学著作。该书从审美视角出发，清晰地梳理了中国数千年文学艺术发展的脉络，提出了远古艺术的"龙飞凤舞"，商周青铜器艺术的"狞厉的美",先秦理性精神的"儒道互释",楚汉诗赋的"浪漫主义",魏晋时代的"人的觉醒",唐代诗歌与书法的"热情奔放",宋元山水画的"宁静致远",明清戏曲的"世俗感伤"。李泽厚将每一个时代的文化特征淋漓尽致地给予介绍,同时又涉及相关的政治、经济、文学、科学等,其既从纵向上厘清了时代发展的脉络,又突出了各个时期的主题,使读者对古典文艺有宏观把握,又能对各时期的历史有深刻的认知。冯友兰曾称赞《美的历程》:"它是一部大书,是一部中国美学和美术史,一部中国文学史,一部中国哲学史,一部中国文化史。"①《美的历程》出版后,深得广大读者的喜爱,十年之内重印了八次,后来又有多种版本,是当时学术著作中最畅销的书籍。《美的历程》这部被认为是 80 年代写得最漂亮的书对古老的中国艺术文化传统作了一次美的巡视,开创了新时期文化热的先河。此后,李泽厚还相继出版了《中国近代思想史论》(1979)、《中国古代思想史论》(1985)、《中国现代思想史论》(1987)等著作,它们从古代、近代到现代,对中国的传统文化思想进行了系统梳理,提出了"西体中用""救亡与启蒙的双重变奏"等重要观点。李泽厚这些梳理、研究中国传统文化著作的出版也极大地影响了 80 年代的读者,曾有学者称李泽厚"对'文革'后最初几届大学生有笼罩性影响"。总之,李泽厚新时期出版的系列著作,梳理并阐释了中国几千年以来的文化传统,由此激发了国人对文化传统的关注,推动了传统文化热的兴起。

第三代新儒家学说的传入也是 20 世纪 80 年代回归传统的文化热兴起的又一重要事件。儒家学说是中国传统文化的主流,但近代以来儒学遭遇了空前的危机与挫折。进入 20 世纪,在"五四"新文化运动中,反儒学运动达到顶峰。以陈独秀为代表的激进主义与以胡适为代表的自由主义,极力要求彻

---

① 李泽厚:《美的历程》,生活·读书·新知三联书店 2009 年版,封面。

底地清理中国传统文化；同时又热情地呼唤现代西方文明（科学精神与民主精神）。就是在反传统的呼声日益高涨的时候，少数知识分子大力呼吁和倡导儒家学说的回归，于是新儒学产生了。新儒学，是指大力弘扬中国传统文化，主张融合西方近代文化精神，以此来创建中国新文化的一种学术思潮或学术群落。一般把新儒学的倡导者分为三代：第一代是指20世纪二三十年代以梁漱溟、熊十力、冯友兰等为代表，他们以开放的心态主张儒家学说与西方文化的融合，以实现儒家学说的现代化；第二代是20世纪五六十年代港台地区的唐君毅、方东美、牟宗三、徐复观等为代表，他们以"天涯流浪儿"的心态，重振中华儒家文化精神；第三代是20世纪70年代末80年代初起以杜维明、刘述先、成中英等一批侨居在海外的学者。新时期文化热的兴起与第三代新儒家学说传入中国相关。第三代新儒学是在对西方文明进行反思的背景下产生的。长期以来，西方社会习惯以欧洲中心主义的眼光看待世界。然而随着工业化进程的加速，经历了科技革命与管理革命的西方社会形成了一个以严密的等级制度与精细的分工制度为主体的体系。在这日趋非人化的系统中，丰富的个性逐渐变成一种单调、乏味的被分配的角色，这使得产业劳动者越来越憎恨工作的机械化，于是产生深深的孤独感与绝望感。正是由于西方社会面临的精神困境驱使人们重新想到东方，尤其是想到充满了人伦温情的中国传统文化。一些生活在西方的汉学家们试图以儒家的伦理道德去重建社会的道德秩序，去化解人与人之间的冷漠。所以，研究中国传统文化成为当代西方汉学家的一种风尚。一些侨居在海外的华裔学者，他们曾直接或间接地受到中国传统文化的哺育和熏陶，对中国文化具有本能的向心力和认同感，加上安身立命的需要，所以他们积极提倡儒家文化，认为儒家文化不失为一种疗救后工业社会人们精神病痛的良药，于是掀起了第三次新儒学浪潮。第三阶段的儒家学说在总体方向上继承了第一代、第二代新儒家的思想主旨，继续以弘扬、阐释儒家学说为己任。由于第三代新儒家都身居海外，他们的视野开阔、思维敏捷,在学术上尤为重视儒家学说与普世伦理的对话,谋求中国文化在世界文化中有一席之地是他们的追求。在第三代新儒家看来,儒学作为中国土生土长的一种哲学思想,它关注的不仅是中国的问题,而且还是人类的问题、宇宙的问题,具有普遍性与深刻性。海外第三代新儒家为倡导儒家学说的努力,以及其在中国改革开放背景下的传入,促进了中国传统文化热的兴起。

在20世纪80年代中国追求现代化的道路上,向西方学习是整个中国社会的共识,因此西方文化热是80年代文化热中的主流。但在西方文化盛行的旋涡中,中国文化书院所倡导的活动、李泽厚系列论著的出版以及海外第三代新儒家学说的传播等,推进了人们对中国传统文化的关注,掀起了传统文化热。虽然20世纪80年代兴起的回归传统文化热直到21世纪才蔚为大观,但它的兴起为中国当代文学写作的文化转向及少数民族文学的文化转向奠定了基础。

(三) 民族文化的复兴

20世纪80年代,西方文化如"五四"时期一样大量地传入中国,而中国的传统文化又悄然兴起,国内四处洋溢着文化的热潮。在文化热的语境里,国内各民族文化也逐渐走向复兴。新中国成立初期,国家制定了一系列促进各民族平等与团结的方针政策,尤其给予少数民族许多优惠政策,这使得长期处于被压迫、被歧视的各少数民族获得翻身解放的幸福感。但作为一个新建立的国家,加强各民族对国家的认同是新中国的一项重要政治任务,因此各少数民族的民族认同意识被强劲的国家认同意识所抑制。加上新中国成立后的很长时期里,由于极"左"思潮的盛行,使得少数民族文化被视为迷信、腐朽、落后、封建的代名词,所以少数民族文化遭到了极大的破坏。直至新时期,由于民族政策的"拨乱反正",少数民族文化逐渐走向复兴。少数民族文化的复兴是新时期文化热的组成部分之一,这是少数民族文学"文化寻根"

现象发生的重要语境。

　　民族政策是指国家为调节民族关系，处理民族问题而制定的方针政策。中国是一个统一的多民族国家，处理好中国各民族之间的关系是维护国家统一与民族团结的基本要求。新中国成立初期，国家制定了一系列保证各民族平等、团结的民族政策，尤其是围绕少数民族的文化教育、风俗习惯、宗教信仰、语言文字、文化艺术等，如普及与发展少数民族文化教育、保障各民族保持和改革风俗习惯的权利、坚持宗教信仰自由、帮助少数民族创制和改革文字等。系列民族政策的制定及实施，充分体现了各民族的团结与平等，促进了少数民族文化的繁荣。但从 1957 年起，由于"左"倾思潮的影响，新中国成立初期制定的民族政策受到了破坏。表现为在民族地区进行小范围的整风运动与民主改革，目的是推行"民族大融合"以反对"地方民族主义"。到"文革"时期，极"左"思潮引发了全民性的政治运动，各少数民族也陷入了"阶级斗争"之中。"文革"期间，少数民族文化政策被践踏，少数民族文化机构和组织被取缔，民族文化干部、工作者及宗教人士被迫害，少数民族文化工作完全停滞甚至倒退。直到 1978 年 12 月，中国共产党第十一届三中全会的召开，标志着清除"左"倾思想影响的"拨乱反正"工作开启。在"拨乱反正"的历史潮流中，负责处理国家民族关系与民族问题的民族政策成了"拨乱反正"关注的重心。

　　民族政策"拨乱反正"的开启，最初是恢复负责处理民族问题的国家机构并开展相关的平反工作。"文革"时期，所有负责实施民族政策的国家机构全部处于瘫痪状态。直到"1979 年 2 月 3 日，中共中央统战部向中共中央提交报告，要求为全国统战、民族和宗教工作部门及主要领导李维汉摘掉'执行投降主义路线'的帽子"。[①] 同月，党中央批准了这一报告。而后，从中央

---

　　① 刘源泉：《中国共产党少数民族文化政策研究》，博士学位论文，华中师范大学，2013 年，第 94 页。

到地方一度处于瘫痪状态的民族事务委员会以及相关的工作机构陆续恢复，民族工作的开展逐渐走向正常化。随着民族工作机构的恢复，各地各级民族宗教领域冤假错案的复查和平反工作随之迅速展开，为"文革"时期被打为地方民族主义分子、右派分子少数民族人士平反摘帽，解决他们的思想包袱。这有利于调动他们工作的积极性，为各项具体民族政策的恢复奠定了基础。

随后，国家启动了促进民族平等与团结的各项民族政策的恢复。1979年5月，国家民委在天津召开了本机构恢复后的第一次委员扩大会议。在会上，国家民委主任杨静仁作了重要讲话，要求民族部门"必须认真研究四化中的民族关系问题，密切研究在四化中如何注意少数民族地区的特点和照顾少数民族的需要问题，加强对各民族自治地方和其他民族地区经济、文化状况和问题的调查研究，切实关心少数民族的经济、文化建设，积极向有关部门反映少数民族的合理要求，并提出自己的建议"[1]。此后，系列文件相继出台，从不同方面完善和充实国家的民族政策。就少数民族的风俗习惯而言，国家把尊重少数民族风俗习惯作为基本原则，结合社会实情进一步细化并重新制定民族政策。如国家针对过去在少数民族婚丧问题上"一刀切"的错误做法，专门制定法规保护少数民族的婚丧习惯。"在婚姻习俗方面，根据1980年9月通过的《中华人民共和国婚姻法》中关于少数民族婚姻可视具体情况制定变通条例的规定，西藏、新疆、内蒙古、宁夏、贵州等地根据本地区少数民族的实际情况，对《婚姻法》进行了补充规定"[2]；在丧葬习俗方面，强调"少数民族实行土葬或火葬，是一个风俗习惯问题"[3]，必须遵从少数民族群

---

[1] 国家民族事务委员会、中共中央文献研究室编：《新时期民族工作文献选编》，中央文献出版社1990年版，第11页。

[2] 刘源泉：《中国共产党少数民族文化政策研究》，博士学位论文，华中师范大学，2013年，第100页。

[3] 国家民委政策研究室编：《国家民委民族政策文件选编（1979—1984）》，中央民族学院出版社1988年版，第253页。

众的意愿,"绝不能强迫"①。1985年发布的《国务院关于殡葬管理的暂行规定》要求:"尊重少数民族的丧葬习俗。实行土葬的,应在指定地点埋葬,对自愿实行丧葬改革的,他人不得干涉。"② 另外,关于少数民族的宗教信仰,国家恢复了"文革"期间被破坏的少数民族宗教信仰自由的权利。1979年召开的全国统战工作会议上,中央明确指出,"宗教信仰自由政策,是我们党正确处理群众宗教信仰的一项根本政策"③,"必须以坚定的态度"④ 克服各种困难,加以执行,"使信教群众享有宗教信仰自由的权利"。⑤ 同时,针对"文革"时期几乎所有的宗教场所遭到破坏或关闭的现象,政府指示,"在部分大、中城市,在历史上活动胜地,在教徒聚居的地方,特别是在少数民族地区,应当有计划有步骤地恢复一些寺观教堂"。⑥ "以新疆维吾尔自治区为例,全区在'文革'前的1965年共有清真寺14119座,'文革'中开放的只有1400座,而到1981年底恢复开放了12000座,到1991年清真寺数量已达17000座。"⑦ 此外,各级政府逐步清退了"文革"期间被查抄、没收的寺庙佛像、经书、法器等物件。据不完全统计,从1978年底到1990年,西藏自治区共清退了"文革"期间查抄的寺庙财物共计5万余件,以及各种宗教用品300多吨。⑧ 新时期宗教信仰自由的恢复、宗教场所的重新开放等民族政策的实施,有力地促进了少数民族对母族文化的认同与传承。还有,尊重少数民族使用民族语言文字的权利也得到恢复与保障。新时期,国家重启民族文

---

① 国家民委政策研究室编:《国家民委民族政策文件选编(1979—1984)》,中央民族学院出版社1988年版,第253页。
② 国家民委办公厅等编:《中华人民共和国民族政策法规选编》,中国民航出版社1997年版,第356页。
③ 国家民族事务委员会、中共中央文献研究室编:《新时期民族工作文献选编》,中央文献出版社1990年版,第20页。
④ 同上。
⑤ 同上。
⑥ 同上书,第164页。
⑦ 刘源泉:《中国共产党少数民族文化政策研究》,人民出版社2014年版,第103页。
⑧ 同上。

字的创制和改进，在新中国成立初期所创制的少数民族文字基础上进一步改进，使其更加符合少数民族群众的意愿及民族地区的实际，这项工作极大地保存与发展了少数民族文化。总之，新时期各项民族政策的恢复或修订，有利于保护、传承少数民族的历史传统与宗教文化，有利于促进民族团结，民族文化的复兴由此出现。

民族政策"拨乱反正"工作的启动，使得新中国成立初期建立的有利于民族平等与团结的系列民族政策得以恢复，少数民族的民族身份认同得以强化，从而直接催生了少数民族文化的复兴。民族政策的实施必然会对少数民族的社会、经济与文化发展产生影响，也必然会对少数民族的身份认同产生推动作用。新中国成立后，国家制定了民族平等原则、民族区域自治制度以及相关的少数民族优惠政策。这些促进民族平等与团结的制度，尤其是扶持少数民族发展的制度，有力地推动了少数民族建构自我的民族身份。但由于当时的中国是一个新建立的政权，维护国家的统一是最首要的任务，因此国家认同的建构被突出与强调，甚至在很长时期里遮蔽了曾被建构起来的民族身份认同。"文革"时期，少数民族的身份认同被与民族分裂相捆绑，由此一度被试图消灭。到20世纪70年代末，在"拨乱反正"的历史潮流中，新中国成立时期建立的那些有利于促进民族平等与团结的民族政策陆续恢复。这些恢复的国家民族政策，大力倡导对少数民族文化的保护。宗教信仰、风俗习惯、语言文字等是构成各民族文化的核心元素，而国家民族政策所倡导的对这些文化元素的保护与传承，使各少数民族充分享受了本民族文化的熏染，这自然强化了少数民族对自我文化的认同感，并获得一种文化自信，民族文化的复兴必然成为一种选择。同时，新时期恢复的国家民族政策充分保障了少数民族享有的优惠政策，这有利于推动少数民族强化自我的民族身份认同意识。国家实施的民族政策，从政治层面的民族区域自治到民生层面的教育、生育等相关政策的实施，充分保障了少数民族享有特殊的权利。这些少数民族优惠政策的制定不仅可以缩小各少数民族与汉族发展的差距，以实现真正的民族平等，民族优惠政策让少数民族获得了诸多的现实利益，由此进一步强化了他们原本建立在血缘、文化认同基础上的民族认同意识。此外，国家民族政策的恢复恰巧发生在一个思想走向解放、意识形态控制走向宽松的社会环境里，这明显不同于20世纪五六十年代那样封闭、保守、高度意识形态化的社会环境，所以说新时期国家民族政策的"拨乱反正"使少数民族的民族认同意识不是走向压抑而是走向了复苏。而少数民族的民族认同意识的复苏，带来的是少数民族文化的复兴。

20世纪80年代，学习西方文化是时代的主潮，同时传统文化与少数民族文化逐渐走向复兴。在文化热的包裹之中文学书写从政治主题的表达转向文化的关注，尤其是少数民族文学书写的文化倾向更为显著。总之，文化热是20世纪末少数民族文学"文化寻根"现象产生的重要语境。

二 拉美魔幻现实主义的影响

进入新时期，伴随着大量西方文学思潮涌入的拉美魔幻现实主义直接刺激与推动了20世纪中国少数民族文学"文化寻根"现象的产生。

（一）什么是拉美魔幻现实主义

拉美魔幻现实主义，是20世纪二三十年代在拉丁美洲形成的一个文学流派。该文学流派强调将拉丁美洲的客观现实与以某种信仰为基础的主观真实融合为一体，为现实描写披上魔幻的外衣；在创作手法上，运用写实主义手法的同时，又运用欧美现代派的各种现代技法，如象征、夸张、怪诞、打破时空界限等手法，并不时插入许多神话与传说，使其作品呈现出似真似幻的风格。拉美魔幻现实主义是作家们将拉丁美洲特殊历史文化与西方现代主义文学相结合的产物。新大陆发现之后，西欧各国陆续入侵拉美大陆，拉开了长达三百年的殖民历史帷幕。此后，拉丁美洲作为西、葡、英、法等国的殖民地，其文化构成呈现为独特的混合文化结构，即美洲印第安文化、西方文化、非洲黑人文化及少量东方文化的交融。虽然拉美文化颇为丰富，但20世纪前的拉美文学却默默无闻。这是因为殖民政治的高压压制了印第安文学的发展，取而代之的殖民地文学又跳不出依附、模仿西方文学趣味的怪圈。到了19世纪，拉丁美洲的各个国家先后获得了独立，可由于受到宗主国文化与文学的长期浸染，拉美文学依然默默无声。直到20世纪初，为了摆脱宗主国文学影响而发展自己的民族文学，拉美作家开始以一种博采众长的姿态，从世界文学宝库中汲取养分。尤其是意大利的未来主义与法国的超现实主义较大地影响了20世纪初期的拉美文学，使其在创作方法与技巧上与世界文学接轨。此时，拉丁美洲各国的民主独立运动与世界性的文学思潮给拉美文学带来了发展的机遇。一方面，拉美各国的知识分子投身于民族独立运动，这使得他们逐渐形成统一的拉美民族意识；另一方面，在借鉴欧洲现代派过程中，拉美文学在创作方法上日趋成熟。于是，在20世纪六七十年代拉美文学异常繁荣，人们称之为"文学爆炸"。拉美魔幻现实主义以印第安文化为背景，继承了来自传统的写实主义手法，同时又自觉运用欧美现代派文学的技巧，从而形成了体现拉美混合文化特征的一支文学流派。

"魔幻现实主义"这一概念，最早出现在德国文艺评论家弗朗茨·罗的《后表现主义·魔幻现实主义·当前欧洲绘画的若干问题》一书中，该书出版于1925年。弗朗茨·罗比较了魔幻现实主义绘画与表现主义绘画的区别，提出了"魔幻"这一术语。他认为"魔幻"就是"为了指出神秘并不是经过表现后才来到世界上的，而是活动着并隐藏在其中"①。这一解释实际上是强调事物的神秘性是客观存在的事实，而魔幻现实主义不过是用"魔幻"方式揭示了客观存在的神秘性。后来，弗朗茨·罗的这部著作被翻译为西班牙文，"魔幻现实主义"由此由西班牙语的文学领域经委内瑞拉作家彼特里的推介而进入拉美文学。此后，"魔幻现实主义"逐渐在拉丁美洲文学领域流行。古巴作家卡彭铁尔曾对魔幻现实主义进行深入的理论阐述，他指出神奇是现实突变的产物，是一种对现实的特殊表现；同时，卡彭铁尔指出只有在精神状态达到激奋的境况下，神奇现实才能被人们感知。概言之，魔幻现实主义就是运用想象与夸张的修辞手法表现现实生活，最终把现实变成一种"神奇现实"。

拉美魔幻现实主义的代表作家有哥伦比亚的马尔克斯、阿根廷的博尔赫斯、古巴的卡彭铁尔、墨西哥的鲁尔福等。鲁尔福的《佩德罗·帕拉莫》是"魔幻现实主义"流派真正成熟的标志，它把墨西哥文明、印第安文明的传统观念与现代主义的时空观念巧妙地结合为一体，使得魔幻现实主义的"神奇"富有本土性与现代色彩。哥伦比亚的马尔克斯以《百年孤独》将魔幻现实主义推向巅峰。该小说通过书写一个小镇（马孔多）上布恩迪亚家族7代人充满神奇色彩的坎坷命运，反映了19世纪初到20世纪上半叶哥伦比亚乃至整个拉丁美洲在独裁统治和殖民入侵下孤独的历史命运。《百年孤独》在艺术形式上打破了人与鬼魂的界限，颠覆了主客观的时序，还采用了大量的隐喻与夸张，同时将印第安人的神话传说与阿拉伯文学的《一千零一夜》、圣经典故等结合在一起，构筑了一个丰富繁杂而又令人惊叹的艺术世界。1982年马尔克斯获得诺贝尔文学奖，这标志着拉美魔幻现实主义走向了世界。

---

① 转引自李晓辉《魔幻现实主义对中国文学的影响》，《内蒙古民族师院学报》（哲社·汉文版）2000年第4期。

（二）拉美魔幻现实主义在中国的传播

20世纪中期，拉美"文学爆炸"正处于大放异彩之时，而中国正经历着"文革"的十年浩劫，这场民族的灾难使中国文学失去了与拉美魔幻现实主义作品近距离接触的第一时间。直到"文革"结束，拉美魔幻现实主义文学在中国的传播才正式启动，由专业人士开展零星的译介工作。而1982年马尔克斯获得诺贝尔文学奖，掀起了国内翻译、介绍与研究拉美魔幻现实主义的热潮。因为，马尔克斯的成功让与拉美同属第三世界国家且正在探索文学现代化之路的中国作家看到了中国文学走向世界的希望。拉美魔幻现实主义在中国的传播最先始于拉美文学作品的翻译与出版。20世纪70年代末80年代初，全国的西班牙、葡萄牙、拉丁美洲文学研究会先后成立，一大批西班牙、葡萄牙语工作者展开了对拉丁美洲文学作品的翻译与介绍。同时，上海译文出版社、云南人民出版社、人民文学出版社、外国文学出版社等多家出版机构，相继出版了大量拉美文学作品，如《加西亚·马尔克斯中短篇小说集》《胡安·鲁尔弗短篇小说选》《拉丁美洲名作家短篇小说选》《百年孤独》《番石榴飘香》等。大量拉美文学作品在国内的翻译与出版，有力地推动了拉美魔幻现实主义在中国的传播。

就在拉美文学作品的翻译与出版空前繁荣的时候，拉美魔幻现实主义的研究也全面展开。拉美魔幻现实主义从1979年进入中国以来，逐渐成了文学评论界关注的焦点。据统计，1986—2000年间，研究魔幻现实主义文学的著作大约有十五部之多。在魔幻现实主义的研究专著中产生较大影响的有：陈光孚的《魔幻现实主义》、陈众议的《魔幻现实主义大师——加西亚·马尔克斯》、徐玉明的《拉丁美洲"爆炸文学"》、李德威的《拉美文学流派的嬗变与趋势》等。除了学术专著之外，研究拉美魔幻现实主义的论文也数不胜数。1982年8月在拉美文学研究会第一届年会上，出现了有关拉美魔幻现实主义的三篇论文，分别是赵德明的《拉美新小说初探》、丁文林的《拉美魔幻现实主义和超现实主义》及孙家笙的《〈百年孤独〉艺术手法的分析》，从文艺思潮、拉美新小说概况与艺术手法的角度对魔幻现实主义作了较为全面的阐述。此后，许多知名的报刊如《文艺研究》《文学评论》《外国文学研究》《外国文学评论》等发表了大量的研究文章。20世纪80年代中期的评论多从社会性和艺术性两个角度切入，分析拉美魔幻现实主义代表性作品的社会意义与艺术技巧。从20世纪80年代后期开始，随着拉美其他文学流派传入中国以及对西方现代派文学的日趋熟悉，魔幻现实主义被放置在更开阔的范畴进行研究。如从文化视角研究拉美魔幻现实主义的民族性与文化根源；运用心理学、神话原型批评、叙事学等理论方法，研究拉美魔幻现实主义的时间观、结构、隐喻、象征等。拉美魔幻现实主义在中国的传播从译介逐渐转向深入的评论研究。总之，始于70年代末的拉美魔幻现实主义在中国的传播经历了几乎空白到形成热潮的发展历程，使得这一外来文学流派逐渐进入中国作家、研究者、翻译家乃至文学爱好者及大众的视野，并对中国文学及其内含的少数民族文学产生了重要影响。

（三）拉美魔幻现实主义的文学启示

魔幻现实主义风靡世界时，中国正处于"文革"之中，身处封闭环境的国人难以注意到拉美魔幻现实主义。直到"文革"结束之后，对拉美魔幻现实主义的零星译介才开始。而拉美魔幻现实主义真正对中国产生影响始于1982年，因为该年拉美魔幻现实主义的代表作家马尔克斯获得了诺贝尔文学奖，这一消息不仅震动了西方，也震动了中国。突然间，马尔克斯成了中国作家心中佛祖式的人物，大家对他崇拜至极。曾有人这样描述马尔克斯获奖消息对中国人产生影响的情景，"回想起当年马尔克斯获奖时的情景，好像就在昨天的黄昏里。大家一下子对这种新写法激动不已。诺贝尔文学奖当时崇高极了，每个人都处于兴奋中，尽管不是自己得奖"①。当时的中国文坛对马尔克斯有如此的感兴趣不仅在于关注他那种陌生而又新鲜的写法，更在于作为与中国同处第三世界的马尔克斯是凭借什么获奖的。1901年诺贝尔文学奖首次颁奖以来，已有近百年的时间，可一直没有一位中国作家获奖。这对于有着悠久文明的中华民族而言颇为令人遗憾。所以说，中国人心中有着一个"诺贝尔情结"。但长期以来，获得诺贝尔奖的作家多来自发达国家，这让中国作家感觉自己与诺贝尔文学奖距离遥远。而马尔克斯的成功，让中国作家们看到了希望。因为，马尔克斯与中国作家一样来自第三世界。中国作家急切地想从马尔克斯那里探寻成功的经验。关于马尔克斯创作的成功经验，瑞典文学院总结，"拉丁美洲的文学之所以在当今的文化领域中赢得赞扬，在某些文学体裁中显示了活力，是因为古老的印第安民间文化，包括口头创作，与来自不同时代的西班牙巴洛克文化，来自现代欧洲的超现实主义及其他流派的影响，在那里混合成醇香而提神的美酒，而马尔克斯和别的拉丁美洲作家正是从这中间汲取了素材与灵感……"②诺贝尔奖颁奖词清晰地阐释了马尔克斯成功的秘诀，那就是既扎根于拉丁美洲现实生活的土壤，又把西方现代主义的手法与本土文化相融合，以此呈现了一个真实的拉丁美洲。马尔克斯成功的秘诀启发了20世纪80年代渴望走向世界的中国作家，包括少数民族作家，让他们明白了中国文学走向世界可借鉴的道路，那就是扎根于本民族的文化土壤，以兼容并蓄的胸怀去吸收其他文化的营养，最终创造出一个属于自己的文学世界。

具体而言，拉美魔幻现实主义为20世纪80年代中国作家（包括少数民族作家）文学创作提供的启示之一是注重本民族文化的发掘有走向世界的可能。新中国成立后由于与外界的隔绝，我们参与世界的意识只能在自欺欺人

---

① 九丹、阿伯：《音不准》，文汇出版社2003年版，第65页。
② 宋景东：《马尔克斯》，长春出版社1995年版，第331页。

的虚幻的想象中进行,如一些"文革"时代的诗歌称"要去解放全人类"。进入新时期,国门再次打开,人们走向世界的意识再次涌动。最初,人们走向世界的强烈渴望主要表现为争先恐后的汲取外来文化的营养,文学界也如此。据说高行健在20世纪80年代初期编写的一本介绍现代派创作手法的小册子《现代小说技巧》在当时非常抢手,人们争先恐后地学习该书所介绍的各种现代小说技巧。其中部分作家还尝试着借鉴与模仿现代派的创作技法,如王蒙、茹志鹃等在其创作中运用意识流、蒙太奇等现代手法。文学界经过20世纪80年代初期对西方现代派技法的简单模仿之后,一部分作家逐渐明白仅紧跟在西方的后面是不可能走向世界的。恰好这时和中国有着相同处境(不发达国家)的拉美魔幻现实主义获得了成功。魔幻现实主义的突出特征之一是着力表现拉美土著文化(印第安文化),包括拉美的神奇现实、多种族的神话传说、巫术与鬼文化等。正是拉美魔幻现实主义对本土印第安文化的精彩表现,让长期被政治笼罩的中国作家开启了文学写作向文化书写的转向。

20世纪80年代中期,文化成了中国作家文学书写的重要主题。而且,他们笔下的文化呈现为不同的维度,有的作家将目光投向了地域文化的书写。如汪曾祺笔下的"高邮"、韩少功笔下的"湘西"、贾平凹笔下的"商州系列"等。从《爸爸爸》到《马桥词典》,韩少功呈现了一个充满神秘性的湘西世界;贾平凹以商州为文化视点,书写了厚重秦汉文化孕育下关中人民的生活,以及时代变革时期人们的困惑与迷茫;莫言从《红高粱》到《丰乳肥臀》,建构着一个颇有"母性"色彩的高密东北乡。而又有作家将目光投向了传统文化,如阿城对道家文化的情有独钟,王安忆对儒家文化的着力挖掘。《棋王》里的主人公王一生深得道家文化精髓,虽身处"文革"乱世,却痴迷于"下棋",保持自我精神世界的怡然自得与超脱出世的姿态。"方寸棋盘,游刃人生",汇禅道于一炉。还有的少数民族作家将目光投向了自己"脚下的土地"(扎西达娃语)——少数民族文化,如乌热尔图笔下"鄂温克族人的森林"、扎西达娃笔下的"藏族的西藏"等。在中华民族的文化圈中，少数民族文化长期以来一直处于弱势文化的位置。拉美魔幻现实主义对本土印第安文化的自觉挖掘、展现开启了中国少数民族作家的文化意识。藏族作家扎西达娃钟情于书写西藏，他着力于思考现代文化与传统文化激烈碰撞的境遇下，以宗教文化为核心的藏地文化该何去何从。后起的阿来延续着扎西达娃的文化之旅，选择了家乡四川嘉绒地区的藏文化为基点，继续思考文化交融时代里母族文化的命运。1985年前后，文学领域兴起的文化书写潮流，后来被文学史家命名为"寻根文学"思潮。在这股文学潮流中，许多作家的文化书写多表现为昙花一现，但其中少数民族作家的文化书写却一直延续至今，且成了中国当代文学中一个重要的文化现象，笔者将之命名为少数民族文学的"文化寻根"现象。可以说，在一定程度上，20世纪80年代拉美魔幻现实主义的影响直接引发了中国少数民族作家对本民族文化的兴趣，并促使他们不断地走向本民族的历史与当下，自觉地去审视与关怀民族的命运。

拉美魔幻现实主义对80年代中国作家（包括少数民族作家）文学创作的启示之二：本土文化必须与外来文化巧妙交融。拉美魔幻现实主义关注本土文化，同时又大胆地吸收西方文化，将两者相结合。拉美魔幻现实主义产生之前，拉丁美洲的地域文学已经兴起，它们已具有浓郁的拉美风情。但是，由于缺乏与欧美现代文学潮流的对话而限制了作家们的视野，这些封闭的文学创作最终成为拉丁美洲地域风俗的资料而难以具有较高的艺术价值。直到20世纪初，出现了一批留学欧美的作家，他们受到卡夫卡、乔伊斯、普鲁斯特、福克纳等西方现代主义作家的创作以及重视"文学性""表现性"的现代文艺理论影响。这些作家中许多人后来成了拉美魔幻现实主义的代表。马尔克斯在《番石榴飘香》里说："我17岁那年，读到了《变形记》，当时我认为自己准能成为一个作家。我看到主人公萨姆莎一天早晨醒来居然会变成

第二章　20世纪80年代中国少数民族文学的"文化寻根"

一只大甲虫，于是我就想原来能这么写呀，要是能这么写，我倒也有兴致了。"① 马尔克斯道出了西方现代主义经典《变形记》对其认知方式的拓展。拉美魔幻现实主义所学习的西方现代主义文学中，超现实主义对其产生过重要的启迪与影响。法国超现实主义的重要贡献是发现"神奇的世界"。为了表现"神奇的世界"，超现实主义者尝试各种手法，比如，采用心理分析法、自由联想法等，侧重展现人的梦幻与下意识。超现实主义影响拉美文学的体现最先是诗歌，20世纪30年代影响到小说且获得较大成功。如博尔赫斯的《无耻的故事总集》《阿莱夫》与《杜撰集》，这些小说的技巧与风格代表了超现实主义小说的最高水平。总之，西方现代主义文学深刻地影响了拉美魔幻现实主义。

但拉美魔幻现实主义不是亦步亦趋地模仿西方现代主义文学，而注意将外来文化与本土文化巧妙地融合。卡彭铁尔对如何学习西方现代主义文学作了这样的阐述，"美洲的年轻人必须深刻地认识到欧洲现代文学艺术的代表性的价值。认清这一点并不是为了进行一项令人嗤之以鼻的亦步亦趋的工作，抄袭大洋彼岸的某些范本，而是为了达到技巧上的深度，通过分析，找到建设性的、善于把我们拉美人的思想和敏感更有力地表达出来的方法……熟悉典范性的技巧，力图达到类似的娴熟的程度，调动我们的力量，最大限度地把美洲表现出来，这就是我们多年来的信条，因为在美洲，我们自己还不具备这种职业传统"。② 这里，卡彭铁尔强调了学习西方现代主义的目的不是模仿别人，而是将其融入本土以创造表达本土的最好方式。对于法国超现实主义，拉美魔幻现实主义在受其影响的同时注意将外来文化与本土文化相结合。比如，拉丁美洲作家接受了超现实主义提出的"神奇即是美"的观点，但拉

---

① ［哥伦比亚］加西亚·马尔克斯、门多萨：《番石榴飘香》，林一安译，生活·读书·新知三联书店1987年版，第78页。
② 陈光孚：《魔幻现实主义》，花城出版社1986年版，第179页。

丁美洲贫穷、落后的生存处境使得他们对超现实主义逃避现实、脱离现实的倾向持保留态度。而且在拉丁美洲作家看来,"神奇"就存在于现实世界中,原始的自然环境、畸形的社会生活与历史沿革,让人感知的就是"神奇"。为此,卡彭铁尔阐述其对拉美"神奇"的发现,"我觉得为超现实主义效力是徒劳无益的。我不会给这个运动增添光彩。我产生了反叛情绪。我感到有一种要表现美洲大陆的强烈愿望,尽管还不清楚怎样去表现。这个任务的艰巨性激励着我……但是,对我来说,超现实主义又有着十分重要的意义。它教会了我观察以前未曾注意到的美洲现实生活的结构及其细节"[①]。超现实主义赋予了作家观察世界的新方式,但作家又不愿拘泥于它。后来,卡彭铁尔开创了"神奇现实"的写作手法,将拉美的历史与现实置入神秘的环境中加以表现。拉美作家从超现实主义那里借鉴了一套观察与表现客观事物的艺术方法,又用之来反映拉丁美洲的历史和现实生活。所以说,拉美魔幻现实主义对超现实主义有所继承又有所扬弃。此后,拉美作家们一方面借鉴西方现代主义手法,一方面坚持自我的美学原则,形成一种拉美作家独具的艺术风格。这种独异的风格被更多的拉美作家认同与弘扬,由此拉美魔幻现实主义产生。拉美魔幻现实主义塑造了本土文化与外来文化相结合的典范,并影响了一批中国作家的文化书写,其中扎西达娃、色波等少数民族作家对本民族文化与外来文化交融的追求最为自觉与突出,他们以现代意识审视藏文化,并积极探索呈现藏文化的现代艺术形式。可以说,拉美魔幻现实主义融合本土文化与外来文化的探索为中国文学,尤其是少数民族文学的文化书写提供了重要路径。

20 世纪 80 年代拉美魔幻现实主义的传入以及对中国作家的启示,将新时期中国文学从狭隘的政治话语空间推进到广阔的文化历史空间,开启了新时

[①] http://read.eastday.com/renda/nodes66/mlal388633.html.

期文学由政治书写向文化书写的转向。同时，拉美魔幻现实主义立足本土，放眼世界的成功，为中国文学包括少数民族文学的文化书写提供了路径。总之，拉美魔幻现实主义的传入与影响，直接推动了20世纪末中国少数民族文学"文化寻根"现象的产生。

三　文化书写初现端倪

（一）新时期文学的文化转向

新中国成立后，从"十七年"到"文革"，政治意识形态对文学空间领域的控制逐渐加强，文学的丰富性日趋消失，而文学的政治化色彩却越来越浓厚，到了"文革"时期中国文学凋谢得只剩下了"八个样板戏"。直到20世纪70年代末，随着解放思想、改革开放的启动，文学领域开始重现曙光。1978年，刘心武的《班主任》、白桦的《曙光》、徐迟的《哥德巴赫猜想》陆续发表，这三只"春燕"给文坛带来一股涌动的春的气息。随着这股盎然的春意，大量文学作品应运而生，包括揭露"文革"悲剧的"伤痕文学"，如刘心武的《班主任》与卢新华的《伤痕》；反思"文革"悲剧成因的"反思文学"，如茹志鹃的《剪辑错了的故事》与张一弓的《犯人李铜钟的故事》等；还有书写社会改革的"改革文学"，如蒋子龙的《乔厂长上任记》与张洁的《沉重的翅膀》等。无论是"伤痕文学""反思文学"还是"改革文学"，它们体现的都是典型的"即时性"主题，都以描写宏观的国家大事为己任，紧贴时代政治动向。所以说，"文革"虽然结束，但极"左"思想的惯性影响依然存在。"伤痕文学""反思文学"与"改革文学"依然保持着为社会改革与思想革命摇旗呐喊的姿态，这充分表明了将文学视为政治意识形态工具的思维定式没有被改变，也极大地制约了文学的艺术视野与创造力。历史的惯性虽在延续，但改变历史的力量正从各种裂缝中迸发。就文学领域而言，一种突破政治意识形态束缚的冲动正在滋长，其中文学书写由政治书写向文化书写的转向就是新的滋长的表现之一。

新时期文学由书写政治转向书写文化的先行者之一是汪曾祺。20世纪80年代初期，正是与现行政治保持着密切联系的"伤痕文学""反思文学"流行时期，这时一个与主流文学不搭界的作家出现，他就是汪曾祺。汪曾祺早在20世纪40年代开始创作，但此后近三十年的时间里，他的文学创作被中断。汪曾祺仅在20世纪60年代初出版过一本薄薄的小说集《羊舍一夕》，而其余的大部分时间则主要从事戏剧编剧工作。"文革"结束之后，汪曾祺重返文坛，发表了小说《受戒》《异秉》等完全不同于当时主流文学的作品。这些小说在全国范围内产生了较大的影响，汪曾祺被人们称为"大器晚成"。汪曾祺最初引起人们关注的作品是1980年在《北京文学》发表的小说《受戒》，据《北京文学》的负责人李清泉先生回忆该作品的发表过程："一次开会汇报情况，有一个是北京京剧团的团长，他也在那里汇报，他就说到了汪曾祺，说他写的小说，就是《受戒》，轮着在几个周围要好的朋友中间传，大家都说挺好挺好，不错，看着挺有味道。不过这个东西不能发表，送不出去，不能让它流入社会。我一听我就找他，我就说，传给我看看行不行？他们说，不行，这可不行，不往外传，我又没说发表，他们还是说不行。后来我就直接给汪曾祺写个条儿，就说听说你写了个什么作品，你给我看看好不好？还是送来了，接到我的条儿当天就送来了。他知道我当时的意思了，他也说了一句将军的话：你要发表可得有点儿胆量才行。我一看，我觉得也不存在什么胆量问题，当然无论题材是什么，新中国成立以后，没有发表过这样的东西，没有人写过这样的题材。我就发了……"① 这里，李清泉先生道出了"左"的思维定式还在延续的背景下，《受戒》这篇异于主流文学的作品发表的艰难。《受戒》与当时主流文学作品相异之处在什么地方？就是因为它避开了流行的政治书写而转向书写文化——民间文化。

新中国成立以来，主流文学基本处于与社会政治彼此激荡、互相唱和的互动关系中，长期的熏陶使人们已习惯这样的审美氛围。而汪曾祺的《受戒》摆脱了文学与社会政治相互唱和的关系，纯净地呈现了一个如世外桃源般的世界，尤其是着力展现了民间社会具有的那种自由自在的文化风格。20世纪90年代陈思和先生曾提出"民间"这一概念，他认为"民间"是一个多维度、多层次的概念，一般具有如下特征："a. 它是在国家权力控制相对薄弱的领域产生的，保持相对自由活泼的形式，能比较真实地传达出民间社会生活的面貌和下层人民的情绪世界……b. 自由自在是它最基本的审美风格。民间的传统意味着人类原始的生命力紧紧拥抱生活本身的过程，由此迸发出对生活的爱与憎，对人生欲望的追求，这是任何道德说教都无法规范，任何政治律条都无法约束，甚至连文明、进步、美这些抽象概念都也无法涵盖的自由自在。"② 民间社会自由自在的生命状态就是汪曾祺小说所着力呈现的。《受戒》讲述一个叫"荸荠庵"的地方的和尚们的故事。通常人们理解和尚过的是一种与世隔绝的生活，而在汪曾祺的笔下，在那块土地上做和尚，就像做画匠、当箍桶的与当弹棉花的一样，只是一种谋生的手段。作品书写了"荸荠庵"和尚们自由自在的生活状态，他们可以娶媳妇、会杀猪、闲暇之时还打牌娱乐，与俗人生活别无两样。作品尤其刻画了小和尚明海与小英子那两小无猜、朦朦胧胧的爱情。在通常意义上，中国的和尚是与爱情不相容的，

---

① 王尧：《在潮流之中与潮流之外——以80年代初期的汪曾祺为中心》，《当代作家评论》2004年第4期。

② 陈思和：《中国当代文学史教程·前言》，复旦大学出版社1999年版，第12页。

然而汪曾祺却把小和尚明海与小英子的爱情写得诗意盎然。明海当了和尚，又在这时候与小英子相爱了，两人爱得那么自然、健康又纯洁。可以说，明海的和尚生涯与明海的爱情故事并行不悖地向前发展。而且，明海受戒之日，正好也是明海与小英子爱情发展的巅峰之时。这里，作家再一次呈现了民间自由自在的生活状态。总之，《受戒》里作家书写了一群和尚们远离清规戒律的自然、健康而又自由自在的生命状态与生活状态，这就是一种民间的状态。此后，汪曾祺又接着发表了《大淖记事》《异秉》《岁寒三友》等小说，它们同样秉承着作家对民间文化的热爱，通过作品中诸多小人物人生的书写，呈现民间的伦理、道德乃至生命态度等。可以说，20世纪80年代初期汪曾祺对民间文化的书写不仅促使了文学书写由政治向文化的转向，而且其文化书写直指深层，是文化精神的表达。随后，邓友梅的《烟壶》《那五》、冯骥才的《三寸金莲》《神鞭》、陆文夫的《美食家》《小巷人物系列》等小说相继推出，这些作品都将书写重心移至文化，极力展现地域文化风俗与精神魅力，人们将之称为风俗小说或文化小说。在诗歌领域，同为朦胧诗歌代表人物的杨炼、江河的创作视角在20世纪80年代初期渐渐从社会政治视角向文化视角转移，他们在对中国文化遗迹的寻求中深入中国文化的内核，谱写了《太阳和它的反光》《诺日朗》《半坡》等文化史诗。这些文化史诗或再造民族神话，或执着于对历史文化遗迹内在精神的寻求，总之文化是其关注的核心。

对于新时期初期文学书写的文化转向，人们通常关注以汪曾祺为代表的汉族作家们对民间文化、地域文化、传统文化的书写，而忽视了一批少数民族作家由写政治转向写本民族文化的努力。其实，在20世纪80年代初，以乌热尔图为代表的少数民族作家开始了突破政治意识形态对文学的笼罩，尝试着对本民族文化的书写。"文革"结束后，对于少数民族作家而言，不仅与其他作家一样感受到解放思想、改革开放所带来的日渐宽松的创作环境，而且由于国家民族政策的"拨乱反正"，使得少数民族长期以来因强调国家认同

第二章　20世纪80年代中国少数民族文学的"文化寻根"

而被压抑的民族认同意识逐渐走向复苏。因此，进入新时期少数民族作家对本民族生活的书写，可以不再严格按照主流意识形态要求来表现，比如，写阶级斗争之类主题，而有了展现少数民族丰富生活的可能性，而这里的可能性主要体现为由政治书写向文化书写的转向。鄂温克族的乌热尔图是少数民族作家中最早的文化书写者。乌热尔图的童年时代主要生活在汉族、鄂温克人、达斡尔族相杂居的嫩江边上的一个小镇。在那里，乌热尔图接受了汉文化教育。由于"文革"的发生，1968年乌热尔图回到大兴安岭北坡敖鲁古雅鄂温克部落生活。在这里，乌热尔图拿起了猎枪，开始了近十年的猎民生活。在兴安岭生活的这段岁月，深刻地影响了乌热尔图的人生观与价值观，并影响了其后来的文学创作取向与自我的人生道路。乌热尔图虽已于1976年开始发表作品，而1978年《人民文学》上发表的《森林里的歌声》才是其真正走向文学创作道路的标志。此后，乌热尔图不断展露文学才华，在1981年、1982年、1983年连续三年获得全国优秀短篇小说奖。

乌热尔图的小说一直致力于书写森林中鄂温克族人的生活。在创作初期，由于主流文学的影响，乌热尔图的小说体现出明显的政治意识形态色彩。1978年发表的《森林里的歌声》，书写了猎人敦杜一家被山外恶霸欺侮的悲苦命运，以此表达了对旧社会的控诉；同时又通过敦杜儿子昂噶被共产党所救并培养成革命战士的历程，歌咏了对毛主席、对中国共产党的感恩之情，就如昂噶所说"毛主席，他是山上、山下各族人民的大救星"[1]。作为一部书写鄂温克人森林生活的作品，该小说体现了鲜明的时代性，是社会政治意识形态主宰下的文学表达。另外，《一个猎人的恳求》《瞧啊，那片绿叶》《森林里的梦》《一个清清白白的人》等作品，展示了"文革"动乱给鄂温克人带来的震荡与苦难。它们通过对"文革"黑暗的控诉与揭露，体现了对悲剧

---

[1] 乌热尔图：《七叉犄角的公鹿》，民族出版社1985年版，第253页。

时代的批判与反思，这与当时居于主流位置的伤痕文学、反思文学的主题不谋而合。然而，在政治意识形态控制逐渐松动、民族意识走向复苏的新时期初期，乌热尔图作品有意无意地淡化或遮蔽的民族身份意识开始萌动。如《一个猎人的恳求》里写道：

> "山下有人告诉我，说他们都在学习班，让我放心。还说现在是'文化大革命'，进'学习班'的人出来就有文化啦。说得我还真高兴，可山上还是缺人手呀！"老人呷了一口茶。①
> "大叔，我也去'学习'了。"他嚼着肉干，低着头说。②
> "好样的。有了文化，鄂温克人就行了。"③
> ……
> "爸爸，我也跟你去学习。"小满迪说。④
> "不，孩子，等你长大，爸爸教你打熊。"他对孩子说。⑤

小说里有两个核心词，一个是"学习"，另一个是"打熊"。这里的"学习"与"打熊"实际上代表了两种不同的话语系统。"学习"是"文革"时期极"左"话语系统的代表，而"打猎"则是鄂温克族人话语系统的体现。乌热尔图借小说中的人物之口一方面表达了对所谓"学习"那套极"左"政治话语的反抗，另一方面又表达了对所谓"打熊"那套鄂温克人文化传统的认同。还有，小说《缀着露珠的清晨》里有一段对话：

> "这个村子真漂亮。"⑥

---

① 乌热尔图：《七叉犄角的公鹿》，民族出版社 1985 年版，第 149 页。
② 同上。
③ 同上。
④ 同上。
⑤ 同上书，第 163 页。
⑥ 同上书，第 165 页。

"这是我见过的最有味的村子。"①

"昨天,一下汽车,我真呆住了,在车上,我打了盹儿,睁眼一看,哎呀!简直是走进了安徒生的童话世界。我真想坐在钢琴旁,弹上一支贝多芬的《田园交响曲》。"②

"我的感觉和你不一样,昨天晚上,我还真有点怕呢。这儿,太静了,静得吓人……"她的脸上闪出一种神秘的色彩。"可今天早上,我在村里瞧见几个鄂温克猎人,给我的第一直觉,这里应该有吉卜赛人那种奔放、节奏强烈的民间舞。俄罗斯人把白桦树当成少女的象征,这么说,你们这里的'少女'多得数不清喽。"高个头的男人风趣地说。③

这里作家借用外来者的视角,如城市歌唱家、舞蹈家的视角描绘与展示鄂温克族的风土人情,然而正是他们关于鄂温克族人的评价,如贝多芬的交响曲、安徒生的童话、俄罗斯人的审美、吉卜赛人的奔放等看法,恰好体现了作家对文化猎奇者的反讽。这种"反讽意味"就是一种乌热尔图认同鄂温克族文化的表现。新时期初期乌热尔图的创作虽然更多体现了对主流意识形态话语的认同,但其朦胧的民族认同意识已经开始闪现,而这在20世纪80年代中期以后变得越来越浓烈。总之,随着汪曾祺、乌热尔图等作家的出现,新时期文学开启了由政治书写向文化书写的转向,中国少数民族文学的"文化寻根"拉开了帷幕。

(二)少数民族"文化寻根"初现

随着"文革"的结束,作家们的文学书写呈现出由政治向文化的转向,其中以乌热尔图为代表的少数民族作家将笔触深入本民族文化,表现出寻民

---

① 乌热尔图:《七叉犄角的公鹿》,民族出版社1985年版,第149页。
② 同上。
③ 同上书,第166页。

族文化之根的倾向，他们或者着力于塑造民族精神品格，或者批判民族的劣根性，这就是少数民族"文化寻根"的最初显现。民族性格的挖掘是少数民族作家"文化寻根"初现端倪的表现之一。按照斯大林关于民族的理解，"民族是在人类历史上形成的具有共同语言、共同地域、共同经济生活和表现在共同文化上的具有共同心理气质的人们的共同体"①。由于人们受到语言、地域、经济生活与文化生活这些共同因素的制约，所以民族内部的各个成员必然会形成一些共同的性格特征。如就外部而言，常说美国人奔放、中国人含蓄、德国人严谨、法国人浪漫等，这是每个民族不同民族性格的体现。就国内各民族而言，蒙古族人粗犷、维吾尔族人幽默等。当然每个民族的性格是相对的，不是绝对的，也不是一成不变的。20世纪70年代末80年代初，鄂温克族作家乌热尔图迈入了文坛，他开始用笔描绘栖息在森林中的鄂温克族人的精神品格。鄂温克族的人口不足两万，是我国人口最少的民族之一。鄂温克族主要居住在大兴安岭丛林里与呼伦贝尔草原上，过着游牧的生活，以养驯鹿而著称。而乌热尔图所书写的敖鲁古雅鄂温克的人数较少，他们主要生活在北纬52度、东经132度狭长的丛林地带里。因此，乌热尔图笔下的鄂温克族与森林的关系较为密切。这群生活在丛林地带的鄂温克族人从森林里捕获所需要的动物，然后用它们去交换必需的生活用品，以之维持基本的生存。可以说，森林养育了一代又一代的鄂温克人，更尤为重要的是森林还孕育了一代又一代鄂温克人独特的精神品格。

在乌热尔图笔下，作家着力挖掘宽阔的大森林哺育下鄂温克人纯朴、忠诚、善良、勇敢等人性之美。小说《琥珀色的篝火》里的主人公尼库是一位善良的鄂温克族汉子，他外表虽平凡普通，却有着一颗没有任何私念的崇高灵魂。尼库爱森林，爱他的家人。当自己的妻子生病时，尼库焦急万分。然

---

① 《斯大林全集》第2卷，人民出版社1953年版，第294页。

而，就在护送妻子前去医院的途中，他发现了一串迷路人的足迹。这让尼库的内心掀起了巨大的波澜，他陷入了是救护与自己相依为命的妻子，还是救助那些素不相识的迷路人的痛苦选择中。尼库虽然大骂那些迷路人是"笨透的鸟"，但其心里流露的却是对迷路人生命安危的深切关怀。后来，尼库竟然被这串与他毫不相干的"脚印"弄得无心烦躁。他吃不下饭，也睡不好觉，连妻子的话都听不进了。尼库的心灵激烈地搏斗，他想迷路的"是三个人"，而且"还没吃的"，而且他们还有随时会被大森林吞没的危险。尼库的内心在挣扎，他思考的重心不仅是数量多少的简单对比，更是鄂温克族人精神世界的明与暗的搏击。最后，尼库心灵的天平倾向了迷路人。所以，尼库选择把重病的妻子交给年幼的儿子，自己却去寻找那三个迷路的人。可以说，在生与死的严峻考验前，尼库将死留给了自己的亲人，而把生留给了那三个陌生的迷路人。乌热尔图细腻生动地将尼库内心所蕴藏的无私、善良等崇高美德，一览无余地呈献在人们面前。然而，尼库形象所闪现的人性之美，不仅在于他竭尽全力地舍死救人，而且还在于他作出动人之举后仍不以为然。小说中写道，尼库救出的那三个迷路人，吃光了他所带的全部食物，恢复了生命的活力，向他表示诚挚的感谢时，尼库不仅没有豪言壮语，反而十分不好意思，只是出于礼貌地"坐起来，瞅瞅他们，没说什么"[1]。因为，按照尼库的理解，"不论哪一个鄂温克人在林子里遇见这种事儿，都会像他这样干的。只不过有的干得顺当，有的干得不顺当"[2]。这里，作家再一次热情洋溢地歌咏了鄂温克族纯朴、善良的美好品质。《森林里的歌声》中的敦杜也同样具有善良、无私的美好品质，他把自己辛苦所猎得的鹿茸背到山外卖，不料被山外人欺骗。他们假装用很多物品换取敦杜的鹿茸，最后又用酒灌醉他，趁机安排人在敦杜回家的路上将他洗劫一空，为此敦杜还遗失了自己的孩子。然而，

---

[1] 乌热尔图：《七叉犄角的公鹿》，民族出版社1985年版，第11页。
[2] 同上。

就在敦杜沮丧归家的路上，他意外地发现了一位被遗弃在森林中的山外人所生的小婴儿，婴儿的母亲已经饿死。敦杜毫不犹疑地抱养了小婴儿并把她养育成人。小说中，作家将山外人为夺取敦杜鹿茸的卑鄙行为与敦杜收养山外遗婴的无私行为进行了鲜明的对比，以外乡人的卑鄙、自私直接衬托了鄂温克族人善良、无私的美好精神品质。

乌热尔图还着力塑造了鄂温克族人坚强、勇敢的精神品格。《七叉犄角的公鹿》里，作家把笔下的鄂温克族小猎手形象地放置到人与大自然的矛盾冲突中加以塑造，以此呈现了鄂温克族特有的勇敢无畏、坚韧不屈的民族精神品格。小说中的"我"从小失去了亲生父母，与经常在酒后毒打"我"的继父一起生活。虽然"我"的年纪小，但志气却很高远，向往着能成一位"让全部落人都服气的猎人"①。有一次"我"遭受了继父的毒打，于是拿起了几乎与自己一般高的猎枪，勇敢地投入大自然的怀抱，决心结束"滚来爬去"的屈辱生活。在幽静美丽的森林里，"我"与一头七叉犄角的公鹿相遇，目睹了它为保护鹿群与恶狼进行的生死搏斗，"猛冲过去的狼一口咬住鹿的后腿，几乎就在同时，鹿猛地一蹬，狼怪叫一声，滚了下来……狼摇晃着爬起来，弓着腰，咧着嘴，眼睛急得血红，背上的毛竖着，朝后退了几步，发疯似地朝石崖冲去。鹿低下头，把粗壮、尖利的犄角贴在脚下的石头上，沉着地等待着……就在狼对准鹿脖子的一刹那，鹿猛地扬起低垂的犄角，狼像被叉子叉中似的，从鹿的头顶上像块石头甩过石崖，跌进山谷，转眼间就没了影子……鹿胜利了。它骄傲地扬起头，把漂亮的犄角竖在空中，整个身子衬在淡蓝色的天幕上，显得威武雄壮"。② 正是因为看见了公鹿与狼英勇搏斗的场面，"我"被公鹿勇悍不屈、英勇无畏的精神所震撼，七叉犄角的公鹿成为"我"心中的英雄。从此以后，"我"不再把它作为猎物，反而变为它忠实的

---

① 乌热尔图：《七叉犄角的公鹿》，民族出版社1985年版，第73页。
② 同上书，第73—74页。

朋友与保护者。所以，为了保护七叉犄角的公鹿，"我"大胆地违背继父的命令，做出了"放鹿""纵鹿""救鹿"等一系列事情。最后，竟敢用"挑战似的目光"对继父说"我又把它放了，我就是这么干，它是我的好朋友"①。在七叉犄角公鹿所体现的英勇无畏精神启迪下，"我"从原先一位被命运驱使的弱小者，变成一个勇敢的鄂温克猎人。小说结尾处，经常毒打"我"的继父也被"我"的勇敢所感染，"他伸出经常捶打我的两只大手，轻轻地捋了捋我的头发。然后，转过身去，蹲在我的面前，双手把我一托。我被背在他宽阔的脊背上"②。作家借助"我"的转变，完成了对鄂温克民族那英勇无畏、坚韧不屈的精神性格的塑造。在中国文学史上，有许多书写人性之美的作品，甚至出现了沈从文这样书写人性之美的大作家。而这里，乌热尔图通过人性之美的书写塑造了鄂温克族的民族精神。乌热尔图以挖掘民族性格而开创了颇有文化意味的文学书写，这有力地突破了长时期以来政治意识形态对文学的束缚，从而开拓了少数民族文学的书写空间。可以说，乌热尔图对鄂温克族民族性格之美的挖掘开启了少数民族文学书写由政治表达向民族文化展现的转向，也开启了新时期少数民族文学的"文化寻根"之旅。

文化批判初现端倪，也是新时期初期少数民族文学开启"文化寻根"之旅的又一重要表现。"新中国时期，少数民族文学主要是歌颂式的文学，缺少批判声音的表达。即使少数民族文学发出了批判之声，也多是从政治视角切入，比如，通过新旧社会的对比把批判的矛头指向旧社会，或者通过同一社会内部的阶级斗争把批判锋芒指向剥削阶级。"③ 总之，新中国时期少数民族文学的重要主题是政治批判。进入20世纪80年代初期，少数民族文学的主题逐渐由政治批判走向文化批判，体现批判、反思民族文化弊端的文学作品

---

① 乌热尔图：《七叉犄角的公鹿》，民族出版社1985年版，第82页。
② 同上。
③ 杨红：《20世纪80年代中国少数民族文学的文化寻根》，《北方民族大学学报》2013年第6期。

中国当代少数民族文学的文化寻根

开始出现。

扎西达娃是少数民族作家中较早对藏民族的落后习俗与陈旧观念进行批判与反思的作家。小说《朝佛》是一部讲述改革开放初期有关藏族人宗教信仰的故事。若将扎西达娃的《朝佛》与同样书写西藏的电影《农奴》进行比较,可发现其批判指向的不同。"《农奴》讲述了西藏奴隶强巴从小为奴的悲惨生活,后来强巴被进藏的解放军解救了。最后,在解放军的指导下奴隶强巴走向了反抗奴隶主压迫的道路。电影《农奴》把批判的矛头直接指向了西藏奴隶主阶层。这部电影也涉及宗教,即西藏的藏传佛教,但这里的藏传佛教是作为农奴制度的帮凶而遭到丑化。所以说,整部电影体现了鲜明的政治批判意识。而《朝佛》讲述的是三个藏族人的故事:一个是从藏东前来拉萨朝佛的牧羊女珠玛;一个是把自己的来生幸福全寄托于神佛的老人;还有一个是不相信神佛,只信任科学的拉萨姑娘德吉。珠玛一心朝佛但历经数次的磨难没有得到佛的任何恩惠,而德吉却一次次地帮助了她;虔诚的老人最后也猝死在大昭寺的门前。"[①] 小说通过信仰宗教与信仰科学这两种不同人生观的对比,否定了宗教信仰的消极性,肯定了科学信仰的积极意义。这里,"小说《朝佛》没有像电影《农奴》那样简单地从政治意识形态的角度,将藏传佛教作为反动农奴制度的帮凶进行丑化,而是把它作为一种文化传统来反思。《农奴》与《朝佛》都对西藏的宗教持批判态度,但前者是一种政治批判,后者是一种文化批判"[②]。《朝佛》所体现的文化批判就是新时期少数民族文学书写由政治空间向文化空间转向的表现,也是少数民族文学"文化寻根"的最初表现。

此后,在《没有星光的夜》中,扎西达娃沿着《朝佛》开辟的文化反思

[①] 杨红:《20世纪80年代中国少数民族文学的文化寻根》,《北方民族大学学报》2013年第6期。

[②] 同上。

精神，继续批判藏文化的劣根性。该小说主要讲述流浪人拉吉为父报仇的故事。多年前拉吉的父亲被人杀死，为了复仇拉吉花费十年的工夫寻找仇人的儿子阿格布。拉吉最终找到了阿格布，就在阿格布同意以下跪的方式解决父辈的仇怨之时，拉吉却被阿格布的妻子康珠捅死了。为何拉吉要复仇？为何康珠杀死了拉吉？其核心就是因为康巴藏人有血亲复仇的传统，即"父仇子报，父死子偿"的传统，拉吉这个承袭了传统观念的年轻人四处流浪就是为了寻找仇人阿格布。而阿格布作为一个接受现代思想观念的年轻人却不愿世仇的代代相传，他选择以下跪的方式来结束父辈的仇怨。同样，在康巴人的文化传统中，认为若要和平解决恩怨，除非下跪，而下跪则又被认为是奇耻大辱。所以，当阿格布为结束恩怨下跪时，他的乡亲们却不能接受，他的妻子康珠不能接受，为此康珠杀死了在她看来让丈夫遭受奇耻大辱的拉吉。该小说的文化批判目光通过拉吉和康珠两个形象的塑造指向了康巴人根深蒂固的血亲复仇传统观念。拉吉与康珠是承袭康巴文化传统中复仇文化的典型。拉吉不知道自己从哪儿来，却清楚地知道自己将去哪儿，这可见其复仇目的明确。拉吉的一生背负着为父亲复仇的使命，最后沦为复仇的工具与牺牲品。而康珠是墨守传统文化习俗的代表，因接受不了丈夫下跪的耻辱，所以用刀杀死了拉吉。小说中这一"血淋淋"的转折使作品具有了反讽的意味，那就是传统文化不能容忍阿格布的让步，最终葬送了他化干戈为玉帛的努力。总之，《在没有星光的夜》的杰出之处就是有力地批判了血亲复仇这一传统陋习的落后与愚顽，并揭示了文化变革的艰辛。20世纪80年代初期的扎西达娃以一个年轻作家应有的勇气，冲破禁锢，将批判的眼光指向藏民族的痼疾。但此时的扎西达娃写作不久，显然对藏民族的文化结构、文化本质、思维模式等深层面的文化了解不深，社会阅历也尚不深厚，因此小说的批判性显得缺乏深度。而1985年以后，扎西达娃的创作发生了巨大的变化，就文化批判的主题而言，具有代表性的小说是《西藏，系在皮绳扣上的魂》和《风马之耀》。这两篇小说，可说是《朝佛》与《没有星光的夜》的继续和扩展，然而小说的文化深厚性大大地增强，因此小说的文化批判力度也颇为震撼。

无论是乌热尔冬或扎西达娃，这些少数民族作家们的创作突破了政治意识形态的长期束缚，从民族性格塑造与民族文化批判等层面展开了对少数民族生活的多层面表述，从而使得少数民族文学呈现出由政治书写向文化表述的转向，这就是中国少数民族文学"文化寻根"现象的初现。

四 "寻根文学"思潮与少数民族文学的"文化寻根"

20世纪80年代初期由于文化热的兴起以及外来拉美魔幻现实主义的影响等，文学写作呈现出由政治书写向文化书写的转向，文化书写出现端倪。进入20世纪80年代中期，由于西方文化与中国文化的碰撞日趋激烈、交流日趋深入，这时中国文学如何走出一条独特的发展之路，成了许多作家的关切之处。其中部分作家自觉地将目光投向中国本土文化，并在1985年前后掀起一场自觉书写本土文化的文学潮流，人们称之为"寻根文学"思潮。伴随着"寻根文学思潮"的出现，部分少数民族作家们秉承着本土意识与现代意识积极地进行创作，产生了一批颇有影响力的文学作品。可以说，"寻根文学"思潮的出现有力地推动了已经初现端倪的少数民族作家创作的"文化寻根"现象，并使之更为蔚然大观。

（一）杭州会议与"寻根文学"

"寻根文学"思潮是在中国文化与西方文化交流、碰撞的国际大背景之下，以寻根为口号，以现代性为标尺，以复兴与重塑中华民族文化为目的一场文学运动。"寻根文学"思潮，是20世纪80年代中后期知识分子探寻中国

第二章 20世纪80年代中国少数民族文学的"文化寻根"

文学与文化走向世界的重要话语实践。

"杭州会议"是20世纪80年代"寻根文学"思潮出现的先声。1984年12月,《上海文学》编辑部牵头在杭州举办了"青年作家与评论家对话会议",后来人们把这次会议称为"杭州会议"。"杭州会议"成了"寻根文学"的先声,对于当时的组织者来说并非有意为之,可以说是歪打正着。据原《上海文学》编辑部的蔡翔先生回忆,"我记得是1984年的秋天,应该是十月,秋意已很明显。《上海文学》的编辑人员到浙江湖州参加一个笔会。在那次笔会上,我第一次见到李杭育"[①]。那时,"杭育正在写作'葛川江系列'小说,有许多想法,且对韩少功、张承志、阿城等人极为赞赏。杭育当时就提出,能否由《上海文学》出面召开一次南北青年作家和评论家的会议,交流一下各自的想法"[②]。蔡翔先生还说到,"当时《上海文学》刚发表了阿城的处女作《棋王》,反响极为强烈。我们编辑部在讨论这部作品时,觉得就题材来说,其时反映知青生活的小说已很多,因此《棋王》的成功绝不在题材上,而是其独特的叙事方式和深蕴其中的文化内涵(我们那时已对'文化'产生兴趣)。可是,《棋王》究竟以什么样的叙事方式和文化内涵引起震动,我们一时尚说不清楚,然而,已由此感觉到(还有其他的种种写作和言论迹象)文学创作可能正在酝酿着一种变化"[③]。所以,《上海文学》编辑部决定牵头召开一次会议。于是,1984年12月《上海文学》编辑部、杭州市文联《西湖》编辑部与浙江文艺出版社在杭州联合举办了议题为"新时期文学:回顾与预测"的会议,来自南北的青年作家及评论家韩少功、李杭育、郑万隆、阿城、陈思和、黄子平、季红真、李陀、吴亮、陈思和等参加了这场研讨会。蔡翔指出,"当时会议并没有一个明确的规范,只是要求大家就自己关心的文

[①] 蔡翔:《有关"杭州会议"的前后》,《当代作家评论》2000年第6期。
[②] 同上。
[③] 同上。

中国当代少数民族文学的文化寻根

学问题作一交流，并对文学现状和未来的写作发表意见，是一个名副其实的'神仙会'"①。但是，在会议上大家不约而同地谈到一个话题，那就是"文化"。北方的谈京城文化乃至北方文化，韩少功谈楚文化，李杭育谈吴越文化。他们并由地域文化言及文化与文学的关系。"由于当时会议没有完整的会议记录留下，我已无法回忆具体的个人发言内容，但有一点是肯定的，把'文化'引进文学的关心范畴，并拒绝对西方的简单模仿，正是这次会议的主题之一。"② 当然，"杭州会议"对文化尤其是本土文化的重视，并未引出民族狭隘观念或者复古主义，相反在这次会议上，现代主义以及西方的现代思想和现代学术仍是主要话题之一。"杭州会议"上虽然"文化"不是谈论的中心，但把"文化"引进文学范畴，这给作家创作带来一些启发。作为当时参会者的陈思和教授认为"杭州会议"给作家带来了进一步的思想解放。"至少有两个作家的创作值得关注：一个是韩少功，他是杭州会议的参加者；另一个是王安忆，她没有参加会议——她好像是去徐州探亲了，没有参加，她母亲茹志鹃是这个会议的筹办者之一，自始至终参与了会议，王安忆对此不会完全无动于衷。我注意到这两位作家在杭州会议以后即1985年发表的作品，前后风格明显有了变化。韩少功在1985年发表的重头戏是《爸爸爸》（初刊于《人民文学》1985年第6期），王安忆发表的是《小鲍庄》（初刊于《中国作家》1985年第2期），这两部作品都被誉为寻根文学的代表作，《爸爸爸》较之《西望茅草地》《吃过蓝天》，《小鲍庄》较之《雨，沙沙沙》《本次列车终点》，不可同日而语，他们摆脱了知青作家的本然性写作，开始进入了有意为之的文化小说的创作。韩少功主动标出了'楚文化'旗帜，王安忆书写了淮北小鲍庄的'仁义'的文化传统，这些因素在他们以前的创作

---

① 蔡翔：《有关"杭州会议"的前后》，《当代作家评论》2000年第6期。
② 同上。

第二章　20世纪80年代中国少数民族文学的"文化寻根"

里是没有的，至少是不自觉的。"① 也就是说，"杭州会议"把"文化"引进文学范畴的讨论，启发了一些作家的创作，包括后来成为"寻根文学"思潮领军人物的韩少功。所以，一般认为"杭州会议"是"寻根文学"的先声。

"杭州会议"没有直接提出"寻根"的口号，而"寻根"口号的明确提出是在"杭州会议"之后。"杭州会议"结束后，1985年4月韩少功的《文学的"根"》在《作家》杂志上发表，文中提出了"寻根"一词，这标志着"寻根文学"思潮真正兴起。一般而言，通常的文学潮流都是先出现创作现象，然后再对创作现象进行归纳与命名，比如"伤痕文学""反思文学"的出现都是如此。然而，"寻根文学"思潮的出现与此恰恰相反，它属于先进行命名后才有创作现象出现的情况。虽然，在"寻根文学"思潮出现前，阿城的代表作《棋王》已经发表，但人们认为"寻根文学"思潮的特点在于它是以理论先鸣于天下的。可以说，"寻根文学"思潮率先命名的做法，不仅显示了作家们创作的主动性，更表明概念、理论等因素在文学现象中的比重提高，从而使作家创作有着鲜明的目的性。"寻根文学"的作家们以理论推动现实的做法，开创了后来文学操作的一种模式。

"杭州会议"之后，率先打出"寻根文学"旗帜的是韩少功，《文学的"根"》在1985年第4期的《作家》上发表。该篇文章被视为"寻根文学"思潮的第一声惊雷。文中，韩少功发出"文学有根，文学之根应深植于民族传统文化的土壤里，根不深，则叶难茂"的呼吁。② 韩少功还指出，"他们都在寻根，都开始找到了根，这大概不是出于一种廉价的恋旧情绪和地方观念，不是对歇后语之类浅薄地爱好，而是一种对民族的重新认识，一种审美意识中潜在历史因素的苏醒，一种追求和把握人世无限感和永恒感的对象化表

---

① 陈思和：《"杭州会议"与文化寻根》，《文艺争鸣》2014年第11期。
② 韩少功：《文学的"根"》，《作家》1985年第4期。

现"①。另外,李杭育的《理一理我们的"根"》发表在 1985 年第 9 期《作家》上。李杭育强调优秀的作家不能仅仅具有时代意识,更应该具有历史意识与本土文化积淀,"大作家不只属于一个时代,他的情感和智慧应能超越时代,不仅有感于今人,也能与古人和后人沟通。他眼前过往着现世景象,耳边常有'时代的号唤',而冥冥之中,他又必定感受到另一个更深沉、更浑厚因而也更迷人的呼唤——他的民族文化的呼唤"②。同时,李杭育认为"规范的、传统的'根',大都枯死了"③,指出"规范之外的,才是我们需要的'根',因为分布在广阔大地,深植于民间的沃土"。④ 李杭育主张"嫁接法","理一理我们的'根',也选一选人家的'枝',将西方现代文明的茁壮新芽,嫁接在我们的古老、健康、深植于沃土的活根上,倒是有希望开出奇异的花,结出肥硕的果"⑤。阿城又在《文艺报》发表了《文化制约着人类》一文,认为"文化是一个绝大的命题,文学不认真对待这个高于自己的命题,不会有出息"⑥。文中阿城提出了"文化断裂"论,认为"五四"新文化运动对中国传统文化的断裂负有不可推卸的责任。实际指出,中国当代文学负有重新整理与接续文化传统的使命。随后,郑义也在《文艺报》上发表了《跨越文化断裂带》一文,表示"对时下许多文学缺乏文化因素深感不满",并为自己定下一条创作原则:"作品是否文学,主要视作品能否进入民族文化。"⑦ 郑义也同样认为"五四"新文化运动导致了一代知识分子远离了自己的民族文化传统,为此出现文化的断裂带。在他看来,能否跨越这个民族文化断裂带,积蓄一代作家的民族文化修养,是能否"走向世界"的关键。郑万隆又在

---

① 韩少功:《文学的"根"》,《作家》1985 年第 4 期。
② 李杭育:《理一理我们的"根"》,《作家》1985 年第 9 期。
③ 同上。
④ 同上。
⑤ 同上。
⑥ 阿城:《文化制约着人类》,《文艺报》1985 年 7 月 6 日第 8 版。
⑦ 郑义:《跨越文化断裂带》,《文艺报》1985 年 7 月 13 日第 8 版。

《上海文学》发表了《我的根》,提出"每一个作家都应该开掘自己脚下的'文化岩层'"①。

韩少功、阿城、李杭育、郑万隆、郑义系列理论文章的发表,标志着"寻根文学"思潮的真正发生,此后各类体现"寻根"倾向的文学作品相继推出,形成了20世纪80年代继"伤痕文学""反思文学""改革文学"之后的又一个重要文学潮流——"寻根文学"思潮。

(二) 少数民族文学"文化寻根"的双重意识

20世纪80年代中期"寻根文学"思潮的出现,极大地推进了已经于初期显现的少数民族文学的"文化寻根"现象,尤其是"寻根文学"思潮极力倡导的寻根意识与现代意识成了影响中国少数民族"文化寻根"的重要元素。那么,"寻根文学"思潮倡导的寻根意识与现代意识这双重意识是如何影响了少数民族文学的"文化寻根"?

首先,"寻根文学"思潮对少数民族文化的大力倡导,使得少数民族文学寻民族文化之根的意识凸显。"寻根文学"思潮是一场理论引导实践的文学潮流,在它的理论主张中强调文学关注文化。关注什么样的文化呢?倡导者们将"文化"限定为:一是指地域文化,这是对文化的地理空间定位;二是指传统文化,这是对"文化"的纵向时间界定;三是指族群文化,这是对"文化"的族别身份的认定;四是指民间文化,特指日常世俗生活中不规范的文化形态,这是对"文化"呈现形态的规定。在以上关于文化的限定中,少数民族文化进入了当代文学的视野,成为主流文学界倡导的文学资源。"寻根文学"思潮的倡导者之一李杭育在《理一理我们的"根"》中,充分肯定了少数民族文化,认为它是"一种真实的文化,质朴的文化,生气勃勃的文

---

① 郑万隆:《我的根》,《上海文学》1985年第5期。

化"①。这里，少数民族文化被作为有生命力的文化得到了主流文学界的认同。这种认同对历来身处边缘的少数民族作家来说是巨大的鼓舞，极大地激发了他们的民族自信心，强化了他们的民族身份认同意识。如学者所言，"进入80年代中期后，表现少数民族文学中的'民族意识'的苏醒，就高涨为自觉的'民族主体精神'的张扬"②。可以说，借助他者的眼光，少数民族发现孕育他们创作的这块土壤是一片沃土。于是，少数民族作家们以自觉的文化寻根意识，进入民族文化的深处，审视文化的肌理，探索民族文化生机的重铸。

曾经把自己生活过的蒙古草原作为书写对象的张承志在20世纪80年代中期发生了转向，把笔触伸向了自己的母族文化（回族文化）。1984年底，张承志初入回族生活的西海固农村，与当地回民共同生活，这段日子他深深地被这块贫瘠土地上回民们对信仰的坚守与执着追求所折服。于是，张承志以强烈的民族情感写作了一系列反映回族的苦难岁月和心灵血泪的小说。其中突出信仰、念想在回族人生命、生存中的重要性是其小说的一个重要主题。回族是一个没有自己文字的民族，但这个民族却具有相当强的民族意识和民族凝聚力，这源于人们对伊斯兰教的虔诚信仰。所以，对信仰和念想的持守与追求成为回族人的生存所需，自然也就成为回族作家们反映民族生活的侧重点。张承志的《黄泥小屋》《残月》《西省暗杀考》《心灵史》都是对此持久而决绝的反映。《黄泥小屋》是一篇寓意深刻、富有象征意味的小说。小说描写在一片只能生长洋芋的焦干的西北荒丘上，一群被生计所迫的穆斯林在这严酷的自然环境中艰难地打发着人生。作为其中一员的苏孕三，因躲避官府的追捕逃到这里，但在疲乏的劳动间隙，他心中总会闪现一座"黄泥小屋"，那曾是他的家园。但这里也不是那个让人心歇息的地方，狠毒的东家不

---

① 李杭育：《理一理我们的"根"》，《作家》1985年第9期。
② 姚新勇：《寻找共同的宿命与碰撞——转型期中国文学多族群及边缘区域文化关系研究》，中国社会科学出版社2010年版，第24页。

仅剥削回民们的身体，还要践踏回民的心灵。最终，苏孕三为了护住那颗柔软的心不受辱，领着那个夜夜惧怕东家糟蹋的女子离开了这污浊之地。虽然他们不知路在何方，但苏孕三始终相信他俩一定能找到一个地方搭起自己的那座"黄泥小屋"。"黄泥小屋"作为一种象征是贫困状态下一种精神向往的代名词，即回民心中信仰的化身。作家通过书写苏孕三对"黄泥小屋"的不断追忆与怀想，表达了回族对信仰的虔诚坚守。张承志写于20世纪90年代的《心灵史》更是进入自己的回族历史的纵深处，淋漓尽致地展现了回族人坚守信仰的那份执着。张承志对回族人信仰世界的书写就是其文化寻根意识的体现。早于"寻根文学"思潮的出现就走上创作之路的扎西达娃，由20世纪80年代初期对西藏当代青年生活的关注，转向对西藏隐秘历史的回望，发表了《西藏，隐秘岁月》《西藏，系在皮绳扣上的魂》等小说。作家进入历史的深处，表达了对藏民族精神内核——藏传佛教存在的深邃思考。彝族诗人吉狄马加也走向了母文化，谱写了"一个彝人的梦想"。总之，"'寻根文学'思潮对少数民族文化意义的发现，强化了少数民族作家的民族身份认同，增强了少数民族作家的文化自信，从而使得少数民族文学的'文化寻根'意识得以凸显"①。

其次，"寻根文学"思潮提倡的现代意识，也强化了少数民族文学的现代感。"寻根文学"思潮的倡导者们一直在强调"寻根"，即强调走进历史文化、走进边缘文化。因为在倡导者们看来那儿沉积着中国的千年文化，通过进入与寻找，可为当下中国文化焕发生机提供资源。但同时他们还强调寻根不是完全回到过去，而是用现代意识去灌注文化之根。如韩少功所说："我们的责任是释放现代观念的热能，来重新镀亮这种自我。"② 在《我的根》里，

---

① 杨红：《20世纪80年代中国少数民族文学的文化寻根》，《北方民族大学学报》2013年第6期。

② 韩少功：《文学的"根"》，《作家》1985年第4期。

郑万隆在强调"我的根是东方"的同时，又专门强调"我们的文学现实也应该用开放性的眼光进行研究，对自己的艺术把握世界的方式进行反省，也应该用未曾有过的观念与方法进行创作尝试"①。这里作家实际是提出应该用开放性观念或者说现代意识来审视自己的文化之根。现代意识是人类走向现代化的进程中表现出来的一种精神。它是高度发展的科学精神与人类精神，其主要表现为科学、理性、人道、自由、民主、平等、法制等的普通原则。"寻根文学"思潮的作家们除了理论的倡导，把现代意识灌注入创作实践，推出了《爸爸爸》《女女女》等体现代理性精神的作品。"寻根文学"思潮倡导的现代意识怎样影响了少数民族文学的"文化寻根"呢？

文化自省精神的传递是现代意识的一种表现。文化自省精神，是指一种对自我文化的反思与批判精神。它是现代理性精神的具体体现。新时期少数民族作家多是接受本民族传统文化与现代文化双重认知体系的少数民族知识分子，基于这样的文化构成，他们能够以远观视角审视自己的民族，在与异质文化的对比中，敏锐地洞察和发现本民族物质文化和精神文化体系中存在的缺陷和不足。早在新时期初，文化自省精神已在少数民族文学中初现端倪。但在寻根文学思潮倡导的现代意识影响下，少数民族的文化自省精神表达得更为深刻。如"扎西达娃对西藏宗教文化的审视，在其20世纪80年代初期作品里体现了鲜明的批判色彩，而20世纪80年代中期后作品则展现出更多的思辨成分与深层省视意识，有效地达到厚度与宽度的双向延伸"②。《西藏，隐秘岁月》讲述了一个偏僻山村里的女性次仁吉姆的一生。作家通过书写次仁吉姆终身供奉隐居于山洞的高僧肯定了藏民族对信仰的坚守；但同时又书写了次仁吉姆为信仰而放弃了自己与达郎的俗世爱情，以此揭露了神性对人性的压抑。《西藏，隐秘岁月》里，作家肯定了藏民族对宗教信仰的坚守，同

---

① 郑万隆：《我的根》，《上海文学》1985年第5期。
② 杨红：《论扎西达娃民族文化身份的建构》，《西藏文学》2008年第6期。

第二章　20世纪80年代中国少数民族文学的"文化寻根"

时又通过宗教对日常生活的放逐，表达了重归宗教传统的困惑。扎西达娃审视民族文化的眼光由最初的直接批判转向了深层的审视，这标志着扎西达娃对本民族文化的反思日趋成熟。另外，霍达的《穆斯林的葬礼》也是一部体现文化自省精神的长篇小说。该小说叙述了一个穆斯林家庭从1919年到1979年六十年间三代人的命运沉浮及两个发生在不同时代却又交错扭结的爱情悲剧。作品中，作家霍达毫不回避地揭示了少数民族的信仰与教规在古板、偏执的情况下造成的悲剧。梁君璧是传统的穆斯林，她遵从万能真主的旨意，恪守伊斯兰教规、教义，并以此作为她做人的理念和行为的根据。这使得梁君璧毅然地阻断了女儿韩新月与楚雁潮的恋情，因为在她看来两人的相恋触犯了穆斯林不得与"卡斐尔"结婚的禁忌。这里的"卡斐尔"是指"那些亲眼看见穆罕默德的圣行、亲耳听见穆罕默德的劝谏，而不信奉伊斯兰教，昧真悖道的人"[①]。小说结尾处，新月留在人世的最后一点希望却因母亲对伊斯兰教义的僵硬理解而被剥夺。在《穆斯林的葬礼》中作家以超越民族、超越历史的气度与胆识对母族文化作了冷静、深邃的自审。各民族文化积累的种种陋习严重束缚了其走向现代化的步伐，少数民族作家对这些文化残渣的审视，则是从反面建构着民族传统文化的现代性形态。

人本主义的表达也是现代意识的一种体现。"人本主义，含有'人文主义'、'人道主义'的含义。文艺复兴以来，西方人本主义的概念经历了三个不同的发展时期。最初是文艺复兴时期，西方人本主义倡导用'人'的主体性去对抗'神'对人的主宰，以否定'神性'来高扬'人性'文化。这时期的人本主义推动人类社会由'前现代'进入了'现代'，开启了西方现代文明的思想源头。到了17、18世纪，由于现代工业的快速发展，出现了机器异化'人'的现象，于是西方社会掀起了关于现代性的反思。人本主义又有了

[①] 霍达：《穆斯林的葬礼》，北京十月文艺出版社2007年版，第465—466页。

全新的内涵，那就是主张恢复健康的人性，倡导人的自由。20世纪以来，西方社会相继进入了后工业时代，人本主义又一次有了新的内涵。此时的人本主义关注人的非理性世界，崇尚意志、直觉、本能与情感等因素，重视个体生命的社会存在价值。"① 总之，人本主义以"人"的关注为核心，并随着时代的变化而不断地发展。"西方的人本主义思想于19世纪末20世纪初传入中国，推进了'人'的觉醒，成了'五四'时期中国文学的主潮。'人的觉醒'、'个性主义'的呼唤成为中国现代文学的主要品格，为中国文学的现代转型奠定了基础。然而，在此后的一段历史进程中，人本主义曾一度被严重忽略。直到20世纪80年代，'人'被重新发现，并引起了人们的广泛关注，人本主义再次影响了中国文学的发展，包括少数民族文学的发展。关怀人、以人为本成了少数民族文学'文化寻根'作品蕴含的人本主义思想的体现。回族作家张承志的作品常体现出关怀底层人、关怀弱势群体的人文情怀。"② 张承志从书写蒙古草原到书写黄土高原，始终以底层的百姓为关注核心，且秉承强烈的人文情怀。《黑骏马》中"我"从小被草原上的额吉老奶奶抚养长大，且与索米娅青梅竹马，长大后因"我"不理解额吉老奶奶与女友索米娅对黄毛无耻行为的宽容而离开了草原，多年以后"我"理解并钦佩她们，理解了她们对生命的挚爱，钦佩她们对苦难生活的那份坚韧。这里，作家表达了对草原底层百姓坚韧的生命力以及她们博大的胸怀的深情歌咏。到80年代中后期，张承志又将黄土高原的底层百姓作为书写对象，无论是《黄泥小屋》中的苏孕三，还是《残月》中的杨三老汉等，他们都是在社会底层生活的回族群众，有的甚至过着牛马不如的生活，但作家着力刻画这群人内心深处保持着对信仰的坚守，其间充满了钦佩之情。而到了《心灵史》，作家更是

---

① 杨红：《20世纪80年代中国少数民族文学的文化寻根》，《北方民族大学学报》2013年第6期。
② 同上。

强烈地表达了对那些位于社会底层的被血腥镇压的回族人民的同情，也表达了对他们面对屠杀而执着地坚守精神信仰的钦佩。始终贯穿在张承志创作中的对底层百姓的关注以及敬佩之情，就是作家人文关怀情怀的真挚表达。

"'寻根文学'思潮倡导的寻根意识和现代意识，逐渐渗透入20世纪80年代少数民族作家的文学创作之中。寻根意识与现代意识的倡导，一方面促进了少数民族作家对本民族文化的自觉认同，从而创造出具有独异文化色彩的文学世界；另一方面，又促进了少数民族作家与世界的接轨，从而创造出体现人类眼光的文学世界。"① 可以说，"寻根文学"思潮倡导的双重意识有力地推进了20世纪末中国少数民族文学"文化寻根"现象的发展，使得中国少数民族文学具有独异的个性。

五　形式主义倡导下的艺术探索

新中国成立初期，"由于极'左'思潮的影响，文学的艺术性成了思想性的奴仆。因此，文学的各种外部因素，比如政治法则、社会法则、道德法则等占据了文学殿堂，而真正作为艺术范畴的叙述、结构、语言符号等却无人问津"②。20世纪70年代末，随着中国社会的改革开放，西方的形式主义理论传入了中国。在西方，进入20世纪后，文学理论研究呈现出由社会中心、作家中心向文本中心移动的趋势。无论是俄国形式主义理论、东欧结构主义理论或英美新批评派，都以文本研究为重心，诸如研究语义、韵律、隐喻、

---

① 杨红：《20世纪80年代中国少数民族文学的文化寻根》，《北方民族大学学报》2013年第6期。

② 同上。

结构、叙述等，这被人们统称为形式主义理论。新时期，形式主义理论随着各种西方文艺思潮传入中国，其中影响最为显著的是克莱夫·贝尔的《艺术》与苏珊·朗格的《情感与形式》。前者提出"有意味的形式"①，后者强调"艺术是人类情感的符号形式的创造"②。无论是贝尔还是朗格，都强调形式的意义，这对新时期文学的形式变革产生了极大的推动作用。

20世纪80年代，在外来形式主义理论影响下中国作家开始有意识地尝试形式的实验，初步显示形式的独立性。如王蒙、茹志鹃对意识流、蒙太奇手法的尝试；以北岛、舒婷、顾城为代表的朦胧诗对意象的运用。这些作品中，作家采用什么样的艺术形式虽然仍需服从于主题的需要，但"怎么写"显然已被置放到重要的位置。20世纪70年代后期王蒙写作了小说《布礼》，从思想内涵看这部小说是一部符合当时文学潮流的带有历史反思意味的作品。但该部小说却在当时众多作品中脱颖而出，那就是因为作家开启了艺术形式的探索之路。《布礼》采用了意识流手法，它以主人公钟亦成的意识流动为线索，呈现了一种时间与空间交错，回忆与现实杂陈的多层次结构。这样的结构不仅有利于主题的表达，还具有多角度呈现主人公复杂心路历程的独特意味。北岛的《回答》是一首批判"文革"悲剧的诗歌，但其间没有任何一句诗句直接言及"文革"，而是通过系列意象的设置间接表达了对"文革"的批判之声："卑鄙是卑鄙者的通行证，高尚是高尚者的墓志铭。"③ 此后，形式实验的队伍蔚为大观，涌现出高行健、残雪、韩少功等急先锋。到20世纪80年代中后期，先锋文学的马原、格非等将文学形式的探索推向了高峰。可以说，20世纪80年代是中国文学形式实验的巅峰时期。中国少数民族作家在20世纪80年代重视艺术形式探索的氛围中，也毫不例外地参与其中。许多少

---

① ［英］克莱夫·贝尔：《艺术》，周金环等译，中国文联出版社1984年版，第6页。
② ［美］苏珊·朗格：《情感与形式》，刘大基等译，中国社会科学出版社1986年版，第2页。
③ 谢冕、洪子诚主编：《中国当代文学作品精选》，北京大学出版社2002年版，第289页。

第二章 20世纪80年代中国少数民族文学的"文化寻根"

数民族作家如张承志、扎西达娃、蔡测海、景宜等，他们努力摆脱传统写实主义的局限，大胆借鉴各种外来艺术技巧，使小说的风貌异彩纷呈。其中，部分少数民族作家积极地探索以各种现代艺术形式寻民族文化之根。

  魔幻现实主义手法的运用是少数民族作家"文化寻根"之中运用频率最高且最为成功的一类形式实验。它将真与假、实与虚、生与死交织为一体，从而营造出体现魔幻、荒诞意味的一种叙事手法。魔幻现实主义手法是拉美魔幻现实主义的常用手法。这一手法对中国作家的文学创作产生了重要影响，许多少数民族作家在叙事上自觉地借鉴魔幻现实主义手法。其中以扎西达娃为代表的藏族作家对魔幻现实主义手法的借鉴最为成功。20世纪80年代初期的扎西达娃总体采用传统现实主义的创作方法，而到20世纪80年代中期扎西达娃喜欢采用魔幻现实主义手法。虚幻与现实交融一体，是魔幻现实主义手法的鲜明体现。扎西达娃常把现实描写、神话传说与宗教故事等熔为一炉。《西藏，系在皮绳扣上的魂》就是一部将现实描述、预言、神话传说以及宗教故事融为一体的小说，其间充满了魔幻与荒诞的意味。该小说以写实为主体，讲述塔贝与琼一路在藏地行走去寻找香巴拉的故事。同时，作家又不断地插入西藏的传说与故事。关于香巴拉的传说是一个在西藏藏区家喻户晓的传说，香巴拉是藏族人心中的乐园，也是佛教徒梦寐以求的地方。小说中，香巴拉传说的插入使得两个主人公的行走充满了神性。小说还讲述了莲花生大师的掌纹故事。莲花生大师在藏族历史上确有其人，是藏民心中的一代尊师。关于莲花生大师留下掌纹的故事是一则虚幻的宗教故事。莲花生大师掌纹故事的插入混淆了现实与虚幻的界限。小说还写了活佛的预言，这让塔贝与琼在藏地行走更被赋予神秘色彩。小说结尾处，写塔贝临死前听到一种声音，他以为是佛的声音，而叙述者"我"则指出那是1984年美国的洛杉矶举办第24届奥运会的声音，现实与虚幻再一次交织，荒诞与魔幻弥漫其间。扎西达娃还常打通生与死、人与鬼的界限。《悬岩之光》讲述主人公"我"与死去的

"情人"在一个露天宴会相遇的故事。在宴会上"我"看到了"我"那已死去的一直想当记者的情人。她向"我"打招呼，主动和"我"攀谈。"我"记得她是在一次大雨中被倒塌的楼房所压死，而她却说自己是在采访时乘坐的直升机受到了一些颠簸，而朦胧地睡着了，并没有死去。这里，作家打破了生与死的界限，呈现了一个人与鬼魂交流的神奇且荒诞的故事。同样在《风马之耀》中，主人公乌金与索朗仁增这对仇人忽生忽死，制造了一个个让人眩晕的生死之谜。总之，以扎西达娃为代表的少数民族作家，通过突破小说虚构和现实的界限、打通生死界限乃至穿越时空限制等魔幻现实主义的手法，带来了魔幻与荒诞的神奇体验。以扎西达娃为代表的少数民族作家在"文化寻根"中不仅追求形式的创新，而且还追求创造一种"有意味的形式"。一般而言，少数民族文化常包括蕴含万物有灵论的民间文化资源或充满神性的宗教文化，而魔幻现实主义手法的运用有利于立体展现多彩的少数民族文化。如扎西达娃正是通过亦魔亦幻、亦真亦假世界的呈现，贴近了西藏那片弥漫着神佛色彩的土地，贴近了那个有着虔诚宗教信仰的藏民族。正如学者认为，扎西达娃"不但提供和实践了这个年代最'先锋'的艺术形式，而且还最贴合地表达了和这形式生长在一起的民族文化的观念和思想"[1]。所以说，新时期以扎西达娃为代表的藏族作家运用的魔幻现实主义手法是一种"有意味的形式"。

此外，意识流手法运用也是少数民族作家"文化寻根"探索形式创新的一种表现。"意识流不是一个流派，而是一种方法。"[2] 心理学家威廉·詹姆斯认为"意识并不是一节一节地拼起来的。用'河'或者'流'这样的比喻来描述它才说得上是恰如其分。以后再谈到它的时候，我们就称它为思维流、

---

[1] 张清华：《从这个人开始——追论 1985 年的扎西达娃》，《南方文坛》2004 年第 2 期。
[2] 柳鸣九主编：《意识流》，中国社会科学出版社 1989 年版，第 3 页。

意识流或主观生活之流吧"①。意识流手法，是"文革"后最早被中国作家借鉴与学习的一种现代主义手法。20世纪70年代末王蒙、茹志鹃等在作品创作中尝试运用，突破了长时期以来传统现实主义对中国文学形式的垄断。少数民族作家对意识流手法的运用始于20世纪80年代初期，扎西达娃、张承志等是较早尝试运用意识流手法的作家。其中，张承志从1983年发表《黑骏马》开始，就有意识地使用意识流手法，体现为文中出现大量的自由联想与内心独白。《黑骏马》的主人公白音宝力格因思念故乡、思念初恋姑娘索米娅，于是骑着曾与索米娅共同养大的黑骏马回到草原。作品以白音宝力格回故乡的历程为主要线索，其间不断穿插以往草原生活的回忆，有着丰富的自由联想。如小说写到，当白音宝力格无意中知道所骑的马，正是他与索米娅曾共同喂养的黑骏马时，思绪漫飞，回忆起逝去的童年、回忆自己与索米娅青梅竹马的往事等。这些看似毫无关联的联想，展示了人物极其丰富的心路历程。内心独白也是意识流手法的表述手段之一，它是人物的自主意识或无意识的展示。张承志的小说《黑骏马》用大量的内心独白铺写人物的心理体验。如写索米娅被黄毛强奸而怀孕这一事件时，作家着重展现了三个人不同的内心独白。白音宝力格是索米娅的恋人，当他知晓此事时，内心极其愤怒与生气，恨不得拿起刀杀了黄毛。由白音宝力格的内心独白中可见他对不道德的行为恨之入骨；而奶奶知晓索米娅被黄毛强奸而怀孕时，认为一个女人应该像大地母亲一样不择优劣养育一切。从奶奶的内心独白中，可感知到奶奶身上具有原始母性的道德法则；而索米娅的内心独白则是通过她的喊叫声体现。当白音宝力格拽着索米娅的衣袖发问时，她尖叫"我的孩子！"这声音是索米娅挚爱身体深处小生命的母爱情怀的表达。而且，索米娅的母爱情怀超越了文明人通常的羞耻之心。张承志意识流手法的运用不仅体现为围绕故

---

① ［美］威廉·詹姆斯：《思维流、意识流或者主观生活之流（节选）》，柳鸣九主编《意识流》，中国社会科学出版社1989年版，第346页。

事叙述展开自由连线与插入内心独白，还体现为整部小说完全由内心独白组成。《残月》是一篇由杨三老汉诸多的回忆片段组合成的小说。作品主要叙述杨三老汉从家走向清真寺的路上的所见、所闻、所想。在杨三老汉行走的一个小时里，其中意识流动内容的叙述几乎也占据了全部时间，而且叙述速度极慢。张承志《晚潮》《大坂》《戈壁》等小说也采用凝重的笔调着力书写主人公思绪起伏的心潮，而小说的情节却几乎凝固不变。这里，时间被无限压缩，空间被无限扩展，形成了开阔壮美的艺术风格。20世纪80年代少数民族作家在"文化寻根"潮流中，有意识地进行了艺术形式的探索，尤其是魔幻现实主义手法的运用获得成功，这为少数民族文学发展奠定了坚实基础。但总体而言，20世纪80年代少数民族作家的形式实验稍显单一；除少数作家之外，部分作品存在"为形式而形式"的倾向，缺少"有意味的形式"。

"20世纪80年代，随着少数民族作家族群身份认同的觉醒，他们的文学创作经历了由政治空间向文化空间的拓展，形成了文化寻根的潮流。此后，寻根文化思潮影响下寻根意识与现代意识的渗透，推进了少数民族文学文化寻根潮流的发展。加之外来形式主义理论的影响，少数民族作家在文化寻根的潮流中自觉地探索艺术形式的创新。"[①] 总之，20世纪80年代少数民族文学"文化寻根"经历了从萌生到走向成熟的发展轨迹。它的出现与发展极大地推进了中国少数民族文学走向成熟，也极大地丰富了中国文学的风貌。

---

① 杨红：《20世纪80年代中国少数民族文学的文化寻根》，《北方民族大学学报》2013年第6期。

第三章 20世纪90年代中国少数民族文学的"文化寻根"

一 全球化与20世纪90年代的中国

进入20世纪90年代,中国社会发生了巨大变化,就国内而言,因计划经济向市场经济的成功转型,消费主义日趋成为社会的主潮;就国际而言,随着中国经济的发展,融入世界不可避免,因此全球化浪潮持续地冲击着中国。对于20世纪90年代中国少数民族文学的"文化寻根"而言,全球化浪潮的影响最为显著。

(一) 全球化与本土化

进入20世纪90年代,全球化成了一种潮流。什么是全球化?"全球化是一种发展进程,也是一种发展趋势。全球化,是指在市场经济的基础上,在科技发展的推动下,不同的国家与地区之间相互渗透、相互依存的程度不断地加强,最终使得人类的活动突破了区域的限制,世界成了一个统一的发展整体。"① 全球化不是今天才出现的,它与人类的发展历史以及世界体系的产生有密切关系。16 世纪,因地理大发现,世界各地区、各民族的人们开始了真正意义的普遍交往,于是人类社会渐渐地进入了整体性的发展阶段,世界体系也随之逐渐形成。可以说,16 世纪的地理大发现开启了全球化进程。此后,随着资本主义、殖民主义扩张,世界体系进入了快速发展阶段,全球化趋势日趋显著。进入 20 世纪后期,交通、通信业等快速发展,经济一体化逐渐深入,人们越来越清醒地意识到世界是一个相互依存的整体。这意味着真正的全球化到来了。全球化主要包括经济、政治、文化三个层面,经济全球化是当今全球化的构成主体。经济全球化,是指世界各国经济在生产、分配、交换和消费环节日渐相同的趋势。经济全球化包括生产全球化、市场全球化、资金全球化等不同层面。阿尔布劳认为经济全球化主要体现在三个方面,"第一是贸易全球化,主要通过逐步降低和消除关税和非关税壁垒,不断扩大贸易领域,促进全球贸易的增长;第二是生产的全球化,这以跨国公司为代表,它们的全球活动使生产、流通和消费变得国际化;第三是金融全球化,表现为世界资本市场不断扩大,国际资金流动大幅增长,金融自由化程度不断提高"②。经济全球化,使得人们在投资、生产、消费等层面的跨国界联系不断加强,世界各国在经济上越来越互相依存。总之,经济全球化的核心就是逐渐形成统一世界市场,国家之间的经济彼此依存。

全球化时代,经济全球化的同时政治也日趋全球化。政治全球化,就是一种打破疆域的过程,使得人们的社会空间不再局限于以往的疆域。在当今的世界格局中,主权国家依然是国际政治结构的构成单位。但是,随着经济全球化的到来,当世界各国人们在生产、消费、投资等各个层面的联系越来

---

① 杨红:《论 1990 年代中国少数民族文学的文化寻根》,汪文学主编:《文学的多重视域与理论建构》,中央编译出版社 2015 年版,第 178 页。
② [英]阿尔布劳:《全球时代:超越现代性之外的国家和社会》,商务印书馆 2001 年版,第 30 页。

越密切时，就对各国政府的领导能力提出新的要求，其政治理念、政治决策方式与行为模式等需重新设计。这样各个国家的政府行为就会逐渐打上全球化烙印。政治全球化，主要表现为政治从一国走向全球，国内政治与国际政治相互渗透，以及国际组织与国际协调能力具有越来越大的作用。

随着全球化进程的发展，文化全球化也是全球化的重要维度之一。在全球化的各种维度中，政治、经济等以不可阻挡之势席卷世界各个角落，但是人们体验最为直接的全球化形式却是文化全球化。如英国学者约翰·汤姆林森所言："全球化处于现代文化的中心地位；文化实践处于全球化的中心地位。"[1] 文化的全球化，它是指世界上的各种文化以各种方式，在"融合"与"互异"的同时作用下，在全球范围内的流动。赫尔德等人认为："文化全球化就是文化关系和文化实践的延伸和深化。"[2] 如何理解文化一词？文化是人们在生活实践中形成的整套价值体系。不同的人类群体在日常生活中总会表现出不同的价值倾向，表现出不一样的文化模式。从人类社会的发展历程看，当下文化的全球化主要体现为现代性的全球化。现代性是与传统社会截然不同的一种新的生活方式，也是一种新的文化模式。现代性是西方社会从传统向现代转型的过程，其以理性主义为核心，包括自由主义、个人主义等价值观念。随着现代社会的建立，这些价值观念成为指导人们生活方式的核心观点。如吉登斯所言："现代性在内涵方面，它们正在改变我们日常生活中最熟悉最带个人色彩的领域。"[3] 所以说，文化全球化是现代性的文化诉求全球性扩张的结果。

文化全球化意味着一种全球共同的文化表达，即以现代性为核心的文化表达。最初，现代性仅是一种地方性的文化诉求。然而，作为一种地方性文

---

[1] ［英］约翰·汤姆林森：《全球化与文化》，郭英剑译，南京大学出版社2002年版，第1页。
[2] ［英］戴维·赫尔德等：《全球大变革：全球化时代的政治、经济与文化》，杨雪冬等译，社会科学文献出版社2001年版，第460页。
[3] ［英］安东尼·吉登斯：《现代性的后果》，田禾译，译林出版社2011年版，第4页。

化的现代性如何演变为一种全球性的文化？吉登斯认为这源于现代性的三种动力，即"时间和空间的分离、脱域机制的发展以及知识的反思性运用"[①]。其中，时间与空间的分离是现代性的决定性条件。吉登斯强调："在前现代社会，空间和地点总是一致的，因为对大多数人来说，在大多数情况下，社会生活的空间维度都是受'在场'，及地域性活动支配的。"[②] 但在现代社会里，机械钟的发明使时空分离，"场所完全被远离他们的社会影响所穿越并据其建构而成。建构场所的不但是在场发生的东西，场所的'可见形式'掩藏着那些远距关系，而正是这些关系决定着场所的性质"[③]。又由于时间与空间的分离，脱域机制得以形成。"脱域机制，主要是指象征标志与专家系统。脱域机制的两类构成使社会行动得以从地域化情境中'提取出来'，并跨越广阔的时间—空间距离去重新组织社会关系。"[④] 吉登斯还认为，"货币是最重要的象征标志物。货币的出现，使人类的经济交往活动从狭隘的空间转向更广阔的领域"[⑤]。此外，建立在时—空分离基础上的现代性的反思有着自身的特征，"关于社会生活的系统性知识的生产，本身成为社会系统之再生产的内在组成部分，从而使社会生活从传统的恒定性束缚中游离出来"[⑥]。吉登斯围绕现代性的三类动力来源，阐述了现代性与全球化之间的联系。"现代性正在内在地经历着全球化的过程，这在现代制度的大多数基本特性方面，特别是在这些制度的脱域与反思方面，表现得很明显。"[⑦] 现代性借助时空的重构，以及脱域与反思的特征，实现了现代性的全球化扩张。所以说，全球化就是现代性不断扩张的过程。而文化全球化则是现代性的文化诉求不断地延伸的结果。

[①] ［英］安东尼·吉登斯：《现代性的后果》，田禾译，译林出版社2011年版，第46页。
[②] 同上书，第16页。
[③] 同上。
[④] 同上书，第46页。
[⑤] 同上。
[⑥] 同上。
[⑦] 同上书，第56页。

第三章 20世纪90年代中国少数民族文学的"文化寻根"

总之，时空的分离、脱域机制的发展以及知识的反思性这三种动力机制的作用，使现代性实现了全球性的延伸，并形成了文化全球化的图景。

文化全球化主要体现为现代性的全球化，由于现代性是以理性主义为核心的西方文化的表达，所以全球化的文化图景体现为西方文化占据主导地位。比如，英语成了国际通用语言、麦当劳遍布全球、好莱坞电影风靡世界等。可以说，在全球化进程中，西方文化控制着文化全球化的话语霸权。所以说，全球化实际就是西方化（或者美国化）。然而，文化全球化存在巨大的悖论，一方面是文化一体化的趋向，但另一方面是文化多元化的趋势。阿里夫·德里克指出："我们的时代似乎又是一个充满反论的时代。地方化（本土化）与全球化结伴同行，文化的同一化受到文化多样化坚持不退的挑战。"[①] 也就是说，文化的全球化必然伴随文化的本土化。文化全球化的现代性诉求虽源于西方并为西方掌控着，但非西方文化不是一味地接受西方文化，相反非西方文化会不断地强化自身的文化认同。"当社会关系横向延伸并成为全球化过程的一部分时，我们又看到地方自治与地方文化认同性的压力日益增加的势头。"[②] 一般来说，文化主要包括文化作品、文化制度与文化礼俗三个层面。而文化作品与文化制度易改变，文化礼俗却难以变更。因为，文化礼俗是一个民族的思维方式与文化观念外化的表现，具有较强的稳定性。所以，当现代性的文化诉求与地方性文化相遇时，不同的民族或国家必然会以地方性文化来应对现代性的文化诉求。同时，因为全球化的来临势必削弱民族的文化向心力，甚至导致本土文化的消亡。在这样的境况里，为了避免民族文化走向消亡，倡导本土文化的复兴就会成为一种必然，从而形成与"全球化"相抗的"本土化"趋势。所以说，文化的本土化是文化一体化的伴生物。文化

[①] ［美］阿里夫·德里克：《后革命氛围》，王宁等译，中国社会科学出版社1999年版，第153页。

[②] ［英］安东尼·吉登斯：《现代性的后果》，田禾译，译林出版社2011年版，第56页。

的全球化伴随着同质性与差异性。

（二）文化民族主义的兴起

进入1990年后，中国迈入了全球化时代。由于苏联的解体，资本主义和社会主义对峙的两极格局瓦解，这使得原先壁垒森严的两级体制崩溃，为全球化的推进扫清了意识形态的障碍。同时，从20世纪80年代以来，中国一直实行改革开放的政策，经过十余年的发展，1990年后特别是1992年市场经济的全面推行，中国与世界的交流日趋频繁。所以说，1990年以后中国社会逐渐迈入了全球化时代。全球化进程中，文化全球化遭遇的悖论在中国依然存在。就中国整体而言，一方面以汉文化为核心的中华文化面临西方强势文化的渗透和侵蚀，另一方面国人对中华文化的捍卫意识更为自觉。所以，20世纪90年代在全球化加剧的语境里，民族主义思潮悄然兴起。20世纪90年代，何新是最早亮出民族主义旗帜的学者。1990年6月，何新在北京大学的一次演讲中一反20世纪80年代知识分子惯有的乐观主义与虚无主义，提出了激进的民族主义主张。何新认为："中国的外部环境极其险恶，冷战结束也意味着美国开始把意识形态颠覆和'遏制'的目标对准中国；精英们的社会达尔文主义倾向会给中国带来灾难，中国不能乱；爱国主义没有过时，西方对中国在文化和种族上的轻蔑和歧视依然存在。"[①] 半年后，何新的《世界经济形势与中国经济问题——何新与日本经济学教授S的谈话录》在《人民日报》上发表，他就世界经济形势与社会主义前途等问题，更深入地阐发其民族主义思想。可以说，何新在北京大学的演讲是20世纪90年代以来中国民族主义的先声。渐渐地，随着全球化对中国的冲击以及中美、中日之间发生一系列摩擦事件，何新倡导的民族主义思想开始在知识分子阶层引起反响。

---

① 何新：《世界经济形势与中国经济问题——何新与日本经济学教授S的谈话录》，《人民日报》1990年12月11日。

第三章 20世纪90年代中国少数民族文学的"文化寻根"

1995年，宋强、乔边与张藏藏等几位处于边缘的青年知识分子，用通俗化的手法写作了《中国可以说不》一书。该书嘲弄了当时弥漫在中国的亲西方情结，还揭示了美国的傲慢与日本的"图谋不轨"，这一切使得此书成了当年的畅销书。所以，《中国可以说不》出版后，立刻引起了人们对民族主义的讨论。这标志着民族主义思潮不仅仅是少数精英的思想，而且开始逐渐成为大众意识形态的一部分。此后，中国经历了一连串的坎坷，为了加入世界贸易组织而与美国的谈判不断受挫；美国极力阻挠中国承办2000年奥运会；日本也企图修改历史教科书。这些事件的发生，在中国公众中产生了激愤之声。1999年，科索沃战争中发生的美国袭击中国驻南斯拉夫大使馆的"五八"事件，更使得民族主义思潮在中国大众特别是大学生群体中爆发。北京、上海、广州、南京等地的高校学生们走向街头进行抗议。总之，20世纪90年代随着全球化的侵蚀，民族主义思潮在中国兴起。

中国自古以来是一个多民族国家，有着丰富的多民族文化。但全球化的到来使西方文化不仅侵蚀着中国的主流文化传统，而且逐渐向位于边缘的少数民族文化渗透。同时，全球化的语境使得少数民族文化还面临一直处于优势地位的汉文化的同化威胁。所以说，20世纪90年代全球化的到来使少数民族文化面临双重的压力。文化全球化必然伴随着同质化与差异化，同质化趋势越强劲，差异化也就越突出。这使得少数民族作家们在20世纪80年代已经萌生的母族文化认同意识更为鲜明，他们更为自觉地维护自我的母族文化，乌热尔图就是一个典范。乌热尔图是一位鄂温克族作家，从20世纪70年代末开始致力于书写这个生活在大兴安岭森林里的游猎民族的生活。20世纪80年代初期，乌热尔图推出了《琥珀色的篝火》《七叉犄角的公鹿》等小说，这些作品向人们展示了鄂温克这个古老狩猎民族的文化风貌，但此时期作家的民族身份意识还较为淡薄。随着现代化进程的加剧，鄂温克族那古老的狩猎传统慢慢地被抛弃，承载着鄂温克族人生命体温的古老文化渐渐地消亡。

就在母族文化即将被湮没的历史语境下，乌热尔图的民族身份认同意识逐渐走向了自觉。从20世纪80年代后期至20世纪90年代中期，乌热尔图创作的小说《雪》《你让我顺水漂流》《萨满，我们的萨满》等主要表达母族文化被侵蚀的痛楚。20世纪90年代中期后，乌热尔图从小说创作转向了行文较为自由的随笔写作。此时期，乌热尔图先后发表了《声音的替代》《不可剥夺的自我阐释权》《弱势群体的写作》等随笔，他将眼光投放于世界上其他被压抑的少数族群，探讨边缘位置的少数族群的话语权问题。

1996年，《读书》发表了乌热尔图的《声音的替代》一文。文中，乌热尔图借助白人文化盗用与篡改印第安人文化这一话题，指出多民族的国家里存在某一民族对他民族文化资源的改写问题。乌热尔图提出"声音的替代"[①]一词，他认为替代声音的存在，必然会遮蔽某一民族的自我阐释权。1997年，同样在《读书》上，乌热尔图又发表了另一篇文章《不可剥夺的自我阐释权》。该篇文章延续了《声音的替代》一文里的话题。它主要从介绍人类学领域里很有影响力的两本著作切入，一本是玛格丽特·米德的《萨摩亚人的成年——为西方文明所作的原始人类的青年心理研究》，另一本是德里克·弗里曼的《米德与萨摩亚人的青春》，反思关于萨摩亚人研究存在的问题。《不可剥夺的自我阐释权》中提及的两本人类学著作都以萨摩亚人为研究对象，时间也只相隔几十年，但观点截然不同。乌热尔图否定了前者，肯定了后者。在乌热尔图看来，米德是以一种高高在上、自以为是的态度将一个鲜活的他者文化视为可以任意处置的可利用资源，而忽略、漠视了萨摩亚人的情感与权利，从而导致米德对萨摩亚人的研究远离了真实本身。而乌热尔图认为弗里曼对萨摩亚人的研究，是以一种平等、真诚的态度看待塔镇文化，从而使他避开了前辈们隐含着的殖民主义意识，得以较为真实地接近萨摩亚人的文

---

① 乌热尔图：《声音的替代》，《读书》1996年第5期。

化。乌热尔图在对两部著作进行对比并表明态度之后，提出了自我阐释的权利问题。他认为自我阐释的权利从部族生成之日，一直活跃在萨摩亚人的群体之中，以部族的神话、传说、故事等方式进行。而米德的《萨摩亚人的青春期》一书曲解了萨摩亚人文化的直接后果，实际上就是抑制并剥夺了萨摩亚人的自我阐释权，也歪曲了本应由他们自己向世人展示的形象。所以，作家喊出了"不可剥夺的自我阐释权"[①]。乌热尔图还写作了《弱势群体的写作》一文，他以白人中心主义社会里的黑人写作为例子，重新提出"自我的阐释"的问题，并指出"自我的阐释"的意义，"述说的渴望与以群体意识替代一切所构成的思维特征，成为富有古老传统的群体（应该包括美国黑人）的文化特征，成为他们延续下来的关注群体命运的集体思维特征，甚至演化为自我保持机制沉淀在荣格所称的'集体无意识'中"[②]。乌热尔图连续发表的这几篇随笔，无论是印第安人的现实状况或是米德对萨摩亚人的书写，或是黑人写作，作家都借此鲜明地表达了对"自我的阐释权"的重视，在他看来"自我的阐释权不可剥夺"。所以说，乌热尔图 20 世纪 90 年代后期写作的随笔共同构筑了一类鲜明的话语主题，那就是强调民族的自我阐释权。此后，乌热尔图放弃了虚构性的小说写作，转向随笔写作，先后出版了《述说鄂温克》《鄂温克族历史词语》等著作，这些作品着力呈现鄂温克族的文化面貌与历史轨迹，这是乌热尔图强调"自我阐释权"的另一种表达。进入 21 世纪后，乌热尔图"述说"的愿望逐渐由 20 世纪 90 年代中期激愤的宣泄变为平实叙事，但捍卫族群的"自我阐释权"仍是作家 21 世纪以来"写史"系列《呼伦贝尔笔记》《蒙古祖地》等的主脉，一直延续着。同样，从 20 世纪 80 年代中后期开始，张承志的母族关怀情怀越来越强烈，并在 1991 年出版了争议很大的小说《心灵史》，该部小说以炽热的情感表达了对回族民众执着坚守

---

① 乌热尔图：《不可剥夺的自我阐释权》，《读书》1997 年第 2 期。
② 乌热尔图：《弱势群体的写作》，《天涯》1997 年第 2 期。

信仰的讴歌，这部作品的出现可以说是作家民族认同意识复苏的最强劲表现。还有大凉山彝族诗人阿库乌雾在民族文化命运的忧思中致力于母族文化的重构，这也是诗人在全球化压力下力图传承民族文化的努力。

在全球化趋势加剧的语境里，无论是乌热尔图或是张承志、阿库乌雾、潘年英等，他们更深刻地感受着民族文化被侵蚀的痛楚与文化濒临消亡的危机，所以他们走进文化的深处，以文学的方式勇敢地担负起民族文化血脉传承的重任，这使得20世纪80年代已在文学领域显现的"文化寻根"现象更加深入与持续地发展。所以说，全球化语境下少数民族作家的"文化寻根"的持续发展不是对社会现实的回避，而是对西方文化与汉文化强势渗透下如何保护自我的忧虑，也是对如何强调全球化语境下民族文化身份的深思。

二 后殖民主义与"文化寻根"

第二次世界大战后，全球范围内的殖民主义逐渐被瓦解。但殖民者对前殖民地的潜在影响仍然存在。而且，这种影响以更为隐蔽的方式存在于原殖民地的文化系统里。后殖民主义理论，就是对存在的文化殖民事实及其带来的后果进行批判的一种理论。后殖民理论研究主要立足于文化政治批评，"力求消解世界范围内以西方为中心的话语霸权，消解二元对立的思维模式，以此重新建构非西方国家和民族的文化身份，实现异质文化之间真正平等的交流"[①]。

（一）后殖民主义在中国的传播

"后殖民"，这一概念是经过人们长时间的争议才被确定下来的。"后殖

[①] 张小青：《理论的旅行》，硕士学位论文，中央民族大学，2011年，第1页。

第三章 20世纪90年代中国少数民族文学的"文化寻根"

民"最先是指殖民地国家取得独立之后的历史状态。到20世纪70年代,"后殖民"的适用范畴扩大,有学者开始使用"后殖民"来研究殖民行为产生的文化影响。"'后殖民'这个术语第一次被用在探讨殖民地文学圈内文化的交互作用的语境中,这是对在20世纪60年代后期兴起的诸如联邦文学和所谓的用英语写作的新文学进行批判时所作的政治化尝试的一部分。这个术语随之被广泛使用于对欧洲殖民者的政治、语言和文化进行批判的社会实践中。"[1]由此,人们从"后殖民"中发展出"后殖民主义"。后殖民主义,"是指第二次世界大战以后,西方的殖民势力从前殖民地撤走后,西方对东方进行的从经济到文化的全球化、同质化的殖民过程"[2]。如果把后殖民主义与殖民主义进行区别,可以说殖民主义的重心是指殖民者侵略、掠夺殖民地的领土与资源;而后殖民主义强调的是殖民者对前殖民地隐形存在的文化控制。一般来说,学术界把1978年萨义德《东方主义》的出版作为后殖民主义理论成熟的标志。此后,后殖民主义理论异军突起,从边缘走向了中心,并迅速在全球范围内传播,成为各国学者争相研究的一门显学。后殖民主义理论的代表是萨义德、斯皮瓦克与霍米·巴巴,他们被称为后殖民主义理论的"神圣三剑客"。他们是后殖民主义理论体系最重要的建构者。

萨义德是后殖民主义理论的开创者。萨义德运用葛兰西的文化领导权理论、福柯的话语分析理论详细地阐述了东方主义的历史沿革与深层意蕴。同时,萨义德专门指出,"'东方'不是地理区域划分的一个名称,而是一个人被殖民者人为构造的受统治、受支配的特殊领域"[3]。萨义德还认为,"东方主义真正属于的是西方,是西方全球化扩张的合法化代言。萨义德对东方主义的批判使得人们重新审视西方人笔下的东方,使东方主义者们对东方的曲

---

[1] 姜飞:《跨文化传播的后殖民语境》,中国人民大学出版社2005年版,第79页。
[2] 同上书,第94页。
[3] 张小青:《理论的旅行》,硕士学位论文,中央民族大学,2011年,第9页。

141

解和误读逐渐走向衰弱，这也意味着西方权力中心不得不面临解体的未来"①。作为后殖民主义理论的另一代表人物，斯皮瓦克把研究的重心指向女性，尤其是第三世界的女性。通过对第三世界女性与第三世界男性的比较，斯皮瓦克指出第三世界的女性受到殖民主义文化的压制超过第三世界的男性。因为在斯皮瓦克看来，第三世界的女性遭遇的是父权制与殖民化的双重压迫；斯皮瓦克还将第三世界的女性与第一世界的女性相比较，指出第三世界的女性也同样面临着被歧视的境遇；"在斯皮瓦克看来，西方女性主义也存在种族歧视，因为他们的女性主义是把第三世界的女性排除在外的。"② 斯皮瓦克反对西方女权主义者的优越感，极力倡导女性话语的多元化发展。霍米·巴巴也是后殖民主义的重量级人物。他从后殖民话语与文化身份的关系入手，指出"后殖民话语是殖民者的语言和文化对殖民地文化和语言进行的播撒和渗透，这使得殖民地的土著不得不以殖民者的话语方式来确认自我'身份'③，这样，在一种扭曲的文化氛围中，完成了心理、精神和现实世界的被殖民过程"。④ 针对这样的文化殖民现象，霍米·巴巴强调文化的差异性，他指出即使强势文化挤压弱势文化，弱势文化也应保持自身的合法性。霍米·巴巴还认为异质文化之间的碰撞中，双方的关系既是对抗的，也是相互吸纳的。所以，他认为"文化定位既不是要使弱势文化完全被强势文化所同化和吞并，也不是使弱势文化打败强势文化而成为一种新的强势文化，而是超越两者本身，以达到一种相互制约、相互沟通和共同发展的状态"⑤。总之，后殖民主义理论是一种意识形态的批评，其关注点体现在精神领域；另外，它反对西方的话语霸权，力图从种族、性别等层面实现东西方的平等对话。

---

① 张小青：《理论的旅行》，硕士学位论文，中央民族大学，2011年，第9页。
② 同上书，第10页。
③ 王岳川：《当代西方最新文论教程》，复旦大学出版社2008年版，第343页。
④ 同上。
⑤ 张小青：《理论的旅行》，硕士学位论文，中央民族大学，2011年，第11页。

第三章 20世纪90年代中国少数民族文学的"文化寻根"

20世纪90年代初期,后殖民主义理论的影响逐步扩大,开始了在中国的传播,并引起了学术界的强烈关注。后殖民主义理论开始了在中国的"理论旅行"。虽然有着种种否定后殖民主义的理论影响中国的观点,但中国学界却较为喜欢后殖民主义理论,而且各项研究工作纷纷展开。20世纪90年代初后殖民主义理论为什么能迅速传入中国并引起较大的反响?后殖民主义理论迅速传入与中国曾经沦为半殖民地的历史记忆相关。中国曾有沦为半殖民地的惨痛记忆,因此学者们对具有反殖民色彩的后殖民主义理论有着一种天然的亲切感。后殖民主义理论迅速传入与全球化相关。20世纪90年代以后,中国遭遇了以西方文化辐射为核心的全球化浪潮。在全球化浪潮中,中国处于被西方霸权排挤的边缘位置,这种处境必然会激发学者们的民族感情,所以他们对反西方霸权的后殖民主义理论有一种相见恨晚之感。后殖民主义理论迅速传入还与20世纪末知识分子的身份认同危机相关。在20世纪80年代,知识分子居于社会的中心地位。而进入20世纪90年代以后,市场经济的快速发展使知识分子被边缘化。面对现实境遇的巨大反差,知识分子试图为自己寻找存在的价值。后殖民主义理论的进入,使得知识分子发现了"本土"的价值。他们用"本土"这一归属确立自己作为"民族文化"代言人的身份。后殖民主义理论的关于民族文化的论述为知识分子的现实需求提供了有力的支撑。后殖民主义理论迅速传入还与中国自身的文化建设相关。20世纪80年代,因中国社会建设的需要,大量的西方文化涌入了中国。然而,进入20世纪90年代,国家社会与经济获得较好的发展,但文化建设的荒芜却日渐清晰。于是,有学者开始反思中西方文化的平等问题,主张复兴中国文化传统。而后殖民主义理论反对西方文化霸权的观念恰好可以为中国知识分子开展本土文化建设提供思路。后殖民主义理论的迅速传入还与中国本土文论注重文学政治性的传统相关。中国本土文论较为强调文学的政治性,而后殖民主义理论也较为重视文学与政治、文化与政治的关系。因此,在文学与政治的关系上,中国本土文论的传统与后殖民主义理论的观念不谋而合,这为后殖民主义理论的流行提供了便利。总之,后殖民主义理论在中国的快速传播,应验了马克思的一句话,"理论在一个国家实现的程度,取决于理论满足这个国家需要的程度"[1]。

后殖民主义理论在中国的传播始于20世纪90年代初。1990年《文学评论》发表了张京媛的《彼与此》,随后1992年《读书》又发表了刘禾的《黑色的雅典》,它们是国内最早介绍后殖民主义理论的文章。其中,《彼与此》系统地阐述了《东方主义》,而《黑色的雅典》主要介绍后殖民主义理论的几位代表人物。这两篇文章的发表拉开了国内后殖民主义理论研究的序幕。但后殖民主义理论真正被学术界关注始于1993年,这年《读书》第9期同时登载了三篇介绍萨义德及其后殖民主义理论的文章。第一篇是张宽的《欧美人眼中的"非我族类"》,文章介绍了萨义德运用福柯的话语分析理论批评西方长期歪曲阿拉伯国家的形象,同时提出西方描述的中国形象也与其殖民活动相关;第二篇是潘少梅的《一种新的批评倾向》,该文指出一种新的批评话语正在中国学界形成;第三篇是钱俊的《谈萨义德谈文化》,文章介绍了萨义德的《文化帝国主义》,并提出摆脱文化霸权主义控制的方法。以上三篇文章的问世,使得萨义德及其东方主义成为学界关注的焦点。此后,关于萨义德及其理论的研究成了热点,王宁、王岳川、罗钢等学者陆续发表了一些有分量的论文。如王宁的《后殖民主义理论批判》专门对后殖民主义理论进行总体性的梳理;罗钢的《关于殖民话语和后殖民理论的若干问题》则阐述后殖民主义理论发生的历史语境。这些论文都是学界公认的后殖民主义理论研究的代表性成果。同时,中国学者的后殖民主义理论研究专著也纷纷出版,如张京媛的《后殖民理论与文化认同》与《后殖民主义与文化批评》、徐贲的

---

[1] [德]马克思:《黑格尔法哲学批判·导言》,曹典顺译,中国社会科学出版社2009年版,第10页。

《走向后现代与后殖民》、王宁的《后现代主义之后》、陶东风的《后殖民主义》等。这些研究专著从后殖民主义理论的批评实践、后殖民理论与当代知识分子、后殖民主义理论与误读以及后殖民理论与文艺学方法论等角度进行多层透视。还有，后殖民主义理论的翻译工作也如火如荼地展开，主要的译著有萨义德的《东方学》与《萨义德自选集》、艾勒克·博埃默的《殖民与后殖民文学》等，这些译著在国内的出版进一步加深了人们对后殖民主义理论思想的全面认识。此外，后殖民主义理论在中国的研究不仅不断得到拓展，而且中国学者启动了本土语境下后殖民主义理论的建构，"中华性"的提出就是建构的一种尝试。1994年《文艺争鸣》刊发了张颐武等的《从"现代性"到"中华性"——新知识型的探寻》一文，其指出"中华性并不试图放弃和否定现代性中有价值的目标与追求，相反，中华性既是对古典性和现代性的双重继承，同时又是对古典性和现代性的双重超越，它恰如鲁迅在《文化偏至论》中所说：'外不后于世界之思潮，内不失固有之血脉，取今复古，别立新宗'"。[①] "中华性"的提出旨在重申本民族的文化传统，以形成与第一世界的对话。总之，20世纪90年代以来后殖民主义理论在中国的传播得以迅速发展。

（二）后殖民主义对"文化寻根"的影响

后殖民主义理论不仅是一种解读文学文本的文学批评理论，更是一种多样文化政治理论与批评方法的集合性话语。后殖民主义理论传入后对中国社会的意识形态产生了重要的影响，影响了少数民族文学创作，并进一步推进了少数民族文学的"文化寻根"。后殖民主义理论对中国社会的影响之一就是唤起了国人对文化霸权的警醒。后殖民主义通过对"东方主义"的理论分析，揭示"东方主义"背后隐藏的西方中心主义思想，同时也向非西方世界包括

---

① 张法、张颐武、王一川：《从现代性到中华性》，《文艺争鸣》1994年第2期。

中国发出警告,那就是西方殖民非西方世界的意识依然存在,只是改变了方式。后殖民主义认为前殖民主义时期,西方主要采用军事、政治与经济侵略的方式,对落后的东方国家进行掠夺;而后殖民主义时期则主要表现为西方在文化领域对东方进行文化侵略,或者说西方在与东方看似温情脉脉的交流中渗透着无孔不入的文化霸权。后殖民主义指出西方中心主义是新殖民主义与旧殖民主义的共同文化背景。20世纪90年代,后殖民主义进入了中国,它对西方世界那根深蒂固的西方中心主义的揭示唤起了国人对西方文化的警醒,他们开始用强调本土文化的方式反抗西方文化的霸权,抵御西方文化的侵略,改变了至20世纪80年代以来中国对西方文化的崇拜与向往。比如,以张颐武为代表的知识分子提出的"中华性",认为"与现代性预想的让中国完全化为西方,融入西方而达到普遍的人类性不同,中华性珍视自己作为人类一分子的文化资源,……中国在未来的发展中将以突出中华性的方式为人类性服务"[①]。他们力图通过重建"中华性"来重建中华文化传统,以此抵御西方文化的侵略。同时,中国又是一个拥有多元文化的多民族国家,80年代以来在改革开放的历史语境里曾因极"左"政治被压抑的少数民族文化逐渐走向复兴。但面对80年代西方文化的大量涌入以及历史上形成的汉文化的主体地位,使得少数民族文化面临着双重文化霸权,一方面是西方文化霸权,另一方面是汉文化霸权。在后殖民主义理论的影响下,少数民族作家们也同样用强调本民族文化的方式反抗双重文化霸权。如乌热尔图发表多篇随笔强调"自我文化的阐释权",在他看来他者的文化阐释必然存在误读,因此本民族必须拥有自我的文化阐释权,而且不可剥夺。张承志的小说《心灵史》用建构民族历史的方式来解构官方的大一统历史叙述,表达了对文化霸权的反抗。彝族诗人阿库乌雾坚持用母语写作,出版了彝语诗集《走出巫界》与《虎

[①] 张法、张颐武、王一川:《从现代性到中华性》,《文艺争鸣》1994年第2期。

迹》。阿库乌雾对母语写作的坚持就是对汉语霸权的一种反抗，力图以此方式抵挡汉语同化趋势之下彝语消亡的危机。所以说，后殖民主义理论对文化霸权的揭示，促使少数民族作家的民族文化认同意识更加自觉，涌现出更多体现"文化寻根"倾向的文学作品。

后殖民主义理论对中国社会的影响之二就是促进多元文化观的建立。后殖民主义理论是采用颠覆、解构的方式批判西方的文化殖民与文化霸权，但后殖民主义理论不反对世界各文化之间的交流。萨义德犀利地批判西方的"东方主义"，但是他"并不赞同东方人误读或美化西方的'西方主义'，对抗'东方主义'方式，也不赞同民族主义式的对抗西方文化霸权，而仍然倡导一种交流对话和多元共生文化话语权力观"。① 在后殖民主义理论家看来，必须打破东西方理论处于二元对立的现状，反对东西方之间一方压倒或取代另一方，倡导东西方之间平等的对话，以此建构多元文化共存的景观。后殖民主义理论对东西方关系的阐述，不仅解构了西方中心主义，还树立了多元文化平等共存的文化观。后殖民主义理论倡导的多元文化观，尤其在多元文化观中对边缘文化与中心文化平等关系的强调，使得各类边缘文化获得重新认识自我的文化自信。后殖民主义理论传入中国后，处于世界边缘位置的中国获得了一份文化自信，因此一改80年的西学热而走向传统文化的复兴。同样，就国内而言，相对汉文化来说处于边缘的少数民族文化在后殖民主义倡导的多元文化观影响下由文化自卑走向文化自信。少数民族作家以一种文化自信，走进本民族文化，他们不再仅仅限于挖掘与展现民族文化，而是追求民族文化的重构，以此实现民族文化的创新。彝族诗人阿库乌雾自陈其汉语诗歌创作为"第二母语"写作，他力图在汉语表述中融入彝文化的常见意象、词汇等母族文化元素，进行"文化混血"，以实现彝族文化乃至中国文化的重

---

① 朱立元：《当代西方文艺理论》，华东师范大学出版社2005年版，第412页。

构与创新。藏族作家阿来、彝族诗人吉狄马加等又不断地尝试将民族性与普适性相融合，先后推出了长篇小说《尘埃落定》、长诗《雪豹》等经典作品，这也是少数民族作家文化重构与创新的努力。在后殖民主义理论的影响下，文化霸权的警示和多元文化观的强调，使得少数民族作家的民族文化认同意识更为强劲，他们对本民族文化的关注更为自觉，少数民族文学的"文化寻根"也更为凸显。

三 民族历史的建构

（一）"重述历史"现象

从20世纪90年代开始，部分少数民族作家逐渐专注于少数民族历史的书写，如藏族的阿来、回族的张承志、满族的叶广岑、裕固族的铁穆尔、侗族的潘年英、怒族的彭兆清等，他们以各自的写作从不同维度专注于少数民族历史的书写。阿来的《尘埃落定》以一个"傻子"的视角，用诗意的形式呈现了土司家族走向崩溃的历史进程；张承志的《心灵史》书写了回族的哲合忍耶教派为了坚守信仰而与清朝政府展开的血泪抗争史；叶广岑的《采桑子》家族系列小说则通过书写家族成员的悲欢离合，展示了民族和家族往昔的辉煌历史；潘年英执着于书写侗民族的日常生活史；白玉芳的《神妻》将女性叙事与民族叙事相结合，呈现了满族的历史及其内心的隐秘；此外，铁穆尔的《北方女王》《白马母亲》《裕固民族尧熬尔千年史》、乌热尔图的《萨满，我们的萨满》、韩文德的《家园撒拉尔》、彭兆清的《走进山林》等，展现了对民族历史的深情回眸。在一个个性纷呈的时期，如此众多的少数民族作家聚焦于一个主题，这本身就是一种文学现象，人们称之为重述历史

第三章 20世纪90年代中国少数民族文学的"文化寻根"

现象。

20世纪80年代以来，在宽松开放的环境里，少数民族的文化身份认同意识逐渐由遮蔽走向觉醒，作家们的创作也由带有鲜明意识形态色彩的政治书写转向关注民族文化的文化书写。进入20世纪90年代，全球化趋同性的强烈刺激，使得少数民族的文化危机感尤为突出，建构文化身份的意识更为自觉。因为在日趋一体化的语境里，处于强势地位的西方文化及汉文化使得少数民族文化传统面临被侵蚀的境地，母语在流失，传统的生活方式、宗教习俗与道德信仰等因与现代文化观念相背离而受到排斥，失落感与无根感日益强烈地笼罩着各少数民族。由此，部分少数民族作家表现出对民族文化的自觉建构，他们求助于传统的力量，自觉挖掘、表达族群文化精神内涵建构族群文化，以捍卫民族文化价值的独立地位，以维护民族文化的根基不被瓦解。其中，重拾被压抑的民族历史就是抵御外来强势文化的同化以建构本民族文化的一种选择。我们知道，就个人而言，自我存在的重要标志是记忆，凭借记忆的链条把过去的"我"与现在的"我"连为一体，构成一个稳定的自我。记忆链条的断裂意味着自我意识的丧失。同样，就一个民族而言，民族文化记忆是证明一个民族存在的重要标志，民族文化记忆的链条能把所有的民族成员紧密地联系在一起，使他们意识到彼此之间不仅血脉相连还休戚与共。但若民族文化记忆的链条发生断裂，那么就意味着作为一个整体的民族自我意识的丧失。个人的形象与其个人的记忆密切相关，民族形象与民族的记忆或者说民族的历史密切相关。全球化的语境里，文化一体化趋势带来少数民族形象被解构的可能，为了彰显自我民族形象，少数民族作家"自然而然地便以历史书写方式标示出本族群与他者的区别，并通过选择符合本族群心理情感的意象和故事叙述而予以象征化，建立起本族群自我认同式意识和感情式联想的复杂体系"①。所以,重述民族历史成为少数民族作家的一种必然选择,因为它有力于维护少数民族形象的存在,有利于维护少数民族文化的存在。裕固族作家铁穆尔呼吁,"感觉历史吧,用你清晰的头脑和火热的心肠!"②铁穆尔的历史散文《裕固民族尧熬尔千年史》,生动地呈现了尧熬尔的兴衰变迁与生存历史。历史书写的目的就是"以期能起到连接曾经中断的几代人之间、几个民族之间的血肉联系,连接几个时期破碎的历史、文化和地域关系"③。同样,藏族作家阿来也一直致力于民族历史的书写,他不停地走进藏民族的历史深处,从格萨尔王的神话时代到民国时期的土司时代,乃至新中国时期,阿来力图梳理藏民族历史的发展轨迹,更为重要的是从历史中去探寻藏民族文化精神的传承与创造。所以说,少数民族作家"重述历史",不是"返回"历史现场,也不是重构历史图景,而是力图通过对民族历史的书写,以建构民族自我,建构民族文化的自我。"重述历史",是全球化时代对少数民族"文化创伤"的一种修复与建构。

(二)大历史与小历史的书写

少数民族作家在对民族历史的书写中,有的着力于宏大历史的书写,有的着力于日常生活史的书写。前者如回族作家张承志的《心灵史》,后者如侗族作家潘年英的《木楼人家》。就大历史的书写而言,中国传统史学历来对此较为重视,因为它有着服务王权统治的功能。所以,在大历史的书写中帝王将相、英雄豪杰或治乱兴衰成为主体。张承志的《心灵史》主要叙述回族的哲合忍耶派教民们为追求信仰与清朝政府展开斗争的一段血腥历史,这是一种大历史的叙述。《心灵史》以"门"命名章节,"门"是哲合忍耶内部一种

---

① 李长中:《"重述历史"现象论——以当代人口较少民族文学书写为例》,《民族文学研究》2011年第4期。
② 铁穆尔:《裕固民族尧熬尔千年史》,民族出版社1999年版,第2页。
③ 同上。

秘密抄本的格式。每一门就是一章，共七门。《心灵史》的一门主要讲述一代哲合忍耶教主的故事，每门也叙述哲合忍耶在不同历史时期民族心理与文化精神的形成。《心灵史》以哲合忍耶的七代教主、教徒在不同时期的历史境遇来写哲合耶忍教派文化精神的形成。哲合忍耶派创立于清代乾隆年间，创始人马明心在黄土高原上创建了伊斯兰教的新教派——哲合忍耶派。哲合忍耶派信奉神秘主义，主张清心、自持、坐静与修持自我。哲合忍耶派的这些教义，强调控制人的肉身需求，倡导对精神世界的追求。因此，黄土高原上大量的穷苦农民信仰了哲合忍耶。此后，随着哲合忍耶力量的壮大，伊斯兰教的另一教派花寺派与其发生了教争。清朝政府在处理哲合忍耶派与花寺派的矛盾时，偏袒花寺派而打压哲合忍耶派。于是，哲合忍耶教民揭竿而起，陷入了与清政府的对抗之中。后来，清政府逮捕并杀害了第一代教祖马明心，这导致了哲合忍耶教民的激烈反抗。在卫教的圣战中，哲合忍耶教民的勇猛与无畏塑造了其追求牺牲之美的文化精神。到了第五代导师马化龙，追求牺牲之美发展到了极致。马化龙执掌哲合忍耶于晚清同治年间，这期间爆发了回民大起义，哲合忍耶全教参加了起义。起义失败后，马化龙在哲合忍耶即将遭遇灭顶之灾的时候，捆绑着自己前去清军的营房自首。后来，清军将马化龙凌处而死，也杀害了马家的三百多口人。可以说，马化龙这一代所遭遇的血腥悲剧淋漓尽致地把哲合忍耶的牺牲之美推向了极致。

教祖马明心死后，清政府对哲合忍耶展开了连续不断的清洗。所以，在哲合忍耶的第二代导师穆罕默德·然巴尼·穆宪章与第三代导师马达天掌教的三十多年里，哲合忍耶基本上处于隐藏状态。为了维系哲合忍耶的脉息，哲合忍耶教民又学会了承受，所以受难精神是哲合忍耶的又一文化精神。如果说，此前的哲合忍耶更多的是强调牺牲之美，那么从第六辈导师马进城开始，哲合忍耶教民学会了受难。马进城是马化龙的孙子。清政府杀害马化龙后，又甄别其家族成员。而那时仅六岁的马进城公开宣称："我就是马化龙的孙子!"① 于是，马进城被抓，年仅十一岁就被阉割，随即被发往汴梁做奴隶。哲合忍耶曾经想营救马进城，但他坚决拒绝，默默地承受一切痛苦，直至病死。为了减少哲合忍耶教民无谓的牺牲，马进城勇敢地选择了忍受和顺从，这给哲合忍耶带来了一种文化精神的补充，那就是受难之美。"由于有了他，哲合忍耶便不仅有血而且有了泪。由于他的悲剧，终于完成了牺牲和受难两大宗教功课。由于他的哀婉故事，哲合忍耶不仅像火焰中的英雄而且更像每一个黑暗中的善良人。"② 哲合忍耶从此获得了一种平易近人的品质。《心灵史》真实地记载了哲合忍耶诞生以来二百多年里不为人知的沉重历史。同时，作家以一种洞达的眼光穿透历史，深刻地揭示了哲合忍耶悲剧性的精神品质。或者说，作家张承志把哲合忍耶在现实层面演进的历史与心灵层面演进的历史奇妙地结合在一起，正是这种结合凸显了哲合忍耶教派的文化品格与文化精神。可以说，在《心灵史》对大历史的叙述中，回族重视精神生活的民族精神在历史重述中得以凸显，回族文化精神得以建构。

在历史的新旧变更中，除了有引人注目的重大事件与重要制度外，还有着许许多多的小事件、小习俗等。恩格斯曾指出："历史是这样创造的：最终的结果总是从许多单个的意志的相互冲突中产生出来的，而其中每一个意志，又是由于许多特殊的生活条件，才成为它所成为的那样。这样就有无数互相交错的力量，有无数个力的平行四边形，而由此就产生出一个合力，即历史结果。"③ 也就是说，"'这些单个的意志'、'特殊的生活条件'，在历史的发展中虽不耀眼夺目，却最终被包含在历史的合力中，成为历史变迁中不可忽视的力量"④。因此，把握历史的多面相，微观的"小历史"不可缺少。"所谓'小历史'，是指微观的、局部的、琐碎的、常态的历史，包括个人性的历

---

① 张承志：《心灵史》，花城出版社1991年版，第164页。
② 同上书，第171页。
③ 《马克思恩格斯选集》第4卷，人民出版社1995年版，第697页。
④ 杨红：《论潘年英〈木楼人家〉的历史叙述》，《贵州民族大学学报》2012年第6期。

史、地方性的历史、'常态的'历史等。长期以来'小历史'在文学的历史叙述中常遭到忽略。直至20世纪后半期，在西方后现代主义思潮影响下，出现了新历史主义。新历史主义重视小历史，它常将一些逸闻趣事、普通人乃至日常生活作为分析对象，以此提供进入社会各生活层面的对历史的阐释。因此，文学对于历史的书写逐渐走向'小历史'的叙述，其中日常生活是'小历史'的构成部分之一。"[1] 而日常生活，就是指"以个人的家庭、天然共同体等直接环境为基本寓所，旨在维持个体生存和再生产的日常消费活动、日常交往和日常观念活动的总称，它是一个以重复性思维和重复性实践为基本生存方式，凭借传统、习惯、经验以及血缘和天然情感等文化因素加以维系的自在的类本质对象化领域"[2]。总之，日常生活是一个基本的细胞，蕴藏着大量族群文化的基因编码。

《木楼人家》是一部书写侗族日常生活的作品。潘年英试图通过记录盘村侗族人的日常生活，以此复原与召唤族群的文化记忆，从而抵御全球化语境里位于弱势地位的少数民族文化可能遭遇的同质化命运。"《木楼人家》主要以盘村人的农事活动与节日活动来构筑其日常生活，以此来复原、召唤族群的文化记忆。首先，看看盘村人一年的农事活动。作品以侗族村寨——盘村为原点，选择时间为线索，从年初正月到年尾十二月，每个月作为一章依次记录盘村人的农事活动：正月开始种春洋芋；春天给稻田积肥、插秧、除虫、薅秧、养秧田鱼及种植各种蔬菜瓜果；秋天人们又开始收割玉米、高粱、小米，还为冬天的到来开始储备稻草与木柴；冬天来临了，母亲们忙着纺棉、织布，父亲们却忙着上山捡桐油、砍枞膏……一件一件，作家以形象的笔墨，呈现了一幅幅农耕时代侗族人劳动图景。斯图尔德的文化生态学理论把与生计活动最密切相关的社会文化特征视为'文化核心'。在农业社会里，农事活

---

[1] 杨红：《论潘年英〈木楼人家〉的历史叙述》，《贵州民族大学学报》2012年第6期。
[2] 衣俊卿：《回归日常生活世界的文化哲学》，黑龙江人民出版社2002年版，第210页。

动因能为人们尤其是农村人提供最根本的生存保障，而处于文化的核心。《木楼人家》从文化核心区域切入，通过对盘村人每月农事活动的书写，呈现了侗族人的日常生活面貌，复原族群的文化记忆。《木楼人家》的日常生活包括物质层面，也包括精神层面。如果说每年周而复始的农事活动为侗家人提供了生存的物质保障，那么每年同样周而复始的节日活动为侗家人提供了精神的享受。节日是人类社会各个族群普遍传承的一种重大的显性文化事象，是族群文化的重要表征，是最具地方特色、民族特色、蕴含丰富意义的文化符号，凝结着族群的集体记忆。通过节日活动，凝结着的族群记忆，就像遗传基因一样，从先辈那里一代代地传下来，注入后代的血液和生命，构成这个民族独特的精神内涵和特殊魅力。所以，节日成为传承族群文化记忆的重要形式。《木楼人家》里，作家正是通过盘村人日常生活中节日活动的描写来传承族群文化精神、复原族群文化记忆。在盘村，不仅传统节日在此有新的内容，而且盘村人还结合侗族文化的特征发展了自己的节日，因此盘村几乎月月都过节。这里有'砍春材'、'回娘家'、'吃团团饭'的春节；有祈求心愿积阴德的敬桥节；有结交异性唱情歌的三月三情人节；有四月八牛的生日；有六月六斗牛大节；七月半的鬼节；十一月的'撵山节'等。盘村人的这些节日习俗蕴藏着怎样的族群文化记忆？一方面，它充满了调节生活张弛的生存智慧。盘村人一年农事繁忙，生活辛苦，正是通过过节人们得以调节生活的节奏，缓解生活的紧张和压力，使生活张弛有度。另一方面，它弥漫着和谐的人伦温情。无论是春节的走亲访友，或是鬼节的'放本'，都表达了对亲人的关爱与怀念。此外，饱含人性的尊重。盘村人自古喜爱唱歌，喜以歌传情，习俗中的'三月三'为男女间自由的交往提供机会，而且没有严厉礼法的约束，社会氛围一派喜乐祥和。总之，盘村人的节日习俗不仅充满了调节生活张弛的生存智慧，而且还处处体现出对人伦温情的强调，对人性的尊重，还有对祖先神灵的敬畏及对自然法则的遵循等族群的文化精神。《木楼人家》

里，潘年英通过盘村人日常生活的叙述呈现了一个族群较为原始的、真实的历史文化影像，以唤起人们的族群文化记忆，以实现重构族群文化的愿望。"①

无论是大历史还是小历史，历史是族群文化的记忆库，它的不断浮现，是少数民族作家对族群文化记忆的召唤与建构。少数民族作家以"重述历史"的方式复原族群文化记忆、提炼族群文化精神，建构日渐走向衰败的族群文化。少数民族作家对族群文化的建构有利于弱势文化、边缘文化的发展与传承，有利于抵御全球化的同一化趋势，有利于维护世界文化的多样性与丰富性。

四　多元文化语境的现代性反思

全球化语境下，外来强势文化给少数民族文化带来冲击的同时，也打破了少数民族文化的相对封闭性，后者被置放于一个多元文化环境，这为少数民族文化发展提供了重要参照系。20世纪80年代，在走向世界的强烈渴望下，中国少数民族作家更多地继承了"五四"的启蒙主题，保持着对本民族文化的反思。进入20世纪90年代，全球化趋势的加剧使得外来文化大量地侵入中国社会。这时，部分少数民族作家开启了对全球化裹挟而至的现代性反思。

什么是现代性？一般而言，它是社会的一种类型、模式或阶段。人类社会在西方文艺复兴之前，社会构成多处于封闭与孤立的状态。但文艺复兴发生之后，随着资本主义的萌生、民族国家的成型、启蒙运动、工业革命等逐

---

① 杨红：《论潘年英〈木楼人家〉的历史叙述》，《贵州民族大学学报》2012年第6期。

中国当代少数民族文学的文化寻根

渐生成一种不同于以往的社会，这就是现代性的兴起。人们把处于现代性状态的社会称为现代社会。现代性的内涵很丰富，诸如工业化的出现、民族国家的兴起、科学技术的发展、民主制度的崛起以及城市化等。现代性与全球化是什么关系呢？英国学者安东尼·吉登斯认为，全球化是现代性的扩张和后果。"现代性作为一种17世纪出现在欧洲的社会生活或组织模式，内在就具有'全球化倾向'。"①吉登斯指出，"时空分离、脱域机制、反思性三个因素赋予现代性强大动力，使现代性得以扩张，从而使世界性的社会关系得以形成和发展。因此，现代性是全球化的动因，全球化是现代性的根本后果之一。"②吉登斯还强调全球化具有现代性的特征。在他看来，"现代性包括相互制约的四个维度即资本主义、工业主义、监督机器的发展与对暴力工具的控制。与此相对应，全球化也包含四个维度即世界资本主义、全球性劳动分工、民族国家体系与世界军事秩序"③。由此可知，所谓"全球化"就是指现代性制度从西方社会扩张到全世界。全球化是现代性在全世界的扩展与表现，其本质是现代性的。因此，可以说全球化推行的现代性，是现代社会（西方社会）的整套价值体系，包括民主、自由、平等、正义、主体性、理性主义、个人主义、征服自然等。在现代性萌生的初期，现代性的诸多构成要素间呈平衡状态，如价值理性与工具理性、人与自然、精神信仰与物质信仰之间等能保持和谐与有序。但伴随着现代性发展的日趋成熟及不断地扩展，其内在的弊端逐渐显现，比如，人的异化问题、战争灭绝人性的问题，还有当下最为严重的环境污染问题等。这些现代性的问题引起了人们对西方现代性的反思。所以说，现代性是一柄"双刃剑"，一方面它极大地推进了人类社会的发展，另一方面它又给人类社会带来一些不可低估的消极后果。

---

① [英]安东尼·吉登斯：《现代性的后果》，田禾译，译林出版社2011年版，第154页。
② 同上书，第152页。
③ 同上。

第三章 20世纪90年代中国少数民族文学的"文化寻根"

（一）物质主义与传统信仰的冲突

20世纪80年代以来，中国社会在改革开放的背景下开启了现代化的进程，20世纪90年代伴随着西方现代性的全球化，中国少数民族文化陷入了外来文化的激烈冲击之下。20世纪末的少数民族作家面对蜂拥而来的外来文化保持着清醒，尤其对外来文化携带的现代性保持着反思。对物质主义挤压民族精神信仰的反思是少数民族作家现代性反思的重要主题。现代社会，是一个走向世俗化的时代。按照韦伯所说，世俗化的过程是理性作为神的替代物，转换成资本作为神的替代物的过程。资本，也就是金钱成了现代社会的神。拜金主义或者说物质主义成了现代社会的信仰。对于少数民族而言，其文化传统一般都蕴含着深厚的宗教信仰，如藏族信仰的藏传佛教，回族、维吾尔族等信仰的伊斯兰教，还有许多民族信仰萨满教、苯教等民间宗教。少数民族的宗教信仰无论是自然崇拜、图腾崇拜、祖先崇拜或多神崇拜，它们都有一个共同的指向，那就是相信神灵的存在。而现代社会是一个"去神"的时代，当现代社会的唯一信仰——物质信仰与少数民族神灵信仰相遇时，势必会使少数民族作家产生文化不适与文化焦虑，审视与反思由此而生。藏族作家扎西达娃在其小说中表现出了物质主义侵袭、挤压宗教文化制度的心理焦虑。20世纪90年代扎西达娃创作的《骚动的香巴拉》是典型反映物质浪潮与宗教信仰相抵牾产生的心理焦虑的文本。现代文明的涌入，尤其是物质主义浪潮的涌入使得生活在这片佛教圣域上的西藏人失去了神灵的庇护，这引起了他们内心的喧哗与躁动，常常使他们陷入空虚与迷惘之中。凯西公馆的女主人才旺娜姆与丈夫沉浸在各自的世界里，一个不断地怀想往昔的生活，一个终日向旧时的噶厦政府写检讨书与效忠书；凯西公馆的大小姐德央借出国考察之机投靠在瑞士的舅舅；凯西公馆的二小姐梅朵则在中秋之夜化为一团白光飞回"碧达"王国；凯西公馆的少爷次旦仁青不问世事，沉迷于音乐之中。扎西达娃用魔幻、荒诞的手法呈现了一个个没有或正在失去神灵庇护的个体的没落和生存的无意义。现代社会的物质浪潮带来了欲望的放纵，人们的灵魂坠入空虚。小说最后，作家将文化的拯救再次寄望于藏传佛教，"人们从嘴里喊出一声'神必胜！'的呼唤，苦难也就从他们心中抹去了一分。在危机四伏、充满忧伤和各种不幸的孤独的地球上，西藏人从来没有绝望过，他们怀着雍容的气度和朝气蓬勃的乐观主义精神蔑视着西方的文明和人类创造出来的一堆垃圾"①。扎西达娃以守护藏族人的宗教信仰来抵御西方现代性对藏族文化传统的侵蚀，而这种守护的姿态就是对现代性的一种反思。"科学与民主并不能建立心灵的终极价值。科学是有用的，但唯其有用，它更多地表现在技术操作层面。民主也是有益的，但民主是一种制度而不是目标。人，尤其是文化人的心理需要更深层的生存意义来填充，需要更虚玄的人生价值来实现，也更需要有一种脱离了具体的使用的生活的平静心境来支撑。"② 最终，扎西达娃从人的存在意义层面，表达了对现代社会物质主义信仰的厌恶与对藏传佛教信仰的皈依。

在现代性全球化的潮流中，少数民族还面临着物质主义与少数民族传统道德的冲突。少数民族的传统道德一般具有淳朴性，具体体现为守信、团结、重义轻利等道德原则。淳朴的道德通常具有"古老"的印记，它是原始社会生产力低下的情况下，人类为了生存，以集体劳动、平均分配为基础形成的。由于少数民族大都生活在位置偏僻、交通闭塞的区域，且他们与外部世界接触较少，所以传统道德不易受到外界冲击，道德的淳朴性为此得到较好的传承。而现代社会是一个物质主义的时代，人们对个人利益的追求尤其是物质财富的追求成了一种社会主潮，为此形成了重利轻义的社会道德观。少数民族的传统道德观强调重义轻利，而现代社会的道德观更偏向重利轻义，两者

---

① 赵学勇、孟绍勇：《革命·乡土·地域：中国当代西部小说史论》，山西教育出版社 2009 年版，第 134 页。
② 葛兆光：《难得舍弃，也难得归依——现代作家的宗教信仰困境》，《东方文化》1997 年第 7 期。

间必然爆发冲突。侗族作家潘年英在《遍地黄金》《落日回家》等小说中，批判了物质主义（拜金主义）诱发的人伦危机。《遍地黄金》讲述一个村庄因发现黄金而导致系列人生悲剧的故事。这原本是一个宁静的小村庄，但土地里蕴藏的黄金打破了村庄的宁静，更为重要的是冲毁了村庄传统的人伦关系。在潘年英的笔下，传统少数民族村落的人伦关系具有和谐与淳朴之美。但在黄金的侵蚀下这个村庄的人伦关系却变得冷漠残酷。"《遍地黄金》中的人们为了争夺金矿，亲人之间互相暗算，邻里之间互相残害，最终导致各色人物走向了悲剧。年轻的玉珠结婚还不到一年，可是丈夫却因挖金矿死了，自己变成了寡妇；老国是杨家湾的一代淘金王，可最后惨遭他人暗算，尸骨不全；老海妈因家庭的矛盾、老国的惨死，万念俱灰，心如枯木；而巫师老良的巫咒也无力阻止这个因黄金而疯狂的世界，只能在临死时发出绝望的呻吟：'我先走一步，你们随后就来。'"[①] 作品中，作家将灿烂的黄金与悲惨的人生进行鲜明的对比，揭示了拜金主义摧毁乡村传统人伦关系的悲剧性。小说的结尾，人的贪欲的膨胀带来了泥石流，村庄被淹没了，村庄里无数鲜活的生命也被淹没了。潘年英的《落日回家》书写的乡村现实境况依旧严峻，这同样是一个因金矿的存在而走向悲剧的村庄。村里的人们都舍弃了对田地的耕种，疯狂地去淘金，甚至孩子们也辍学参加淘金的队伍。人们对黄金的疯狂追逐，使得拜金主义不断地侵蚀着人们的亲情、友情与爱情。最后，也是死的死了、散的散了。"我"家原本和睦的大家庭也只得以分家的方式结束了父辈与子辈的矛盾。总之，作家潘年英通过一个个在拜金主义冲击下陷入人伦危机的村庄现状的描绘，表达了自我对现代性的反思。

（二）人类中心主义与生态主义的冲突

对人类中心主义破坏自然生态的反思是少数民族作家反思现代性的又一

---

① 杨红：《论文化流散与潘年英的家园书写》，《民族文学研究》2009年第6期。

主题。关于生态危机,安东尼·吉登斯说:"粗略一看,我们今天所面对的生态危机似乎与前现代时期遭遇的自然灾害相类似。然而,一比较差异就非常明显了。生态威胁是社会地组织起来的结果,是通过工业主义对物质世界的影响得以构筑起来的。它们就是我所说的由于现代性的到来而引入的一种新的风险景象(risk profile)。"① 他指出现代性是造成生态危机的本质原因。因为现代性的特征之一就是强调以人为中心的主体性,将主体与客体截然分离。这一本质决定了现代性问题在于人作为主体对客体的绝对征服关系。所以,在处理人与自然的关系上,人处于中心位置,自然必须为人服务,自然被作为人征服与统治的对象。就如格里芬所说的:"在决定对待自然的方式时,人类的欲望极其满足是唯一值得考虑的东西。"② 正是因为现代性所内含的人类中心主义思想,所以人们完全不尊重自然的生命存在及其内在价值,对自然实行掠夺性的占有。或者说,在人的自大、自满的情绪支配下,展开对自然的大规模侵占行动,由此带来了自然生态的危机。而少数民族在一定程度上大都保存着人类社会初期信仰的"万物有灵论"的文化传统,它包含着一种敬重万物的生态主义思想。"万物有灵论"认为世间万物——有机界(如动植物)与其赖以生存的无机环境(如土地、阳光、风和水分等)都具有"灵魂",而人类只是其中一个成员。万物之间无超越关系,亦无低级与高级的层级划分,它们之间相生相克,互相联系且依存。如中国北方少数民族信仰的萨满教、藏族民间信仰的苯教等都以"万物有灵论"为核心,认为万物具有灵性。"万物有灵论"昭示了世间万物的平等,地球上各种物质形式的出现并非作为人类的铺垫,人仅属其中之一。这种体现了人与自然万物平等的观念,与强调人在自然界处于主宰地位的人类中心主义截然不同。所以说,"万物有

---

① [英]安东尼·吉登斯:《现代性的后果》,田禾译,译林出版社 2011 年版,第 96 页。
② [美]大卫·雷·格里芬:《后现代精神》,王成兵译,中央编译出版社 1997 年版,第 218—219 页。

灵论"背后隐藏着一种敬重万物、万物平等的生态主义思想。

少数民族建立在"万物有灵"基础上的敬重万物、万物平等的生态观完全不同于现代社会建立于强调人的主体性基础上的征服自然、改造自然的生态观。所以，许多少数民族作家笔下人与自然的关系常常是和谐、温暖的。鄂温克族作家乌热尔图的早期创作就是代表。鄂温克是生活在森林中以狩猎为生的民族，长期的森林生活使得他们知晓森林对于鄂温克族人生存的重要性，加上他们信仰的萨满教具有万物有灵的观念，这些原因共同孕育了鄂温克人与森林之间互养互惠的生态整体观。一方面鄂温克族人从森林那里获取生存的资源，另一方面鄂温克族人又回报、反哺森林对他们的养育。乌热尔图作为鄂温克这个独特文化群体中的一员，人与自然平等互利的生态观留存在他的意识深处。所以，乌热尔图的早期作品常表达人与自然平等的生态观。《七叉犄角的公鹿》书写了一个人与鹿的故事。小说中的小男孩面对继父的一次次威逼，始终不愿猎杀那只有着美丽犄角的公鹿，而且孩子还从美丽公鹿的身上领悟了其勇敢、无畏、坚毅的精神。作家不仅表达了人对动物的怜爱，还让动物的精神照亮了人的灵魂，鹿与人真正平等。《灰色驯鹿皮的夜晚》中的芭莎老奶奶在预知死神即将降临时，在灰暗的丛林中找到了自己的归宿之地，安详地将自己还给了森林。老奶奶的死隐喻了人与大自然的完美融合。

对于中国来说，现代性的到来较晚。在改革开放的初期，人们对现代性持普遍欢迎与膜拜的态度。随着现代性的扩张，征服自然、改造自然的生态观潜入了少数民族地区，逐渐改变了少数民族敬重自然的生态观，大自然的生态危机也由此显现，这引起了一些少数民族作家的反思。乌热尔图20世纪90年代的文学创作由书写人与自然的和谐转向书写人与自然的对立，体现了作家对西方社会所强调的征服自然、改造自然的生态观的一种批判。小说《胎》里猎人舒日克在森林里发现了一只怀孕的母鹿，准备射杀它。但这时他想到了怀孕的妻子，他犹豫、恐惧、害怕。但最后舒日克还是射死了母鹿，可他的内心陷入了更大的痛苦之中，他似乎感觉自己杀死的是妻子，他害怕冥冥之中的报复。乌热尔图笔下的主人公通过推己及人的方式，由怀孕的母鹿想到自己怀孕的妻子，从而陷入了自我的忏悔、反思之中，反思人类中心主义对自然的伤害。同时，乌热尔图以随笔的方式对现实生态问题直接发言。如果说乌热尔图小说对生态危机的反思还比较含蓄，那么随笔里体现的反思就显得强硬与激烈了。《大兴安岭，猎人沉默》一文直接批判了人们砍伐森林的疯狂行为给大兴安岭地区乃至周围地区带来的严重生态危机：大兴安岭周边的气候在恶化、风速在增大，水位在下降，沼泽地在减少，年降雨与降雪量逐渐锐减，这些变化导致大兴安岭东侧丘陵地带的农作物区与大兴安岭西侧呼伦贝尔草原的干旱，而且连年持续。在另一篇《有关1998年大水的话题》中，乌热尔图也一针见血地指出洪水泛滥是自然生态被破坏所导致的危机，认为当下的人们应该深刻地反省自己，反省自己头脑中隐含的愚昧观念、反省人类长期以来对大自然所采取的以自我为中心的态度，还有那些与长远利益相矛盾、相冲突的行为。可以说，乌热尔图对现代中国人类中心主义盛行带来的生态破坏给予了严厉的批判。

蒙古族作家郭雪波也一直致力于对人类中心主义导致生态危机的批评，《大漠狼孩》《大漠魂》《沙狐》《银狐》等小说围绕科尔沁沙地上人与自然的关系展开叙事，表达了对生态危机的深层关注。郭雪波除了像乌热尔图等作家一样以生态的恶化来反思现代性危机以外，他的独异之处在于着力塑造了系列体现自然之美的动物形象，以此颠覆人类中心主义并反思现代性。在通常的文学作品中，由于作家们主要从人类中心主义出发来塑造动物形象，所以都是拟人型的动物形象。而郭雪波则颠覆了人类中心主义的视角，着力刻画动物们勃发的野性。沙狐、狼或鹰都充满自然赋予的盎然生机，具有自为自在而又天真无邪的野性。《大漠狼孩》中那只公狼在与人遭遇后表现出了勃发的生命力量。它为了拯救狼崽中了圈套，却依然威猛无比，敢于与拥有武器的人们对抗，无奈中竟咬断被铁夹子夹住的脚腕。为了救落水的狼孩，公狼的搏击更是彰显了野性生命的力量。《苍鹰》中那只母鹰也同样无畏。在暴风雨来临之际，母鹰为了帮助小鹰逃脱风暴的铁爪，以牺牲自我的方式拯救了三只小鹰。作家正是通过这些充满野性力量的动物形象彰显大自然中每一种生命存在的意义，以此实现对人类自以为是的中心主义思想的批判。可以说，郭雪波以动物未泯的野性的彰显，呼唤人对自然的敬畏与感恩，以实现人与自然的和谐共存。在《大漠狼孩》尾声中作家如此幻想："冥冥中，我的大脑里突然出现幻觉：茫茫的白色沙漠上，明亮的金色阳光下，缓缓飞跃腾挪着一只灵兽，白色的耳朵，白色的尾巴，也正在变白的矫健的身躯，都显得如画如诗，缥缈神逸，一步步向我驰来，向我驰来……"[1]《大漠狼孩》中白狼的复活，寄托了郭雪波对人类生态意识复活的期待。此外，阿来、李传峰等少数民族作家也致力于生态写作，他们从人与动物或人与大自然等不同的层面对当下生态危机进行了反思。在现代性成为主导潮流的时代，不论是乌热尔图还是郭雪波等，他们对以人类中心主义为核心的现代性的反思是孤独的，同样也是有力的。

进入20世纪90年代，拥有丰厚文化传统的少数民族作家遭遇了自身文化传统与现代性的冲突。无论是现代社会的物质主义与少数民族传统宗教观、道德观的冲突，还是现代社会的人类中心主义与少数民族的"万物有灵"论的冲突，都在90年代少数民族文学书写里得以表达，这鲜明地体现了作家们对西方现代性的反思与批判。

---

[1] 郭雪波：《大漠狼孩》，中国文联出版社2003年版，第381页。

五　民族性与人类性契合的追求

　　就中国而言，全球化的到来意味着大量的外来文化（主要是西方文化）涌入了中国；就国内的少数民族而言，意味着西方文化以及汉文化大量地涌入少数民族地区。所以说，少数民族作家们被置身于一个本族群文化、汉文化、西方文化并存的多元文化语境里。多元文化语境的存在，促进少数民族萌发因防同质化产生的文化自觉。什么是文化自觉？费孝通如此定义："文化自觉只是指生活在一定文化中的人对其文化有'自知之明'，明白它的来历，形成过程，所具的特色和它发展的趋向，不带任何'文化回归'的意思，不是要'复旧'，同时也不主张'全盘西化'或'全盘他化'。"① 少数民族正是以一种文化自觉，去了解、认识、弘扬本族群文化，追求民族性。民族性不是一成不变的固定实体，而是一个动态的生成结构。它根植于民族生活的土壤，必然随着民族生活环境的变化、随着时代的更替而不断地推陈出新。同时，多元文化语境的存在还有利于促进不同文化之间的交流与对话，尤其有利于族群文化在广阔的文化视野中打破狭隘意识，从各种文化中吸收营养元素，最终以人类性的表达走向世界。20世纪90年代多元的文化环境、自觉的族群身份意识使得一些少数民族作家如阿来、乌热尔图、吉狄马加等在"文化寻根"的潮流中致力于追求民族性与人类性的契合。

　　文学的民族性与人类性，是文化发展的某种相对超越时空的特征，具有相对的稳定性。就文学的民族性而言，它是文学在该民族内部各种文化碰撞

---

① 费孝通：《反思·对话·文化自觉》，《北京大学学报》1997年第3期。

与交流中整合出来的文学的民族共性。通常而言，由于各民族的生存环境、历史沿革等诸多要素的不同，所形成的文学的民族特性具体体现在独特的自然环境、民族习俗、民族性格、民族语言等方面。而文学的世界性是文学创作过程中内在的本质要求。因为，文学书写的是人的生活，人这一自然界存在的生物不仅具有诸多的个性更具有诸多的共性。比如，人对爱与温暖的需要、人对实现自我价值的渴望等，这些人类的共性构筑了文学的人类性。文学的民族性与人类性的关系是特殊性和普遍性的关系。特殊性中体现着普遍性，而普遍性又必寓于特殊性之中。普遍性与特殊性之间的关系虽不等同但又相互包蕴。因此，任何一种富有民族特色的社会生活，都能从中发掘出具有世界性的人类因素。如托尔斯泰、巴尔扎克、鲁迅、沈从文、川端康成等的作品，它们既表现了独特的民族生活，又能以人类普遍性的思想情感穿透独特的民族生活。俄国批评家别林斯基曾如此阐述文学的民族性和人类性："对于一个诗人来说，如果他希望自己的天才到处被一切人所承认，而不仅为他的本国人所承认，民族性应该是首要的，但不是唯一的条件。除了民族的之外，他还得同时是世界的，就是说，他的作品的民族性必须是人类思想之无形的精神，世界底形式、骨干、肉体、面貌和个性。"[①] 显然，在别林斯基看来，文学作品必然有民族个性，因为文学是社会生活的反映，而社会生活本身是由不同的民族生活构成的；另外，别林斯基认为文学作品必然有人类性，因为每个民族都是人类的构成部分之一，都具备人类所共有的特性。因而文学作品必须在民族性中蕴含、投射人类的共同性。

对于20世纪末的部分少数民族作家来说，追求民族性与人类性的契合是他们的文学理想，许多人为此付出艰辛的努力。彝族诗人吉狄马加就是一位追求民族性与人类性交融的代表。20世纪80年代的吉狄马加热衷于母族文化

[①] ［俄］别林斯基：《别林斯基论文学》，梁真译，新文艺出版社1958年版，第93页。

的书写，民族色彩非常浓郁。诗人曾在《自画像》里发出这样的呐喊："啊，世界，请听我回答/我——是——彝——人"①，强烈地表达了自我对彝族身份的认同。此后，诗人借助彝族家园的图景不断地抒发自我对民族的思念与怀想：

在那有着瓦板屋的地方

当我们赤裸着结实的身躯

站在那高高的山顶

轻挥着古铜色的臂膀

黄昏就浮现在我们的背上

……

在那有着瓦板屋的地方

当她们袒露出丰满的乳房

深情地垂下古铜色的额头

去给自己的孩子喂奶

黄昏就像睡着了一样。②

这里"瓦板屋"是诗人构筑故乡图景的显性符号，诗人借助这一空间符号，不停地述说着对"瓦板屋"下那些勇猛的"男人"与温柔的"女人"的挚爱，以此表达了诗人深爱彝人家园的情怀，深爱自我民族的情怀。吉狄马加还善于透过家园图景的表层深入彝族文化的肌理，去捕捉一个民族的精神内涵。"红黄黑"三色文化是彝族文化的精髓，它典型地反映了彝族人的精神。吉狄马加曾经说过："我写诗，是因为有人对彝族和黑红黄三种色彩并不

---

① 吉狄马加：《吉狄马加诗选》，四川文艺出版社1992年版，第104页。
② 同上书，第57—58页。

了解。"① 于是，他用代表彝魂的"红黄黑"三色文化构建了他的诗歌殿堂，表现彝族人的精魂：

> 我梦见过黑色
>
> 我梦见过黑色的披毡被人高高扬起
>
> 黑色的祭品独自走向祖先的灵魂
>
> 黑色的英雄结上爬满了不落的星
>
> ……
>
> 我梦见过红色
>
> 我梦见过红色的飘带在牛角上鸣响
>
> 红色的长裙在吹动一支缠绵的谣曲
>
> 红色的马鞍幻想着自由自在地飞翔
>
> ……
>
> 我梦见过黄色
>
> 我梦见过一千把黄色的伞在远山歌唱
>
> 黄色的衣边牵着了跳荡的太阳
>
> 黄色在闪动明亮的翅膀②

诗人运用"黑红黄"三种颜色细腻生动描绘了不同类型的彝人形象，有披着黑披毡的高贵英雄，斗牛获胜的勇士，还有欢快歌舞的青年男女，这些形象共同构筑了彝族的文化传统。诗中"黑红黄"三种颜色是文化符号，象征性地赞美了彝族人民尊重英雄、崇尚勇士、追求自由幸福的美好精神。所以说，"黑红黄"三色文化是"彝魂"的精练概括。总之，通过对彝人家园的直接书写和对彝族文化的精练概括，吉狄马加以此表达了对母族文化的挚

---

① 吉狄马加：《吉狄马加诗选》，四川文艺出版社1992年版，第281页。
② 同上书，第175—176页。

爱情怀。

　　进入20世纪90年代以后，吉狄马加除了继续表达对族群文化的挚爱，执着于对民族性的展现之外，诗人还有意识地表达对人类普遍价值的追求，即人类性的追求。吉狄马加说："我写诗，是因为对人类的理解不是一句空洞无物的话，它需要我们去拥抱和爱。对人的命运的关注，哪怕是对一个小小的部落作深刻的理解，它也是会有人类性的。对此我深信不疑。"① 吉狄马加认识到书写母族文化时，不能故步自封，而应从民族性中展现人类性。诗人书写的题材多限于故乡那块彝人的土地，但由于他心怀人类意识，所以在对土地、群山、河流、森林等自然之物的抒写之中、在对彝族风尚习俗与宗教祭祀的书写之中，吉狄马加常能表现出深广的思想与深刻的主题。《黑色的河流》里，诗人透过彝人的葬礼，呈现了彝族这个民族豁达、慈爱与善良的精神姿态，"我看见死去的人，像大山那样安详，在一千双手的爱抚下，听友情歌唱忧伤"。② 更重要的是诗人还善于从民族性中发掘人类性，"在一条黑色的河流上，人性的眼睛闪着黄金的光"③。吉狄马加从一个民族的身上揭示了深刻的人性之美。吉狄马加对人类性的追求还延伸到对"他者文化"的关怀。1988年，在诗人应邀访问意大利之后，他从本民族的生存状态的关注，尤其是文化生存状态出发，走向了对世界上其他弱小民族、少数民族的生存状态，尤其是文化生存状态的关注。诗人曾写道：

　　因为在东方

　　因为在中国

　　那里有一支古老的民族

　　他们有着像你那样辉煌的过去

---

① 吉狄马加：《吉狄马加诗选》，四川文艺出版社1992年版，第281—282页。
② 同上书，第100页。
③ 同上。

有一颗永恒的太阳

照样幻化成母亲的手掌

抚摸他们的孩子

抚摸那古铜色的脸庞

因为在东方

因为在中国

那里有一个彝族青年

他从来没有见到过印第安人

但他却深深地爱着你们

那爱很深沉……①

诗人发现了古老的印第安文明与自己民族拥有共同的东西，即"那样辉煌的过去，有一颗永恒的太阳"，因而，他心中充满诚挚的爱意，"但他却深深地爱着你们，那爱很深沉……"② 在《古老的土地》一诗中，诗人似乎站在凉山群峰之巅，遥望远方，心中充满对印第安人、黑人、埃塞俄比亚人、哥萨克人等世界各族人民凝重而深邃的爱的情思：

我仿佛看见成群的印第安人

在南美的草原上追逐鹿群

他们的孩子在土地上安然睡去

独有那些棕榈在和少女们私语

我仿佛看见黑人，那些黑色的兄弟

正踩着非洲沉沉的身躯

他们的脚踏响了土地

---

① 吉狄马加：《吉狄马加诗选》，四川文艺出版社1992年版，第87页。
② 同上。

> 那是一片非洲鼓一般的土地
>
> 那是和他们的皮肤一样黝黑的土地
>
> 眼里流出一个鲜红的黎明
>
> ……
>
> 古老的土地
>
> 比历史更悠久的土地
>
> 世上不知有多少这样古老的土地
>
> 在活着的时候,或是死了
>
> 我的头颅,那彝人的头颅
>
> 将刻上人类友爱的诗句①

诗人怀抱着对人类命运的关注,谱写了一首首真诚的赞美之歌。吉狄马加的诗歌体现了浓郁的彝族文化色彩,又表达了人类普适性精神。吉狄马加一方面极力彰显民族个性,寻找自己在多元文化格局中的位置;另一方面执着地寻找人类的共性,表现人类共有的思想与情感。

如果说吉狄马加是最早自觉追求民族性与人类性相交融的少数民族诗人,那么阿来就是将民族性与人类性融合得最好的少数民族作家。其中《尘埃落定》是追求民族性与人类性的典范。阿来曾说"这部取材于西藏历史的作品,具有一些人类共通的东西,这是优秀的文学作品应该传达的。普遍的历史感,普遍的人性指向,因为在我看来,即使是少数民族,过的也并不是另类人生,欢乐与悲伤、幸福与痛苦、获得与失落,所有这些,从它们的感情承载的重荷来看,此时与彼时,此处与别处,并无太大的区别"②。这里,阿来表达了将民族性和人类性相结合的自觉意识。民族立场的坚守一直是阿来文学创作

---

① 吉狄马加:《吉狄马加诗选》,四川文艺出版社1992年版,第98—99页。
② 阿来:《穿行于异质文化之间》,《中国文化报》2001年5月10日第3版。

的选择,而《尘埃落定》的民族性最显著地体现在作家对民间文化资源的利用。藏民族是有着丰富的神话、传说、故事、歌谣等民间文学传统的民族,阿来一直强调"我作为一个藏族人更多的是从藏族口耳传承的神话、部族传说、家族传说、人物故事和寓言中吸取营养。这些东西中有非常强的民间特质"①。正是这些营养,使小说显示出独特的藏民族风格及审视世界的别样方式,富有民族性。藏民族的创世神话说,天地混沌未开之时,世界深陷在无尽的黑暗中,自然的五大构成元素土、风、火、水、空相互交错运行。在《尘埃落定》第一章"桑吉卓玛"部分引用藏族的创始神话:

在关于我们世界起源的神话中,有个不知在哪里居住的神人说声:"哈"立即就有了虚空。神人又对虚空说声"哈"!就有了水、火和尘埃。再说声那个神奇的"哈"风就吹动着世界在虚空中旋转起来。②

这里,藏族关于世界起源神话的五源都有,只不过"地"变作了"尘埃"。从物质本身讲,"地"和"尘埃"没有区别,但"地"给人固定的、坚实的感觉,而"尘埃"则给人飘浮的、微不足道的感受。那么"地"为什么变成"尘埃"呢?是有意为之,还是任意而为?然而由小说的名称"尘埃落定",以及小说结尾处对于"尘埃落定"的诗意描绘"那么土司之后起来的又是什么呢,我没有看到。我看到土司官寨倾倒腾起了大片尘埃,尘埃落定后,什么都没有了。是的,什么都没有了。尘埃上连个鸟兽的足迹我都没有看到。大地上蒙着一层尘埃像是蒙上了一层质地蓬松的丝绸"③ 可知,"地"变为"尘埃"的后面,强化了作家对于构成世界的另一源"空"的理解。世界各民族都有自己的起源神话,对世界的组成物质都有各自的解说,唯有藏

---

① 阿来:《穿行于异质文化之间》,《中国文化报》2001年5月10日第3版。
② 阿来:《尘埃落定》,人民文学出版社1998年版,第16页。
③ 同上书,第350页。

族苯教将"空"作为世界起源的五元素之一。"空"是虚空，无时无空，无边无际，无知无识。后来的藏传佛教将"空"由宇宙观上升为认识万物的方式。阿来在小说中穿插描写藏族民间神话，并不是将它们信手拈来做民族特色的表面点缀，而是透过它们，凸显藏族思考、认识世界的方式。神话决定了族群最初的宇宙观，孕育了其思维方式，特定的思维方式又决定了小说必然会反映出异文化的特质，即通常所说的民族性。阿来还通过传说、故事、歌谣等民间文化资源传递了藏民族的思维方式、情感方式等文化特质，可以说阿来对于民族性的探求深入肌理。

同时，阿来的民族性追求最终是指向人类性的。阿来在谈论《尘埃落定》的创作时曾说："这个时代的作家应该在处理特别的题材时，也有一种普遍的眼光。普遍的历史感，普遍的人性指向。特别的题材，特别的视角，特别的手法，都不是为了特别而特别。在这一点上，我决不无条件地同意越是民族的便越是世界的这种笼统的说法。我会在写作过程中，努力追求一种普遍的意义，追求一种寓言般的效果。"[①] 这里，阿来强调作家书写特殊题材之时，不应将自己局限于狭窄的视域，而应以更为宏大的气魄去追求人类的普遍性。《尘埃落定》就蕴含着丰富深刻的普遍性。其中对"权力"的演绎是该小说表现普遍性的最突出之处。权力，是指按照人的意志去影响、支配与控制他人的能力。纵观任何社会的改朝换代，最根本的变化就是权力的交接、权力的拼争与权力的转换。阿来谈及《尘埃落定》写作动机时，强调"权力"是核心。《尘埃落定》主要书写了20世纪初四川西北部藏区的社会历史变迁。该小说的核心就是揭示权力的秘密，呈现权力是如何产生的，有什么样的作用，又怎样主宰人的命运，以此展示了人类文化中具有"普遍意义"的权力事象。或者说《尘埃落定》是一部关于权力的故事，它通过麦其土司一家的

[①] 阿来：《就这样日益丰盈》，解放军文艺出版社2002年版，第343页。

第三章　20世纪90年代中国少数民族文学的"文化寻根"

权力之争，揭示了权力的普遍性。那么，阿来在作品中是如何书写"权力"的？首先"权力之争"构成了《尘埃落定》中所有矛盾冲突的核心。作品书写了麦其土司儿子之间争夺继承权的斗争、土司之间争夺财富与地位的战争、宗教内部各派别之间争夺话语权的斗争、"红""白"汉人之间争夺政权的斗争。《尘埃落定》的几大矛盾冲突的深处无不与权力扭结在一起，无不受权欲的驱动和支配。另外，"权力"成了小说中人物关系的核心成分。在《尘埃落定》的开篇第一章，作家直接交代了人物关系中的权力结构及其社会功能：

　　土司。

　　土司下面是头人。

　　头人管百姓。

　　然后才是科巴（信差而不是信使），然后是家奴。这之外，还有一类地位可以随时变化的人。他们是僧侣、手工艺人、巫师、说唱艺人。[①]

《尘埃落定》中人物的命运沉浮与权力密切相关。在纵横交错的权力关系网络中，由于人物的地位不同、扮演角色不同，他们与权力的关系也各不相同。所以，要知晓《尘埃落定》深藏的权力故事，必须知晓这些人物。按照人物在权力结构中所处地位之不同可以分成三种类型：有权者、无权者、在一定意义上超越权力的束缚而又不得不依附权势者（僧侣阶层）。在权力关系的三种人物类型中有权者对权力的角逐最为激烈。麦其土司父子是权力关系网络中地位最为重要的人物，是即将终结的以家族为本位的土司制度的化身。专制、集权是麦其土司的根本性格。就麦其土司与权力的关系而言，他一生都在为权力而费尽心思。为了长久地维护土司的特权，麦其土司老谋深算，甚至与可能是继承人的两个儿子剑拔弩张。"傻子"二少爷与旦真贡布大少爷

[①] 阿来：《尘埃落定》，人民文学出版社1998年版，第14页。

是土司权力的争夺者,但他们具有不同的个性。大少爷过分地聪明与自信,而二少爷却是一位大智若愚式的人物。小说围绕"权力"的争夺,用对比的手法将大少爷与二少爷塑造为两个完全不同的权力争夺者:一个是只知赤膊上阵毫不隐蔽地争夺权位的看似聪明的争夺者形象;另一个是洞明世事却又常常装疯卖傻来保护自己的竞争者形象。小说中,无论是如土司那样的权力拥有者,还是如大少爷、二少爷那样的权力争夺者与竞争者,权力都成为主宰他们命运的核心力量。阿来透过一段土司历史的叙述揭示了人的欲望,尤其是权力欲望泛滥之后带来的灾难。"那些流传于乡野与百姓口头的故事包含了更多的藏民族本身的思维习惯与审美特征。这些人物故事与史诗型传说中包含了更多对世界朴素而又深刻的看法。"[①] 阿来的《尘埃落定》在展现藏族传统文化独特性之时又揭示了人类生存的秘密。

20世纪末少数民族作家们伴随着民族意识的觉醒,自觉地将关注的目光投向本民族文化,着力于民族性的建构。同时,20世纪90年代的多元文化语境开拓了少数民族作家们的文化视野,他们除了用文学表述民族性外,还将人类性作为文学追求的目标。总之,追求民族性与人类性的契合是20世纪90年代少数民族文学"文化寻根"内涵的重要表现之一。

六 少数民族女作家的双重话语表述

新中国成立后近30年的时间里,中国少数民族女作家寥若晨星,直到进入20世纪80年代,少数民族女作家才逐渐增加,出现了回族的霍达、满族

---

① 阿来:《穿行于异质文化之间》,《中国文化报》2001年5月10日,第3版。

的赵玫、佤族的董秀英、白族的景宜等女作家。而到20世纪90年代，少数民族女作家由个别形成了群体，如藏族的央珍、梅卓、白姆娜珍、格央，满族的赵玫、叶广芩、庞天舒、白玉芳，回族的霍达、马瑞芳，蒙古族的席慕蓉、萨仁图娅，维吾尔族的热孜万古丽·玉素甫，彝族的禄琴、阿蕾、黄玲，朝鲜族的李惠善、金仁顺，土家族的叶梅、冉冉等。对于20世纪末涌现的少数民族女作家群来说，她们的创作语境与以往有明显的不同，那就是民族身份认同意识与女性身份意识的双重觉醒。

（一）双重意识的觉醒

20世纪末少数民族女作家在中国社会变革与全球一体化趋势影响下经历了民族身份意识与女性性别意识双重意识的觉醒。首先，就民族身份意识而言，少数民族女作家与其他少数民族作家一样经历了民族身份意识由被压抑逐渐走向觉醒的过程。我们知道，新中国成立后，国家强调各民族平等的民族政策，使少数民族作家获得了一种身份认同意识，但此时，国家认同意识超越其他认同意识几乎成为必然。在国家认同意识的强大压力之下，民族身份认同意识显然处于被压抑的状态。所以，少数民族女作家的民族认同意识极其淡薄。到了80年代，改革开放的社会环境以及国家民族政策的调整，使得少数民族作家一直处于压抑状态的民族身份意识开始萌发。少数民族女作家的民族意识逐渐显现，如霍达的《穆斯林的葬礼》通过对一个穆斯林家庭三代人命运沉浮的书写，呈现了回族文化的精神魅力并对回族文化的负面因子给予了批判，这就是作家民族意识觉醒的表现。进入90年代，随着全球化的强劲铺开乃至后殖民思潮的影响，少数民族作家的民族身份意识凸显。此时期的少数民族女作家显著增加，她们以其鲜明的民族身份意识汇入了民族文化的书写洪流之中。如彝族的巴莫曲布嫫、藏族的唯色等以汉语诗歌的抒情方式表述对自身民族身份的追寻、民族风俗的追忆、本民族文化精神的体认问题，具有强烈的民族性与本土性。藏族的央珍、梅卓与满族的叶广芩等以小说的方式表述着民族的记忆与历史。民族身份认同意识是20世纪末少数民族女作家的重要身份意识之一。

其次，少数民族女作家女性意识的觉醒。女性意识，通常而言是指女性对自我作为与男性平等的主体存在的意识，或者说是指女性对自身是和男性平等的人类的另一半的意识。女性意识通常有两个指向：第一，以女性的眼光洞悉自我，表现为关注女性的外部生存境遇，审视女性内心世界的本真体验；第二，从女性立场出发审视外部世界，即表现为关注女性的社会生存状况，或质疑与批判不平等的男权社会。中国女作家女性意识的觉醒始于"五四"时期，在新文化运动倡导的"人的觉醒"的旗帜下，女作家的女性意识开始觉醒，出现了一个女作家群体，包括陈衡哲、庐隐、冯沅君、白薇、凌叔华、苏雪林、石评梅、丁玲等。这个女作家群体大都关注婚恋问题，以文学表达对爱情自由和两性平等权利的激情呐喊，并刻画出第一批大胆寻求爱情自由与两性平等权利的现代女性形象。到20世纪三四十年代又涌现出丁玲、丁萧红、张爱玲、苏青、梅娘等一批女性意识鲜明的优秀女作家。她们或书写女性的悲剧命运，或审视女性自身，其间鲜明地体现了女性作为主体的性别意识。新中国成立后，国家虽然以法律的形式赋予了女性诸多的权利，但由于这场女性解放是从国家层面自上而下开展的，它没有真正地触及女性的主体意识，也没能从根本上改变中国社会积淀千年的男尊女卑的集体无意识，所以女性意识依然是缺失的。加之政治意识的强调，使得新中国时期的女性创作同整体的中国文学一样，被湮没在政治话语的汪洋大海里。20世纪80年代初，在解放思想的语境中"人"的意识重新觉醒，女性意识随着"人"的意识的觉醒再次浮现，涌现了舒婷、王安忆等女性意识鲜明的女作家。舒婷的《致橡树》被认为是新时期女作家女性意识再度觉醒的标志。伴随着女性意识的觉醒，女性意识到自己是与男性平等的，还意识到自我作为自然性别的人的价值。如王安忆的"三恋"，注重对女人生命存在形态中本能欲望的书写，以一种惊世骇俗的声音发出了生命的呐喊。20世纪90年代以后，随着全球化进程的推进，特别是西方女权主义理论在中国的深入传播，中国女性对自我的性别有了更深层的自觉意识。出现了以林白、陈染为代表的"私语"写作（或"个人化写作"），她们以激进的姿态强调女性写作的差异性，并以身体为书写对象，试图建立一套完全不同于男性话语系统的纯粹女性话语。出现了以卫慧、棉棉为代表的"另类写作"，她们以展现欲望的方式描绘自己的精神履历，给人们带来一片新的话语空间，但在文学被一种难以遏制的力量全面推向商品市场之时，又极易陷入男权文化的陷阱之中。可以说，此时期的女性意识的表达，一方面不断地在自觉拓展，另一方面也陷入了一种难以突破的瓶颈。

作为中国作家的构成部分之一，少数民族女作家的女性意识也同样经历了由不自觉走向自觉的历程。20世纪80年代中期少数民族女作家的女性意识初现，关注女性的历史命运成为最初的表达。佤族的第一位作家董秀英的《马桑部落的三代女人》叙述了三代女性由悲苦走向翻身解放的历史历程，虽然其还隐含着"十七年时期"政治主题的表述方式，但由于其笔触集中于书写女性的悲苦人生，彰显了对导致女性悲剧命运的因素之一——男权文化的批判。这是女性意识的较早表达。20世纪90年代，许多少数民族女作家延续着董秀英将历史命运与女性命运相结合的路子，涌现了更多优秀的作品，如央珍的《无性别的神》、梅卓的《太阳部落》《月亮营地》等，她们从女性的视角去审视女性在历史中的位置，以此表达了女性与历史、女性与现实社会的诸多思考，体现了鲜明的女性意识。同时，由于受从西方传入的女性主义思潮以及主流汉族女作家写作的影响，使得一些少数民族女作家主要关注女性个体生命的体验。少数民族女作家们或以生命的本真状态去书写新时代环境下女性的内心情感、内心体验等；或以解剖女性的隐秘生理与心理的反叛姿态来建构女性独特的生命体验。在以女性的个体生命体验为书写重心的少数民族女作家中，回族诗人马兰与满族诗人娜夜是其中的代表。回族是一个有着鲜明文化个性的民族，在其文化传统中有许多的禁忌与避讳。但马兰却十分大胆，敢于写女性的性与身体。马兰常以开放的文字构建一个个有着特殊生理心理体验、情感欲望的饱满女人。马兰的诗歌与伊蕾的诗歌相似，她们都以大胆、坦率表达女性的隐秘心理而著称，这无疑构成了对其少数民族身份的叛逆与解构。可以说，20世纪末少数民族女作家的女性意识包含两种表现形式，一种是将女性意识注入民族历史、民族现实的书写中，体现女性意识与民族意识的双重交融；另一种是相对纯粹地关注女性自身的成长体验，以表达女性意识。两者都是少数民族女作家女性意识的表达，而且可以说前者是突破当下女性写作所遭遇的叙述空间狭窄瓶颈的一种努力。

中国少数民族女作家们，一方面是"女性"的，另一方面是"少数民族"。在民族意识与女性意识觉醒的社会语境里，她们具有的双重身份使其创作表现为三种话语类型：第一种，民族文化认同意识的觉醒使她们的创作表现为对本民族文化的自觉开掘；第二种，民族意识与女性意识的同时觉醒使她们的创作表现为既有对本民族文化的认同又有自觉的性别意识；第三种，女性意识的觉醒使她们的创作表现为对女性性别意识的表达。本书将围绕体现"文化寻根"倾向的两种话语表述展开论述——民族话语表述、民族话语与女性话语混杂的话语表述。

(二) 民族话语的表述

20世纪末部分少数民族女作家的民族意识被唤醒，她们与许多少数民族男性作家一样将目光投向了本民族文化，用文学书写的方式表达对自我民族身份的追寻，表达对本民族文化精神的体认，具有强烈的民族性与本土性。代表作家有回族的霍达、藏族的唯色等。

表达对本民族文化的自觉认同是少数民族女作家民族话语的表述之一。霍达的《穆斯林的葬礼》是较早表达这一内涵的作家。该小说主要讲述了一个生活在北京的穆斯林家庭梁家三代人的人生命运，作家表达了对回族独特文化的高度认同，认同中国穆斯林勇于进取，坚忍顽强的民族精神。在《穆斯林的葬礼》中，玉器匠人梁亦清是传统的穆斯林，他一方面运用自己的手艺坚强地生活着；另一方面又悄悄地信奉着自己的"主"。梁亦清虽手艺高强，却因缺少知识，加之秉性木讷，选择了埋头苦干的方式，靠自己的手艺养活家人。雕刻玉器是梁亦清养家糊口的工作，但雕刻玉器也寄托着梁亦清的精神追求。《郑和航海图》的雕琢就承载着他对信仰的执着追求。梁亦清说："我应这活儿，一不是为了保住奇珍斋的招牌，逞能；二不是贪图他给的这个价钱。让我横下这条心的，就是因为三保太监郑和是个穆斯林，是咱们回回！"① 小说玉碎人残的悲壮结局显得沉重，但凸显了梁亦清作为一个回族的勇于进取、坚忍顽强的民族精神，同时显示出穆斯林心中信仰的力量。20世纪90年代末出现的藏族诗人唯色也是一位自觉表达民族认同的作家，她用汉语写作的方式虔诚地表述着对藏族文化神性精神的追求。藏族是一个充满了神性精神的民族。藏族人的信仰就是虔诚地寻找神的踪迹，祈求神的保护。身处传统文化与现代文化、藏文化与汉文化多重文化间的唯色，一直纠结于她对西藏宗教文化的无知以及难以进入文化深处的困惑，"可我是这样一个不纯粹的藏人！尽管我已经抵达了这个离天最近的地方，即便我已经听到了梦寐以求的声音，但那声音，对于我来说也毫无意义，因为我惘然无知，如充耳不闻。什么时候，我才能像他们一样，时时坚持那发自内心的祷告，平静地接受无数次轮回中的这一次轮回呢？"② 虽然诗人有着难以进入的困惑，但她仍怀着敬仰藏族传统文化，怀着皈依宗教精神的圣洁情感，艰难而执着地走在雪域的路上，去追寻与领悟藏文化的"神性"力量。因此，有人把她称为"朝圣路上的苦行者"。唯色在诗歌《在路上》中曾这样表述她的执着

---

① 霍达：《穆斯林的葬礼》，北京十月文艺出版社1993年版，第69页。
② 唯色：《唯色网络散文专辑》，《天涯》2001年第4期。

中国当代少数民族文学的文化寻根

追寻：

在路上，独自走着

一本没有地图的旧书

一支笔，水壶和烟

不多的干粮

几首民间的歌谣

这已足够。在路上

我看见一匹黑马

不低头吃草

却甩动四蹄

像是烦恼那驰骋天下的愿望

难以实现

而隐于深山的修行洞啊

一些隐蔽的人儿

被怎样的内心暗暗钦慕？

在路上，一个供奉的

手印并不复杂

如何结在蒙尘的额上？

一串特别的真言

并不生涩/如何悄悄地涌出

早已玷污的嘴唇？

我怀抱人世间从不生长的花朵

赶在凋零之前/热泪盈眶，四处寻觅

只为献给一个绛红色的老人

第三章 20世纪90年代中国少数民族文学的"文化寻根"

一颗如意宝珠

一缕微笑,将生生世世系得很紧。①

追寻之路孤独、漫长而又艰辛,但诗人始终无悔,因为她"只为献给一个绛红色的老人,一颗如意宝珠,一缕微笑,将生生世世系得很紧"。② 质朴的叙述中强烈地表达了诗人对本民族文化精神的执着追求。在唯色笔下,神圣的活佛、虔诚的信徒、前定的念珠等都是构筑神性西藏与皈依藏文化的意象群,其间弥漫着的宗教的气息与民族的色彩在中国当代诗歌是少见的。在全球日趋一体化的当下,各民族大融合的趋势越来越明显,而各民族间的文化差异性却越来越小,但唯色坚持用诗歌的方式虔诚地寻找着藏民族文化精神的真谛,执着地追寻自己的精神家园。可以说,唯色是藏民族的忠诚代言人,是"民族根"的忠实追寻者。

表达对本民族文化负面因子的批判也是少数民族女作家民族话语的另一表述。在《穆斯林的葬礼》里,霍达对本民族的文化传统采取了较为辩证的态度:一方面作家致力于描绘、渲染回族的独特文化传统;另一方面作家又毫不回避地表达出对回族文化传统中负面因子的否定。霍达如何批判回族文化传统中的负面因子?这主要体现在对梁君璧、韩子奇所负载的传统观念中劣性因子的批判。正是这些劣性因子的存在造成了梁冰玉、韩新月的爱情悲剧乃至人生的悲剧。小说中的女主人公梁君璧是一位传统穆斯林女性。梁君璧与父亲一样不识字,没有上过学。但梁君璧的性格比父亲更复杂,她刚烈、激情、血性,还有些固执。早年的梁君璧在父亲突然去世之后,临危不惧,毅然担起了家庭的重担。但渐渐地她对回族文化的负面因素的固守,使她变得僵化、保守乃至霸道。她的为人理念以及她的生活行为等共同遵守一条规

---

① 色波主编:《前定的念珠》,四川文艺出版社2002年版,第218—219页。
② 同上。

则，那就是遵从万能的真主的旨意，恪守伊斯兰教的教规与教义。所以，当女儿新月与楚雁潮恋爱时，梁君璧坚决反对，为此加速了本已重病在身的新月的死亡。而作为母亲的梁君璧，她之所以要割断女儿新月与楚雁潮的恋情，主要是因为她固执地坚守着"我们穆斯林不能跟'卡斐尔'作亲！"的传统文化理念。还有，对于丈夫与妹妹在异国他乡的结合，梁君璧的愤恨不仅是因为感情的自私性，更为重要的是她认为韩子奇与梁冰玉的结合违反了教义，那就是穆斯林把已婚者通奸列为不可饶恕的罪恶。还有，《古兰经》规定："真主严禁你们……同时娶两姐妹。"因此，梁君璧狠心地将妹妹赶出了家门。梁君璧的传统穆斯林形象，达到了高度的典型化。梁君璧既有伊斯兰文化的美德，但教规与教义的影响又制约着她，使她背负着文化的负面因子，最终扼杀了亲人的幸福，自己也成为传统文化的牺牲品。霍达是一个热烈而又清醒的民族主义者，她十分珍视伊斯兰宗教文化的特色，但同时她又清醒地看到传统文化中存在的落后于时代的负质因子。霍达选择以反思的方式揭示穆斯林文化传统中非现代性的因子，以使母族文化完成从传统向现代的转型。这就是霍达的民族话语表达在文学书写中的呈现。

20世纪末期的少数民族女作家，她们将自觉的民族身份认同意识投注于文学创作，或表达对本民族文化的自觉认同，或表达本民族文化劣根性的自觉批判。

（三）民族话语与女性话语的混杂

20世纪末特别是进入90年代，随着少数民族女作家民族意识与女性意识的觉醒，她们的创作表现为民族话语与女性话语的混杂：一方面她们以现代女性的情感体验与生活经历为基础，表达作为独立个体的女性的性别意识；另一方面她们又秉承少数民族身份所赋予的民族意识，创造富有民族文化意蕴的文学空间。因此，20世纪末少数民族女作家的写作呈现为族别与性别的交融状态，"女作家大多有两种叙述视角：民族的叙述与女性的叙述，其叙事立场往往坚持在民族与女性叙事之间做出有效的统一"。① 少数民族女作家或书写民族历史，或书写民族地区的当下生活。无论是书写过去还是现在，她们以鲜明的民族立场表达对民族文化的思考，或批判民族文化的痼疾，或表达对民族文化的认同，或表达对民族文化走向的忧虑；同时女性意识也贯注其间，有对女性悲剧命运的同情、关怀，有对男权文化的反抗，有对大胆张扬女性主体意识的肯定。将民族叙述与女性叙述交融的少数民族女作家有藏族的梅卓、央珍、白姆娜珍，满族的叶广芩，彝族的巴莫曲布嫫等。

以女性的个体生命为主体构筑民族历史记忆是20世纪90年代少数民族女作家双重话语混杂的主要表现形态。通常民族历史记忆是由宏大的事件或以男性为主体的英雄人物构成。而少数民族女作家笔下的民族历史记忆却大都是由女性为主体来承载。作家通过女性命运与民族历史记忆的融合，既可审视女性的生命状态，又可审视民族的历史文化，实现了民族话语与女性话语的交融。央珍的《无性别的神》是一部以女性成长史来书写西藏民族历史的小说，女性成长记忆与民族历史记忆的交织实现了民族话语与女性话语的融合。该小说以西藏一个贵族之家的女孩央吉卓玛的视角书写了她的生命历程，以此构筑了20世纪初至西藏和平解放前那段独特的社会历史风貌。小说中的央吉卓玛出生于一个大雪纷飞的日子，一出生就啼哭不止，她的这一行为被家人认为是不祥的象征。此后哥哥与父亲的先后离去，更似乎印证了她的不祥，央吉卓玛因此开始了她的流浪生活：由拉萨——帕鲁庄园——贝鲁西庄园——拉萨——乡下私塾——寺庙。正是在央吉卓玛生活空间的不断变化中，西藏社会的政治、宗教、经济乃至民间风貌得以一一展现，其间投射出作家对西藏贵族世袭制度造成的上层贵族骄奢淫逸与不思进取的反思，对农奴制度带来的底层人民没有尊严的反思，还有对西藏文化中那带有神秘色

---

① 田泥：《可能性的寻找：在民族叙事与女性叙事之间——20世纪80年代以来少数民族女性小说的叙事追求》，《民族文学研究》2007年第4期。

彩的神佛文化主宰人的命运的反思。可以说，作家通过央吉卓玛生活空间的移动，展开了广阔社会生活画面，以此表达了自己对西藏历史与文化的思考，浓烈的民族身份意识渗透其间。小说不仅书写了央吉卓玛随着物理空间移动所外现的身体的成长，更注重书写央吉卓玛心灵的成长。央吉卓玛出生的"不祥"之兆开启了她坎坷的命运大门，也开启了她灵魂流浪的大门。小说中央吉卓玛的精神成长经历了完全由他人主宰逐渐走向觉醒以至于最后做出自己人生选择的历程。童年时代，对一切懵懂无知，从离开家庭到帕鲁庄园到贝鲁西庄园又回到拉萨，虽然一切听从母亲的安排，但她逐渐对世界乃至自己的人生产生疑惑，后来被母亲安排的寺庙之行也无法使她从宗教中获得解脱，最终她离开了寺院勇敢地自行选择去尝试另一种人生。央吉卓玛作为独立的女性个体，她的自我意识尤其是性别意识一直遭受层层文化重负的挤压，最终在西藏解放的曙光中她的女性主体意识获得了确立。央吉卓玛的女性主体意识由不自觉到自觉的历程就是作家女性意识的表述。小说以"无性别的神"为标名，实则表达了作家对性别平等的呼唤。

　　藏族作家梅卓的长篇小说《太阳部落》《月亮营地》也是体现民族话语与女性话语双重话语叙述的代表。这两部作品书写了民国时期安多藏族的生存困境，一方面表达了作家对民族文化的追思与反省，具有鲜明的民族意识；另一方面，作家对藏族女性群体的命运关注，体现了其鲜明的女性意识。梅卓的两部作品架构故事的线索有两条：一条是部落纷争，一条是藏地男女的爱恨情仇。就第一条线索来看，作家通过对草原藏族部落战争的书写表达了民族劣根性的反思与批判。民国时期，中国陷入军阀混战的时代，各地军阀独霸一方为所欲为。而青海藏区是反动军阀马氏家族的地盘。在马氏家族掌握青海军政大权的四十年里，马氏家族对青海各族人民采取了挑拨关系、各个击破的恐怖政策。尤其对玉树、果洛等地的藏族部落进行了野蛮的统治与血腥的镇压。作为在青海藏区长大的梅卓，她把目光投向了藏民族的历史，选择长篇的形式书写了安多草原藏族部落曾经遭遇生死存亡危机的苦难历史。《太阳部落》中的伊扎部落与沃赛部落被他人利用而挑起争斗，最后两败俱伤，先后没落。而《月亮营地》中的头人又鼠目寸光，缺乏远见。所以，当章代部落遭遇灭顶之灾时，他袖手旁观，结果章代部落消亡，最后他也遭遇了唇亡齿寒的切肤之痛。《月亮营地》中，作家通过书写部落之间的争斗，批判了民族文化根性中存在的自私性与狭隘性，同时作家也以此弘扬了民族团结的理性精神。梅卓有着强烈的民族文化认同意识，她致力于对民族痼疾的批判，企望以惨痛的民族记忆来唤起潜藏着的豪壮威武的民族精神。

梅卓作品的另一条线索是男女的爱恨情仇。作家通过男女爱恨情仇的书写揭示了女性的悲苦命运，肯定了女性的独立坚强，表达了其关爱女性的情怀。在梅卓作品中许多女性的命运是悲苦的，她们多为爱所困，沉陷在爱的苦海之中尝尽辛酸。《月亮营地》中的女主人公尼罗将自己一生的爱寄托在一个贪图名利的男人身上，结果导致她悲苦一生。尼罗与阿·格旺年轻时相爱，并有了孩子甲桑。可阿·格旺贪图名利，做了富裕人家的女婿，却扔下尼罗独自抚养孩子。后来，阿·格旺的妻子去世了。这时，尼罗以为阿·格旺会来娶她。而阿·格旺却娶了年轻漂亮的娜波。最后，尼罗在幽怨中死去。尼罗死后，将自己的灵魂寄托在阿·格旺家的白尾牦牛身上，紧紧追随着阿·格旺。作家的笔下有许许多多与尼罗一样将自己一生的悲欢全维系在男人那里的悲苦女性。梅卓正是通过这些失去自我的女性形象的塑造以及她们悲剧人生的呈现，表达了作家对藏民族女性命运的深切同情与关怀。梅卓的作品里除了那些失去自我而导致一生悲苦的藏族女性之外，还塑造了以女性独立精神在爱情道路上自由飞翔的藏族女性形象。她们敢于大胆地追求自己的爱情，但在爱情中她们又能保持着自我独立的人格。《太阳部落》中的桑丹卓玛在丈夫远离家乡多年后，与有妇之夫洛桑达吉相爱了。虽然这份爱不为通常的伦理所容，两人依旧悄悄地爱着。小说中的另一个男人千户索白也喜欢桑丹卓玛，不停地追求她。但桑丹卓玛拒绝了，因为在她看来，索白爱自己的妻子，还爱着他家的厨娘，而洛桑达吉只爱她一人。在桑丹卓玛看来，她要成为所爱的人的一切而不是部分，这就是桑丹卓玛女性意识的强烈的表达。桑丹卓玛的爱情宣言鲜明地体现着作为女性的她具有自我独立的人格。梅卓的作品中生活着一群勇敢追求爱情、高扬自我独立人格的藏族女性。总之，梅卓通过对女性命运的书写，张扬了女性独立的人格力量，同时又对女性在现实生活中遭遇的困境寄予深切的同情，其间体现了鲜明的女性意识。

少数民族女作家在性别与族别的绞合中，将女性的性别体验与民族的生存体验相结合，开启了有关族群、性别（男性与女性）、现实、历史等问题的探求，以此表达少数民族女作家对现实世界的洞察与对历史世界的想象。相对于主流文学来说，少数民族文学处于边缘的位置，少数民族女性文学更处于边缘之边缘的位置。而少数民族女作家身处双重的边缘位置，有利于她们摆脱传统的重负，以其所拥有的民族文化优势与女性思维优势创作更多优秀之作。

20世纪90年代全球化趋势的加剧，给少数民族文学发展带来了巨大压力，也使少数民族文学焕发了勃勃的生机。全球化趋势的压力及后殖民理论的影响，使少数民族作家的民族文化认同意识更为自觉，少数民族文学的"文化寻根"表现也更为多元。有的致力于族群文化的建构，有的保持着对现代性侵蚀族群文化的反思，还有的力图实现民族性与人类性融合的追求。其间还涌现出一批体现民族意识与女性意识的女作家作品，这是对历史的一大贡献。总之，20世纪90年代少数民族文学的"文化寻根"现象在多元文化的语境里，获得了向多条路径发展的可能。

第四章 "西藏新小说"与藏族作家的文学书写

一 "西藏新小说"的兴起与界定

在新中国成立后的很长时期里,西藏文学与主流文学一样笼罩在政治表述与僵化的现实主义写作方法之下。直到20世纪70年代末,随着全国解放思想风潮的兴起、外来文学观念的影响,以及对长期存在的僵化文学传统的反叛,使得西藏文坛开始了新的文学之旅。一部分青年西藏作家,尤其是来自外地的作家们,以往只注重政治主题的书写与现实主义手法的运用,慢慢地开始探寻文学内容与形式的创新。西藏文学最早的变化是从形式探索开始的,1982年第6期《西藏文艺》登载了扎西达娃的《白杨林·花环·梦》与金志国的《梦,遗落在草原上》两篇小说,它们虽然无法与后来的西藏新小说在艺术形式上的创新相提并论,但其所采用的象征手法、意识流手法则开启了西藏文学的形式探索。如小说《白杨林·花环·梦》,整个作品的叙事不断地将现实与回忆相交织,以此打破了惯常的时间逻辑,从而使小说披上了一层朦胧迷离的色彩，具有一种不可捉摸的神秘美。随后，色波的《传向远方》和马原的《拉萨河女神》分别在《西藏文艺》1983 年第 5 期、1984 年第 8 期发表，它们代表了新时期西藏文学探索的不同方向。《传向远方》代表的是对"人的存在"的哲思，而《拉萨河女神》则代表了对小说叙事形式的探索。此后，色波的西藏书写沿着对哲理的探究，又推出《传向远方》《竹笛，啜泣和梦》等小说。同样，马原沿着对小说叙述形式的探索前行，也推出了《叠纸鹞的三种方法》《冈底斯的诱惑》《虚构》等小说。马原在"怎么写"上投入了热情，并由此开创了"元叙事""叙事圈套"等现代叙事方式，因此被人们称为中国先锋文学的开拓者。可以说，马原的形式实验，开启了西藏文学的新局面，也开创了中国当代文学叙述的新气象。另外，从 1984 年开始，扎西达娃在《西藏文学》（《西藏文学》改版后的名称）先后发表了《西藏，系在皮绳扣上的魂》《西藏，隐秘岁月》等小说，它们鲜明地体现了新时期西藏文学探索的另一路径，那就是将对本土文化的审视与现代主义技法相结合。除此之外，刘伟、金志国、启达、索琼、通嘎等也推出体现文学创新色彩的文学作品，如《没上油彩的画布》《水绿色衣袖》《巴戈的传说》等。这些小说在"写什么"与"怎么写"上展现出了与传统文学叙事截然不同的特征。总之，马原、扎西达娃、色波等的出现，让有着丰厚文学传统的西藏成为人们关注的文学焦点，西藏文坛涌现了一个引人注目的文学潮流。

20 世纪 80 年代中后期，随着马原、色波、扎西达娃等作家的涌现，人们开始对这群作家的作品进行命名。有的人称之"西藏魔幻小说"或者为"西藏魔幻现实主义小说"。"西藏魔幻小说"的命名是源于《西藏文学》1984 年第 6 期专门设立了一个"魔幻小说特辑"，登载了扎西达娃的《西藏，隐秘岁月》、色波的《幻鸣》、刘伟的《没上油彩的画布》、金志国的《水绿色衣袖》与李启达的《巴戈的传说》。这些小说因其显著的魔幻色彩在中国文坛引起轰动，又加上当时拉美魔幻现实主义在中国的流行，因此人们把它们称为"西

第四章 "西藏新小说"与藏族作家的文学书写

藏魔幻小说"或者"西藏魔幻现实主义小说"。不过,这两个概念更多是强调"魔幻"这一特点在20世纪80年代西藏汉语小说中的突出地位,或者说突出拉美魔幻现实主义对西藏小说的影响。这也许是西藏与拉美在自然风貌、文化特性等方面的相似性使得西藏作家在现代主义的诸多流派中更易接受拉美魔幻现实主义,因而小说都或多或少带上了魔幻的色彩。但这并不意味着这些西藏作家的作品只表现出"魔幻"的色彩,其实还存在其他的种种艺术探索。所以说"西藏魔幻小说"或"西藏魔幻现实主义小说"的名称显得狭窄,不能涵括20世纪80年代西藏汉语小说的其他艺术探索。另外,关于马原、色波、扎西达娃等人小说的命名还有"西藏新小说"这一名称。而"西藏新小说"的命名最早出现在西藏人民出版社1989年6月出版的《西藏新小说》。该书封写道:"82年以后西藏小说的新现象新观念新题材新手法新作家。"[①] 这里用了"新现象""新观念""新题材""新手法""新作家"5个"新"字对"西藏新小说"进行最初的阐释。"西藏新小说"的名称虽然显得笼统,但它的涵盖面广泛得多,20世纪80年代西藏汉语小说的种种艺术探索都可以纳入"新"的范畴之下。因此,相对而言,"西藏新小说"的名称比"西藏魔幻小说"("西藏魔幻现实主义小说")更适合用来命名20世纪80年代涌现的西藏汉语小说创作热潮。

"西藏新小说"的"新"体现在什么地方呢?可以着重用"新现象""新观念""新手法""新题材"四个"新"来概括。首先,"西藏新小说"的"新"体现为"新气象"。它是指新时期的西藏文学经过一段时间的文学实践获得了极大的自信,从而使西藏文坛呈现为生机勃勃的状态。对于这种新气象,色波曾深情地描述:"在经由了短暂的融合重整之后,一支由藏族、本地汉族和八年援藏大学生组成的青年作家群凌空出世,几乎只是在刹那间,西

[①] 《西藏新小说》,西藏人民出版社1989年版,封面。

藏文坛便风云际会、赫赫扬扬，终于以群体的方式打破了汉族地区文学与少数民族地区文学之间的旧有格局。真正意义上的当代西藏文学就此诞生，同时也意外地拉开了后来风靡全国的西藏文化热的序幕。而西藏以外的其他藏区，那些正在文学的朝圣路上苦苦寻觅的藏族青年也像是从中获得了信心，于四面八方迅疾崛起，与西藏文学遥相呼应。现代文学的长风在这片几乎占去了中国版图四分之一的青藏高原上尽情吹拂，彻底驱散了曾经顽固地盘踞在藏族青年作者心中自卑的乌云。或许是藏民族天生就具有非常的文学能力，或许是先前的作家给这些藏族青年留下的空间格外充足，使他们有机会在掌握较为先进的文学技术的前提下，还能同时占有最为生动的客体描写和最有可能发生的虚构时间，那个时候，仿佛只要你伏案相迎，便注定会有文学的哈达向你飘然而至。当代藏族文学进入了一个前所未有的辉煌时期。"[①] 这里，色波指出了一批藏族、汉族、本土与外地年轻作家的出现以及他们的领头作用使得西藏文坛呈现出一片生机勃勃、欣欣向荣的"新气象"。可以说，"西藏新小说"的出现，成为"一段值得特别称念和标榜的历史"，并成为"一幕藏族文学史上划时代的辉煌场景"[②]。

其次，"西藏新小说"的"新"体现为"新观念"。这里"新观念"是指小说的观念新。中国传统小说观重视"写什么"而忽视"怎么写"。20 世纪 80 年代出现的"西藏新小说"是藏文化、汉文化与西方现代文化融合的产物。多重文化的交融，尤其是西方现代文化的影响，使"西藏新小说"家们的小说观由关注"写什么"转向重视"怎么写"，推动了作家的形式探索。在"西藏新小说"作家中，马原是将小说观由"写什么"改为"怎么写"的代表性人物。如在《拉萨河女神》中，第一次把叙事置放在故事之上，拉开了新时期小说叙事革命的序幕。此后，马原一直致力于探索"怎么写"。在马

---

① 色波主编：《玛尼石藏地文丛·序言》，四川文艺出版社 2002 年版，第 2 页。
② 同上书，第 3 页。

原影响下，一批西藏作家开始了叙事的探索，如色波的《昨天晚上下雨》与《星期三的故事》、刘伟的《再回摩浪》等都致力于对小说叙述形式的探索，这正是小说观念的转变所引起的。所以说，"观念新"是"西藏新小说"的"新"的表现之一。

再次，"西藏新小说"的"新"体现为"新手法"，即小说的写作技法新。在很长时期里，尤其是新中国成立后，由于"左"的思潮的影响，现实主义手法几乎成了所有作家的写作技法。进入20世纪80年代后，由于西方现代主义的传入，"西藏新小说"借鉴了西方现代主义的诸多表现手法，如意识流、象征主义、拉美魔幻现实主义等，由此时空的交错、人鬼的混淆、神秘、荒诞等弥漫其间。"西藏新小说"频繁地借鉴与运用西方现代主义各种写作技法，显示出与传统现实主义小说相异的面貌。以马原、扎西达娃为代表的"西藏新小说"家对小说艺术形式的重视，对汉语小说的形式探索具有里程碑的意义。此外，"西藏新小说"的"新"还体现在"题材新"的方面。有学者指出，"'西藏新小说'的参照系是世界文学，因此，新小说家们自觉地把民族生活放在汉文化以及全球化的大背景下加以审视。在新的小说观念指引下，传统题材获得全新的生命和不同的意蕴"[1]。如色波的《幻鸣》对儿子"亚仁"寻找父亲这一常见的题材进行了重写，使其具有了深刻的意蕴。《星期三的故事》则对民间故事进行改写，使得该题材拥有了一种全新的生命。同样，其他"西藏新小说"作家也通过对传统题材的重新编写使其获得新生命。

如何给"西藏新小说"下定义？有学者提出，"'西藏新小说'指的是西藏20世纪80年代出现的运用现代主义小说表现技法创作的有别于西藏传统现实主义小说的汉语小说"[2]。该定义将"运用现代主义小说表现技法创作"

---

[1] 郑靖茹：《"西藏新小说"的兴起与终结》，《民族文学研究》2008年第3期。
[2] 同上。

作为"西藏新小说"的核心特征。但纵观"西藏新小说"作家的创作,他们除了尝试运用各种现代主义技法外,还进行现代主义观念的表达,如色波的创作执着于对人的生存处境的追问,对人的孤独状态的书写。当然,无论是现代主义观念的表达或是现代主义技法的运用,这一切都是立足于西藏本土。因此,如果只将"西藏新小说"定义为"运用现代主义小说表现技法创作"是失于片面的。本书所论的"西藏新小说"是指20世纪80年代西藏涌现的致力于运用现代主义理念来书写西藏的一批汉语小说。"西藏新小说"的现代主义理念包括两个层面,一是强调表达自我对世界的感受,而不注重对外在现实生活的描摹;二是强调各种现代主义技法的运用,以颠覆传统的现实主义手法。西藏新小说作家们在运用现代主义理念书写西藏上表现出相似性,但他们又保持各自的不同风格,如马原的西藏书写侧重于现代主义技法的运用;色波的西藏书写则侧重于现代哲理的探讨;而扎西达娃的西藏书写侧重于将本土文化的思考与现代主义技法相结合。

二 "西藏新小说"与《西藏文学》

西藏地处中国的西南边陲,由于西藏是藏族的主要聚居区,又远离汉文化中心地带,所以西藏文学主要为藏文写作。新中国成立后,西藏开始出现了运用汉语写作的文学。在此后的很长时间里,西藏汉语文学一直亦步亦趋地受到内地文学的影响,几乎没有创新。直到20世纪80年代的中期,"西藏新小说"的出现,带来了西藏汉语文学的繁荣,也缩短了西藏汉语文学与内地汉语文学的差距。因此,有学者说"西藏新小说的创作是20世纪西藏文学

第四章 "西藏新小说"与藏族作家的文学书写

最耀眼的灵光闪现,令内地文学为之侧目"①。地处文化边缘带的西藏汉语文学为什么在20世纪80年代中期会有"西藏新小说"这一文学潮流兴起呢?"西藏新小说"的兴盛受到诸多因素的影响,如与时代政治、文化背景、作家群体的形成等相关,而笔者认为《西藏文学》杂志在"西藏新小说"生成与繁荣过程中的作用,是绝不能忽视的。那么《西藏文学》杂志对"西藏新小说"这一文学现象的产生、发展与繁荣究竟发挥了什么样的作用?

(一)《西藏文学》的身份定位

《西藏文学》的前身是《西藏文艺》,《西藏文艺》于1977年1月在西藏这片民族文化的沃土上破土创刊,是"文革"之后创办的宣传与推进少数民族文艺复苏与繁荣的重要刊物。《西藏文艺》从酝酿创办到最终推出经历了一段曲折的过程。早在20世纪60年代,中国人民解放军第18军在进驻西藏途中就涌现出一批颇有才华的军旅作家,他们边行军边观察边出不少带有藏区民族文化特色的文艺作品,为《西藏文艺》的诞生奠定了良好的基础。这部分作家进入广袤的西藏地区之后,开始谋划创办一份文学刊物。然而,在当时的政治背景下,创办条件尚不成熟,尤其是许多有创作经验的作家先后调离西藏,如徐怀中、杨星火、刘克、高平等。有分量的作家的大量流失与后继作家尚未成长起来,致使西藏文学杂志的创办举步维艰。紧接着"文革"的到来,使得那些刚刚崭露头角的年轻西藏作家又深深陷入生存困境。物换星移,历史的车轮驶入了1975年,文学气候终于逐渐回暖,全国掀起创办期刊的浪潮。在此背景下,西藏自治区宣传部要求西藏出版局创办一份文艺期刊。于是,1977年1月《西藏文艺》应运而生,向世人宣告了一份新杂志的诞生。时至1984年1月,《西藏文艺》更名为汉文版《西藏文学》。

---

① 徐琴、冉小平:《一份杂志,一份文学——20世纪80年代的〈西藏文学〉与西藏新小说》,《西藏民族学院学报》2010年第1期。

每一份成功的杂志都有其对办刊方针、办刊宗旨的恰当定位。《西藏文学》创刊之初,首先就把凸显西藏文化特色作为刊物的身份定位。1977年,《西藏文艺》的发刊词提出刊物应当"具有浓郁的西藏特色"[1]。但是,由于当时极"左"思潮的惯性,对政治正确的强调仍然处于主宰地位,这使得此时刊物对西藏文化的关注还缺乏自觉意识。直到1979年,《西藏文艺》在第4期刊登了一则"改刊启事",提出刊物"将十分重视西藏民族地区的特点,继承民族的和民间的文艺遗产,发展西藏民族文艺,使刊物富有鲜明的民族特色"[2]。这是《西藏文艺》的文化意识觉醒的一个重要标志。《西藏文艺》对西藏文化的关注与呈现,最早体现在刊物的栏目设置上。自1980年第1期开始,《西藏文艺》就设立特色专栏。其中曾设过一"西藏风物"专栏,专门集中介绍西藏的民族风情、民族习俗、民族生活等。1980年第4期《西藏文艺》又增设了"民间故事"专栏,着重介绍西藏丰富神奇的民间故事,很好地承担了传播民间文学作品的任务。无论是"西藏风物"还是"民间故事",这些专栏都以推介藏族文化为目标。

最初的《西藏文艺》是一份涵盖文学、音乐、美术等各艺术门类的综合类刊物,之后逐渐加大了文学的比重,但始终以凸显西藏文化特色为其特征。1982年第2期《西藏文艺》登载了一则《新春寄语》,要求改革杂志,并专门针对各种体裁的文学作品提出新要求:"小说要广开题材领域,重点反映'今天',重点反映农牧区。力求发稿'短、精、深',要有一定的思想深度和艺术新颖感。要增加报告文学的发稿量。诗歌提倡创新,支持探索。拟以反映我区题材的佳作,欢迎惠寄小叙事诗。散文要有较大的突破,将开辟'西藏风情'、'古刹巡礼'、'西藏文物'、'八角街头'、'青春的旋律'等栏目,以及杂文、随笔、格言、谚语等。力求用散文这一文艺轻骑,迅速地反

---

[1] 《西藏文艺》编辑部:《发刊词》,《西藏文艺》1977年第1期。
[2] 《西藏文艺》编辑部:《〈西藏文艺〉改刊启事》,《西藏文艺》1979年第4期。

映今日西藏前进的步伐和崭新的面貌。评论,增加的栏目有《高原作家介绍》《高原文坛》《民间文学欣赏》《古典文学评介》《新作短评》《争鸣园地》《作者、读者、编者》等。"①《西藏文艺》从文学体裁的角度出发,将突出西藏文化作为办刊要求,为此还专门增设相关栏目来登载充分展现西藏文化的散文。这是《西藏文艺》从文艺刊物向文学刊物过渡的开始。可以说,《西藏文艺》在由综合性刊物向"纯文学"期刊移动的过程中一直坚守反映西藏文化的身份特征。就在《西藏文艺》的编辑们凝练与提出自我的办刊要求时,关心《西藏文艺》的读者群也对《西藏文艺》提出了自己的阅读期望。1982年第2期《西藏文艺》刊登了该刊读者王安君的来信,他希望该刊物"在发表小说、诗歌、评论的同时,再增加报告文学、游记散文、文物介绍、藏族文学知识等栏目,就可使读者大开眼界,不仅得到艺术的享受,还能饮到知识的甘泉。西藏有许多中外瞩目的名山大川、名刹古寺、奇风异俗,藏族人民热情豪爽,能歌善舞,创造了灿烂的民族文化,介绍出来是很吸引人的"②。该读者的来信实际是向《西藏文学》表达加强西藏文化表达的要求。读者们的期待与刊物编辑们的期望不谋而合,这更加坚定了编者对刊定位的信念。为此,《西藏文艺》编辑部大受鼓舞,从1982年第2期增设了"西藏风情""西藏文物""八角街头"等凸显地区特色与民族特色的栏目。此后,"《西藏文学》在遵循小说、诗歌、散文、戏剧、评论的大框架下,通过继续创立具有鲜明文化意识的小专栏或专号来体现西藏文化,如'雪野诗'专栏的设立。'雪野诗'专栏创设于1983年第1期,终于1983年第6期,共发表'雪野诗'二十四篇。'雪野诗'专栏发表的诗作善于透过西藏高原的生活表象,去发现、表现藏民族文化的特质。例如,《锅庄》《驮运路》这些诗篇,撷取的是民族生活中十分普通的生活场景,但作者既没有描绘锅庄这种民族舞蹈的

---

① 《西藏文艺》编辑部:《新春寄语》,《西藏文艺》1982年第2期。
② 王安君:《把刊物办得更加丰富、活泼》,《西藏文艺》1982年第2期。

热烈场面,也没有叙述驮运路上的传奇故事,而是抓住锅庄舞、驮运路上与民族历史、民族生活隐秘的内在联系,通过诗人独特的印象和感受,将它们的民族特征凸显出来。在《西藏文学》创办的专栏或专号中,1985年、1987年、1988年三个小说专号最为引人注目。它们是《西藏文学》注重凸显西藏文化特色的鲜明例证,而且这三个小说专号还推动了'西藏新小说'作家群体的形成"①。

《西藏文学》除了把凸显西藏文化的定位作为其文化身份之一外,还把纯文学的定位作为另一个文化身份。《西藏文学》创刊之初并未确定纯文学的身份定位,其经历了一个复杂的演变过程。《西藏文学》最初被命名为《西藏文艺》,顾名思义,此时它的身份定位就是一份综合性的文艺刊物。"《西藏文艺》1977年第1期(创刊号)刊载了诗歌、小说、散文、评论、歌曲、小歌剧、摄影作品等各种文艺门类的作品,体现了该杂志的综合性。"② 1978年第1期的"稿约"又进一步规定稿件的体裁为"小说、散文、诗歌、报告文学、戏剧、曲艺、电影文学、儿童文学、民间文学、歌曲、美术和摄影作品及阐述马列和毛主席文艺思想、理论的文章、文艺评论"③。虽然《西藏文艺》在创刊号的作品编排以及1978年第1期"稿约"的要求中都体现了该刊物的综合性。但在1977年至1978年的组稿实践中,《西藏文艺》还是主要发表文学类作品,只兼及少量的歌曲与美术作品,表明它此时已有纯文学刊物的趋向。"如以1978年第2期为例,该期设立了三个栏目:小说·散文·报告文学栏,共有7篇作品;诗歌栏,有21首诗;评论·随笔·杂文栏,有4篇文章。最后是两首歌曲和一组人物习作选。而1979年第4期起,《西藏文艺》不再登载歌曲,除文学类外,只登载美术作品。这意味着《西藏文艺》从创刊号以

---

① 杨红:《边缘的吟唱:"西藏文学"之于"寻根文学"——以〈西藏文学〉(汉文版)(1984—1988)为重点的考察》,硕士论文,华东师范大学,2007年,第8页。
② 同上。
③ 《西藏文艺》编辑部:《稿约》,《西藏文艺》1978年第1期。

第四章 "西藏新小说"与藏族作家的文学书写

后,就逐渐向纯文学杂志的身份特征迈进,先是从多种艺术门类中撤退,后又删除了歌曲,现只保留下美术作品。1982 年第 1 期开始,《西藏文艺》专门设立了一个名为美术的栏目,与小说、诗歌、散文、评论这些文学类栏目并列。但美术栏目的设立,不再强调它是文学之外的另一种艺术门类,而主要突出对杂志的装饰美。所以 1984 年起《西藏文艺》虽改名为《西藏文学》,但美术栏目一直保留着。1984 年第 1 期《西藏文艺》正式改名为《西藏文学》,这标志着一个综合性的文艺刊物终于转变为一个纯文学刊物,《西藏文学》确立了纯文学的身份特征。"①

从 1984 年起,《西藏文学》开始专心致力于西藏纯文学定位。西藏曾被誉为"诗的海洋",为体现这一传统资源优势,诗歌在《西藏文学》的登载率最高。"1983 年《西藏文学》创立了'雪野诗'专栏,进行诗歌艺术形式的探索。在首期'雪野诗'的编者按里,编者明确地提出'雪野诗'的诗人们'为了驾驭形式,不做形式的奴隶,而努力探索形式'。《西藏文学》还在 1983 年第 3 期与第 5 期组织了两次''雪野诗'论',发表有关'雪野诗'的评论七篇。"② 这些评论对"雪野诗"诗人们的探索精神,尤其是对他们在诗歌形式上的探索给予了更多的关注。其中,一些文章主要是对"雪野诗"的形式探索给予批评。如汪承栋在《雪野上探索者的足迹》一文里,批评探索者"把主要注意力放在形式与技巧上,相当程度地忽略了对立意的创造性探求"。③ 还认为他们"忽视时代内容的求索,片面地致力于形式与技巧的革新,使诗失掉了思想的光辉"④。另外,赵培民的《诗应有自己的艺术特征》和张东前的《创新需要继承》提出"为了更加接近生活,有别于韵文的虚伪,

---

① 杨红:《边缘的吟唱:"西藏文学"之于"寻根文学"——以〈西藏文学〉(汉文版)(1984—1988)为重点的考察》,硕士学位论文,华东师范大学,2007 年,第 9 页。
② 同上。
③ 汪承栋:《雪野上探索者的足迹》,《西藏文学》1983 年第 3 期。
④ 同上。

197

韵文的雕琢，而注意与发挥诗的散文美"①的诗歌主张，认为诗应具备精练美与韵律美。这些评论指出了"雪野诗"形式探索中存在的问题，但由于思想的保守性，这些批评并未切中要害。另外，《西藏文学》也发表了一组肯定"雪野诗"形式探索的评论。如肖敏的《走向民族文学的深处——谈"雪野诗"》肯定了"雪野诗"的形式探索，"用适合于独特的民族生活的形式去表现民族生活。他们害怕形式上的一般化会使生活的个性丧失"②。同时，1983年第5期《西藏文学》的"雪野诗"栏目刊登了一封读者来信，肯定了"雪野诗"形式探索的意义，"我想，探索者们创新的明显成功之处，正是他们在新形式的运用中更大程度地重视了在立意上的创造性的探求，因而使作品在'走向生活在西藏高原的人民'、'走向他们的心灵'方面给了读者以更为亲切的体会和更为深刻的感受"③。这些评论文章对"雪野诗"的形式探索给予积极的支持，但缺少深入细致的分析。关于"雪野诗"形式探索的讨论虽没有明确的定论，但"雪野诗"专栏的设立体现了《西藏文学》纯文学的身份定位。"1988年第1期至第8期，《西藏文学》又设立'太阳城诗会'栏目登载诗歌，而1988年第8期还出了一个'太阳城诗会'的诗歌专集，每篇诗作后面几乎都紧跟一篇评论。这种诗歌与评论相间的编排风格充分体现了《西藏文学》编辑对纯文学中最纯的诗歌的重视。"④

《西藏文学》除了关注西藏新诗的探索，还积极支持西藏小说的创新。1985年第6期《西藏文学》刊出"魔幻小说"特辑，推出扎西达娃的《西藏，隐秘岁月》、色波的《幻鸣》、刘伟的《没有油彩的画布》、金志国的《水绿色衣袖》与李启达的《巴戈的传说》共5篇魔幻小说。编辑在编者按中

---

① 《西藏文学》编辑部：《雪野诗》，《西藏文学》1983年第1期。
② 肖敏：《走向民族文学的深处——谈"雪野诗"》，《西藏文学》1983年第3期。
③ 延益：《探索者的足迹和新一代的追求——给汪承栋同志的一封信》，《西藏文学》1983年第5期。
④ 杨红：《边缘的吟唱："西藏文学"之于"寻根文学"——以〈西藏文学〉（汉文版）（1984—1988）为重点的考察》，硕士学位论文，华东师范大学，2007年，第10页。

第四章 "西藏新小说"与藏族作家的文学书写

指出:"继我刊去年九月号色波的《竹笛·啜泣和梦》及今年一月号扎西达娃的《西藏,系在皮绳扣上的魂》之后,本期又发表了扎西达娃等五位青年作者的魔幻现实主义作品五篇。所谓'魔幻',看来光怪陆离不可思议,实则非魔非幻合情合理",编者认为"魔幻只是西藏的魔幻。有时代感,更有滞重的永恒感"[①]。1987年第9期《西藏文学》又发表了11篇短篇小说,其中包括在1985年第6期"魔幻小说"特辑里亮相的5位作家的小说,并专门配有对本期小说的相关评论,这是《西藏文学》再一次支持西藏作家们进行小说创新的明证。正是由于《西藏文学》对"魔幻小说"创作的支持,所以产生了以扎西达娃为代表的"西藏新小说"作家群体,并推出在全国有影响的小说。此后,《西藏文学》仍然重视西藏小说的创作,又分别于1985年第10期推出了一个小说专号,1986年第6期推出"藏族作家小说"专号,1988年第5期推出"青年作者"专号,共有12篇小说,同时配有对本期小说的评论。可以说《西藏文学》对小说文体的关心,尤其是对小说形式探索的关注,充分体现了它对自身"纯文学"的文化身份的定位。

《西藏文学》的"纯文学"姿态一直延续到20世纪末,21世纪初在中国走向市场化的大背景下发生了些波折。20世纪80年代开始,中国向市场化的进程迈进,进入20世纪90年代后,随着市场化进程的加速,文学生产领域受到了市场化的强烈冲击,文学期刊为了生存与发展,不得不进行"改版",因此掀起了大规模的"改版"浪潮。《西藏文学》虽位于边缘地区,但也难以幸免于世纪末的期刊"改版"之风。从2000年起,《西藏文学》拉开了"改版"的帷幕,以追求大众性、通俗性为办刊目标,并将《西藏文学》的身份定位为一份大文化刊物,改变以前作为纯文学刊物的身份定位。但到2000年末,《西藏文学》编辑部又放弃了新的办刊思路,恢复原来的办刊理

[①] 《西藏文艺》编辑部:《换个角度看看,换个写法试试——本期魔幻小说编后》,《西藏文学》1985年第6期。

念。经过这一次短暂的改版实验,《西藏文学》又一次回到纯文学的身份定位,直至今日。

架设在汉藏文化之间的《西藏文学》,从创刊始就坚持展现西藏文化与纯文学姿态的身份特征,虽然其间有着曲曲折折的经历,但始终没有改变这一初衷。正是由于《西藏文学》对自我文化身份定位的坚守,这使得《西藏文学》在20世纪80年代少数民族文学的"文化寻根"中推出了无论是表现西藏文化还是进行艺术形式探索都取得杰出成绩的"西藏新小说",并因此为中国文学的"文化寻根"做出了积极的贡献。

(二)《西藏文学》对"西藏新小说"的助推

新中国成立后的很长时期里,西藏文学在中国文坛上没有自己的声音。但随着新时期的改革开放,随着《西藏文学》对纯文学与藏域特色文学的身份定位的追求与坚守,使得《西藏文学》在20世纪80年代中期推出了马原、扎西达娃、色波、金志国、李启达、子文等作家及作品,形成了以马原、扎西达娃为代表的"西藏新小说"作家群体。《西藏文学》杂志对"西藏新小说"的产生、发展与繁荣具有助推的作用。那么,《西藏文学》杂志是如何发挥对"西藏新小说"的助推的作用的?

首先,《西藏文学》发表了"西藏新小说"的主要作品。据统计,"西藏新小说"80%的作品发表在《西藏文学》,而"西藏新小说"的代表性作品也都发表于《西藏文学》。如"西藏新小说"兴起的标志性作品——马原的《拉萨河女神》与扎西达娃的《西藏,系在皮绳扣上的魂》,分别发表于《西藏文学》1984年第8期和1985年第1期。马原、扎西达娃、色波、金志国、子文、李启达、通嘎等的代表性作品也发表于《西藏文学》。如扎西达娃的《西藏,隐秘的岁月》、色波的《竹笛·啜泣和梦》。《西藏文学》以小说专号与编者按的方式使"西藏新小说"产生影响。"西藏新小说"最有影响力的一次亮相是《西藏文学》1985年第6期推出的"魔幻小说特辑"。这个"魔幻小说特辑"精心组织了 5 篇小说——扎西达娃的《西藏，隐秘岁月》、色波的《幻鸣》、金志国的《水绿色衣袖》、刘伟的《没有油彩的画布》和李启达的《巴戈的传说》。同时，该期配有《换个角度看看，换个写法试试——本期魔幻现实主义小说编后》的编者按，充分肯定了作家们的创新。"魔幻小说特辑"的推出体现了《西藏文学》力图推动西藏小说贴切表达西藏文化的努力。《西藏文学》还于 1987 年第 9 期、1988 年第 5 期分别刊出两个小说专号，共发表 20 篇小说，其中包括扎西达娃的《风马之耀》、色波的《在这儿上船》、子文的《再回摩浪》与金志国的《期待·空旷》等。同时，分别配有两篇编者评论，即《喧哗与沉静：面对色彩缤纷——简评本期小说》与《得与失——关于本期专号小说》，对专号的作品进行综合性评述。《西藏文学》先后推出的三个小说专号，其目的正如色波所说："迄今为止，本刊先后搞的三次青年作者专号的目的，就是集中显示他们的创作特点，记录他们的探索足迹和成长过程。当然，这次还不无培养作者队伍的想法。"[①] 可以说，《西藏文学》以集中展示的方式显示了"西藏新小说"的勃勃生机，也彰显了"西藏新小说"作家的创作实力，这对"西藏新小说"作家群体的形成功不可没。

其次，《西藏文学》刊登大量有关"西藏新小说"作家的评论文章，而且专门针对其单篇作品组织评论，这有力地促进了文学写作与文学评论的良性互动，有力地推进了"西藏新小说"作家群体的形成与发展。《西藏文学》最早关注的是金志国的小说《梦，遗落在草原上》，分别在 1983 年第 2 期、第 3 期与第 4 期《西藏文艺》上发表多篇关于该小说的评论。如扁舟的《一个纯真而美丽的梦——读〈梦，遗落在草原上〉》、田文的《失落的梦，寻觅的悲哀——评〈梦，遗落在草原上〉》等。这些评论围绕金志国的小说《梦，遗落在草原上》展开了讨论与争鸣。1983 年第 4 期的《西藏文艺》也专门围

[①] 色波：《得与失——关于本期专号小说》，《西藏文学》1988 年第 5 期。

绕扎西达娃的小说《白杨林·花环·梦》发表了多篇评论。如田文的《我凝视这高原的黄昏——谈扎西达娃小说的艺术风格》、田娅的《非理性主义的消极悲歌——评〈白杨林·花环·梦〉》等。它们从内容与艺术形式两个层面对该部小说展开了讨论。金志国的《梦，遗落在草原上》与扎西达娃的《白杨林·花环·梦》被认为是开启"西藏新小说"先河的作品。此后，《西藏文学》1985年第1期又围绕马原的小说《拉萨河女神》组织评论，发表了李佳俊的《生活的描写和文学的思考——读〈拉萨河女神〉断想录》、刘伟的《〈拉萨河女神〉别具一格》等。《西藏文学》所登载的对扎西达娃、马原、金志国小说创作的系列评论，有力地推进了"西藏新小说"作家群的形成。

再次，《西藏文学》还设立作家评论专栏评论"西藏新小说"相关作家的创作，进一步拓展了人们对"西藏新小说"的认识。如1986年第7期《西藏文学》设立了色波作品研究专栏，发表刘志华的《超越西藏的反省——谈谈色波的三个短篇》与唐展民的《浓缩、幻化、游离及其他——评短篇小说〈幻鸣〉》；1988年又设立扎西达娃作品评论小辑，发表了张军的《〈风马之耀〉的叙述能指》与沈惠方的《西藏牦牛扎西达娃》。这些专栏评论对"西藏新小说"代表作家的创作作了或肯定或批评的集中评价。同时，一些全国性刊物开始转载《西藏文学》刊发的有关"西藏新小说"代表作家的作品及相关评论。如《作品与争鸣》转载了原刊于《西藏文学》的马原小说《拉萨河女神》以及关于《拉萨河女神》的相关评论。《作品与争鸣》是一个面向全国的刊物，它对《西藏文学》相关文章的转载，迅速地推动"西藏新小说"由边缘走入中心。

《西藏文学》在"西藏新小说"这一概念出现后，还发表了系列关于"西藏新小说"的整体评论，这也有力地推进了"西藏新小说"作家群的形成。1989年色波主编的《西藏新小说》出版，"西藏新小说"这一概念直接出现在书名中。张军的《如魔的世界》一文被列为该书序言，专门评论了

"西藏新小说"作家群的创作,这是第一篇对"西藏新小说"的整体评论。随后,"西藏新小说"引发了长久的讨论,《西藏文学》上发表了许多与之相关的评论。如唐晋中《顺行与颠覆——西藏新小说的思考》(1995年第1期)、扶木《关于西藏新小说的部分思考》(1993年第5期)、张军《甜蜜的回忆——西藏新小说一瞥》(1992年第2期)、陈桂林《西藏寻奇小说的得与失》(1991年第2期)、周韶西的《困惑:对西藏新小说创作的理性思考》(1990年第2期)等,这些评论再次提出"西藏新小说"的概念,并对"西藏新小说"的成败得失进行了深入的阐释。1998年马丽华的学术专著《雪域文化与西藏文学》出版,该书与《西藏文学》杂志的关系:"而我现在正在从事的这部书的写作,所依据的材料,也是创刊以来的《西藏文学》。除此,就是各位作家们的结集和专著了——那大多也是曾刊载、选载或连载在《西藏文学》上的。"①《雪域文化与西藏文学》一书,专门用两章介绍"西藏新小说",可以说这是对"西藏新小说"的总结性论述。

"西藏新小说"的萌芽、产生、发展与兴盛一直伴随着文学评论与争鸣,无论是作品的发表,评论的刊载,还是"西藏新小说"概念的提出与推广等方面,《西藏文学》杂志功不可没。作为西藏地区至今为止唯一的一份汉文版纯文学刊物,《西藏文学》见证了当代西藏文学的发展历程,更为重要的是,"西藏新小说"的发生、发展与辉煌无不彰显着《西藏文学》对西藏特色文化作家群的扶持之力。可以肯定地说,如若没有《西藏文学》杂志多年来的苦心经营与支持,就不会有"西藏新小说"这个作家群体的存在。

---

① 马丽华:《雪域文化与西藏文学》,湖南教育出版社1998年版,第76页。

三 "西藏新小说"藏族作家文学书写的本土化追求

"西藏新小说"的代表作家有马原、扎西达娃、色波等,他们分属于藏族作家与汉族作家两个族别群体。而这两个族别群体在中国当代文学史上都做出了积极贡献:汉族作家马原以天马行空的叙述方式革新了现代小说观念,即由关注"写什么"走向"怎么写";以扎西达娃、色波为代表的藏族作家则为以现代主义理念寻文化之根的探索积累经验。本书将以"西藏新小说"作家中以扎西达娃、色波为代表的藏族作家的文学书写为审视重心,探讨藏族作家们如何尝试以现代意识追寻藏民族的文化之根。

(一)转型时期文化认同困境的表述

西藏位于中国的青藏高原,平均海拔在 4000 米以上,青藏高原有"世界屋脊"之称。由于其独立、封闭的地理位置,形成了具有鲜明个性的文化,且具有强烈的延续性与一贯性。西藏文化的核心(主体)就是藏传佛教文化。藏传佛教文化是西藏本土苯教与印度佛教文化相融合的产物。苯教是西藏土生土长的传统宗教,起源于藏族先民的自然崇拜,其理论核心为万物有灵论。大约在松赞干布时期,佛教开始从印度传入西藏(吐蕃)。佛教传入后,与本土的苯教发生了冲突。苯教是多元神论,佛教是一元神论;苯教是现实、参与、巫术,佛教是幻想、避世、修习,两者种种的不同加剧了冲突。但就在激烈的竞争中佛教不断地吸收苯教的教理,逐渐西藏化,并于公元 12 世纪后期获得了在西藏的统治地位。佛教在传入西藏的过程中,不断地吸收藏族文化的元素,形成了颇有西藏风格的佛教,即藏传佛教。藏传佛教在西藏占据统治地位后,形成了"政教合一"的社会结构。同时,藏传佛教又不断地向

第四章　"西藏新小说"与藏族作家的文学书写

西藏百姓的日常生活渗透。长期的熏染之下，西藏普通民众都虔诚地信奉藏传佛教，他们习惯于传统的宗教生活，认真地履行宗教义务，却心安理得、始终不渝，这近乎一种本能。拜佛是他们精神生活的第一需要，是他们自身生活方式的重要组成部分。到20世纪80年代，以经济建设为中心的社会主题的凸显与改革开放政策的强力推行，使中国社会开始了追求现代化的转型。位于边缘的西藏，同样迈上了现代化的转型之路。但由于西藏文化具有相对的稳定性和延续性，西藏的社会转型来得更为缓慢与沉重。在这样的转型时期，文化的变迁不可避免，因此"西藏新小说"的藏族作家们，力图用笔去接近西藏传统文化，接近弥漫着宗教色彩的西藏文化，以呈现出一个民族在现代化之路上的艰难历程与心灵的阵痛。

"西藏新小说"作家们对西藏宗教文化有自觉的认识。20世纪80年代中期，《西藏文学》组织了一场关于"西部文学"与"西藏文学"的讨论。其间部分评论者主张把"西藏文学"归入"西部文学"，该观点遭到了马原、扎西达娃、色波、刘伟等"西藏新小说"作家们的反对。他们认为"西藏文学"与"西部文学"具有不同的文化传统和文化个性，因此两者不能合并为一。同时，"西藏新小说"作家们强调宗教文化是西藏文化最鲜明的文化特性。刘伟指出："西北地区的历史、文化、经济与中原联系很密切，西北地区同时也是中国文化、经济向西方世界最早敞开的窗口，而西藏高原相对来说是封闭的。尤其是这里全民信仰喇嘛教的特点，更是有别于其他省区。"[①] 色波也提出："'西部精神'是强调崇拜先贤的。而西藏全民信教，佛至高无上，那么崇拜祖先就不那么重要了。"[②] 他还指出："转世学说影响了藏民族对待人生的态度，如果西藏文学像'西部文学'那样过多地体现忧患意识和守业

[①] 色波、扎西达娃、刘伟、马原等：《"西部文学"和西藏文学七人谈》，《西藏文学》1986年第4期。

[②] 同上。

观念，就未免失真。"① 同时，马原也强调："西藏是神话传奇、佛教的世界，这里是全民信教。信仰的是容纳了禅宗、密宗、苯教神秘色彩的西藏化的佛教，也就是喇嘛教了。再加上佛本向善的观念，就形成了西藏独有的文化意识。"② 从以上"西藏新小说"作家们的讨论中，可以发现这场着眼于地域文学现象的讨论，无意中使"西藏新小说"的作家们深入对西藏文化精神的挖掘之中，并将宗教文化作为西藏文化的文化特征。正因为对西藏文化有如此的理解，所以"西藏新小说"的作家们，尤其是藏族作家们致力于书写西藏的藏传佛教文化，这就是他们的本土化追求。那么，"西藏新小说"的藏族作家们又如何表达其本土化追求呢？

藏族作家扎西达娃是"西藏新小说"作家中对藏传佛教文化传统关注最多的作家。扎西达娃是一个穿行在多重文化之间的作家，少年时代内地重庆的生活，在其身上打下了汉文化的烙印。青年时期，他回到西藏。"'回到西藏'，这个四川巴塘的藏族青年，就像一个四处流浪的游子回到故乡，扎西达娃的'回归'也是他精神的慰藉和文化的回归。"③ 也就是说，扎西达娃回到了藏文化的怀抱。1980年在中国戏曲学院的进修中阅读了大量外国文学作品，使扎西达娃更多了一重西方文化的视野。扎西达娃在多重文化之间的穿行，使得他的西藏书写，没有停留于宗教气氛的表面渲染，而是深入文化的纵深处，呈现了转型时期传统信仰与现代文明之间不可避免的冲突，表达了自我文化认同的困境。早在1980年初期，扎西达娃开始涉猎宗教题材的作品。《朝佛》讲述了一位藏东的牧羊女珠玛前来拉萨朝佛的故事。最终，珠玛在拉萨姑娘德吉帮助下由信佛转向不信佛。小说将两个姑娘的能力进行了对比，一个信佛却处处遇见危险，另一个相信科学却处处解决问题。在对比中，作

---

① 色波、扎西达娃、刘伟、马原等：《"西部文学"和西藏文学七人谈》，《西藏文学》1986年第4期。
② 同上。
③ 丹珍草：《当代藏族作家汉语创作论》，民族出版社2008年版，第258页。

第四章 "西藏新小说"与藏族作家的文学书写

家暗示了知识与宗教的对立,并以此批判了宗教的愚昧与落后。由《朝佛》表达的主题,可知此时的扎西达娃还未融入西藏,他以一种外来者的眼光把现代文明倡导的知识和理性作为评价西藏宗教的标尺。所以,在小说中宗教被置于社会进步的对立面,因其阻碍西藏向现代文明迈进而遭到否定。

20世纪80年代中期,拉美魔幻现实主义的启迪及国内"寻根文学"思潮的兴起,使扎西达娃开始自觉地思考藏民族的宗教文化,由此他对藏传佛教的态度发生了质的变化,由旗帜鲜明的批判转向批判与认同相交织的认同困境。《西藏,隐秘岁月》是作家对藏传佛教文化传统的理解发生变化的代表作。小说以20世纪初的三个历史时段为坐标,通过荒凉的廓康小村的变化,展现了20世纪初西藏社会的变迁轨迹。20世纪初是西藏向现代迈进的开端,也是西藏文化与外来文化碰撞激烈的时期。《西藏,隐秘岁月》开篇以1910—1927年为时间背景,书写廓康的村民们在恶劣的条件下顽强地生存,周围的环境似乎没有任何变化,但危机逐渐显露。那就是村里的居民开始迁往别处生活,人口在一天天减少,最后只剩年近七十的米玛、察香这对老夫妇以及邻居为老人留下的达朗。米玛和察香选择留在山村,主要因为察香要继续供奉在山洞隐居的修行大师。没有料到奇迹发生了,察香竟然怀孕,并且在"两个月"后生下了一个女孩——次仁吉姆。随着次仁吉姆的成长,米玛和察香日趋衰老。这对老人在去世前,决定让次仁吉姆接着做他们未完成的事情,那就是继续侍奉在洞中修行的大师。米玛和察香去世后,次仁吉姆继承了父母的遗愿,而这时次仁吉姆又遭遇了与达朗的爱情。面对达朗的爱情与信仰的选择,次仁吉姆困惑、犹豫、徘徊。就在她将放弃遵循父母的遗愿时,神灵却自天上告诉她:"足下原来是瑜伽空行母的化身啊!"[1] 此后,次仁吉姆放弃了爱情,终身供奉隐居洞中的高僧。扎西达娃通过描述次仁吉

---

[1] 扎西达娃:《西藏,隐秘岁月》,长江文艺出版社2001年版,第24页。

姆的人生经历，展现了现代文明对藏民族宗教信仰传统的激烈冲击，但次仁吉姆凭借精神信仰的力量坚忍地抗拒着一切。其间隐含着作家对藏民族虔诚的宗教信仰的敬佩。同时，小说中次仁吉姆的人生与达朗的人生形成了鲜明的对比。达朗因不能得到次仁吉姆的爱情，搬离了小村庄到能远望次仁吉姆的山上生活。因偶然的因素，达朗有了媳妇，从此人丁兴旺。而选择坚守信仰的次仁吉姆压抑了自己的爱情，在孤寂、贫困中度过了一生。在这里，扎西达娃忍不住揭示了宗教信仰的神性对人性的压抑。宗教能给予人们精神的抚慰，但宗教也必然会束缚人们的肉身与灵魂。"《西藏，隐秘岁月》里，扎西达娃肯定了藏民族对宗教信仰的执着与坚守，同时又通过宗教对日常生活的放逐，表达了重返宗教传统时的困惑与迷茫。"[1]

小说的结尾处，老次仁吉姆去世了。一位从拉萨来的年轻女医生闯入了被次仁吉姆供奉一生的山洞，看到一副早已与岩石连在一起的骨架。这样的场景，似乎是对老次仁吉姆那虔诚的宗教信仰的嘲弄。可就在此刻，掉下一串佛珠，且传来声音："它有一百零八颗……这上面每一颗就是一段岁月，每一颗就是次仁吉姆，次仁吉姆就是每一个女人。"[2] 这里，作家运用了藏传佛教中的"轮回"时间观，让"每一个女人都是次仁吉姆"[3]，借此表达了作家对藏民族精神信仰永世相传的期冀，也体现了作家对本民族文化传统的自觉认同。有人认为扎西达娃的小说具有一端指向荒诞，一端指向崇高的特性。扎西达娃小说的一端指向荒诞，是因为当他用现代意识去反观西藏宗教文化的神秘性时，容易发现其中的荒诞；而另一端指向崇高，又是因为藏民族对宗教信仰的虔诚，使得他发现了藏族文化传统的崇高。扎西达娃用荒诞来消解崇高，紧接着又用崇高来抵御荒诞。在荒诞与崇高的相互纠缠中，扎西达

---

[1] 杨红：《西藏新小说之于寻根文学思潮的意义》，《贵州民族学院学报》2007年第6期。
[2] 扎西达娃：《西藏，隐秘岁月》，长江文艺出版社2001年版，第46页。
[3] 同上。

娃展现了藏民族在现代化冲击之下必然面临的灵魂的挣扎与痛苦，同时也表达了文化转型时期的认同困境。

(二) 生命轮回观下圆形意识的谱写

佛教于公元7世纪从印度传入了西藏，此后佛教逐渐与西藏本土文化结合形成了藏传佛教。藏传佛教的思想体系是藏族精神文化的主体，其全面地影响着藏族文化。"生死轮回是藏传佛教的核心理论，它贯穿了整个佛教教义。同时，生死轮回是藏传佛教中最为人们知晓的教义，它深入地影响着西藏人的日常生活。轮回，就是指整个世间万物的新陈代谢，被藏传佛教视为如车轮一般循环往复。藏传佛教将世俗世界分为欲界、色界与无色界，认为一切众生都在三种境界中轮回生存。藏传佛教又强调，根据众生生前的善恶行为，众生有六种轮回转世的趋向，即是天、阿修罗、人、畜生、饿鬼与地狱性灵。总之，众生在三界六道之中轮回往复。"[①] 藏传佛教还认为，"三界六道之属是随五蕴诸法因缘会合而成。世间万物都是由各种因素和条件的会合而生，也因这种会合的分离而消失。所以说，世间的一切现象包括生命现象是无常的，一切众生都是'五蕴'的因缘会合。生命虽然必须面临死亡，但死亡不是生命的断灭，而是生命的另一个新的开始，因为生命会与其他物质一样转变为另一种存在的形式。因此，生命因周边而具有了连续性与绵延性"[②]。藏传佛教关于生命永远不停息的轮回说，随着藏传佛教在西藏扎根，也深深地浸入这片土地。这种相信生生不息，循环往复的轮回意识还潜在地通过一些具有圆周运动轨迹的生活形态表现出来，如转经轮、捻佛珠、跳锅庄等，从而使最高精神哲学层面的轮回进入了大众文化的审美领域而获得广泛的传播和认可。藏传佛教文化传统中的轮回观念，潜入了寻藏文化之根的

[①] 杨红：《边缘的吟唱："西藏文学"之于"寻根文学"——以〈西藏文学〉（汉文版）(1984—1988) 为重点的考察》，硕士学位论文，华东师范大学，2007年，第23页。

[②] 同上。

"西藏新小说"藏族作家头脑中,创作中他们自觉运用轮回观培育的圆形思维去构筑其小说世界。这主要表现在采用圆形时间观与圆形叙事结构两个方面。

首先,看看"西藏新小说"中藏族作家的写作所呈现的圆形时间观。"时间是物质运动、变化的持续性表现,是由过去、现在、将来构成的连绵不断的系统。"① 时间本身似乎是客观的,但它又蕴含着丰富的文化寓意。不同民族关于时间的理解与认识常常不同,从而形成丰富的时间观。人类主要的时间观有两种,分别是线性时间观、循环时间观。线性时间观,是在现代社会中占据主流位置的时间观。根据线性时间观的理解,时间就如一条直线,永不停息地沿着一个方向延伸、行进,不停地做直线单向运动。具体而言,线性时间观认为,"时间本身表现为物质形态普遍固有的延续性及其状态交替的不可逆转的一般顺序性的统一。物质形态的每一种确定的存在状态都是其状态交替序列的一个环节,并且一去不复返;整个序列就是物质形态的存在状态不断更新的过程,它只有一个方向,它只是朝着新的存在状态延伸着、展开着、流动着,而绝不会完全回复到原先存在的某种确定状态"②。另一种时间观是循环时间观。循环时间观认为,"时间像一个圆圈,世界上万事万物在经历了一个时间周期之后又回复到原来的状态"③。根据循环时间观的理解,时间是迂回与重复的,它是一个不断向原点返回的可逆的过程,也是不断地返回到身后去关注过去以追求稳定与对称的封闭性圆环。循环时间观在中国古代社会中曾是人们认识世界的重要方式。因为中国古代社会是农业社会,人们主要依据万物的变化、四季的循环来理解时间。这种感性认识为中国文化接受循环时间观奠定了基础。这种时间观认为"寒往则暑来,暑往则寒来""物极必反、盛极必衰"。直到近代,在中国向现代社会迈进的行程中,线性

---

① 刘德寰:《年龄论——社会空间中的社会时间》,中华工商联合出版社2007年版,第5页。
② 王鹏令:《时—空论稿》,人民出版社1985年版,第62页。
③ 曾剑平、廖晓明:《时间观与民族文化——中美时间观比较研究》,《南昌大学学报》2001年第3期。

时间观才逐渐取代了循环时间观，成了当今人们认识世界的主要方式。但在西藏，由于藏传佛教轮回观念深入人心，所以循环时间观依然是藏族人认识世界的方式之一。

"西藏新小说"的藏族作家们在小说中对藏族人的循环时间观（圆形时间观）进行了书写。广阔的西藏高地在扎西达娃眼中，就如古老的碾盘一样周而复始、生生不息。所以，扎西达娃的小说中处处充满圆形的时间。《世纪之邀》的主人公桑杰去参加朋友加央班丹的婚礼，他凭着本能的方向感一路向前，不知不觉脱离了城市，而且时间沿着顺时针方向快速延伸着。桑杰回到了一个很古远的村子——加央班丹庄园。在那里，他看见一群衣衫褴褛且表情麻木的村民。村民们在村口守候着，他们在等待着欢迎加央班丹少爷从拉萨流放归来。在等待中，桑杰和周围的村民们渐渐地变老了，最后桑杰变成了一位头发花白的老头。同样，加央班丹从拉萨返回桑堆庄园的路上，时间沿着逆时针方向飞快地延伸。所以，走在回乡路上的加央班丹经由少年变成了孩子。当加央班丹回到村子时，已变成老头的桑杰看见加央班丹少爷变成了婴儿，最后还钻进了一位年轻女人的子宫。扎西达娃精心设计了一种由圆形时间构成的独特结构。整部小说的结构就是由两条时间线索构成，一条是顺时的时间线索，另一条是逆时的时间线索。桑杰与加央班丹在时间的序列中分别按照不同的时序行动，桑杰在顺时序中不断变老，而加央班丹则在逆时序中返老还童。当两人相遇时，一个是白发苍苍的老人，另一个则变成了婴儿，甚至钻进了子宫。如果把桑杰接到加央班丹请他去参加婚礼的邀请信视为"现在"，那么桑杰不断地变老则成为一种"将来"，而加央班丹向婴儿的回归则是对"过去"的追叙。在过去—现在—将来的轨迹中，桑杰与加央班丹二人的运动中合围成了一个圆圈。所以说，桑杰与加央班丹逆反的人生轨迹使得循环往复的圆形时间清晰地呈现。在这圆形时间轨迹的后面，隐藏着作家对轮回观下藏人们不思进取、慵懒停滞精神的反思。

如果说《世纪之邀》里扎西达娃的圆形时间显得扑朔迷离，那么《西藏，隐秘的岁月》里的圆形时间就显得较为明晰。《西藏，隐秘的岁月》的圆形时间模式主要体现在小说人物的设计方面。小说设计的几个不同时代女人却共同有一个名字——次仁吉姆。第一位次仁吉姆虔诚信奉宗教，她削发为尼终身侍奉在山洞里修行的大师。而从小与次仁吉姆青梅竹马的达朗痴情地爱着她，但次仁吉姆没有为此而改变自己的生活信仰；第二位次仁吉姆是达朗的儿媳。她嫁到达朗家，成为达朗三个儿子的媳妇。这位次仁吉姆后来魔术般地分了身，一半跟着其中一位丈夫下山寻求新的生活，而另外一半却似乎从未离开过哲拉山；第三位次仁吉姆是一位女医生，她将要去美国留学，并立志拿下博士学位。这位次仁吉姆似乎要摆脱前几位次仁吉姆们无力掌控自己命运的悲剧，但是她无意中却发现第一位次仁吉姆终其一生虔诚供奉的高僧早已是一副变成化石的骨架。就在人们为第一位次仁吉姆一生徒劳的残酷命运悲叹不已时，一位高僧幻影出现在发现骨架的次仁吉姆面前，向她指出："廓康不会荒凉，永远会有人在。"① 小说中的一个个次仁吉姆，她们是一群被剥蚀了个体的丰富性与实在性的存在，但次仁吉姆的生命一代又一代地在时间的轮回中被传递。小说的结尾处，山洞里传出了"每一颗就是一段岁月，每一颗就是次仁吉姆，次仁吉姆就是每一个女人"的神谕。这神谕告诉了人们，次仁吉姆那不断被重复的名字，不是一种巧合，而是周而复始的圆形人生的象征。次仁吉姆的反复出现，意味着信仰的不绝。

其次，"西藏新小说"的藏族作家还采用圆形的叙事结构。叙事结构就是指叙述故事的框架结构，包括开始、发展与结尾的叙事单位。文学的叙事结构是多样化的，其中"西藏新小说"的藏族作家常采用圆形的叙事结构，这也是作家深受藏传佛教轮回观影响的一种表现。或者说作家通过圆形的叙事

---

① 扎西达娃：《西藏，隐秘岁月》，长江文艺出版社 2001 年版，第 46 页。

结构，传递藏转佛教的轮回观念，以此表达对本土性的追求。"圆形结构，是一种封闭型的结构形态，其开端与结尾被严密地缝合在一起，从而形成了一种循环往复的形式。由于圆形结构体现为一种封闭型的形态，因此读者的注意力常被限制在这个循环往复的过程中，开端是结局，结局也是开端。"[1] 藏族作家色波在"西藏新小说"作家中最为偏爱"圆形"。色波专门以"圆形日子"作为个人小说集的名称；他的许多作品，都具有一种圆形的叙事结构。如《幻鸣》《在这里上船》《圆形的日子》等。其中《幻鸣》的圆形叙事结构最为清晰。主人公亚仁从印度回到家乡寻找自己的亲生父亲，他想清楚地了解自己的母亲为什么离开父亲，跟着自己的叔叔私奔了。可是，在亚仁寻找的过程中，父亲经历的悲剧又一次降临在他的身上。亚仁寻找的似乎不是一出悲剧的完结，而是另一出悲剧的再现。人生似乎是一个圆圈，父亲与儿子遭遇的重复意味着每个人的人生只不过是从起点又回到起点，这样的循环往复就是人类共同命运。色波的小说《在这里上船》主要叙写几个年轻人从此岸到彼岸去探险。第一天早上，年轻人乘船从此岸到彼岸去。下船的时候，船夫对年轻人说了一句话，"回来时你们在这里上船"[2]。到傍晚时分，年轻人历经艰辛找到了归船。当他们将离开船上岸时，船夫还是只说了那一句话，"明天你们在这里上船"[3]。"你们在这里上船"这句话语在小说中连续出现了两次。这其实非常富有暗示性，暗示生活就如同一次次循环往复的圆周运动，从起点出发环绕一圈又回到起点，周而复始。色波又一次运用圆形的叙事结构揭示了人生如圆周般循环往复的本质性的存在方式。小说《圆形的日子》也是具有一个首尾闭合的圆形叙事结构。作品篇首女儿喊一声"妈妈"，而篇尾母亲喊一声"朗萨"（女儿），呈现出一种首尾对应状态。色波采用的圆形

---

[1] 杨红：《边缘的吟唱："西藏文学"之于"寻根文学"——以〈西藏文学〉（汉文版）（1984—1988）为重点的考察》，硕士学位论文，华东师范大学，2007年，第25页。
[2] 色波：《在这里上船》，《西藏文学》1987年第9期。
[3] 同上。

叙事结构是藏传佛教轮回观影响下，作家对人类命运的孤独而睿智的思考。在色波眼中，生活如同一次次的圆周运动，周而复始地从起点出发转一圈又回到起点。色波在藏传佛教文化影响下形成的关于人生的本质性认识，更多带有一种灰色感。就如马丽华所说，色波是"活在灰色封闭圈中间"。但色波关于人生的本质性认识又是一种超越性的思考或者"超越西藏的沉思"。色波运用的圆形叙事结构源于西藏文化，但最终色波的表述超越了西藏文化，他揭示了人类如圆周般存在的本质性的存在形式。总之，色波小说的出现解构了传统的所谓"寻找""等待""追求"等人文主题的乐观性表述，也打破了20世纪80年代以来把西藏作为人们脱离俗世的精神伊甸园的幻想。色波以"轮回"作为生命本质的概括，通过圆形结构揭示了存在的本相，实现了对生命的存在形式与存在价值等人生命题的思考。色波利用浸透轮回思想的圆形结构创造了一个具有普遍意义的神话。

无论是圆形叙事结构还是圆形的时间观，都是"西藏新小说"的藏族作家们对时空的独特体悟，浸染着藏传佛教的轮回思想。作家借此表达了对本土文化的关注、挖掘与思考。这就是少数民族作家追求本土化的表现。

四　"西藏新小说"藏族作家文学书写的现代主义追求

"西藏新小说"藏族作家的文学书写一直在追求以现代意识书写本土（西藏），其本土化的追求主要表现为转型时期文化认同困境的呈现与宗教轮回观的表达。同时，"西藏新小说"藏族作家的现代主义追求也尤为显著，主要表现在现代主义体验的传递与现代主义技法的运用上。

现代主义，是一种兴起于19世纪后期的西方文化思潮，它源于对资本主义社会的批判。文艺复兴后，西方社会高扬理性精神与人文精神迈进了现代时期或者说是资本主义时代。到19世纪末期，科学技术迅猛发展，工业化程度不断提高，现代文明（资本主义文明）进入了繁盛时期。现代文明一方面让人类社会享受到空前富裕的物质文化生活；但另一方面又摧毁着人类丰富的内心世界，吞噬着人的本质属性，使人异化为非人。严酷的生存竞争，让人日趋感受到孤独与隔膜；高度理性化的社会又把人变成庞大的社会大机器中的一个"零件"。20世纪初，两次世界大战的发生，进一步嘲弄了现代社会倡导的公平、民主、自由等价值理念。因此，以理性精神与人文精神为基础的西方价值观受到人们的怀疑。在人们对现代文明或者说资本主义文明普遍质疑的社会背景下，现代主义思潮应运而生。现代主义思潮主要出现于文学艺术领域，它以一种反叛的姿态倡导在文学艺术活动中去充分实现个体的精神解放与意志自由。

现代主义思潮在文学领域产生影响而形成的潮流，被称之为现代主义文学思潮。现代主义文学思潮是20世纪西方的主要文学潮流。它强调文学用各种超现实手法，如象征、反讽、暗示等诸种手法来表达现代社会中人的异化、荒诞、孤独的生存体验。现代主义文学思潮包括20世纪20年代兴起的以法国为中心的超现实主义、以德国为中心的表现主义、以英国为中心的意识流文学、以意大利为中心的未来主义；现代主义文学思潮还包括20世纪30年代兴起的存在主义文学、新小说派、荒诞派戏剧等。现代主义文学的代表人物有乔伊斯、普鲁斯特与卡夫卡等。现代主义文学思潮早在20世纪初就进入中国，并影响了中国文学的创作，如鲁迅的创作、20年代以李金发为代表的象征诗、30年代现代派诗以及新感觉派小说、40年代的中国新诗派（九叶诗派）等。随后，由于政治意识形态对文学的强力干扰，现代主义在中国销声匿迹。直到80年代，现代主义文学思潮继"五四"之后再次涌入中国。现代主义文学思潮对新时期文学产生了重要影响，包括"西藏新小说"藏族作家的文学书写。比如，色波在访谈中曾谈到外国文学对他的影响，"最早接触的外国文学杂志是上海出的《外国文学报道》，它是我在拉萨市人民医院工作时，无意间在医院图书室里发现的。这本杂志不仅每期都刊登有一批非常好的外国现当代小说和令人耳目一新的评论，其中新作简介和动态报道也给我下一阶段的阅读提供了线索。我立刻喜欢上了这本杂志，于是就给杂志社汇钱去，一方面是订阅，一方面是对已经出过了的杂志进行收购"[1]。后来，色波长期订阅《世界文学》与《外国文艺》，正是对外国当下文学的长期追踪，才有色波笔下独异的文学世界。总之，西方的现代主义文学思潮影响了中国文学的创作，包括"西藏新小说"作家的创作。而"西藏新小说"藏族作家的现代主义追求，主要表现为现代主义体验的传递与现代主义技法的运用两个层面。

（一）孤独的沉思

现代主义文学思潮对人与世界关系的关注，侧重于从个人的主体经验出发把握自我与人生，尤其侧重于表现主体对世界的孤独感、荒诞感、异化感等。这种变化也是对前期文学发展重视现实与理性的一种反拨。意识流小说如福克纳的《喧哗与骚动》，象征主义诗歌如艾略特的《荒原》，表现主义小说如卡夫卡的《变形记》《地洞》等，荒诞派戏剧如贝克特的《等待戈多》，这些作品都直接表达人的孤独、无奈以及对世界与人生的悲观与绝望。现代主义文学充满对世界与人生的灰暗感、绝望感，这恰好与很长时期以来中国文学一贯歌颂的文学主题不符合，所以导致了现代主义文学思潮传入中国初期遭受到冷遇，甚至人们的批判。但也正是由于现代主义文学思潮具有完全不同于新中国成立以来的中国文学的陌生感，对20世纪80年代的年轻作家产生了较大的吸引力，让他们学会换一个角度重新打量世界与人生。"西藏新

---

[1] 色波：《遥远的记忆——答姚新勇博士问》，《西藏文学》2006年第1期。

小说"的藏族作家，尤其是色波，在对西藏的书写中着力表达孤独的现代体验。

色波的小说难以被人理解，这是人们阅读色波小说的普遍感受。中国传统小说源于古代民间的"说书"传统，为了抓住观众，传统小说讲究故事性、情节性。色波的小说对传统小说的追求不感兴趣，而是喜欢在玄思冥想中去表达深沉思想。这种鲜明的个人化特征，使其作品颇有神秘主义色彩，这也常常给人不知所云的感受。色波小说异于传统的创作个性不是凭空产生的，而是与自我的人生历程以及西藏的存在状态紧密关联。马丽华曾说过："色波的出身和经历与众不同。他小时浪迹天涯，就有无根感；父母各自再成家，又有无家感；后来他自己又离婚又再婚（多少人间烦恼）；尚未怎样成年，发配般地去了与世隔绝的喜马拉雅南麓全国唯一不通公路的墨脱县。"[①] 作为色波朋友的马丽华，她指出色波创作的孤独体验与其缺失关爱的成长相关，与其不断漂泊的人生历程相关。当然，色波创作传递的孤独体验还与他在西藏感受到的严酷自然威力下人的渺小与贫弱相关；与身处西藏文化中不汉不藏身份所带来的角色混乱的尴尬相关；与面临着藏式古老宗教文化与现代西式文明的双重诱惑与挤压的困惑相关。这一切注定色波面对现实世界必然采取疏离的态度，孤独感的产生成为一种必然。

孤独在色波看来是与生俱来的，人类无法回避。小说《传向远方》中的嘎嘎大叔因女儿的离家出走倍感孤独。嘎嘎大叔非常想念女儿，每天都会到山口的大榕树下去呼唤女儿。乡亲们对嘎嘎大叔每天呼喊女儿的举动习以为常，更没人去安慰他、关心他。直到一天，嘎嘎大叔醉酒失足跌入了雅鲁藏布江，人们才想起他对女儿的最后呼唤。嘎嘎大叔那不被他人关怀的孤独让人倍感凄凉。小说《竹笛、啜泣和梦》的氛围更为阴冷与悲伤。老人的四个

---

① 马丽华：《雪域文化与西藏文学》，湖南教育出版社1998年版，第126页。

动物伙伴都死了,只有一支竹笛陪伴着老人。每天,老人吹着不成调的曲子,怀念着那曾陪伴过他的四只小动物。老人强烈的孤独感弥漫在字里行间。《圆形日子》里,母亲经常去探望寺庙里的活佛,女儿在旁人的风言风语里疑惑不安,她非常想知道自己的父亲是谁,但母亲没有给她答案。有一天,因母亲去探望活佛,没能买到女儿喜欢的衣服,这让女儿非常伤心。小说结尾处,母亲终于买到了女儿喜欢的衣服。母亲兴奋地呼喊着女儿的名字——"朗萨",然而女儿已走远。小说中的母女二人有着密切的关系,她们仍得不到彼此的回应,同样陷入孤独之中。色波的小说中,无论是嘎嘎大叔对女儿的呼唤,还是老人对动物伙伴的呼唤,以及母女彼此的呼唤,这些呼唤都没有得到相互的回应,孤独成为小说中人物最深切的生存体验。所以说,色波的小说真切地传达了生的孤独与无奈,展现了人类深层次的孤独感。张军评价色波:"同是藏族作家,他不像扎西达娃那样怀着强烈的理解渴望去熟悉自己的民族,他只是利用这个民族的生活现象来进行他的超越西藏的沉思。"① 色波超越西藏的沉思就是对人类的孤独感的表达。

如果说色波着重于书写人的孤独,那么扎西达娃却侧重于书写民族的孤独。小说《西藏,隐秘岁月》是一部深刻完整地反映藏民族心灵历史的作品。在这一部民族的心灵史中,精神状态的孤独是其重要特征。作品一方面呈现了小山村在时代的变换中的变化:村民搬走了、英国人的飞机掉下来了、解放军来了、"大跃进"时期热火朝天的修水库乃至80年代女大学生的出现等;但在这变化中有一样没变化,那就是次仁吉姆如往昔一般,每天独自一人用糌粑与水供奉山洞里修行的高僧,过着贫穷而寂寞的生活,孤独始终与她相伴。扎西达娃通过一个村庄历史的书写,刻画出了藏民族孤独的心灵世界。

孤独的生存体验是现代人的生命体验与精神感受,也是西方现代主义文

---

① 《西藏新小说》,西藏人民出版社1989年版,第451页。

学的一个普遍命题。世界级的大作家们,如波德莱尔、里尔克、博尔赫斯的创作都流露出浓厚的孤独意识。"西藏新小说"藏族作家文学书写所体现的孤独意识与西方现代主义文学普遍的精神命题相契合。也正是在这种意义上,"西藏新小说"藏族作家的文学书写具备了个人化写作汇入世界文学的某种可能。

(二)现代主义形式的探索

现代主义文学思潮重视文学的形式,即强调技巧的自我意识。而且在这里,文学的形式已经完全摆脱了工具化的地位,上升为一种本体性的存在。新中国成立后的一段时期,文艺界重视文学作品的思想内涵与社会价值,而严重忽视文学艺术形式的独立性及其可能承载的独特意味。所以,在新中国成立后的近三十年的时间里,中国文学创作完全沉浸在"思想正确"写作模式之中,文学形式的探索则被所谓的追求真实地反映社会现实的传统现实主义手法遮蔽。可以说,新中国成立初期的文学探索几乎处于停滞的状态。到20世纪80年代,文学的形式实验成了文学创新的重要表现。究其原因,一方面是对长期处于"独尊"地位的写实手法的反叛;另一方面是对涌入中国的西方现代主义文学思潮的一种选择。20世纪80年代中国文学对现代主义文学思潮的接受是从借鉴现代主义创作技巧开始的。20世纪80年代初期,随着中国的改革开放,人们对西方现代派文学不再像早些时候那样谈虎色变。但长期以来,由于思想观念的保守性,使得人们对西方现代派文学还持观望的态度。部分中国作家小心翼翼地把现代派文学作品分解为内容与形式,采用"剔除糟粕吸取精华"的观点,弃其内容,而取其形式。作家们以这样的选择来表示自己与西方现代派所表达的虚无、颓废与绝望等情绪划清界限。所以,20世纪80年代初期小说对西方现代主义文学的借鉴侧重于那些新奇的艺术手法。意识流手法是该时期作家借鉴最早的西方现代派手法。这可以追溯到茹志鹃的《剪辑错了的故事》,接着王蒙发表了《布礼》《夜的眼》《春之声》

等小说，大胆地学习与借鉴西方意识流手法。进入20世纪80年代中期，"寻根文学""先锋文学"对文学形式的探索更为自觉。某种程度上，形式已上升到文学本体的地位。长期以来，西藏文学一直追随着主流文学的步伐，很少显示其独特性。而进入新时期，西藏作家们开始了有意识的形式的探索，这股清风改变了西藏文坛沉寂已久的局面。"西藏新小说"的形式探索是从扎西达娃开始的。在20世纪80年代早期，扎西达娃在《西藏文艺》上发表了《白杨林·花环·梦》《流》《星期天》等作品。扎西达娃的早期小说在形式的探索上虽无法与其后来小说的形式实验相提并论，但作家已开始尝试着运用意识流叙述手法，可以说为20世纪80年代中期"西藏新小说"繁复的形式实验奠定了基础。《白杨林·花环·梦》是扎西达娃早期小说中开启形式探索的代表作。它采用了意识流手法，打破时间的逻辑，将回忆与现实不断地交织，飘忽的思绪与瞬间的现实给小说披上了一层朦胧的纱巾，让人体悟到迷离的朦胧美。意识流手法的运用，使得这部小说显示出与以往小说不同的美学韵味。不过，扎西达娃小说采用的意识流色彩与西方的意识流有明显的区别。扎西达娃小说的意识流是片段性的，而西方的意识流是整体性的。也就是说在扎西达娃的小说中，能够看到叙事的基本逻辑性，故事的逻辑性与意识的跳跃流交错出现；而在西方典型的意识流作品中，人物意识的流动主宰一切，没有传统的叙事。到20世纪80年代中期，"西藏新小说"藏族作家对现代主义技法的运用更为娴熟，其主要表现为魔幻叙事与象征手法的运用。

首先，魔幻叙事的运用。"西藏新小说"藏族作家的魔幻叙事源于拉美魔幻现实主义的影响。拉美魔幻现实主义，兴起于20世纪50年代前后的拉丁美洲，是执意把现实与魔幻交融为一体的一种文学流派。拉美魔幻现实主义的作家们，坚持反映拉美的社会现实，又自觉运用西方现代主义手法，还穿插许多印第安的神话传说，使整部小说呈现出虚实相交、真假互融的风格。20世纪80年代，因马尔克斯获得诺贝尔文学奖，中国作家表现出对拉美魔幻

第四章 "西藏新小说"与藏族作家的文学书写

现实主义的极大关注,并且拉美魔幻现实主义直接影响了中国作家的创作。一方面,拉美魔幻现实主义强烈的文化寻根意识影响并启悟了20世纪后期中国小说在精神取向上趋于向民族文化与传统文化回归;另一方面,拉美魔幻现实主义在小说艺术方面的执着追求和大胆探索精神则影响了此时期中国小说的艺术表现方式。拉美魔幻现实主义在叙事艺术上对20世纪后期中国小说形式创新的影响突出体现在颇具创意的魔幻叙事之中,而以扎西达娃为代表的"西藏新小说"藏族作家对其学得最好。因为西藏是一个神秘的地方,奇异的自然风光、古老的认知世界的方式(万物有灵论)以及浓郁的宗教氛围构成了西藏与拉美相似的神奇现实。正是得益于这个神奇现实,扎西达娃等领悟到魔幻现实主义真谛并将它运用到作品创作中,创造了西藏的魔幻现实主义。

从"西藏新小说"藏族作家的文学书写,可看到作家们在对西藏的书写中,喜欢把现实与虚幻交织为一体。如把神话与传说、鬼与神等虚幻世界融入现实世界,制造神秘、魔幻之感。其中扎西达娃最为典型。有评论家评价扎西达娃:"把神秘的西藏从宗教和神话传说的浸泡中,从遥远而切近的岁月长河里拈出来,攥在手心儿里,用力揉捏,然后蓦地将巨掌松开,便从那里面飞出一个个富有魔幻与荒诞意味的故事。"[1] 这句评语形象生动地表述了扎西达娃将神话传说与现实世界交织的怡然自得。《西藏,系在皮绳扣上的魂》主要讲述两个故事:一个是关于塔贝与琼追求香巴拉的故事,这是一个写实的故事;另一个是莲花生大师掌纹的传说,这是一个虚写的故事。在雪域高原,莲花生大师的地位非常高。据说,莲花生大师是印度金刚乘创始人武德雅拉德的儿子,他把密宗佛教从印度传入了西藏。所以,莲花生大师在西藏被藏民们称为释迦牟尼第二。西藏流传着许许多多有关莲花生大师的传说。

---

[1] 王菲:《魔幻与荒诞:攥在扎西达娃手心里的西藏》,扎西达娃:《西藏,隐秘岁月》,长江文艺出版社1993年版,第387页。

比如，莲花生大师与妖魔喜巴美如大战一百零八天，最终举起神奇的右手，口中高声地念诵着咒经，一巴掌盖向大地，把妖魔震入了地狱，从此在西藏留下了自己的掌纹。在莲花生大师留下的数也数不清的掌纹中，有一条路是通向人们的理想世界——香巴拉。该小说怎样将传说与现实交织为一体呢？"小说开头，写扎妥寺的第二十三位转世活佛桑杰达普即将去世，'我'想为此写篇报道。于是，'我'和活佛之间就展开了一段对话。活佛在弥留之际，迷迷糊糊地向'我'讲述两个康巴年轻人追寻理想国香巴拉的故事。'我'惊讶地发现，活佛所讲述的这段传说故事，竟与'我'未曾公开的一篇虚拟的小说完全一样。同时，活佛告诉我翻过喀隆雪山，就可站在莲花生大师的掌纹中间。而在纵横交错的掌纹里，只有一条是通往人间净土的生存之道。在小说的结尾，写'我'翻过喀隆雪山，去莲花生的掌纹地带寻找自己虚构的小说中的主人公塔贝，在一块红色巨石下，终于找到塔贝，他已奄奄一息，'我'伏在他耳边，试图用他理解的道理去说服他，告诉他要找的理想国并不存在，但这位苦修者对通向天国的道路依旧十分渴望且信念坚定。最后，塔贝死了，我带着琼往回走。这里活佛所讲述的传说与'我'的小说故事融为一体，一个是写实的故事，一个是虚幻的故事，两者的交织，营造了小说的魔幻色彩。"① 同样，鬼魂世界与活人世界的交织，也营造了小说的魔幻风格。扎西达娃后期小说《悬岩之光》写"我"与"我"死去的情人的一次相遇。"我"不知道因什么缘故参加了一个由官方举办的露天宴会。在会场，"我"看到了"我"那想当记者却已死去的情人。她与"我"打招呼，并主动和"我"攀谈。"我"记得她是在一次大雨中被倒塌的楼房压死的，但她却说自己只是在采访时，乘坐的直升机受到了些颠簸而睡着了。在小说里，"我"的世界与鬼魂的世界相混杂，已分不清楚哪个更真实，只能体验到一种神奇、

---

① 杨红：《20 世纪 80 年代中国少数民族文学的文化寻根》，《北方民族大学学报》2016 年第 3 期。

第四章 "西藏新小说"与藏族作家的文学书写

荒诞的感觉。无论是传说与现实的结,还是人与鬼神的混合,这都是魔幻手法的自觉运用,也是以扎西达娃为代表的"西藏新小说"藏族作家群体进行的艺术形式探索。

"西藏新小说"藏族作家们还擅长打破时空的有序性,以制造魔幻色彩。"传统小说的时间、空间都有一定的顺序。如时间是'线型':呈现出'过去—现在—未来'的顺序;空间也是有秩序的,或由远及近或由近及远,或有其他的存在方式,总之是有序的。正是由于时空的有序,因此小说的内容层次清晰,结构明了,所表现的意向相对来说容易把握。但'西藏新小说'藏族作家的写作,常常打破时空的有序性。在时间方面,过去、现在、未来往往相互重叠,插叙、倒叙大量运用,而且根本不做任何提示与交代,作品的时序显得非常紊乱,读来如坠入迷宫之中,使人理不清头绪;空间方面,忽而天上,忽而地下,忽而异域他乡,忽而边疆僻壤……让人的思维始终在跳跃,神秘、荒诞、魔幻的体验由此产生。"[①] 在藏族的康巴人中有一种习俗,那就是血亲复仇,即父亲的仇一定由儿子来报。扎西达娃在创作初期写过这一题材的小说,如《没有星光的夜》,其对血亲复仇这一文化陋习持批判态度。写于20世纪80年代中后期的《风马之耀》也是一篇复仇小说,它讲述了乌金寻找麻子索朗仁增为父复仇的故事。但该小说最突出的特点是形式的实验,即打破时间与空间的有序性。"首先,叙述时间的任意倒错。小说开始写越狱犯人乌金到营地寻找仇人麻子索朗仁增,有人告诉乌金仇人死了。但紧接着写乌金在一个酒吧找到了索朗仁增,倒叙写索朗仁增回忆自己的父亲在一次遭人抢劫中打死了对方的一个人,那就是乌金的父亲。到这时,乌金知道他就是自己寻找的仇人,于是用匕首杀死了他。到这里,时间出现一次中断。随后,又写乌金还在四处寻找仇人索朗仁增,后来乌金被抓了还被执

[①] 杨红:《20世纪80年代中国少数民族文学的文化寻根》,《北方民族大学学报》2016年第3期。

行枪决。在小说的结尾,叙述时序马上回到开篇的时间场内,乌金活着,还想要个儿子。时间似乎又回到过去。过去、现在的不断穿插,使得这起凶杀案变得扑朔迷离。另外,小说的空间顺序也是无序的。小说主要空间是康巴人的营地,但在叙述中出现了酒吧,那'铜牌上的几行洋文和霓虹灯字母'的酒吧,在那儿乌金杀死了仇人。但没料到的是后来乌金被抓后,根据他对酒吧的描述,在拉萨城里根本找不到,后来发现那酒吧在秘鲁的一个海港城市。这里,酒吧的出现是一次空间的跳跃。小说中还出现乌金父亲被索朗仁增父亲杀害的山谷以及康巴人在茶水碗里显影的荒野,在那儿西嘎的哥哥杀死索朗仁增。小说中每一段时间或每一空间的变化都没有任何铺垫与交代,而是直接的跳出。正是时空任意跳动显现出的无序,打破了生与死、有与无、真与假的界限,以幻觉与现实的登合,浓缩了人类种种曲折活动的荒诞与神奇。"[1]

总之,以扎西达娃为代表的"西藏新小说"藏族作家,通过突破小说的虚构和现实的界限,穿越时空的限制,采用变形、意识流、象征、隐喻等多种现代表达方式,把人物的过去和现在(或者说历史和现实)、此地和彼地的生活熔为一炉,将现代性叙事与神奇的生活融为一体,塑造了小说的魔幻与荒诞风格。

其次,象征手法的运用是"西藏新小说"的藏族作家们积极进行形式探索的另一表现。文艺理论家乔治·桑塔耶纳曾指出:"在一切表现中,我们可以区别出两项;第一项是实际呈现的事物,一个字,一个形象,或一件富于表现力的东西;第二项是所暗示的事物,更深远的思想、感情,或被唤起的形象、被表现的东西。"[2] 乔治·桑塔耶纳所说的"两项"就是象征手法的含

---

[1] 杨红:《20世纪80年代中国少数民族文学的文化寻根》,《北方民族大学学报》2016年第3期。

[2] [美] 乔治·桑塔耶纳:《美感》,邱艺鸿、萧萍译,中国社会科学出版社1982年版,第132页。

义表现。象征手法，是指根据事物之间的联系，借助某物的具体形象，以表现某种抽象的思想与情感的手法。象征手法最大的特征就是含蓄地表达作者的思想或情感。因此，象征手法常具有多义性与不确定性，由此能激发读者超越生活的表象，从历史的纵深处与生存体验的深刻处去理解作品蕴含的文化内涵与生命哲理。

20世纪80年代中期，"西藏新小说"的藏族作家们大胆地运用象征手法。扎西达娃无疑是这个时期自觉运用象征手法的典范。扎西达娃小说的象征意味明显地体现在小说名称上，如《西藏，系在皮绳扣上的魂》《西藏，隐秘岁月》《去拉萨的路上》《没有星光的夜》等，这些名称包含着浓厚的文化韵味与历史内涵。作家通过它们提炼出穿越故事叙述层面的深层意蕴，具有鲜明的象征含义。除了名称之外，扎西达娃小说文本也常具有象征的意味。如《西藏，系在皮绳扣上的魂》就是一篇具有象征意味的小说。这部小说不仅深刻地反映了藏民族的精神世界，还包含着超越藏民族文化内涵的具有人类普适性的意义的表达。而这部小说的人类性意义的表达就是通过"流浪与寻找"这一个具有象征意味的故事模式实现的。"流浪与寻找"是一个古老的故事模式，大量出现在不同文化背景的文学作品中。该故事模式在具体语境中有着不同的文化内涵，但在人类性的表达上却体现了人类对自身命运与世界奥秘的探寻。在《西藏，系在皮绳扣上的魂》里，扎西达娃借助藏族文化中关于香巴拉的传说，书写了两位主人公塔贝与琼一路流浪着去寻找"香巴拉"的故事。正是他们的一路的"流浪与寻找"，淋漓尽致地展现了人类坚定顽强的意志与不屈不挠的精神追求。《西藏，系在皮绳扣上的魂》，具体而又抽象地演绎了人类"流浪与追寻"这一永恒性的母题。扎西达娃的后期小说喜用象征手法，他常以异彩纷呈的想象和闪烁的叙事编织着一个个魔幻的故事，但小说中又处处闪现着象征，承载着作家对民族文化与人类命运的深沉思考。

色波的小说也常用象征手法。《在这里上船》讲述了几个年轻人出游与寻找回来之路的故事，揭示了生命的不确定性。"在这里上船"这一语句不断地出现在小说叙事中，暗示着人们对归来的渴望。这种渴望在人的内心深处流动，时刻召唤着那些游走的流浪者。但这种召唤又显得非常无力，因为已无法收回迈出的脚步，走下去是唯一的选择。色波的《在这里上船》，通过反复强调"在这里上船"这一具有象征意味的语言意象，暗示了人类某种不可抗拒的宿命，揭示了存在的无奈感。作品中象征手法的巧妙运用，带来"意在言外"的特殊审美效果。运用魔幻手法、象征手法等艺术手法，"西藏新小说"的藏族作家们积极进行了艺术形式的尝试与探索，改变了长期以来中国文学书写只有"写实"的大一统形式，丰富了中国文学的艺术表达。而他们进行的艺术形式探索与现代体验的传递就是"西藏新小说"藏族作家们追求现代性的表现。

"西藏新小说"藏族作家们的文学书写，不仅致力于本土文化的挖掘，还着力于现代性的追求，他们试图探索一条能很好地将本土化与现代性相结合的文化寻根之路。总之，"西藏新小说"藏族作家们开创了一条具有明确路径指向的"文化寻根"之路，它成了中国少数民族文学乃至中国文学"文化寻根"的重要构成部分。

第五章　大凉山彝族现代诗群的文化想象

彝族是一个历史悠久的古老民族，据2000年中国的第五次人口普查统计，全国彝族总人口为776.23万人，总人口数居全国少数民族人口数的第六位。彝族以"大分散、小聚居"方式分布在中国西南地区，主要聚居在云南、四川、贵州、广西。在彝族聚居区里，四川凉山彝族自治州是全国最大的彝族聚居区。在新中国时期前三十年（1949—1980），凉山地区的彝族汉语诗歌处于起步期，远逊于云南、贵州的彝族汉语诗歌。这主要因为在元明两个朝代，中央政府在云南与贵州的彝族聚居区设置了土司与流官制度，土司与流官家庭必须学习汉文、阅读汉书，从而积累了深厚的汉学功底。与此相比，四川凉山地区由于险峻的地理位置使其受汉文化影响相对较少，而且在很长时间里一直留存着中央政府推行的土司制度与彝族家支制度并存的局面。直到20世纪50年代后，凉山地区才逐渐接受了汉族文化的影响，因此新中国成立初期凉山地区彝族汉语诗歌较少，其中吴琪拉达是该时期彝族诗人的代表。新中国成立初期凉山地区的彝族汉语诗歌与其他民族的诗歌一样沦为政治意识形态的附庸，诗歌多为一些迎合政治运动的口号式作品，强调阶级性是其突出特点，缺少对民族文化的自觉认同。所以，很长时期里浮光掠影的时代内容与表层的民族形式，成为凉山地区彝族汉语诗歌乃至中国少数民族汉语诗歌创作的基本模式。这使得凉山地区彝族汉语诗歌背弃了原有母语文学的艺术精神，无法在汉语言艺术的创作上有新的突破与进展。

  凉山地区彝族汉语诗歌的真正兴起始于 1980 年之后以吉狄马加为代表的大凉山彝族现代诗群的出现。20 世纪 80 年代初，伴随着以"朦胧诗"为代表的现代诗歌在中国大地的崛起，在西南边地的凉山群山中，一个充满文化、充满激情、充满韧性的彝族现代诗人群以其特立独行的写作方式，开始崛起于中国诗坛，它就是大凉山彝族现代诗群。大凉山彝族现代诗群是在 20 世纪 80 年代至 90 年代形成的以彝族文化为根脉创作现代汉诗的一个诗人群落。该群落的诗人都是具有凉山籍贯的彝族，他们至今或生活在凉山，或已离开凉山，但无论在哪儿，回望凉山、回望彝族文化是他们创作的共同母题。彝族诗人吉狄马加的出现是大凉山彝族现代诗群开始萌芽的标志。20 世纪 80 年代初，在西南民族学院中文系学习的吉狄马加开始了诗歌写作，其在诗歌《自画像》中充满激情地喊出："我—是—彝—人！"[①] 正是这声"我是彝人"的呼声，标志着凉山地区彝族诗人民族身份认同意识的觉醒，诗人们从专注于书写奴隶主与奴隶的阶级斗争，正式转向对彝族本土文化的书写。随后，大量凉山地区的彝族诗人紧随吉狄马加其后，以鲜明的彝族身份认同意识，将彝族古老的史诗、传说、日常习俗等地方性知识运用到诗歌之中，从而在 20 世纪 80 年代至 90 年代逐渐形成了一个以彝族文化为根系创作现代汉诗的大凉山彝族现代诗群。大凉山彝族现代诗群的代表诗人有吉狄马加、阿库乌雾、倮伍拉且、巴莫曲布嫫、阿苏越尔、玛查德清、霁虹、俄尼·牧莎斯加、阿黑约夫、鲁娟、阿索拉毅、普驰达岭等。这些诗人虽以彝族文化为表现核心，但风格多姿多彩。吉狄马加的诗歌朴素、开阔、浑厚；沙马的诗歌浓密、惆怅、抒情；阿库乌雾的诗歌凝练、奇崛、知性；倮伍拉且的诗歌有素朴的民

[①] 吉狄马加：《吉狄马加诗歌选》，四川文艺出版社 1992 年版，第 104 页。

歌味；阿苏越尔的诗歌朦胧、温柔、忧伤。正如学者姚新勇所言："这批诗人，既具有共同的彝族文化根性和相近的诗歌品质，同时又各具特色，显示了一个成熟的诗歌流派应有的风格一致性与丰富多彩……彝族诗人们创造性地实践了古老的传统诗训……通过精湛的艺术之思，为彝族、为彝族现代诗歌，发现了独特的灵魂之根，并让其深深地蕴含、弥散于一套丰富多彩的诗歌意象谱系中。"[1] 大凉山彝族现代诗人群以其独特的文化地理写作行为、古朴的文化精神、绵延不断而又新人辈出的文学梯队填补了中国现代诗歌的空白。可以说，它是"中国诗歌史上第一个实力强厚的边缘民族现代诗歌群体"[2]。

大凉山彝族现代诗群的诗歌创作从20世纪末形成以来至今依然在延续，通常人们把大凉山彝族现代诗群的发展分为两个阶段。20世纪的八九十年代是其发展的第一个阶段，以吉狄马加为领头羊，倮伍拉且、阿苏越尔、霁虹、巴莫曲布嫫、阿库乌雾、克惹晓夫、阿黑约夫、阿彝等紧跟其后，形成大凉山彝族现代诗歌的第一波热潮。这时期以吉狄马加为代表的诗人们的民族身份认同意识正在觉醒，他们开始自觉地挖掘本民族文化。如20世纪80年代中期，吉狄马加陆续出版了《初恋的歌》《一个彝人的梦想》等诗集，开启了大凉山彝族现代诗歌鲜明的民族文化认同意识，不断地表达着对母族文化的怀想与眷念。由于吉狄马加的声名鹊起，阿苏越尔、倮伍拉且、阿库乌雾等的诗歌创作深受影响，他们也同样致力于彝族文化的挖掘、展现与重构。其中倮伍拉且的《诗歌图腾》传递出一种只有彝人才能意会的古代文化传承的图腾诗情；阿苏越尔是第一个彝族现代汉诗中的"彝人雪子"，雪在彝人心中是呼吸，是血液，是生命的源头，其诗集《我已不再是雨季》中落满了铺

---

[1] 姚新勇：《寻找：共同的宿命和碰撞——转型期中国文学多族群及边缘区域文化关系研究》，中国社会科学出版社2010年版，第129页。
[2] 发星：《"当代大凉山彝族诗人群"论》，2007年3月15日，转引自中国民族文学网，http://iel.cass.cn，2013年3月20日。

天盖地的大凉山之雪；而巴莫曲布嫫与阿库乌雾的诗歌更多展现了一种古老文化与现代文化相撞后的文化纠葛与文化重铸；马惹拉哈的《雪族系列》延续着阿苏越尔对"雪"的钟爱；俄尼·牧莎斯加的《部落与情人》在民族文化传统中继续寻找资源。进入21世纪后，大凉山彝族现代诗群进入了其发展的第二个阶段，一批更年轻的彝族诗人在延续与更新中继续创作，鲁娟、阿索拉毅、吉狄兆林、沙马等是该时期的代表诗人。许多彝族诗人聚集于发星主持的民刊《彝风》与《独立》，在中国诗歌界产生了积极影响。该时期大凉山彝族现代诗人群的诗歌创作在秉承前辈诗人"文化寻根"的基础上，呈现为多元化态势。其中书写民族的集体记忆是21世纪大凉山彝族现代诗人群对"文化寻根"传统的继承。如阿索拉毅在诗歌写作中偏向于彝族传统"经书"的方式，其长篇诗歌《星图》是彝族历史上第一部现代史诗。除了书写民族的集体记忆之外，21世纪大凉山彝族现代诗人们更加关注彝族乡土社会的变迁。比如空巢乡村、打工历程、城市底层与吸毒等问题逐渐成为21世纪大凉山彝族现代诗人群新的关注点。如阿克鸠射的诗歌将观察视角指向打工者与城市的关系；吉布鹰写作打工诗歌，摹写当下彝族社会困苦不堪的生存处境，并犀利地指出当代彝人的生存困境及其成因；而鲁娟的彝族女性独立意识在民族诗歌中别具一格。大凉山彝族现代诗人群的创作依然在继续，年轻的一代彝族诗人不断涌现，而曾经年轻的彝族诗人也不断推出佳作。领头羊吉狄马加在21世纪推出了震动诗坛的长诗《我，雪豹》，阿苏越尔推出了长诗《阳光山脉》，还有阿库乌雾、马德清等也仍然在进行诗歌写作。大凉山彝族现代诗群将自己扎根于深厚的彝族文化传统，无论是回顾历史，还是关注当下，强烈的民族身份认同、鲜明的民族文化自觉意识始终是他们创作的动力，也是他们创作的鲜明个性。总之，大凉山彝族现代诗人群是一个执着于"文化寻根"的诗歌群体，它的存在为文学史家的研究提供了一个少数民族群体写作的典范。这里，笔者对大凉山彝族现代诗群的研究主要以该诗歌群落 20 世纪末的诗歌创作为研究对象。

作为一个地域性的诗歌群落，大凉山彝族现代诗人群的形成、壮大与彝族丰厚的文化传统相关，与四川发达的民间诗歌运动相关。同时，在全球化的文化语境里，有着丰厚文化滋养的大凉山彝族诗歌群落，对族性文化的书写是其显著的特质，且其间充满了文化回归的渴望、文化碰撞的焦虑以及文化重构的追求。

一 凉山彝族的文化生态

彝族是一个历史悠久且文化传统丰厚的民族，它有丰富的口头与书面文化传统。其中彝文还是中国文明史上较早的文字。在彝族聚居的西南地区，明朝开始中央政权便实行了"改土归流"与"汉彝融合"的相关制度，促进了彝族与汉族的融合。又由于云贵地区的地理位置不具备独特地势，这更加快了云贵地区的彝族逐渐走向了汉化，于是该地区失去更多彝族文化的原生性与深厚性。四川的凉山地区却成了彝族文化传统保存最为完整与深厚的区域。凉山彝族文化传统较为完整的保存与凉山地区险峻的自然环境密切相关。四川省凉山彝族自治州位于四川省的西南部，它是青藏高原东缘的横断山脉北段，向四川盆地与云贵高原之间的过渡带，其东、南、西三面被金沙江环绕，与云南隔江相望。北面以大渡河为界，与内地汉族地区分隔，形成封闭独立的地理空间。四川凉山境内地貌形态复杂多样，高山、深谷、丘陵、盆地、平原、河流纵横交错，从而形成群峰耸立、河流密布、峡谷幽深的险峻地理空间，这种奇险的地理环境使凉山彝族处于相对孤立和封闭的状态。直到 20 世纪 30 年代，凉山地区都没有公路直接与外界连接，环境非常封闭，因此新中国成立前许多外国探险家都将凉山的彝族称为"独立罗罗"。但正是凉山偏远险峻的地理位置使得此地保留下了较为浓郁、完整的彝族文化生态环境，为大凉山彝族现代诗群的出现提供了良好的文化生态环境。凉山地区滋养文学的文化生态环境主要包括完整的彝族制度传统与发达的彝族民间文学传统。

（一）凉山彝族的制度传统

凉山彝族的制度传统中，家支制度与宗教制度是其核心。家支制度是凉山彝族的一种极具特色的社会管理制度，它在彝族的历史进程中曾发挥了十分重要的作用。同时，家支制度也是凉山地区彝族文化得以较好留存的一个重要原因。在凉山民间流传着一句谚语"大江大河一道墙，大山密林二道墙，家支制度三道墙"，这句谚语强调除地理风貌之外，家支制度也是造成凉山彝族封闭、隔绝的生存状态的重要原因，当然彝族文化传统也由此得到了较好的保存。1949年中华人民共和国成立时，已处于封建制社会发展阶段的滇、黔、桂彝族地区的家支制度仅剩下了一些遗存，而仍处在奴隶制社会发展阶段的凉山彝族社会，家支制度则得到完整的保存。所以说，中华人民共和国成立前，四川凉山地区的彝族仍处在奴隶社会，其基本的社会组织就是家支。家支，是指以父系为中心，以血缘关系为纽带组合而成的社会集团。家支通常以父子同名的方式保持血缘关系的巩固与延伸，若干代以后就形成一条家支链。家支制度对家支成员的权利与义务有严格的规定。家支成员的权利，就是其生命安全与财产安全依靠家支力量保护。若家支成员的财产安全受到侵害，向家支提出要求，家支其他成员帮助其索赔以获得补偿；若家支成员遭遇灾害或贫穷难以生活时，可获得其他家支成员的帮助。家支成员在享受权利的同时也需履行义务。家支其他成员的生命安全与财产安全受到侵害时，要与其他家支成员一起提供帮助；若发生械斗，家支成员必须拿起武器参加，械斗之后若需要赔偿也要承担一定的份额。彝族的家支制度要求家支成员都

第五章 大凉山彝族现代诗群的文化想象

必须遵守家支规矩，违反规则要受习惯法的制裁。家支制度涉及家支成员在政治、经济与日常事务等各个层面的生活。它是彝族人生命财产安全的保障，是家支成员相互帮助的制度。所以彝族十分重视维护家支。这种带有原始色彩的民主制度，一定程度上起着团结家支成员的作用，同时也显示出人际交往的排他性与封闭性。家支制度在某种程度上相当于构建一个给予成员保护同时又限制成员自由的封闭空间。正是这种封闭性的社会空间的存在，使彝族文化传统家支制度在凉山地区得以较为完整的留存。如保留了大量夏商时期的崇黑、崇虎习俗；神者（毕摩、苏尼）世传的经文；神话、传说、谚语（比尔）、克哲（格言）随处都是。所以说，正是家支制度带来的封闭性，使得古老的彝族文化在凉山地区得以完整保留，并以自己的方式持续地发展。同时，凉山地区得以保存的彝族文化传统也成了滋养20世纪末大凉山彝族现代诗人群的重要文化养分。

凉山地区彝族的宗教信仰是滋养大凉山彝族现代诗人群的另一重要文化养分。凉山地区彝族的宗教信仰，是彝族文化的重要内容之一。由于彝族分布地区较广，政治、经济、文化发展不平衡，居住上又具有大分散、小聚居的特点，其宗教信仰也比较复杂，有本土的原始宗教，也有外来的道教、佛教以及基督教等，但本土的原始宗教仍然是其传统的、普遍的、主要的信仰形式，尤其是封闭的凉山地区更为如此。原始宗教在学术界一般被理解为存在于原始社会的宗教，其基本特点就是持"万物有灵论"的观点，表现出对自然万物的虔诚崇拜。由于原始宗教崇拜的神为多种，所以人们通常称之为多神教。后来，随着人类社会的发展，宗教从多神教发展为一神教。原始宗教经历了自然崇拜、图腾崇拜与祖先崇拜的发展过程。自然崇拜，是指对大自然的崇拜。自然崇拜是原始宗教中最早出现的一种崇拜形式。它持续的时间最长，人类进入阶级社会后的很长时期里，自然崇拜仍然盛行不衰。自然崇拜体现为视自然万物为神，反映了在人类社会初始阶段自然对人的控制。

图腾崇拜产生于母系氏族社会时期，一般人们认为氏族的祖先是由某一种动物、植物或其他生物转化而来的。因此，认为该物与本氏族之间有血缘联系，该物对本氏族有保护作用。于是，便将该物作为自己氏族的图腾有目的地加以崇拜，这就是图腾崇拜。祖先崇拜出现稍晚些，大约在人类社会进入对偶制家庭阶段。这时期人们除了像过去一样能确认自己的生身母亲外，逐步能确知自己的生身父亲。同时，在人类与大自然的斗争中，人改造自然的作用日益显著，如人逐渐有了驯养动物和栽培植物的能力等。这样的变化导致人们逐步形成了人与动物相对立、人高于动物的观念，从而对于自己的直系亲属产生无限眷恋之情，随之产生祖先崇拜。人们希望自己祖先的灵魂也像生前一样能够庇佑本氏族的成员。就在产生祖先崇拜的同时，出现了专职的祭司。这些祭司被认为是神与人之间的中介，能"通神""去鬼"。

彝族的原始宗教也包含了自然崇拜、图腾崇拜与祖先崇拜。彝族民间社会通常认为天、地、日、月、风、雨、雷、电、山、川、江、河等自然之物是不可抗拒的。它们都是神灵，是人们崇拜的对象。在凉山地区，山神是彝族最为崇拜的对象，认为风、雨、雷、电与山神有关，农牧业生产也与山神相关。在毕摩的《请神经》中，所举神灵基本是山神，各家支的山神也各不相同。除了自然崇拜，彝族还以虎、竹子、蜘蛛等为其图腾崇拜物。彝族原始宗教中的祖先崇拜最为显著。广大彝族地区普遍流行人有灵魂的观念。彝族人认为，死亡是人的肉体的终结，但灵魂依然存在。灵魂能够赐给人福祉，也能够降灾难于人。人们为趋利避灾，对灵魂极为敬畏与崇拜。灵魂崇拜中，彝族人最为重视的是祖灵的崇拜，也就是祖先崇拜。"彝族的祖先崇拜，主要表现在复杂、隆重的丧葬与祭祖仪式上。彝族有句谚语：'父母终了要安葬，灵牌设在神位上'，说明祖灵在人们心目中的崇高地位。"[①] 人们认为，"送亡

---

① 金尚会：《中国彝族文化的民族学研究》，博士学位论文，中央民族大学，2005年，第125页。

魂'随祖归宗',为其指路,送灵、安灵、作祭、做道场、做斋,是子孙对父母和先祖应尽的义务,否则会受到社会的谴责"。① 在丧葬仪式与祭祖仪式中,"尼慈兹"的祭祖典礼最为隆重。"有的地区每年举行一次,有的三年举行一次,称'小祭';三十年举行一次,称'中祭',六十年举行一次,称为'大祭'。'大祭'时,全家支家族全体行动,祭期为 5—15 天。届时,杀牛、宰猪,以举行隆重的祭典仪式,并伴以盛大的歌舞表演,以示'与祖先同乐'。"② 祖先崇拜,被认为是彝族原始宗教信仰的核心。由于彝族祖先崇拜的盛行,出现了掌管祭祀的巫师,凉山地区称为"毕摩"。毕摩是彝语音译,"毕"为"念经"之意,"摩"意为"有知识的长者"。"毕摩"是指专门替人礼赞、祈祷与祭祀的人,人们一般也称之为祭司。"毕摩"由男性担任,多为父子相传,也有学习而成的。自古以来,"毕摩"在彝族民众心中被认为是"智者",是知识渊博的人。"毕摩"通常都能掌握古彝文,通晓彝文典籍。"毕摩"也是彝族民间宗教活动的主持者与组织者,是彝族宗教信仰的代表人物。在民间宗教活动中,"毕摩"通过念诵经文等方式与鬼神或祖先沟通,充当人与鬼神或人与祖先之间矛盾的调和者;还通过象征性极强的祭祀、巫术等行为方式处理人与鬼神的关系,以祈求人丁安康、五谷丰登与六畜兴旺。总之,"毕摩"的基本职能是为家支或家族安灵、送灵、指路、祭祀等,此外也兼行占卜、驱鬼、禳灾等巫术。"毕摩"是凉山地区彝族民间宗教信仰的代表,也是彝族文化的重要传承人。"他们多使用黑木炭蘸鸡血或以竹签蘸黑烟写作彝经,现在所知的彝族经典多达数百种,其内容多数为祭祀和占卜词,但也有不少关于天文历法、哲学、伦理、历史、地理、医药等重要内容,这是研究彝族古代历史文化的重要史料。"③ 所以说,"毕摩"不仅是从事宗教

---

① 金尚会:《中国彝族文化的民族学研究》,博士学位论文,中央民族大学,2005 年,第125—126 页。
② 同上书,第126 页。
③ 同上。

活动的巫师，而且在传授知识、传承彝族文化传统上具有极其重要的作用。彝族包括自然崇拜、图腾崇拜以及晚出现的祖先崇拜的原始宗教在凉山地区因其环境的封闭性得以完整的保存，这为大凉山彝族现代诗人群回归彝族文化传统提供了丰富的精神资源。

总之，凉山彝族的家支制度，或者包括自然崇拜、图腾崇拜与祖先崇拜在内的原始宗教系统，因凉山地理空间的封闭与险峻得以完整留存。这样独异而丰厚的彝族文化传统为 20 世纪 80 年代大凉山彝族现代诗群的出现奠定了基础。

（二）凉山彝族的文学生态

凉山地区保存完整的彝族文学传统也为大凉山彝族现代诗群提供了丰厚的精神养料。凉山彝族文学传统包括人们世代口耳相传的民间口头文学与作家创作的文学。其中彝族口传文学传统是大凉山诗人群最为喜欢的营养。吉狄马加曾说："我诗歌的源泉来自那里的每一间瓦板房，来自彝人自古以来代代相传的口头文学，来自那里的每一支充满忧郁的歌谣。"[①] 阿库乌雾的《冬天的河流》《走出巫界》和《虎迹》等诗集也常从凉山彝族的民间神话、传说中寻找创作素材，写出了系列意象独特的诗作；阿苏越尔的诗歌也善于从彝族民间神话中吸收养料，谱写出了系列关于"雪"的诗篇。凉山的彝族民间口头文学内容丰富，体裁多样，不仅具有其他彝族聚居区共有的神话、史诗、传说、故事、民歌、谚语，还有独特的"克智""尔比尔吉"以及抒情长诗等。《勒俄特依》是凉山地区影响巨大的彝族史诗。关于史诗的定义来自西方，是指叙述英雄传说事件的古代叙事长诗。它多以歌谣为基础，集体编创而成，反映人类童年时期具有重大意义的历史事件或神话传说。在中国，由于主体民族汉族没有史诗，所以很长时期里人们一直认为中国没有史诗，

[①] 发星工作室编：《当代大凉山彝族现代诗选》，中国文联出版社 2002 年版，第 402 页。

但后来发现少数民族有丰富的史诗，如藏族的《格萨尔》、蒙古族的《江格尔》、柯尔克孜族的《玛纳斯》等。四川凉山地区的彝族也有自己的史诗，那就是《勒俄特依》。其为凉山彝族世代传颂，妇孺皆知。《勒俄特依》是一部书写民族历史的史诗。它从宇宙混沌时代开始讲述，在混沌宇宙缓慢的自然衍化中呈现了一幅幅彝族祖先改造天地、开拓疆域的壮观图景。它在呈现人类艰难地与自然搏斗的过程时，也呈现了彝族社会自身的发展。例如，史诗的第十章"石尔俄特时代"讲述了石尔俄特寻找父亲的故事。石尔俄特爬高山、过平原、涉江河，历尽千辛万苦，遇见了施色姑娘。当施色姑娘知道石尔俄特正在寻找父亲，便让他猜九个谜语。施色姑娘告诉石尔俄特，若他猜中就告诉其寻找父亲的捷径。可是，石尔俄特猜不中谜语，急得流下"三滴泪"。回家后，石尔俄特将谜语告诉妹妹俄洛。没想到，妹妹俄洛帮助哥哥找到了答案。于是，施色姑娘让石尔俄特学会供奉祖灵，并回到大地上去娶妻生子，然后才能见到父亲。后来，石尔俄特娶了施色姑娘做妻子，从此彝族祖先就能代代生子繁衍开来，并代代有了父亲。《勒俄特依》讲述的"寻父"的故事，实际是描述了彝族社会从母系氏族社会向父系氏族社会过渡的情景，揭示了彝族社会是由母系社会的"群婚制"过渡到父系社会"对偶婚"的重大历史转变。而且，这样详细的描述在其他史诗中是很少见的。总之，《勒俄特依》逐一呈现了彝族先民从最初阶段开始，不断地进化与发展的真实历史图景。

凉山彝族民间口传文学，除了具有气势磅礴、语言铿锵的史诗《勒俄特依》外，还有凄楚哀怨、委婉动人的抒情诗《妈妈的女儿》《阿依阿芝》《阿惹妞》《我的幺表妹》等。这些民间抒情诗主要揭示不平等的社会制度给广大彝族人，特别是彝族女性带来的痛苦与磨难。其中，《妈妈的女儿》在凉山彝族地区流传最为广泛，是一首优美且寓意深刻的抒情诗。它主要抒发了姑娘出嫁时对奴隶买卖婚姻制度的憎恨以及对父母爱恨交加的感情，委婉动人而又催人泪下。还有《我的幺表妹》，这首抒情诗以男主人公回忆的形式，抒唱一对自幼相爱的表兄妹被旧式婚姻制度拆散的悲剧。最后，表妹为了爱情以身殉情，而表哥由此含恨终身。《我的幺表妹》反映了旧式婚姻制度下彝族女性和彝族男性凄惨而痛苦的婚恋生活。全诗以深沉的格调，感人的情节与激情流畅的言语，体现了彝族民间抒情长诗独特的美学风格，并成为中国民间文学花园中一朵瑰丽的奇葩。总之，这些凉山地区彝族的抒情长诗，不仅反映了一定的社会现实，还具有相当精美的艺术性。

"克智"是凉山地区彝族的一种口头文学样式。它是一种充满生活情趣，饱含幽默与诙谐的对口词。每当彝族村寨有婚丧嫁娶，或者节日聚会，或者做道场，或者调解纠纷时，由主人与客人双方请来能说会道的"对说家"，他们用渊博的知识、夸张的语言展开对话式的比赛。比赛双方在夸张的对话中，用不伤和气的语言对付对方，以此展示个人非凡的才智与论辩能力。"克智"这种民间文学具有寓教于乐、交流感情与活跃气氛的作用。"克智"一般的程序：首先是开场白。代表主人方的选手以诗意的语言问候客人，或者用谦逊的语言热忱地欢迎客人的到来。然后，客人开始回答。比如一段"克智"的开场，主人方唱："火塘上方的贵客，客人不言谈，主人心忧虑，主人不开场，客人心忐忑，话说今夜晚，百事平安否……问客待回首"；客人回答："尊敬的主人家，你家的门前河水清澈波荡漾，原来是主人家的美酒溢出了罐；院中花丛中的蝴蝶翻飞，原来是只花酒杯在客人中传递。"[1] 这里双方用语言表达了友好。随后，是进入主题。主客双方用一种十分风趣且优美动人的夸张语向对方挑战。如一方说："我是见多识广的英雄好汉，到过大江南北，什么稀奇古怪的东西都见过；也品尝过世上的所有美味，就连龙头山顶的毒草都品尝过……"[2]；另一方则反击："我说段'克智'向前扔去，会变

---

[1] 孙正华、沈莉：《凉山彝族民间诗歌的类型与特征》，《西昌学院学报》2008年第2期。
[2] 同上。

成一股强劲的北风,经过尔石山谷,再吹向比儿垭口,刮到山峰,落在老人身上老人冷得发抖的莫怪我,落在小孩身上小孩冷得哭泣的莫怪我……"① 在此阶段,双方根据内容即兴回答,斗智斗勇,语言诙谐幽默。接下来,是发展阶段。这时主客双方开始用传世经典进行对抗性表演;进入高潮阶段。此时主客双方开始使用一种或褒或贬的语言,调侃或戏耍对方;转折阶段。主客双方开始以"玛子"(格言)进行论理和夸赞;尾声,即结束语。彝族"克智"的说唱虽说有一定的程序,但它常不需要任何道具,不讲究场地,人们大都以火塘为中心,主客双方席地而坐,边饮酒边对歌说唱,甚至有边说边舞等方式,形式多样而自然灵活。在凉山彝族地区,"克智"是彝族文学宝库中的一种特殊品种,也是深得彝族百姓喜爱的一种口头文学。可以说,"克智"是凉山地区彝族口头文学的一朵奇葩。

凉山地区还有一种较为特殊的被称为"尔比尔吉"的彝族民间口头文学。"尔比尔吉",相当于谚语或格言,它也是凉山彝人喜爱的一种民间口头文学。"尔比尔吉"这种民间口头文学运用广泛,在日常生活中,在节日集会或婚丧嫁娶或调解纠纷等各类场合,人们喜欢借用生动、具体的"尔比尔吉"来表达自己对人对事的看法。比如,在社会交往中,强调集体力量的重要性,彝族人就说:"一颗星,照不亮大地;一粒种,夺不了丰收""和睦是网,罩得住金翅鸟;吵闹是丝,拴不住一只蚂蚁""兄弟齐心,能擒住花豹子;姐妹合力,能绣出活凤凰"等。② 反映了勤俭生财道理的"尔比尔吉":"手忙脚忙,多谷多粮","讨的吃一日,借的吃一月,挣的吃一年"等。③ 在凉山彝人的生活中,"尔比尔吉"虽然短小朴素,但常常具有十分重要的作用。"尔比尔吉"还成为教育人的警语、扶持正义与谴责邪恶的武器等。总之,它能起到

---

① 孙正华、沈莉:《凉山彝族民间诗歌的类型与特征》,《西昌学院学报》2008年第2期。
② 金尚会:《中国彝族文化的民族学研究》,博士学位论文,中央民族大学,2005年,第95页。
③ 同上。

道德规范与习惯法的作用。"尔比尔吉"的结构多样,有一句式、两句式、四句式等。"尔比尔吉"的语言生动活泼、音韵铿锵,便于吟咏。"尔比尔吉"富有语言的美,因此彝族人称它为"语言中的盐巴。"① 纵观凉山地区彝族的文学生态,其有着史诗、抒情诗、"克智"或"尔比尔吉"等丰富的民间口传文学传统,这为大凉山彝族现代诗歌群的成长提供了重要的文学滋养。

四川凉山地区彝族不仅具有丰厚的民间口传文学传统,还具有丰富的书面文学传统。其书面文学传统主要包括彝文写作的毕摩文学与汉文写作的作家文学,前者较为突出。彝族是一个拥有自己文字的民族。毕摩作为主管祭祀的代表,其用彝文写下了各类经书,包括作斋经、作祭经、祭祖经、指路经、祝福经、诅咒经等。毕摩经书主要为宗教内容,但其中不少经书具有鲜明的文学性。人们就把毕摩写作的经书中包含文学性的作品称为毕摩文学。所以说,"毕摩文学,以毕摩为创作主体,广泛应用于宗教仪式中,主要反映毕摩的思想感情和世界观,表现毕摩的审美观念和艺术情趣,具有自己的艺术特色和文学形式"。② 毕摩文学主要反映彝族社会的历史、习俗与宗教信仰等,一般采用五言为主的诗歌形式,语言简洁、朴素,常采用比喻、象征、对偶、重复等修辞手法。总之,毕摩文学的形象鲜明,且生动感人。《孜孜宜乍》是一部毕摩祭祀的彝文文献手抄经书,也是一部毕摩文学的代表作,在凉山地区广为流传。《孜孜宜乍》共有十三章,每章的词句优美且悦耳。"孜孜宜乍"意为"美女孜孜"。凉山彝族传说中认为孜孜是鬼的祖先。《孜孜宜乍》主要叙述孜孜扮成美丽的姑娘与猎人哈俄迭古相遇、相爱的故事。有一天,猎人哈俄迭古来到日哈落莫打猎,孜孜与猎人相遇并相爱。两个人在一起生活的最初两年,孜孜贤惠又能干。可第三年孜孜变得又凶又恶,晚上还

---

① 阿牛木支、吉则利布:《论凉山彝族"克智"与"尔比"的混融性》,《西昌学院学报》2007年第4期。
② 沙拉马毅:《论彝族毕摩文学》,《贵州民族研究》2003年第1期。

第五章　大凉山彝族现代诗群的文化想象

会变成活骷髅。为了摆脱孜孜，猎人假装生病，可孜孜对他百般照顾。猎人只好依然装病不起，并欺骗孜孜，说只有玉龙山的雪才能治好他的病。于是，孜孜准备去玉龙雪山寻找白雪，临行前告诉猎人不要请毕摩诅咒她。孜孜离开家后，猎人马上请来毕摩举行驱魔的仪式。由于毕摩实施法术，孜孜取雪回来后进不了家门。此时，孜孜变成了一只山羊，被人们打死。随后，羊被人们抛入河中。下游有人捞起这只山羊，并煮来吃了，结果全被毒死。吃过山羊的人们就变成了各种各样的鬼。《孜孜宜乍》是毕摩文学的代表作，其用古朴的词句、丰富的比喻给人们讲述了一个关于鬼的祖先的故事。此外，毕摩文学的《指路经》也是一部优秀的毕摩文学。《指路经》的主要内容是指明路径，引导去世的人的灵魂返回祖居地。文中使用了大量的比喻、拟人、夸张等文学修辞手法，强化了经文的感染力。在修辞手法中，比喻的运用最有特色，因为所比之物多来自彝人现实生活中所见之物，富有浓郁的民族生活气息。如写亡者思乡："有棵奇特树，长在那里哟，并非奇特树，它乃相思树。你口含相思叶，脚踩相思枝，思念你故乡。"[①] 这里借助树、树叶、树枝比喻亡灵对故乡的思念。《指路经》中生动形象的比喻，为经书增添了诗的韵味。《指路经》不仅是一部书面文学的佳作，而且由于语言偏于口语化且朗朗上口，所以颇有口头文学的意味。凉山地区彝族的书面文学除了彝文写作的毕摩文学外，还有汉文写作的书面文学，比如，新中国成立后涌现的吴琪拉达、阿鲁斯基等创作的诗歌，他们都是深爱彝族文化的诗人，其中阿鲁斯基还是民间歌手，收集整理了许多彝族民歌。他们的汉诗创作深受彝族民间文化的影响。无论是口传文学还是书面文学，尤其是两类文学中繁盛的诗歌传统都成了滋养大凉山彝族现代诗歌群的重要文化养分。

凉山地区的彝族长期以来拥有系统的宗教信仰与丰厚的文学传统（尤其

---

① 沙拉马毅：《论彝族毕摩文学》，《贵州民族研究》2003 年第 1 期。

是民间文学传统）等资源，加之地理位置的险峻、封闭和独特彝族家支制度的存在，使得凉山地区的彝族文化传统得到了较为完备的保存，这为20世纪80年代以寻文化之根为己任的大凉山彝族现代诗人群的出现奠定了厚实基础。

二　新时期四川民间诗歌运动

进入新时期以来，大西南的民间诗歌传统非常发达，四川最为突出。特别是进入80年代，四川成为诗歌的重镇，不仅有一个全国知名的诗歌刊物《星星》，还涌现出众多的民间诗歌流派，"文化诗歌"代表整体主义、新传统主义；"第三代诗歌"代表非非主义、莽汉主义以及以翟永明、唐亚萍为代表的女性诗歌等。这些民间诗歌流派从民间奔涌而出，最后因其诗歌成就进入了经典文学史。大凉山的彝族现代诗人群就是在20世纪80年代四川热闹纷繁的诗歌氛围中生长起来的一个少数民族诗人群。在新时期四川民间诗歌运动中，有两个地理空间的诗歌活动与大凉山彝族现代诗人群的成长密切相关，它们就是西昌与成都。

（一）西昌的文学活动

首先看看西昌的民间诗歌活动。西昌是凉山彝族自治州的首府，大凉山中的一块神地，它四面临山，城边临内陆之湖邛海，长久以来居住在这里的粗犷彝人为这块土地融进了更多的山性与野性。西昌虽是中国西南的边地，但从70年代以来这儿却活跃着一群热爱诗歌的人。他们自费创办了许多民间诗刊，如《非非》《独立》《彝风》等都诞生于此。著名诗人周伦佑、蓝马、吉木狼格等也是从西昌走出去的。以西昌为中心的凉山地区还孕育了大凉山彝族现代诗人群这个重要的少数民族诗歌流派。

第五章 大凉山彝族现代诗群的文化想象

西昌的民间诗歌活动始于20世纪70年代初的"西昌聚会"。"西昌聚会"被视为新时期四川现代诗歌奠定基础的"二沙龙"之一（另一个为成都的野草沙龙）。曾有学者指出，"这两个诗歌沙龙，虽然其文学活动主要是在'文革'期间，作品也不多，但是，他们的'新情绪'却掀开了四川新时期诗歌的帷幕，预示着新的诗歌时代的来临。其中之一是成都的野草沙龙，另一是西昌聚会，这两个小团体的活动，也是'文革'地下诗歌的四大源头之一（其余三个为北京、上海、贵州）"[1]。这一评价充分地肯定了"西昌聚会"在四川新时期诗歌史上的地位。什么是"西昌聚会"呢？它是指20世纪70年代初的西昌，以周伦佑、周伦佐兄弟为核心的一群文学爱好者经常悄悄聚会开展各种文学活动。后来周伦佑曾这样回忆西昌聚会："20世纪70年代的西昌是西南边远山区的一座小县城，街道、市容保留着古朴的风貌，但很闭塞，铁路没有修通以前，从这里到成都要坐三天汽车，到昆明也是。那时，我们一群朋友是以伦佐为中心的，朋友们经常在我们家简陋的阁楼上非正式聚会，讨论文学，借、还书，也讨论政治。以后影响了许多人专心文学，钻研理论的文化氛围便是从那时起形成的。"[2] "西昌聚会"包括诗歌的写作与讨论。作为"西昌聚会"核心人物的周伦佑，"文革"时期已开始诗歌写作。在那大一统的年代，周伦佑的诗歌已涉及现实的压抑与苦闷，以及对现实制度的思考与怀疑。周伦佑"文革"期间写作的诗歌获得朋友们的喜爱，并被秘密传抄。周伦佑在"文革"期间保存下来的一些诗文稿对此后诗歌现代情绪的勃发产生了重要影响，后来，周伦佑成了"第三代诗歌"的重要诗歌流派——"非非主义"的领军人物。"西昌聚会"除了培养出周佑伦这样一位将诗歌写作、诗歌评论与办刊汇聚于一身的优秀人才，王宁、黄果天、王世

---

[1] 李怡、王学东：《新的情绪、新的空间与新的道路——改革开放三十年的四川诗歌》，《当代文坛》2008年第5期。
[2] 周伦佑、梁雪波：《周伦佑：在美学命令的深处聆听道德的命令》，《市场周刊·文化产业》2013年第2、3期合刊。

刚（蓝马）、欧阳黎海等一批诗人也是在"西昌聚会"中成长起来的。

进入20世纪80年代，西昌民间诗歌活动影响最大的是"非非主义"流派的形成。"非非主义"是1986年5月创立于四川的西昌与成都的诗歌流派。西昌的周伦佑、蓝马与成都的杨黎是"非非主义"的主要发起人。反文化、反崇高、反修辞是前期"非非主义"的核心观点。"非非主义"作为一个诗歌流派，它的最终发展已超越了西昌、四川的地域限制，成为中国新诗史上坚持时间最长、最有先锋性的现代诗歌流派。但不可否认的是"非非主义"的产生与西昌的诗歌活动紧密相连或者说就是西昌诗歌活动的一部分。因为"非非主义"的重要倡导者周伦佑、蓝马都来自西昌，他们曾经是"西昌聚会"的重要参与者，20世纪80年代中期又积极倡导"非非主义"流派的成立并确定该流派的诗学主张。尤其是周伦佑，自始至终都是"非非主义"的核心人物。在西昌，正是因为周伦佑、蓝马、朱鹰等诗歌同道的不断讨论，创办一个诗歌流派的想法使"非非"派应运而生。周伦佑后来回忆，"我那时坚持认为：文学写作是完全个人化的行为，与任何形式的集体行动无关。这之后不久（大概是1986年4月中旬）的一天，我从农专到西昌城里办事，下午到蓝马家，蓝马再次提出创建诗歌流派的事，我笑一笑，并没有把这件事放在心上。晚上临睡觉前，蓝马再次催促我取流派名称，说不是开玩笑的，希望我慎重对待。我半开玩笑地随口说了几个之后，无意间说出了'非非'两个字，蓝马连声叫好，说：'这是一个重要的日子。'并在日记本上记下来"。[①] 两天后，周伦佑与蓝马商议确定了诗歌流派的名称为"非非主义"，并决定创办《非非》杂志，他们还主要负责了第一期《非非》杂志的相关事宜。虽然《非非》杂志的印刷地点是在成都，但"非非主义"的最初形成是在西昌完成的。此后，从"非非"理论的规划到作品的践行，到刊物的印刷、

---

① 周伦佑：《先锋的历程——〈非非〉杂志20年风雨历程回顾》，《扬子江评论》2008年第4期。

第五章 大凉山彝族现代诗群的文化想象

装帧、栏目设置、整体策划，周伦佑一直扮演着核心角色。即使在1989年《非非》杂志停刊后，1992年周伦佑又担起了恢复《非非》杂志的重任。在"非非主义"分为前后两个不同创作路向的历程里，周伦佑也一直是引领者。总之，西昌的周伦佑是促进"非非主义"诗歌流派产生与发展的重量级人物。直到2010年，周伦佑才离开西昌迁居成都。

到了20世纪90年代，由于风起云涌的经济浪潮强力地冲击中国大地，兴起于20世纪80年代的诗歌创作热潮逐渐走向衰退。在诗歌更加边缘化的背景下，西昌仍然有人坚持诗歌运动的倡导。最有代表性的就是彝族诗人发星发起的"民间诗会"。1997年4月，发星以个人出资的方式在西昌举办了一场同人性质的"民间诗会"。这场"民间诗会"几乎集合了大凉山一半以上的彝族青年诗人，比如阿黑约夫、克惹晓夫、阿苏越尔等。随后，发星创办了两个民间诗歌刊物，分别是彝族诗人专刊《彝风》与诗歌专刊《独立》。《独立》有明确的办刊定位，强调刊登具有独立精神品质的诗歌作品及相关文章。该刊物是连续出刊，影响力较大。《独立》的创办具有独特的意义，就在于它"聚积与团结《非非》移居成都和大凉山其他民刊在本地消失后留存的诗歌血脉"[①]。《彝风》主要刊登彝族诗人的作品及相关文章，具有鲜明的专题性。《彝风》是以彝族诗人和研究彝族文化的知识分子为传播对象。以发星为代表的在20世纪90年代的西昌倡导的诗歌活动，进一步团结、支持与引导了一批在诗歌日趋边缘境遇中依然喜欢诗歌的人，尤其是一群大凉山的彝族诗人们。从某种程度上说，正是因为有发星在西昌的坚守，才使得大凉山彝族现代诗人群的诗人们今天依然行走在诗歌创作的道路上。

无论是西昌聚会、"非非主义"流派的产生还是20世纪90年代发星倡导的诗歌活动，都为凉山地区营造了热爱诗歌、执着诗歌创作的良好氛围。因

---

① 西域：《中国地域诗歌流派论》，2012年2月10日，http://blog.sina.com.cn/xiyu0522，2014年8月9日。

此，以西昌为中心的凉山地区的诗人们热爱诗歌的虔诚态度与他们所创作的诗歌作品，成了后来更为年轻的大凉山地区彝族诗人们学习的楷模。据大凉山彝族诗人群成员发星介绍，他就是听了周伦佑的讲座后走上了诗歌创作道路。总之，20世纪70年代以来西昌的诗歌活动对成长于该地区的大凉山彝族现代诗人群的形成有着不可忽视的重要影响。

（二）成都的文学活动

成都的诗歌活动是大凉山彝族现代诗人群形成的另一个重要缘由。20世纪80年代中期，成都成了中国大地上诗歌最为繁荣的地域之一，众多的诗歌流派汇聚于此。有1986年由周伦佑、蓝马、杨黎等在西昌创立，后移师成都的"非非主义"；尚仲敏、燕晓冬等创立的"大学生诗派"；翟永明、唐亚萍等倡导的"女性诗歌"；宋炜、宋渠、石光华等创立的"整体主义"；廖亦武、欧阳江河等创立的"新传统主义"；等。这些诗歌流派除"非非主义"外，都诞生于成都。而且，成都众多的诗歌流派还使得四川成了新时期"第三代诗歌"的重镇之一。20世纪80年代成都充满生机与活力的诗歌创作氛围吸引了更多的年轻人加入诗歌创作队伍，包括那些在成都学习或工作的大凉山的彝族诗人们。

如果说20世纪80年代成都众多的诗歌流派为彝族诗人们的诗歌创作营造了良好的氛围。那么众多诗歌流派中两个具有"文化寻根"倾向的诗歌流派，即整体主义与新传统主义，却为凉山彝族诗人们的诗歌写作指明了创作路向。20世纪80年代初期，朦胧诗派中杨炼、欧阳江河的诗歌写作体现了"文化寻根"的倾向，即关注文化，将中国久远的神话入诗，将中国古老的文化入诗，并致力于民族史诗的建构。20世纪80年代中期出现的四川"整体主义"与"新传统主义"，继承了杨炼等人诗歌创作的"文化寻根"倾向，同样以文化为书写重心。四川"莽汉主义"的代表诗人万夏曾回忆："那时杨炼的史诗风头很劲，他和四川诗人骆耕野关系密切，后来和欧阳江河、翟永明交往也很深，其史诗的诗歌观念还影响了宋渠、宋炜、石光华、廖亦武、黎正光等人。"① 可以说，杨炼的创作理念直接影响了四川的"整体主义"与"新传统主义"的创作路向。

"整体主义"派先于"新传统主义"派出现，成立于1984年7月的成都，主要代表诗人有石光华、宋渠、宋炜、杨远宏等。"整体主义"派继承杨炼、江河文化史诗的衣钵，他们把目光投向古老的中国文化，希望在古老的东方智慧与现代意识的嫁接组合中重建汉文化精神的架构，以寻求民族再生的活力。但同时"整体主义"要求任何艺术的结构都应该从经验的、思想的、语义的世界内部，指向非表现的生命的领悟。这种创作指向有力地克服了杨炼、江河文化诗歌中缺少现实生命丰沛力量的弊端。同年，另一个倾向于"文化寻根"且成立于成都的诗歌流派"新传统主义"诞生，其代表诗人是廖亦武和欧阳江河。如果说"整体主义"诗歌是通过寻根，最终认同和皈依于"根"，实现文化皈依。那么廖亦武、欧阳江河倡导的"新传统主义"诗歌却是通过寻根，最终除根，即断然弃绝这个"根"，以实现文化反叛。所以"新传统主义"诗歌"文化寻根"的最鲜明特征就是文化批判。"新传统主义"与"整体主义"共同接受了"朦胧诗派"中文化史诗这一源头，同时"新传统主义"用解构的方式否定了传统历史主义，也体现了对传统历史文化的一种新的认识。

从朦胧诗派中杨炼、欧阳江河的诗歌创作开始，到"整体主义"与"新传统主义"，新时期的中国现代诗歌表现出"文化寻根"的共同倾向，且经历了一个不断发展的"文化寻根"历程。正是这些活跃于成都的诗歌流派对文化的着力关注，必然会对那些在成都求学、工作或短居的诗人们产生影响，尤其是那些有着深厚文化背景的少数民族诗人。据统计，大凉山彝族现代诗

---

① 万夏：《苍蝇馆上世纪80年代成都的那帮诗人》，http://blog.sina.com.cn/ayudeshi，2014年8月25日。

人中，吉狄马加、阿库乌雾、阿苏越尔、克惹晓夫、阿彝、俄尼·牧莎斯加、阿黑约夫等在1980—1993年间，都先后就读于地处成都的西南民族学院（今西南民族大学）。这一时期，正是四川民间诗歌运动发展最为迅猛、各类诗歌流派最为纷呈的时期。当然也是"整体主义"与"传统主义"两个强调"文化寻根"的诗歌流派发展的时期。它们对文化的着力表达也许会潜移默化地影响大凉山彝族现代诗人群，引导他们发现自己脚下那块有着丰厚的彝文化传统的土地。20世纪末四川民间发达的诗歌运动，无论是西昌的民间诗歌活动还是以成都为中心的各个诗歌流派的出现，都直接或间接影响、推动了大凉山彝族现代诗人群的诗歌活动。

三 文化回归的渴盼

新中国成立后至70年代末，由于特殊的历史语境，少数民族诗歌与汉族诗歌都成为意识形态的附庸，其主要为迎合政治运动的"口号""标语"式作品，缺乏真切的生命体验。可以说，这时期浮光掠影的时代内容、表层的民族形式与汉语表述工具相结合，成为新中国成立初期少数民族诗歌创作的基本模式。进入新时期，随着多元文化语境的呈现，少数民族诗坛出现前所未有的繁荣局面。少数民族诗歌原先单一僵化的创作模式被打破，呈现出多彩多姿的风貌，其中最为显著的特征是民族文化认同意识的觉醒。20世纪80年代初期，以吉狄马加为代表崛起的大凉山彝族现代诗群就是一个对母族文化有着自觉认同意识的诗歌群落。大凉山彝族现代诗群对母族文化的认同意识经历了文化回归、文化焦虑与文化重构的发展历程。

（一）民族身份认同与文化回归

文化回归通常是指对传统文化的归依，本书的文化回归主要是指彝族诗人们在其创作中表现出对母族文化的眷念与怀想。大凉山彝族现代诗群的文化回归，首先体现为大凉山彝族诗人们对民族身份的自觉认同。人有着种种的身份归属形式，如性别身份、职业身份、家庭身份等。在新中国成立后的很长时期，中国社会强调以"阶级"身份作为区分与归属的方式。直到新时期，在开放的大环境里，少数民族的民族身份认同意识才逐渐觉醒。作为在大凉山长大的彝人，吉狄马加是较早产生自觉的民族身份认同意识的诗人。在20世纪80年代的创作历程里吉狄马加曾说道："我写诗，是因为我的父亲是彝族，我的母亲也是彝族。他们都是神人支呷阿鲁的子孙。"[1] 吉狄马加告诉人们，他是彝族的后代，他要为他的民族写诗。更为重要的是，诗人在诗歌《自画像》中鲜明地表达了"我是彝人"的身份认同：

> 这一切虽然都包含了我
> 其实我是千百年来
> 正义和邪恶的抗争
> 其实我是千百年来
> 爱情和梦幻的儿孙
> 其实我是千百年来
> 一次没有完的婚礼
> 其实我是千百年来
> 一切背叛
> 一切忠诚
> 一切生

---

[1] 吉狄马加：《吉狄马加诗选》，四川文艺出版社1992年版，第279页。

> 一切死
>
> 啊，世界，请听我回答
>
> 我——是——彝——人。①

该诗的标题为"自画像"，表层面是诗人对自我形象的描绘，但其深层含义是诗人对"自我"民族身份的一种探究。诗歌先从血缘关系切入，强调"我"是彝族的后代：

> 我是这片土地上用彝文写下的历史
>
> 是一个剪不断脐带的女人的婴儿
>
> 我痛苦的名字
>
> 我美丽的名字
>
> 我希望的名字
>
> 那是一个纺线女人
>
> 千百年来孕育着的
>
> 一首属于男人的诗
>
> 我传统的父亲
>
> 是男人中的男人
>
> 人们都叫他支呷阿鲁
>
> 我不老的母亲
>
> 是土地上的歌手
>
> 一条深沉的河流
>
> 我永恒的情人
>
> 是美人中的美人

---

① 吉狄马加：《吉狄马加诗选》，四川文艺出版社1992年版，第103—104页。

第五章 大凉山彝族现代诗群的文化想象

人们都叫她呷玛阿妞。①

作为他们的婴儿的"我"自然是彝人的后代。接着诗人又从文化关系上，强调"我"是彝人的后代：

我是一千次死去

永远朝着左睡的男人

我是一千次死去

永远朝着右睡的女人

我是一千次葬礼开始后

那来自远方的友情

我是一千次葬礼的高潮时

母亲喉头发颤的辅音。②

在彝族传统葬礼中，男人通常是向左睡，因为男人的右手需要拿剑防身；女人通常是朝右睡，因为女人的左手需要抓羊毛捻线。诗中的"我"遵循着祖先们制定的文化习俗，自然是彝人的后代。吉狄马加从对血缘与文化根脉的梳理强调了自我的民族身份归属。为此，诗人自豪地大声宣告："啊，世界，请听我回答/我——是——彝——人。"③ "我是彝人"，这句话确立了诗人自我的民族身份，也即诗人彝族身份认同的表达。在当下，身份认同对于许多作家来说是一种艰难的选择，其间包含着复杂的外部因素与微妙的内部心理，但对于吉狄马加来说却没有成为问题。同时，吉狄马加的"我是彝人"的宣示也引起了许多彝族诗人激情澎湃的传诵和模仿，如阿索拉毅的《我是彝人》和玛查德清的《自我介绍》都鲜明地表达了自我的民族身份认同。阿

---

① 吉狄马加：《吉狄马加诗选》，四川文艺出版社 1992 年版，第 102—103 页。
② 同上书，第 103 页。
③ 同上书，第 104 页。

中国当代少数民族文学的文化寻根

库乌雾也是大凉山彝族现代诗群落中具有自觉的民族身份认同的诗人,他一直坚持彝汉双语写作,先后推出用彝语写作的诗集《冬天的河流》与《虎迹》。在汉语写作成为少数民族作家创作主潮的当下,阿库乌雾对母语写作的坚持实则就是其强烈的民族身份认同的表达。

(二) 诗意空间的构筑

伴随着民族身份认同意识的觉醒,大凉山彝族诗人们自觉地将目光投向母族文化栖息的土地以及母族文化的历史纵深处,表达他们的文化怀想与眷念。在彝族诗人们的文化回归之旅中,表达对大凉山的怀想成为诗人们的重要选择,温暖感与庇护感弥漫在诗作间。大山、瓦板房、火塘、山寨、土地、岩石、苦荞、鹰、岩羊等大凉山的自然风物意象常常被彝族诗人用来构筑那个让人怀想的家园。在彝人的家园里,展翅翱翔的雄鹰以其"永远盘旋"的生命强力赋予了大凉山土地上生命的生生不息:

  白云拉不走它

  太阳带不走它

  它永远盘旋

  无穷尽地盘旋

  覆盖大地

  笼罩我们

  大地上生长植物

  我们生儿育女

  我们的儿女

  生儿育女。[①]

[①] 发星:《当代大凉山彝族现代诗选》,中国文联出版社2002年版,第72页。

第五章　大凉山彝族现代诗群的文化想象

大凉山还有静默的荞子，它开花了，散发出"荞花的香味"，诗人霁虹在《荞花的香味》中写道：

> 她的香味纯粹得
>
> 就是一种感情
>
> 她可以用馨香弥漫这个世界
>
> 她可以在你的感觉里呈现无际的蔚蓝
>
> ……
>
> 她就是一首悠远的古歌声中
>
> 浮现出来的
>
> 大地的呼吸。[1]

诗人笔下的彝人家园不仅具有让世界富有生机活力的鹰的勇猛，还有让世界悠远宁静的荞花的香味。当然还有温暖的"火塘"与"木板房"：

> 夜色漫过山冈，
>
> 天冷下来寨子里，
>
> 那些迷失多年的羊群
>
> 又神秘地在荞地边徜徉
>
> 此刻，木门打开
>
> 亲人们呵着气，变得有些懒散
>
> 一个民族的夜晚就这样开始
>
> 火塘燃起来
>
> 那些错落的木板房

---

[1] 发星：《当代大凉山彝族现代诗选》，中国文联出版社2002年版，第124页。

在南高原的冥想中轻轻摇晃。①

大凉山的"木板房"与"火塘"为彝家人提供了温暖与庇护，而且它们还给那些迷路的猎人们提供温暖与庇护。

那个夜晚，一个猎人在森林里

蜷侧着身子永远沉沉地睡去

那个夜晚，寨子里的狗叫声不停

……

那个夜晚，始终睡不安稳

老觉得猎人在四处穿行

那个夜晚，寒风在寨子里呼呼乱窜

家家户户的木门都无言地敞开着

这么冷冷的夜呐，好让那个

沉默的人来火塘边暖暖身子。②

在大凉山彝族现代诗群的诗人们的家园空间里还有大山的坚毅、岩石的沉静、雪花的纯洁……大凉山的彝族诗人们用这块土地上的自然风物构筑了一个或宁静或温暖或生机勃勃的多彩家园。而这个家园，能让诗人的灵魂得以栖息：

那是自由的灵魂

彝人的附身符

躺在它宁静的怀中

---

① 转引自姚新勇《"家园"的重构与突围（上）——转型期彝族现代诗派论之一》，《暨南学报》2007年第5期。
② 同上。

第五章 大凉山彝族现代诗群的文化想象

可以梦见黄昏的星辰

淡忘钢铁的声音。①

这个多彩的家园还给予诗人祝福：

大凉山温暖的怀抱里

身躯般挺拔的树木

棵棵树木

伸出枝丫

与我们的手掌相握

相互致以早安

并祝愿好运。②

所以，诗人们关于故土"日子"的怀想弥漫着温馨、诗意的美：

我知道山里的布谷

在什么时候筑巢

……

要是有人问我

蜜蜂在哪匹岩上歌唱

我可以轻松地回答

……

谈到蝉儿的表演

充满了梦幻的阳光

当然它只会在

---

① 吉狄马加：《吉狄马加诗选》，四川文艺出版社1992年版，第207页。
② 发星：《当代大凉山彝族现代诗选》，中国文联出版社2002年版，第71页。

255

撒荞的季节鸣叫。①

看着"布谷"筑巢,听着"蜜蜂"歌唱,还有"蝉儿"的表演以及它在"撒荞的季节鸣叫"。诗人似乎进入了痴迷状态,他取消了时空距离重新置身于凉山的某块坡地上:

就是紧闭着双眼
我也能分清
远处朦胧的声音
是少女裙裾响动
还是坡上的牛羊嚼草。②

在这幅颇具田园风味的图景中诗人对彝族家园的挚爱情怀得到淋漓尽致的表达。凉山的彝族诗人们正是通过那一个个凉山自然风物构筑的空间图景,寄托了对彝人家园的眷念与怀想,表达了自我文化回归的情怀。

(三) 温暖家园的营造

大凉山彝族现代诗群的诗人们不仅通过对故乡自然图景的构造表达其对故乡的怀想,同时还通过对故乡人物图像的构筑表达对故乡的深情。在凉山彝族诗人笔下,父亲、母亲、毕摩、少女、猎人、孩子等人物形象共同构筑了故乡的人物谱系图。其中"母亲"是彝族诗人诗作中经常出现的意象:

母亲割荞的手无比娴熟
如月牙儿的光芒
幸福地洒进荞麦地
一把一把成为营养我生肉长骨的温馨

---

① 吉狄马加:《吉狄马加诗选》,四川文艺出版社1992年版,第215—216页。
② 同上。

第五章 大凉山彝族现代诗群的文化想象

永远难忘的是那个阴霾的秋天

母亲割荞的手被刀亲吻

我刻骨的心

也感觉流出许多液体。①

这里诗人以"母亲"割麦的劳作生动形象地刻画出母亲养育孩子的辛劳，同时诗人用"母亲割荞的手被刀亲吻，我刻骨的心，也感觉流出许多液体"形象地表达了"我"对为孩子操劳一生的"母亲"深深的爱意。吉狄马加的诗歌也常用"母亲"意象：

在那有着瓦板屋的地方

当她们袒露出丰满的乳房

深情地垂下古铜色的额头

去给自己的孩子喂奶

黄昏就像睡着了一样。②

诗歌呈现了一幅"母亲"哺育孩子的日常生活画面，而这幅画在诗人看来涌动着脉脉的温情，如"黄昏就像睡着了一样"陶醉其间不肯离去，一个健康、慈爱的母亲形象跃然纸上。诗中的"母亲"不仅是一个深情呵护孩子的个体，诗人将她置放在"瓦板屋"下，"母亲"意象因而具有了彝族母体文化的象征含义。可以说，诗人通过关于"母亲"的温情追忆，表达对母族文化的深情眷念。诗人吉狄马加写道：

这时让我走向你

啊，妈妈，我的妈妈

---

① 发星：《当代大凉山彝族现代诗选》，中国文联出版社 2002 年版，第 292 页。
② 吉狄马加：《吉狄马加诗选》，四川文艺出版社 1992 年版，第 57 页。

中国当代少数民族文学的文化寻根

你不是暖暖的风

也不是绵绵的雨

你只是一片青青的

无言的草地

那么就让我赤裸着

唱一支往日的歌曲……

啊，妈妈，我的妈妈

我真的就要见到你了？

那就请为你的孩子

再做一次神圣的洗浴

让我干干净净的躯体

永远睡在你的怀里。①

"母亲"不仅仅给予孩子乳汁的哺育，更给予孩子无言的心灵慰藉。同样，"母亲"意象还具有母族文化的象征含义，它成为远方游子渴望回归的家园。总之，"母亲"这一意象，融合了诗人对彝族丰厚的文化传统的爱恋与崇敬。

除了"母亲"意象，"孩子"意象也是大凉山彝族现代诗群的诗人们常用的意象，尤其是吉狄马加的早期诗歌里最常见。如《孩子的祈求》《一个猎人孩子的自白》《孩子和猎人的背》《孩子与森林》《一个山乡孩子的歌》等。其中《一个猎人孩子的自白》写道：

爸爸

我看见了那只野兔

---

① 吉狄马加：《吉狄马加诗选》，四川文艺出版社1992年版，第45—46页。

还看见了那只母鹿

可是

我没有开枪

此刻我看见的森林

是雾在那里泛起最蓝的海洋

黄昏是子夜的故事

在树梢的最高处神秘地拉长

一条紫红色的小溪

正从蟋蟀的嘴里流出

预示着盛夏的荫凉

那块柔软的森林草地

是姐姐的手帕

是妹妹的衣裳

野兔从这里走过，眼里充满了

寂静的月亮，小星星准备

甜蜜地躲藏

于是最美的鸟在空气里织网

绿衣的青蛙进行最绿的歌唱

当那只皇后般的母鹿出现

它全身披着金黄的瀑布

上面升起无数颗水性的太阳

树因为它而闪光

摇动着和谐的舞蹈

满地的三叶草开始自由地飘扬

就在这时我把世界忘了

忘了我是一个猎人

没有向那只野兔和母鹿开枪

爸爸

要是你真的要我开枪

除非有一天

我遇见一只狼

那时我会瞄准它

击中桃形的心脏

可是今天

我不愿开枪

你会毁掉这篇

安徒生为我构思的

森林童话吗

我——不——

能

——开——枪。①

诗歌以"孩子"独白的方式言说作为猎人后代的他为什么不向"野兔"与"母鹿"开枪,因为此时的"孩子"看见了"野兔""母鹿"与自然相容无间的美,所以"孩子"不忍也不愿射杀它们。诗歌结尾处"孩子"大声地喊出:"我——不——能——开——枪"②,言简意赅的一句话真诚地表达了"孩子"的诚实、善良以及他对森林炽热的爱。猎人的"孩子"不仅有着真诚与善良,他同样有着作为猎人后代必需的刚毅,"爸爸/要是你真的要我开

---

① 吉狄马加:《吉狄马加诗选》,四川文艺出版社1992年版,第5—7页。
② 同上书,第7页。

枪/除非有一天/我遇见一只狼/那时我会瞄准它/击中桃形的心脏"。① 诗人通过孩子心灵独白的书写，表现了彝族人的善良与刚毅。

无论是"母亲"的温柔与慈爱，还是孩子的善良与刚毅，其间弥漫着诗人对彝人家园浓浓的深情。

（四）民族精神品质的挖掘

大凉山彝族现代诗群的诗人们用自然风物与人物图像构筑了一个弥漫着温馨与诗性的彝人家园，这成了远离故土的他们的灵魂寄托地。于是，诗人们不断地歌咏着那个家园与土地：

> 最终我要轻轻地抚摸，
>
> 脚下那多情而沉默的土地，
>
> 我要赤裸着，好似一个婴儿，
>
> 就像在母亲的怀里一样②

> 啊，我承认这就是生我养我的故土
>
> 纵然有一天我到了富丽堂皇的石姆姆哈
>
> 我也要哭喊着回到她的怀中③

> 让我们把赤着的双脚
>
> 深深地插进泥土/让我们全身的血液
>
> 又无声无息地流回到
>
> 那个给我们血液的地方

---

① 吉狄马加：《吉狄马加诗选》，四川文艺出版社1992年版，第6页。
② 发星：《当代大凉山彝族现代诗选》，中国文联出版社2002年版，第37页。
③ 吉狄马加：《吉狄马加诗选》，四川文艺出版社1992年版，第116页。

（只因为这土地

是我们自己的土地）。①

诗人在对彝人家园的歌咏中体现了浓烈的文化回归情怀。

但凉山彝族诗人们的文化回归之旅并未仅仅停留于歌咏自然风物与人物所构筑的美好家园给予他们的情感慰藉，诗人们还深入彝族文化的历史纵深处，吸取与挖掘文化资源，展现民族精神，以表达文化回归的情怀。彝族是一个具有悠久历史与灿烂文化的山地民族。在人类发展的历程中，彝族先民用自己的智慧创造了部族历史、宗教信仰、风俗习惯、语言文字、文学艺术等，从而形成了博大精深、丰富多彩，且具有鲜明特色的彝族文化体系。凉山彝族诗人们常从彝族丰富的神话、传说、史诗等民间口传文学资源中汲取创作灵感。阿苏越尔是一位善于从彝族创世史诗中吸收养分以表达文化回归情怀的诗人。在《雪之子》一诗里，他就清晰地表达了从母族创世纪史诗中吸收养分的写作志向：

这是1988年11月的一天

雪花像神灵手中的一把野草

在一座城市的山上小心翼翼地生长

它迟迟不肯下来，城里的光线还太暗

还有像虫豸四处活动的车辆

后来有山里的消息说

就在那个清晨，有一帮人

赶着成群结队的白马

从天空驰向大地，接走了寨子里的

---

① 吉狄马加：《吉狄马加诗选》，四川文艺出版社1992年版，第196页。

> 五头牛，还有数十只羊
>
> 只有雪地上坐着的两个孩子
>
> 一个叫越尔的，一个叫沐嘎的
>
> 手捧温暖的诗歌虔诚的火焰
>
> 被创世史诗中的声音不断叫醒
>
> 至今安然无恙。①

彝族史诗《勒俄特依》中关于雪的描述造就了阿苏越尔无数关于雪的诗篇。根据《勒俄特依》记述，人类的起源是源于一场雪，一场红雪后，就衍生了血族十二支，人类由此而始。由于彝族祖先认为一切生物都是雪的后代，所以彝族人对雪怀有一种自觉的文化认同感。阿苏越尔将祖先对"雪"的崇拜意识注入诗歌创作，写作了许多关于"雪"的诗篇，如《雪中自述》《雪祭》《雪线》《第二号雪》《最后的雪》等。在这些关于"雪"的诗作中，诗人把凉山彝族对"雪"的自觉认同表述得那么动人。如：

> 我不知道这是最后一次
>
> 雪哥哥
>
> 一场粉红的雪后
>
> 阳光发达
>
> 年迈的耕牛拖着湿润的风
>
> 在田野上摇来晃去
>
> 流水侵入故乡
>
> ……
>
> 荞子长在南方

---

① 阿苏越尔：《阿苏越尔诗选》，四川民族出版社 2005 年版，第 32 页。

在最明亮的山上，荞子……

雪哥哥，我，我不该

说出这样的伤感的话

因为在最后的疲惫中

神灵降下雨和无声的回味

……

雪哥哥

请听我说

爱与恨一望无际

诗歌和泪一望无际。①

诗中"雪"被诗人亲切地称为"雪哥哥"，还不断地向"雪哥哥"倾诉彝人的烦恼，这一切表达了诗人对于彝族起源文化的强烈认同，因为在彝族人看来没有雪就没有彝族人，雪是他们的祖先，是他们的亲人。又如《雪祭》：

第九十九片雪张开巨嘴

扑向断奶的等待

你好，漫长的等待

神灵必定安排了你

塑造我们

……

有人说，生命的气息

---

① 阿苏越尔：《阿苏越尔诗选》，四川民族出版社2005年版，第61—63页。

第五章　大凉山彝族现代诗群的文化想象

>　　最早泊于雪谷的唇
>
>　　雪谷在年龄之上，发出冷光
>
>　　这是第九十九片雪降临的征兆
>
>　　这是时间成功地塑造我们
>
>　　……
>
>　　天空是人走过的路
>
>　　时间遥远，雪谷苍茫
>
>　　何不与我共同一生？①

　　这里诗人将"雪"置入人的人生历程，呈现了"雪"繁衍了我们、"雪"陪伴着我们，最后"雪"埋葬了我们的生命历程。可以说，"雪"这一承载彝族文化的意象在阿苏越尔诗歌中的密布，体现了诗人对古老民族渊源的诗性阐释，它是诗人回归母族文化情怀的表达。

　　大凉山彝族现代诗群的诗人们还善于从彝族的宗教文化中吸收养分来滋养诗歌写作。四川凉山彝族与其他民族一样，经历了漫长的发展历程，逐渐形成了以祖先崇拜为核心，集自然崇拜、图腾崇拜为一体的宗教信仰。祖先崇拜是彝族宗教文化的核心，其文化内涵是相信早已去世的祖先会保佑自己的后代。彝族祖先崇拜产生于经济结构闭塞、生产过程与生活习俗单调、贫乏的社会环境，这样的环境导致人们的想象力受到极大限制，于是人们寄希望于能够得到先人灵魂的庇护。随着人类社会不断发展，祖先崇拜已融入了凉山彝族社会的文化血脉之中。大凉山彝族现代诗群的诗人们自觉地对彝族人灵魂深处的祖先崇拜进行挖掘，并在诗作中浓墨重彩地给予叙述，如阿库乌雾的《巫光》写道：

---

①　阿苏越尔：《阿苏越尔诗选》，四川民族出版社2005年版，第65—66页。

中国当代少数民族文学的文化寻根

  白天我凝视每一片木叶

  在太阳下幽幽的反光

  确信那是先祖的神迹

  在借木叶微颤

  昭示生命的内蕴

  夜里我倾听每一股岩泉

  在月光下闪闪烁烁

  追踪那些带翅的灵语

  时常溺于泉底

  感悟别致的沐浴

  无数次我徜徉先人走过的古道

  祈求寻回吉光片羽的珍贵

  却沙砾炙人 敦经的文字炙人

  我的肉体浸置于光的熔炉

  我的灵魂搁放在光的砧板

  我时而被光分解时而被光组构。[1]

  诗歌中"灵魂不灭观"是祖先崇拜的思想基础，无论白天或黑夜，祖先的灵魂无时不在；无论是太阳照耀的一片木叶上，还是月光下的一股清澈岩泉里，祖先的灵魂无处不在，甚至在"昭示生命的内蕴"。诗人希望自己在"先人走过的古道"上能寻到祖先留下的灿烂文化，从而沐浴在母族文化的灵光里"分解"或"组构"。阿苏越尔的《祖先》有沉重而深情的描述：

---

[1] 发星：《当代大凉山彝族现代诗选》，中国文联出版社2002年版，第277—278页。

第五章　大凉山彝族现代诗群的文化想象

>阳光下，一个人的出走是整个家族痛苦的延续
>
>瓦盖帽，天菩萨，甚至凌空的遮阳伞
>
>一切早已足够，我们头顶自己的天说话
>
>阿普爷爷，还有亲爱的父亲
>
>甚至那些更为久远的祖先们哪
>
>每一次现身我们各自分离，古老诅咒乱人心神
>
>在阳光的山头，我时常感受到来自从前的羁锁
>
>亲爱的父亲，久远的先辈们，请看哪
>
>在日渐陌生的土地上，生之色彩暗淡
>
>唯有死亡被一次次记录并讴歌。①

这里诗人反复强调祖先灵魂的存在，甚至试图构建祖先崇拜的现场，在"瓦盖帽，天菩萨，甚至凌空的遮阳伞"之下，诗人与先人们"头顶自己的天说话"，虽"每一次现身我们各自分离"，但诗人却在内心深处祝愿父亲、阿普爷爷及先祖们的灵魂在另一个世界得到安宁。在诗人看来，现实生活"日渐陌生的土地上"虽然没有多少色彩，但是去世的祖先们的灵魂却"被一次次记录并讴歌"。大凉山彝族现代诗人群的诗人们反复演奏着祖先崇拜的文化之歌，因为祖先崇拜这一彝族人的宗教信仰已经根深蒂固地植入了他们的血液，"已植入我们的内心/就如同母亲的歌谣/这声音是人类/灵魂里透出的呼吸"。②

大凉山彝族现代诗群的诗人们善于从彝族的宗教文化中吸收养分，不仅体现在对祖先崇拜的表达，还体现在对图腾崇拜的书写。图腾崇拜是彝族人

---

① 阿苏越尔：《阳光山脉》，中国戏剧出版社2014年版，第22页。
② 霁虹：《大地的影子》，中国戏剧出版社2002年版，第35页。

的原始宗教信仰,"彝族人认为,自己的先祖源于或得救于某种动物或植物,故对于本族的图腾物种加以信奉崇拜,并给予特殊保护。主要的图腾崇拜有龙、虎、鹰、葫芦、竹子、棠梨、树、马樱花树,等"。① 由于彝族支系繁多,每个家支图腾崇拜的动植物不同,相对而言,"大凉山彝族地区要有龙、虎、鹰和竹子的图腾崇拜"。② 凉山彝族诗人的笔下作为图腾崇拜对象的龙、虎、鹰等常被书写。彝族民间史诗《梅葛》曾记载:"彝族天神在创世之初,用虎的一根大骨做撑天柱,于是天就不再倾斜,他们又用了左眼做太阳,右眼做月亮,虎肚做大海,虎血做海水,大肠做成江,小肠做成河……"③ 总之,在彝族的创世传说里是先有了虎的全身,后有了世间的万事万物。大凉山彝族现代诗群的诗人们自觉地用奇特的诗性想象呈现古人的图腾崇拜,以此还原彝族古远的文化传统。如俄狄小丰在《最后的图腾》里写道:

> 虎
> 蹲在山冈上
> 终年含情脉脉守望另一座山
> 兽群在它身边来来去去
> 四季风在它身边卸装换色
> 虎
> 饥肠辘辘。④

诗人塑造了一只忠诚地守护大山的"虎"的形象,"虎"如同一座雕塑"终年含情脉脉守望另一座山",即使不断遭遇兽群的窥视,不断遭遇"饥肠

---

① 马立三:《彝学研究》第5辑,云南民族出版社2007年版,第421页。
② 王琨:《诗意的图腾信仰与文化崇拜——论当代大凉山彝族诗人群》,《文艺争鸣》2014年第9期。
③ 云南省楚雄州文联编:《梅葛》,云南人民出版社2001年版,第13页。
④ 俄狄小丰:《火塘边挤满众神的影子》,中国文联出版社2013年版,第47页。

辘辘"，依然执着地"守望"着，一个神圣存在者的姿态得到了完美的展示。诗人笔下"虎"的忠诚与执着，正源于彝族文化崇拜"虎"的传统，因为在彝族人看来"虎"创造了世间的一切。阿库乌雾也从彝族的图腾崇中获取文化资源，写作了《白虎》：

  挣脱黑夜绵湿的石磨声
  云雾缭绕碧峦的清晨
  你离开地面去天空
  任意摘取自己无核的果子

  你的头　索玛花一样
  朝东方　于是
  东方洒下亮丽的
  晨露　奇异地缀满
  彝人　山石般渴慕天空的
  眼睛

  岩洞敞开　你的口敞开
  东南方　一群白天鹅
  洞中忘我地起舞
  你的舌头　像巫女的舌头
  径直伸向四周的木石
  在虔诚的卜者手里
  你的腰　是不枯的山泉
  永远流入　南方
  富厚的田池

金秋抬穗少女

受孕于一株神奇的麦秸。①

阿库乌雾的诗歌同样呈现了彝族人眼中"虎"的英雄形象,"你离开地面去天空/任意摘取自己无核的果子""你的头　索玛花一样""你的舌头　像巫女的舌头/径直伸向四周的木石/在虔诚的卜者手里/你的腰　是不枯的山泉"。②"虎"的英雄形象后面寄托了彝人虎崇拜的情结。但阿库乌雾在用诗歌展示母族文化资源的同时,还以一种当下的目光审视母族文化资源,就如他在《巫光》里所说:

我的肉体浸置于光的熔炉

我的灵魂搁放在光的砧板

我时而被光分解时而被光组构。③

沐浴在母族文化之光中的诗人,以现代知识分子的使命感担负着母族文化的"分解"和"组构"。所以,《白虎》一诗中诗人在展示彝人虎崇拜的同时也表达了对当今虎崇拜传统失落而带来的人与自然和谐关系遭受破坏的忧思:

你的脚　西南方原始深谷中

踩碎蘑菇菌苦涩的传说

甚至踩碎自身　从此

天空信佛少了些什么

西南　有彝人狩猎归来

---

① 发星:《当代大凉山彝族现代诗选》,中国文联出版社2002年版,第266—267页。
② 同上。
③ 同上书,第277—278页。

第五章　大凉山彝族现代诗群的文化想象

透过弹丸偷窥

你风中时明时暗的

虎迹　终究

彝人习惯于养虎为患。①

作为一位学识渊博的现代学者，阿库乌雾没有沉溺于彝族传统文化的雾霭中，而是在对母族文化的回溯中保持着现代的审视，这也是一种文化回归情怀的表达。

大凉山彝族现代诗群的诗人们进入母族文化的历史纵深处，不仅善于吸收与传承文化资源，还善于深入文化肌理揭示民族精神的美好品质，以此表达对母族文化的认同。吉狄马加擅长将思想的触角深入历史文化深处，挖掘、展现彝族的民族精神，如对彝族"三色文化"的展现。彝族人的"三色文化"是指彝族人自古以来就崇尚红色、黄色、黑色三种颜色。可以说，三色文化是彝族人的思想、情感、道德等在历史传承中的积淀，典型地反映了彝族人的内在精神。红色代表的是火，象征着神圣与热情；黄色代表的是太阳文化，象征善良与友爱；黑色代表的是大地文化，象征着坚韧与刚强。吉狄马加曾说过，"我写诗，是因为有人对彝族的红黄黑三种色彩并不了解"②。于是，他用"三色文化"构建诗歌的殿堂，表现彝族人的民族精神。在《黑色的河流》中，诗人通过写彝族人的葬礼，表现"太阳文化"那善良与友爱的精神。"我看见死去的人，像大山那样安详，在一千双手的爱抚下，听友情歌唱忧伤。"③ 通常的葬礼弥漫着哀伤之气，而吉狄马加笔下的葬礼却因有"友情歌唱"的陪伴而变得那么安详。由此，诗人发现彝人那"闪着人性的眼

---

① 发星：《当代大凉山彝族现代诗选》，中国文联出版社2002年版，第267页。
② 吉狄马加：《吉狄马加诗选》，四川文艺出版社1992年版，第281页。
③ 同上书，第100页。

光"①，而这就是彝人灵魂深处蕴藏的友爱、善良的"太阳文化"的精神。《死去的斗牛》一诗中，诗人通过刻画"斗牛"的最后一搏，表现了彝族人那坚韧、刚强的"铁文化"精神。"斗牛"已经变得衰老了，奄奄一息，濒临死亡。可是当"斗牛"听到轻蔑的挑战时，它又充满野性的力量，冲出栅栏，奔向了原野：

> 当太阳升起的时候
>
> 在多雾的早晨
>
> 人们发现那条斗牛死了
>
> 在那昔日的斗牛场
>
> 它的角深深地扎进了泥土
>
> 全身就像刀砍过的一样
>
> 只是它的那双还睁着的眼睛
>
> 流露出一种高傲而满足的微笑。②

"斗牛"虽然死去了，但"斗牛"那"深深扎进了泥土"的角、那双"还睁着的眼睛"以及那"高傲而满足的微笑"鲜明形象地呈现了一种精神——威武不能屈的精神，这就是彝族人坚韧、刚强的"铁精神"。吉狄马加进入了彝族文化的肌理深处，一头垂死的"斗牛"形象地展现了彝人的民族精神。最为家喻户晓的《彝人梦见的颜色》，则是一首集中展现彝族红黄黑三色文化的诗作：

> 我梦见过黑色
>
> 我梦见过黑色的披毡被人高高扬起

---

① 吉狄马加：《吉狄马加诗选》，四川文艺出版社1992年版，第101页。
② 同上书，第73页。

第五章 大凉山彝族现代诗群的文化想象

黑色的祭品独自走向祖先的魂灵

黑色的英雄结上爬满了不落的星

……

我梦见过红色

我梦见红色的飘带在牛角上鸣响

红色的长裙在吹动一支缠绵的谣曲

红色的马鞍幻想着自由自在地飞翔

……

我梦见过黄色

我梦见过一千把黄色的伞在远山歌唱

黄色的衣边牵着了跳荡的太阳

黄色　在闪动明亮的翅膀。①

诗歌运用黑红黄三种颜色作为文化符号，象征性地描绘了彝人的三类形象：穿着黑色"披毡"的英雄、戴着"红色的飘带"的勇士、吹着口弦琴与撑着黄伞自由歌舞的青年男女。而三类形象的呈现含蓄而又鲜明地表达了诗人对彝族人尊重英雄、崇尚勇士、追求自由幸福的美好精神面貌的歌咏与赞美。所以说，《彝人梦见的颜色》是吉狄马加集中展现彝族人美好的精魂的佳作。

大凉山彝族现代诗歌群的诗人们在对故乡自然风貌的歌咏中，在对故乡亲人的怀想中，在对凉山彝族历史文化的挖掘、审视与展现中，抒发了文化回归的情怀，表达了对彝族文化的强烈认同。这就是他们"文化寻根"之旅的开启。

---

① 吉狄马加：《吉狄马加诗选》，四川文艺出版社1992年版，第175—176页。

四　文化焦虑的表达

（一）文化焦虑

20世纪80年代初期，大凉山彝族现代诗群的诗人们萌发的民族身份认同意识使得他们的诗歌常以一种渴盼与欣喜之情表达回归母族文化的情怀。但随着全球化的加剧，文化间的交流、碰撞与融合日趋频繁，对于身处弱势文化圈的许多知识分子而言文化焦虑由此产生。焦虑，是指人面临不良处境时，内心产生的不安、恐惧、紧张等诸多感受交织而成的一种综合性的心理情绪反应。一般而言，人都会有焦虑。焦虑根据不同的分类标准，有不同的类型。文化焦虑是一种类型感的焦虑，它是一种社会集体心态的表现。文化焦虑是指"在全球化和现代化的发展进程中，社会集体对民族文化特别是传统文化感到迷茫、困惑乃至失望，导致精神无所依存而产生的一种心理焦虑，它是个人、集体和社会心理状态的集中反映"[1]。人作为一种社会的存在物，需要文化来确证自己的本质性力量，也需要文化来赋予自己行为的意义，从而奠定人在世界中安身立命的根本，最终实现人对自身价值的关怀。可是，当人们在社会现实中遭遇文化矛盾或文化价值冲突，自己却不能找到或不能确定何种文化能够作为或应该作为自己价值评判的标准时，极易陷入失落、绝望乃至无所适从的状态，这就是文化焦虑。产生文化焦虑的人群可能是个体或是大众，甚至可能是整个社会。文化焦虑在一般的社会境遇中通常表现不明显，但如果处于社会转型时期，那么文化焦虑表现得就较为突出。

---

[1] 孟毅：《论民族文化的焦虑》，《当代教育与文化》2013年第2期。

第五章 大凉山彝族现代诗群的文化想象

晚清以来，面对西方强势文化对中国传统文化的激烈冲击，文化焦虑就伴随着中国国民。为此人们急切地寻找缓解文化焦虑的方式，或主张全盘西化，或主张中西融合，或主张坚守传统等。如"五四"时期，主张西化成了缓解文化焦虑的主流方式。此后很长时期里，坚守传统又成为缓解文化焦虑的主流方式，不过那所谓的传统被异化得越来越单一，"文革"时期达到了极致，那就是只坚守阶级斗争的观念。进入20世纪80年代，在改革开放的大背景下，外来文化蜂拥而至，全面向西方学习的心态主导了80年代。从表面上看，主张学习西方的文化潮流与主流意识形态常常发生冲突。但就实质而言，主张西化的文化潮流却与国家的现代化追求保持一致。然而，到20世纪90年代，在复杂的国内、国际因素的影响下，尤其是在全球化趋势全面进逼的情况下，如何保持和发展中华民族文化成了文化思想界的主导思路。通常而言，人们将中国范围内的文化焦虑局限在中国与西方二元对立的格局之中，将关注的焦点投向西方文化和中国文化之间的角逐。但同时发现那些存在于中国内部的不同族群之间的焦虑被忽视了，包括国内各少数民族在西方文化与汉文化强劲冲击下的文化焦虑。

中国少数民族的文化焦虑始见于20世纪80年代。中国社会在经历了一段时期的闭关自守之后，重新由封闭走向开放，并且开启了中国的现代化进程，于是整个中国社会迈入了转型时代。在任何历史时代，社会的转型都不是简单的直线式发展，而往往是在迂回与反复中前行。位于地理与文化双重边缘的少数民族文化的转型同样如此，甚至更为突出。新中国成立后，少数民族迅速地被裹挟着进入国家现代化建设，但少数民族积淀千年的文化传统依然存在。随着20世纪80年代这个思想解放时代的到来，那些被国家权力抑制的少数民族文化传统走向了复苏，同时也被带入多元文化的语境中，西方文化、中国传统文化与少数民族文化的交流与碰撞成为必然。尤其进入20世纪90年代，随着经济、政治与文化的全球化，被置放在多元文化语境中的少数民族文化陷入激烈的文化冲突之中。一方面是西方文化与汉文化的强势影响，另一方面是在"文化相对主义"与后殖民主义理论影响下形成的少数民族文化认同意识。在少数民族文化与外来文化激烈冲撞的时期，少数民族作家是对文化冲突感受最为敏锐与最为深刻的一群人。这与少数民族作家鲜明的双重文化身份相关。第一重文化身份，少数民族作家是本民族文化的传承人。作为深晓本民族文化的传承者，他们对母族文化怀有深厚的民族情感；第二重文化身份，少数民族作家是现代知识分子。作为现代知识分子，他们深刻理解在这样的社会转型时期，本民族文化必须向现代转型。在文化激烈冲撞的时代里，少数民族作家的双重文化身份必然更加剧其内心的文化冲突，他们既担心本民族文化被外来强势文化同化，又担心本民族文化错失现代化良机而被自然淘汰。于是，少数民族作家们陷入文化现代性与民族性的纠缠之中不断地挣扎与徘徊，文化焦虑由此产生。

大凉山彝族诗人群拥有悠久的历史与传统文化，但在日趋全球化的语境里，现代文明与传统彝族文化碰撞产生的文化焦虑成了诗人的重要情感表达。首先，大凉山彝族诗人群的文化焦虑在现代文明与传统彝族文化的碰撞中，诗人们渴望回归彝族文化传统却又回不去。20世纪80年代，大凉山彝族现代诗群的诗人们常以"返乡"姿态表达对彝族文化传统的深情回望。他们笔下构筑的家园是温馨的，因为那儿有美丽的自然风物、善良与勇敢的族人，养育自己的父母，还有悠久深厚的文化传统……吉狄马加曾在诗中描述在家乡的一条路上与一个陌生彝人相遇：第一次相遇，对方"露出洁白的牙齿向我微笑"[1]；第二次相遇，"他动情地问我去何处，并拿出怀里的一瓶烈酒，让我大喝一口暖暖身子"[2]，继而"他为我唱起一支歌……无论你走向何方，都

---

[1] 吉狄马加：《吉狄马加诗选》，四川文艺出版社1992年版，第158页。
[2] 同上书，第158页。

有人在思念你"。① 诗人用幽微的元素构筑了一个民族的精神生态空间，那就是与善良、仁慈在一起，与祖先魂灵以及歌谣在一起，一个天长地久、温暖和谐的精神伊甸园。然而，这个弥漫着温暖的大凉山就如沈从文笔下的"边城"，那只是现实世界反衬下的一个幻境。在一个走向全球化的社会里"返乡"，尤其是文化意义上的返乡已不可能。因为全球化的社会里，时间与空间的压缩迅速消解着一切本土的东西。传统的彝族文化不断遭到侵蚀，"故乡"成了伤痕累累的地方。这样回归民族文化的自觉意识便成了一种"文化之痛"，"无论身在何处，诗人们都处在'文化流散'的悬浮状态中，文化认同的危机成为日常生活中最常态的一种体验，时时刻刻伴随着他们"。②

（二）"回不去"的文化焦虑情怀

大凉山彝族现代诗群的诗人们是一群有自觉民族身份认同意识的诗人，一方面他们以强烈的民族自豪感歌咏着滋养他们成长的母族文化；另一方面他们又强烈地感受到现代文化强劲地侵蚀着母族文化，尤其是在母族文化被现代文化侵蚀之下可能失去民族文化根性时，他们必然会遭受灵魂上的阵痛与危机，这样的"文化之疼"是"任何一个所谓的文明人永远无法体会得到的"③。吉狄马加曾说："面对这个世界，面对这瞬息即逝的时间，我清楚地意识到，彝人的文化正经历着最严峻的考验，在多种文化的碰撞和冲突中，我担心有一天我们的传统将离我们而远去，我们固有的对价值的判断，也将会变得越来越模糊。"④ 因传统逝去产生的灵魂之痛成了大凉山彝族现代诗群的诗人们表达的重要情愫。《失去的传统》是诗人面对即将"失去的传统"唱出的一曲哀婉悲凉的挽歌：

---

① 吉狄马加：《吉狄马加诗选》，四川文艺出版社1992年版，第159页。
② 马绍玺：《在他者的视域中——全球化时代的少数民族诗歌》，社会科学文献出版社2007年版，第39页。
③ 同上。
④ 吉狄马加：《吉狄马加诗选》，四川文艺出版社1992年版，封底。

好像一根

被遗弃的竹笛

当山风吹来的时候

它会呜呜地哭泣

又像一束星光

闪耀在云层的深处

可在它的眼里

却还有悲哀的气息

其实它更像

一团白色的雾霭

沿着山冈慢慢地离去

没有一点声音

但弥漫着回忆。①

在诗中，吉狄马加将"传统"比喻为"呜呜地哭泣"的"被遗弃的竹笛""含有悲哀的气息"的"一束星光""沿着山冈慢慢地离去"的"一团白色的雾霭"②。这些充满冷寂感的意象投射出诗人内心深处面对传统逝去的忧郁与焦虑。《一支迁徙的部落》里，吉狄马加以"我"的视角呈现两幅图景，一幅是彝族祖先们迁徙图：

我看见他们从远方走来

穿过那沉沉的黑夜

那一张张黑色的面孔

---

① 吉狄马加：《吉狄马加诗选》，四川文艺出版社1992年版，第141页。
② 同上。

第五章 大凉山彝族现代诗群的文化想象

浮现在遥远的草原

……

我看见他们从远方走来

那些脚印风化成古老的彝文

有一部古老的史诗

讲述着关于生与死的事情

可那些强悍的男人

可那些多情的女人

在不屈的头颅和野性的胸脯上

照样结满诱人的果实

……

我看见他们从远方走来

头上是一颗古老的太阳①

而另一幅是一个孩子站在山冈上：

（我看见一个孩子站在山冈上

双手拿着被剪断的脐带

充满了忧伤）。②

诗人笔下的第一幅图展现了古老彝族文化的绵延与坚韧，而第二幅图以孩子"双手拿着被剪断的脐带"隐喻了彝族文化传承在当下的断裂。两幅图景形成了鲜明的对比，表达了诗人对古老彝族文化在全球化语境中逝去的忧伤。传统在逐渐逝去，诗人大声地疾呼：

---

① 吉狄马加：《吉狄马加诗选》，四川文艺出版社1992年版，第74—75页。
② 同上书，第76页。

不是我的披毡不美

不是我的头帕不美

不是我的风采有何改变

如果你要问我为什么这样悲哀

那是因为我的背景遭到了破坏。①

这里"背景"暗指传统文化根脉，诗人清醒地意识到现代文化侵蚀传统彝族文化的不可避免。同样，阿库乌雾表现母族文化的诗歌也弥漫着文化碰撞的痛苦与沉重。《海子》如此表述：

在人与神走向裂变的时代

彝海子铅色的黄昏中

男人长笛上的一个孔

女人在集市任意取舍的一枚胸花

永远游离在古籍之间

一颗异体字

喧嚣在新寨子上空

定格不祥的

蛇形烟圈

那神话误传给神话的

一次干枯

叹息！②

在人类的初始年代，人与神和谐共处，一切保持着自然淳朴与清澈明净

---

① 吉狄马加：《吉狄马加诗选》，四川文艺出版社1992年版，第208页。
② 同上书，第141页。

的风貌。然而，随着现代文明的侵入，人与神走向了分裂，一切变得喧嚣而失去了澄明，只剩下浑浊的"叹息"。这里诗人表达了对原初澄明、纯净的文化形态正在逝去的忧思。

面对彝族传统文化的逝去，诗人们期盼回归，并发出这样的呼唤："妈妈，我什么时候才能回到你的身旁？"① 这焦灼而急切的追问，是诗人远离母体文化而导致精神断根的焦灼：

我要横穿十字路口

我要穿过密集的红灯

……

我要击碎那阻挡我的玻璃门窗

我不会介意

鲜血凝成的花朵将在我渴望的双手开放

……

我要用头碰击那钢筋水泥的高层建筑

……

我要撞开那混杂的人群

……

我要跳出无数的砖墙

……

我要爬上那最末一辆通往山里的汽车。②

诗人以逃离都市回到故乡的书写模式，表达了自我逃离现代文明回归母族文化的愿望，而这种愿望正是诗人面对母族文化传统逝去命运的焦虑心态

---

① 吉狄马加：《吉狄马加诗选》，四川文艺出版社1992年版，第171页。
② 同上书，第170—171页。

的表达，它是如此强烈与不可遏制，使诗歌投射出一种震撼灵魂的力量。但是回不去已成一种必然：

> 我站在这里
>
> 我站在钢筋和水泥的阴影中
>
> 我被分割成两半
>
> 我站在这里
>
> 在有红灯和绿灯的街上
>
> 再也无法排遣心中的迷惘
>
> 妈妈，你能告诉我吗？
>
> 我失去的口弦是否还能找到？①

"钢筋和水泥的阴影"与"红灯和绿灯的街"象征着外来的现代文明，"失去的口弦"则象征着被"钢筋和水泥"与"红灯和绿灯"侵蚀的彝族传统文化。"钢筋和水泥的阴影""红灯和绿灯的街"与"失去的口弦"这两组对立意象的并列出现，表现了现代与传统或者说彝族文化与现代文化之间截然对立。同时，正是在文化的对立中，诗人表达了自我被两种文化或者说两种传统拉扯的撕裂般的"文化疼痛"。可以说，在全球化语境里，现代文明与传统彝族文化的碰撞中，大凉山彝族诗人们渴望回归彝族文化传统却又回不去的文化焦虑成了其诗歌书写的重要表达。

（三）"离不开"的文化焦虑

现代文明与传统彝族文化的碰撞中，大凉山彝族现代诗群的诗人们产生的文化焦虑除了体现为渴望回归彝族文化传统却又回不去的焦虑之外，还体现为真正远离母族文化的不可能而引发的焦虑。20 世纪 80 年代以来，传统彝

---

① 吉狄马加：《吉狄马加诗选》，四川文艺出版社 1992 年版，第 237 页。

族文化与现代文明的激烈碰撞,使诗人阿苏越尔敏锐地感悟到一直被人们奉为圭臬的传统母族文化,在现代文明的侵袭下犹如"雪崩",走向了衰落。阿苏越尔写道:

在天国的村庄上空

你是时刻腾空缭绕的雾

雪崩开始,热情和火焰开始

四季的齐集太阳下

手捧冬天的诗句

群鸟飞尽

群鸟在阿布洛汗

我们高声朗诵

一次冬天的创伤结束

一种隐喻的立体声结束

诗歌结束,成功的诗歌

不能带来粮食的诗歌

冷若冰霜的诗歌

太阳的翅膀融化

四季寒冷,群鸟飞绝

情感与传统结束

在无情的山上

我用全部的爱情埋葬了你

阿波波……

当你也放弃倾听

> 还有什么可以阻挡一切
> 两只耳朵的熊熊燃烧
> 城市和乡村的熊熊燃烧。①

现代文明如潮般地侵袭，使得"不能带来粮食的诗歌、冷若冰霜的诗歌"结束了，也埋葬了"情感"和"传统"。面对这"四季寒冷、群鸟飞绝"，传统文化"雪崩"般坍塌的萧瑟现状，诗人的灵魂深处承载着无尽的"创伤"。

在现代文明与传统彝族文化的激烈碰撞中该选择怎样的走向？出走成了一种选择：

> 秋收过后
> 他们走了
> 他们的路途
> 即使我们伸长了脖子看
> 也只能看到星光下的马步和月琴
> 他们都走了
> ……
> 因为那个秋天的收成
> 挤走了他们富庶的梦
> 他们匆匆地走了
> 朝着北斗的方向
> 朝着婴儿啼哭的地方
> ……
> 他们走了

---

① 阿苏越尔：《阿苏越尔诗选》，四川民族出版社 2005 年版，第59—60页。

第五章　大凉山彝族现代诗群的文化想象

划破湖面的游艇也赶不上他们

他们真的走了

带着温暖的经书和心爱的女人。①

在出走中他们还："不停地回头看，不停地摆脱南方，在太阳充满泪水的梦里，我偷偷地吻遍你……在我融化的时候你就，自然地想到南方，想到我/在空中默默无语。"② 诗人运用了具有象征意味的空间概念"南方"和象征北方的"北斗"。其中"南方"隐喻故乡——大凉山，它是彝族文化的"重镇"，更是诗人精神家园的最后皈依；象征北方的"北斗"则隐喻着现代文明。面对"北方"与"南方"，诗人逃离"南方"奔赴北方。在出走的同时，他们又频频回首南方，展现了前瞻北方而又不断回首南方的矛盾心情与尴尬处境，正如诗中所写自己在"不停地摆脱南方"，不断地"融化"自我，朝着"北斗的方向"和"婴儿啼哭的地方"前进的同时，却又"不停地回头"。诗人不断地穿梭、往返于南北方之间，一方面承受着现代文明的锻打，一方面又经受着"背叛"母族文化的煎熬。失去母族文化笼罩的生命找不到灵魂的庇护所再度流放，"神灵的祝福是在哪里/父亲和母亲是在哪里/石尔俄特和兹里史色啊/又在哪里"③。在无数次的呐喊与追问声中，诗人带着深沉的不安和炽热的焦灼，在生命的夹缝中流放、迁徙，步履蹒跚而又信念坚定地在消逝与坚守、现实与传统的困境中做艰难的抉择。

然而，凉山彝族诗人们在"离开"与"难以离开"的辗转中发现了远离母族传统文化的不可能：

在那不幸的雪线上

---

① 阿苏越尔：《阿苏越尔诗选》，四川民族出版社2005年版，第42—43页。
② 同上书，第33—34页。
③ 同上书，第58页。

自我奋斗，人屋俱毁

恋人你意味着什么

等你在雪下长大

有人已回到南方

南方位于高耸的山上

活着花朵迷人的面庞

雪线横亘在花的喉舌

仅有的一切分手

温暖及寒冷

烟火和殿堂

文字与虚名

……

在九十九个数字中

恋人，我不能和你分手。①

　　在阿苏越尔的内心深处，南方既是"恋人"，又是"母亲"，承载着母族文化因子而又常年漂泊在外的诗人，带着一颗失落疲惫的心灵又"回到南方"，大胆地发出"恋人，我不能和你分手"的呼声，自觉彰显了自我与母族文化的难以分割。诗人阿彝也急切地呼唤那些急于离开家园的"兄弟"：

兄弟，你不该这样轻易离家出走

丢下高原上美丽舒适的家园

丢下高祖遗留下的酒瓶

---

① 阿苏越尔：《阿苏越尔诗选》，四川民族出版社 2005 年版，第 27—28 页。

第五章 大凉山彝族现代诗群的文化想象

丢下年老的母亲和年幼的我

被那个无影的传说所惑

独自一人四处跪倒，乞求

一把通往天堂的万能钥匙

天堂的大门永远不会为你启开

兄弟，一个人怎么能承受

这难以言语的悲苦

黑色的灵魂撞在冰冷的墙上

血花点点滴滴飘入大海之中

最终的结局是深深的失望

……

兄弟，你现在已经真的一无所有

在这片荒芜的大沙漠里

到处充满着真实的谎言

美丽的欺诈

神圣的虚伪

困惑的死谷

虚拟的情感

死人的阴魂

世代的仇杀迷惘的歌声

……

兄弟，妈妈整日唠唠叨叨思念着你

用血泪酿成一坛坛烈性酒

等着你回归家园

而我已经找了你二十个世纪

中国当代少数民族文学的文化寻根

> 磨破双脚一无所获
>
> 只好在广告上注销这则寻人启事
>
> 望你见后速回家园……①

阿彝以寥寥数笔展现了一场文化上的"割袍断义"之举，尤其是三个连续的"丢下"，"丢下高原上美丽舒适的家园/丢下高祖遗留下的酒瓶/丢下年老的母亲和年幼的我"，表达了"兄弟"离开家园的决绝。然而将实实在在存在的"美丽舒适的家园"、祖先世世代代遗留的文化宝库以及亲人舍弃，为的竟然是一个虚幻的"传说"，用"实"去兑换"虚"，用外界的"荒芜""谎言""欺诈""虚伪""死谷""仇杀"来抹杀家园的"美丽与舒适"，那么最终的结局一定是"深深的失望""无比的悲凉"以及"一无所有"②。这里阿彝精心描述了远离家园的"惨剧"，那就是一切都如同无源之水，无本之木。在全球化语境里，现代文明与传统彝族文化的碰撞中，大凉山彝族诗人们真正远离母族文化的不可能而引发的焦虑也成了其诗歌书写的另一重要表达。

全球化必然导致一种文化遭遇，那就是身处其中的少数民族文化在被破坏和可能获得新的生长机制的两极中痛苦地煎熬着。弗朗兹·法农曾指出："少数民族文化所遭受的破坏阻碍了它们按照自我种族的概念或西方模式的概念进行发展。"③ 当下，少数民族文化正处于自身文化发展模式的艰难选择中，他者文化的全方位影响使其处于极端弱势的地位，而"文化多元主义""文化相对主义"、后殖民主义等理论的启发又强化了少数民族的文化认同意识。因此，少数民族文化便被置于两种力量拉扯的文化焦虑之中。对这种文化焦虑

---

① 发星：《当代大凉山彝族现代诗选》，中国文联出版社2002年版，第243—244页。

② 同上。

③ [英] 巴特·穆尔－吉尔伯特等：《后殖民批评》，杨乃乔等译，北京大学出版社2001年版，第128页。

的书写，是全球化时代大凉山彝族现代诗群乃至少数民族的诗歌与文学所奉献的最精彩的笔触。

五　文化重构的追求

进入20世纪90年代，随着全球化趋势的加剧，西方文化以强者的姿态向中华文化乃至其内部各少数民族文化扩散，中华文化圈内部的汉文化也强势地向各少数民族文化扩散，由此引发了中西文化之间、汉文化与少数民族文化之间、强势文化与弱势文化之间激烈的碰撞，这使得身处边缘与弱势的少数民族文化陷入可能走向消亡的文化危机之中。在全球化的语境里，强势文化不可否认地拥有话语霸权与文化主导地位，但是强势文化不可能完全取代与涵盖弱势文化，边缘的弱势文化一定会拥有存在的空间与可能。尤其是当下对文化多元主义与文化相对主义的大力倡导，必然会给深陷危机之中的弱势文化一种重铸自我的文化自信。因此，许多少数民族知识分子自觉地将重构母族文化传统作为自我的追求目标。大凉山彝族现代诗群的诗人们在其诗歌创作中毫不例外地将母族文化的重构作为追求的理想。

（一）文化重构的三重在场

在多元文化碰撞与交融的语境里，如何重构处于弱势地位的少数民族文化传统？如何让深陷消亡危机中的少数民族文化重新焕发生机？萨义德在《东方学》中如此描述："每一种文化的发展和维护都需要一种与其相异质并且与之相竞争的另一个自我（Alter ego）的存在。自我身份的建构……牵涉到与自己相反的'他者'身份的建构，而且总是牵涉到对与'我们'不同的特

中国当代少数民族文学的文化寻根

质的不断阐释和再阐释。每一时代和社会都重新创造自己的'他者'。"① 这里,萨义德指出了"他者"对"自我"建构的重要性。在多元文化语境中,中国少数民族文化的重构,必须充分考虑到"自我"与"他者"的存在。具体而言,就是必须考虑到母族文化的在场、中国的在场与世界的在场。

就文学创作而言,少数民族作家的文化重构需要作为创作主体的作家具有三重视野:民族认同、中国立场与世界视野。首先民族认同。民族认同,就是对自我的民族身份与文化的自觉认同。在全球化的语境里,就少数民族文学与汉族文学而言,它们的差异性与互补性愈加突出。正是由于差异性与互补性的凸显,中国少数民族文学具备了与世界文学对话的可能;同样由于差异性与互补性的凸显,中国文学呈现出丰富多彩的形态。所以说,全球化的到来,不能仅仅理解为其导致民族特征的弱化,其从另一个侧面也强化了少数民族文学作家对本民族身份以及文化观念的自觉认同,否则其文学创作就变成无源之水、无本之木。其次是中国立场。中国文学是一个总体性的文学世界,他由中国境内各民族文学共同构成。尽管由于历史、地域、经济、政治等因素的影响,各民族文学的发展有差距,但各民族文学之间相互依存是中国文学的基本格局。中国各民族文学间相互影响、相互融合。汉族文学的文化因子会渗入各少数民族文学,而各少数民族文学的特质也会融入汉族文学,还有各少数民族文学间的互渗,它们共同构筑了中国文学绵延千年的文学世界。最后是世界视野。在全球化语境里,任何闭"族"造车或闭"国"造车都是死路一条。全球化的语境,给少数民族作家带来了压力,也推动少数民族作家走向世界。少数民族作家凭借全球化带来的世界视野,知晓世界文学的新气象,掌握世界文学的新观念与新方法,以如此丰富的世界文学资源滋养自身,努力去创造具有世界性也包含民族性的作品,从而推进中

---

① [美]爱德华·W.萨义德:《东方学》,王宇根译,生活·读书·新知三联书店1999年版,第59页。

国少数民族文学与汉文学乃至世界文学各领风骚又共同繁荣的新局面。全球化语境下，少数民族作家要实现文化重构，民族身份、中国立场、世界视野三者缺一不可。

大凉山彝族现代诗群在 20 世纪 80 年代初伴随着民族认同意识的觉醒，经历了渴望回归母族文化传统的文化回归阶段。随后，在全球化趋势影响下，外来文化对彝族传统文化的激烈冲击，使诗人们对母族文化的衰败态势充满了紧张与焦虑，由此进入了文化焦虑阶段。当诗人们陷入对母族文化的焦虑之中，发出忧伤、哀叹之声时，以吉狄马加、阿库乌雾等为代表的部分彝族诗人试图通过文化重构来激活或者说为彝族文化寻找突围之路。他们力图通过文学创作将母族文化与外来文化（汉文化乃至西方文化）融合，将民族性与人类性融合，并将现代品格的追求注入多元融合之中。用阿库乌雾的话来说就是努力地追求"文化混血"。吉狄马加曾说："融合不是混合也不是替代，它是一个部分消亡与新生的过程。在这个过程中互相得到补充、吸收和丰富，其主体是得到加强而不是削弱，从而在新的层次形成多元共存的局面。"[1] 以吉狄马加、阿库乌雾为代表的大凉山彝族诗人群，力图寻求多元文化交融的契合点，以构建具有民族特色的文学样式，实现本民族文化的突围与重构，彰显文化的包容性与超越性。

（二）民族性与人类性的追求

大凉山彝族现代诗群是一个有着自觉的民族文化认同意识的诗歌群体，民族性的表达是其鲜明的特征。比如，渴望回归母族文化的情怀、文化焦虑情绪等都是其民族性的显著体现。但多元文化视域的存在，使得大凉山彝族现代诗群不是一个将自己仅仅局限于民族性表述的诗歌群体，而是一个立足于民族性基础上执着追求诗歌写作体现人类情怀的诗歌群体。如其中的代表

---

[1] 吉狄马加：《我的诗歌来自于所熟悉的那个文化》，《凉山文学》1987 年第 2 期。

性诗人吉狄马加、阿库乌雾等的诗作，都以民族性与人类性的交融为追求目标，以此实现民族文化的重构与创新。

大凉山彝族现代诗群的诗人们追求的文化重构，首先体现为以自觉的民族认同意识与世界视野追求民族性与人类性的统一。吉狄马加是大凉山彝族现代诗群中追求民族性与人类性统一的代表诗人。他曾说："我想通过我的诗，让更多的人来了解我的民族，了解我的民族的生存状态。我的民族的生活，是这个世界人类生活的一个部分，我想用诗去表现我的民族的历史和生活，去揭示出我的民族所蕴含着的人类的命运。我的梦想是力图通过再现我的民族的生活，去表达对和平的热爱，对不同文化的尊重，对人的权利神圣不可侵犯原则的坚守。"[①] 吉狄马加立足于彝族悠久而又丰厚的民族文化传统，通过书写自我对母族文化过往的怀念、对母族文化当下命运的忧虑以及对母族文化未来的憧憬，表达了诗人对母族文化炽热的爱恋情怀。同时，吉狄马加以一种开阔的世界视野，始终保持着对他者文化的关怀，尤其是关怀世界上那些处于弱势地位的少数族群文化或边缘文化。正是这份关心他者文化的情怀，使吉狄马加的诗歌超越自身的民族性追求，而获得了一种人类性。自觉地将民族性与人类性相融合，是20世纪90年代以来吉狄马加诗歌创作的重要追求。而且这样的追求呈现出日趋成熟的姿态，长诗《雪豹》的出现就是一个明证。总之，吉狄马加善于将自觉的民族认同意识与世界视野相结合，常常从自己是一个彝人的个人体验出发，表达一种超越民族、国家的大爱情怀与悲悯情怀。

"爱"是吉狄马加诗歌的重要主题，他善于从作为彝族一员的个人生命体验出发，执着地表达自我对母族文化的挚爱，并由此延伸至对人类的大爱。吉狄马加曾自述："我在创作上追求鲜明的民族性和世界性的统一。我相信任

---

① 转引自杨玉梅《群山的大地之子——诗人吉狄马加的诗歌及其世界》，《延安文学》2009年第4期。

何一个优秀的诗人,他首先应该是属于他的民族,属于他所生长的土地,当然同样也属于这个世界。在我们这个世界上,没有也不会存在不包含个性和民族性的所谓世界性、人类性,我们所说的人类性是以某个具体民族的存在为前提的。"[1] 彝人的生命体验或者说自我的民族身份是诗人首要强调的,在《自画像》《古老的土地》《彝人梦见的颜色》《老去的斗牛》《黄昏》《一支迁徙的部落》等诗作里,吉狄马加以一个彝人的个体感知为基点铺展他对彝族和故土的爱,如《土地》中写道:

> 我深深地爱着这片土地
> ……
> 当我在这土地的某一个地方躺着
> 我就会感到土地——这彝人的父亲
> 在把一个沉重的摇篮轻轻地摇晃。[2]

这里,诗人通过"父亲摇晃摇篮"这一具体可感的细节呈现了自我对故土、彝族的热爱。这种爱不是空洞地直抒胸臆,而是带有个人的生命体温,真切、质朴而又感人。吉狄马加热爱自己的民族,热爱养育这个民族的土地,但他不是一个狭隘的民族主义者,世界视野的拥有使得他没有仅将爱赋予本民族,而是始终以人性关怀的目光看待自我、他者乃至人类。"对人的命运的关注,哪怕是对一个小小的部落作深刻的理解,它也是会有人类性的。对此我深信不疑。"[3] 吉狄马加认识到书写母族文化时,不能故步自封,而应从民族性中展现人类性。吉狄马加的诗歌善于从富有民族个性的社会生活中去发掘人类的共同主题,追求各民族文学个性中蕴藏的文学共性。《黑色的河流》

---

[1] 转引自罗小凤《"来自灵魂最本质的声音"——吉狄马加诗歌中灵魂话语的建构》,《民族文学研究》2011年第6期。
[2] 吉狄马加:《吉狄马加诗选》,四川文艺出版社1992年版,第180页。
[3] 同上书,第282页。

写彝人的葬礼,其间不仅可看到彝族的精神姿态:"我看见死去的人,像大山那样安详,在一千双手的爱抚下,听友情歌唱忧伤。"还可看到"人性的眼睛闪着黄金的光"①。诗人从一个民族的文化精神发掘出了人类所倡导的仁爱的情怀。还有《回答》:

> 你还记得
>
> 那条通向吉勒布特的小路吗?
>
> 一个流蜜的黄昏
>
> 她对我说:
>
> 我的绣花针丢了,
>
> 快来帮我寻找
>
> (我找遍了那条小路)
>
>
> 你还记得
>
> 那条通向吉勒布特的小路吗?
>
> 一个沉重的黄昏
>
> 我对她说:
>
> 那深深插在我心上的,
>
> 不就是你的绣花针吗?
>
> (她感动地哭了)。②

该诗所用的"吉勒布特的小路""绣花针"等意象,鲜明地体现了其浓郁的彝乡色彩,同时诗人又以质朴、简洁的语言穿越了民族性、地域性,表达了人类共有的那份对爱情的渴望与向往。"人类高度、人类意识是许多革命

---

① 吉狄马加:《吉狄马加诗选》,四川文艺出版社1992年版,第100—101页。
② 同上书,第282页。

第五章　大凉山彝族现代诗群的文化想象

诗歌、政治抒情诗亦能达到的，却大多沦为空洞的口号或浮泛的政治图解，而吉狄马加能从自己作为个体存在的感知经验出发而抵达人类高度，以'个人—彝人—世界—人类'的情感理路从灵魂深处发出声音构筑其诗歌话语，方具有震荡人之灵魂的感染力。"[1]吉狄马加的诗歌执着于从一个彝人的个体生命体验出发，既呈现了彝族的情感、精神与文化，又透视了人类共同的爱的情怀。

悲悯情怀是吉狄马加诗歌的另一重要主题。悲悯情怀，是指从人类整体高度出发对身处于苦难现实中的人们的体恤与怜悯。如果说诗人关于"爱"的主题的表达是从个人生命体验出发，走向了对他人乃至人类的关怀，那么诗人关于"悲悯"主题的表达则是从本民族文化的生存状态出发，走向了对世界其他民族特别是少数民族文化生存状态的关切。全球化语境下，包括彝族文化在内的少数民族文化深陷文化同化的危机之中，吉狄马加作为具有自觉民族身份认同意识的诗人对此深有感知，因此关注弱小民族、弱势群体乃至弱势生命的悲悯情怀充其诗间。吉狄马加写了不少献给土著民族的诗作，如《献给土著民族的颂歌》一诗表达了悲悯情怀：

> 怜悯你
>
> 就是怜悯我自己
>
> 就是怜悯我们共同的痛苦和悲伤
>
> ……
>
> 抚摸你
>
> 就是抚摸人类的良心
>
> 就是抚摸人类美好和罪恶的天平。[2]

---

[1] 罗小凤：《"来自灵魂最本质的声音"——吉狄马加诗歌中灵魂话语的建构》，《民族文学研究》2011年第6期。

[2] 吉狄马加：《吉狄马加诗选》，四川文艺出版社2004年版，第138—139页。

这里，吉狄马加从本民族身处弱势的文化处境出发，由己及彼，痛土著民族之痛，苦土著民族之苦，希望用和平、自由、公正的人类共同准则来拯救弱势民族的苦难。母族文化身处弱势的生存处境孕育了吉狄马加的悲悯情怀，因此他不仅关注弱势民族，还关注来自底层的弱势群体。无论是老人、山里的孩子、猎人、寡妇还是老歌手，诗人始终用同情的目光打量着他们的人生，其间显示了诗人深沉的悲悯情怀。如在《题辞》一诗中，诗人与艾青塑造的保姆大堰河形象相呼应，塑造了一个饱经苦难却善良如初的汉族保姆形象，她"曾经无比美丽"，有着"只身一人越过金沙江，又越过大渡河，到过大半个旧中国"的勇气与坚强。① 可她命运多舛，"十六岁时就不幸被人奸淫"，"从不被人理解""在不该死去丈夫的年龄成了寡妇"，② 后又嫁给一个比她小20岁的男人而吃尽苦头，历尽人世的沧桑和冷暖。诗歌里吉狄马加不仅书写了汉族保姆命运的悲惨，还关注她那"充满着甜蜜和善良，充满着人性和友爱"的梦想，关注她灵魂里"那超越一切种族的、属于人类最崇高的情感"，以及她死后迷人的微笑里即将成为永恒的岁月的回忆。③ 最后，诗人作为她的孩子，"为她哭泣，整个世界都会听见这忧伤的声音"④。诗歌深深体现了诗人对弱势群体的悲悯情怀。吉狄马加的悲悯情怀还体现为他对弱小生命的爱护。《敬畏生命》一诗通过"我"反复向藏羚羊道歉充分显示了诗人对弱势生命的悲悯。诗人眼中，藏羚羊"象征着勇敢和自由"，有着"至高无上的灵魂"，是青藏高原真正的主人。但藏羚羊却遭到人类的猎杀，由此"我为自己，作为一个人，而感到羞耻"。⑤ 诗中，"我"反复道歉，请求藏羚

---

① 吉狄马加：《吉狄马加诗选》，四川文艺出版社1992年版，第168页。
② 同上。
③ 同上。
④ 同上书，第56页。
⑤ 同上书，第60页。

羊的原谅与宽恕，其间充满自责与忏悔。在吉狄马加看来，人居万物之首，是强势群体，却恃强凌弱，实属罪过。总之，悲悯情怀让吉狄马加的视野超越了民族、国家甚至人兽之界。

吉狄马加的诗歌，一方面努力显现民族个性，寻找自己在世界多元文化格局中的位置；另一方面又认真表达人类的共性，表现世界人民共有的思想感情和理想愿望。所以，即使诗人在写彝族的"瓦板屋""土墙""口弦""鹰爪杯""苦荞麦"这些具有鲜明文化特征的物象时，他力图超越特殊文化事象的局限性，从人类精神的层面去发掘思想内涵，从而实现民族性和人类性在深层意蕴上的统一。总之，吉狄马加从个人生命体验出发、从本民族文化的生存处境出发，携带着浓郁的彝族色彩和独特的中华民族神韵；同时吉狄马加又能由此及彼，超越个人、超越民族，传递人类共同的精神追求。可以说，吉狄马加的诗歌是大凉山彝族现代诗歌群落中具有超越性的典范代表，它给中国现代诗学提供了一个积极而成功的书写模式。

（三）艺术形式的重构

大凉山彝族现代诗群的文化重构还体现为以民族认同与中国立场追求诗歌艺术形式的创新。中国是一个统一的多民族国家，就中国的语言文字而言，除了有作为国家通用语的普通话外，还有多种少数民族语言文字，如藏语、维吾尔语、彝语、朝鲜语等。因此，中国文学除了汉语言文学外，还有各少数民族母语写成的文学。新中国成立前，许多拥有文字的少数民族作家多只能以母语写作。而新中国成立以后，由于少数民族地区推行双语教育（包括母语教育与汉语教育），这使得许多少数民族作家在通晓母语基础上又能熟练使用汉语，因此在母语写作的基础上出现了非母语写作（汉语写作）。由于汉语言的主流地位，以及文化交流的频繁，通晓母语与汉语两种语言的许多少数民族作家逐渐走向了汉语写作，并涌现出许多优秀的作家，如蒙古族的玛拉沁夫、藏族的阿来、彝族的吉狄马加等。进入20世纪末，随着全球化的加剧，少数民族作家强烈感受到全球化趋势下母族文化乃至母语文学可能走向消亡的危机。为此，部分少数民族作家坚持用双语写作，坚持母语写作与汉语写作并行，如彝族的阿库乌雾、哈尼族的哥布等；同时，部分少数民族作家们意识到汉语写作也是当下文化融合时代的必然选择，他们强调文化自觉，积极探索将汉语诗歌民族化，思考如何将自己民族的元素、理念、意象等融入汉语诗歌创作，以此创造烙着自己民族文化印迹的现代汉语诗歌。这些少数民族作家力图通过双语写作或汉语诗歌民族化的努力来挽救母族文化乃至母语文学的消亡，进行民族文化的再创造。大凉山彝族现代诗群的诗人们是一个具有强烈的民族认同感的诗人群体，关注母族文化始终是他们创作的核心。在经历了文化回归的渴盼、文化冲突的焦虑等诸多情感体验之后，以阿库乌雾为代表的大凉山彝族现代诗群的诗人们积极探索少数民族汉语诗歌写作的民族化，以实现母族文化的重构。

以明确的诗歌理论指导诗歌创作是大凉山彝族现代诗群实施文化重构的首要表现。其中，具有诗人与学者双重身份的阿库乌雾是最具有理论意识的诗人。阿库乌雾有着浓烈的母语关怀情怀，早在创作初始的20世纪80年代后期，他已感知到以汉文化为主的强势文化对处于弱势地位的彝族文化的侵蚀，清醒地意识到作为母族文化构成核心的母语（彝语）可能走向消亡的趋势。他曾说："在多元文化大撞击、大整合、大汇流的时代大潮下，我深深感到我所拥有的淳朴、厚蕴的彝族母语文化正在遭遇空前的震荡与损毁。"[①]强烈的危机意识唤起了诗人保护母语文化的责任感，"于是，我便拥有了一种天命的责任：即用我至今还十分健全的生命机体和旺盛的思维活力来完成对我与生俱来的母语文化生命力的承载与接续，用我一生的文化行为、精神举措及

[①] 罗庆春：《永远的家园——关于中国当代少数民族母语文学的思考》，《中国民族》2002年第6期。

第五章 大凉山彝族现代诗群的文化想象

生命内涵去破译并保护我的母语文化"①。为此,阿库乌雾以坚持母语写作的姿态,捍卫母语文化,先后推出了两部彝语诗集《冬天的河流》《虎迹》,这在少数民族作家中都是少有的。但随着全球化进程的全面推进,文化融合更加频繁,阿库乌雾认识到"文化混血"的时代一味地坚持母语写作未必是保护母语文化的唯一好方法。"在这样一个'文化混血'的时代大趋势下,任何人为的自我封闭或盲目抗拒都是徒劳的。"②那"文化混血"时代该如何保护母语文化?阿库乌雾又进行了深入的思考,清醒地指出"明智的抉择是使这'混血'现象高度自觉化,使其在知己知彼'血型'与'血性'的前提下去自觉完成'混血',而不是在蒙昧无知、似是而非的情况下被他文化被动同化"③。在阿库乌雾看来,知己知彼的文化自觉是"文化混血"时代防止文化同化的首要前提。随后,他又提出了"第一母语""第二母语""第二汉语"的概念,并展开具体阐述。他将自己的母语彝语称为"第一母语",将汉语称为"第二母语"。他认为,对各少数民族而言,汉语是第二母语,因为汉语是中华民族各民族的通用语。阿库乌雾指出这种情形是"由中华文明及其演化进程的性质和特点决定,汉语历来就被视为所有曾经在中华大地上繁衍生息过的族群共同缔造和拥有的'共同母语'"④。"自古以来,我国境内一些少数民族一直有着在保留本民族的'第一母语'的同时逐步习得并使用这一'共同母语'进行本民族历史文化叙事的传统。新中国成立后,汉语自然成为法定的国家语言供56个民族共同平等使用。由于'第二母语'具有更加广泛的使用空间和认知范围,也由于境内各少数民族母语文化发生历史性的演变,

---

① 罗庆春:《永远的家园——关于中国当代少数民族母语文学的思考》,《中国民族》2002年第6期。
② 罗庆春:《灵与灵的对话——中国少数民族汉语诗论》,天马图书有限公司2001年版,第52页。
③ 同上。
④ 罗庆春、王菊:《第二母语的诗性创造》,《小说评论》2008年第3期,第57页。

当代少数民族作家在更深层次和空前意义上'遭遇汉语'。"[1] 这里，阿库乌雾客观、科学地分析"第二母语"形成的历史语境，以此肯定了"第二母语"存在的必然性。如果说阿库乌雾在其创作早期，试图努力以彝语写作来捍卫母语文化的消亡。那么，进入20世纪90年代末，他不得不接受"第二母语"成为历史必然的现实。既然在"文化混血"时代，使用"第二母语"（汉语）写作成为一种不可避免的趋势，那么如何利用"第二母语"传承母语文化成为阿库乌雾思考的重心。他认为"这一文化命运要求少数民族作家用'第二母语'去表现'第一母语'所积淀下来的精神文化遗产，同时还要处理好'第一母语'文化与'第二母语'文化碰撞产生的思想火花与时代精神的关系"[2]。阿库乌雾实则指出了"第二母语"的创作实质，就是"母语文化与汉语表述方式的深层凝合"，其重要表征就是"在两种语言文字传统中游刃有余地对主流语言加以解构、颠覆，直至以母语涵化汉语"[3]。他们把被母语化的汉语称为"第二汉语"，认为"第二汉语"在保留汉语原有的语法规范的同时也融进了异质文化，是一种创新的语言。可以说，阿库乌雾依据现实语境，本着浓烈的母族关怀情怀，总结出了以"第二母语"（汉语）表达母族文化精神的文化重构理念，这对自身以及其他少数民族诗人的诗歌创作发挥了重要的指导作用。

以阿库乌雾为代表的大凉山彝族现代诗群文化重构的意愿不仅有明确的理论思路，他们还积极地以理论观点指导诗歌创作实践。阿库乌雾提出的以"第二母语"来表达"第一母语"文化精神的文化理念在具体诗歌创作中，首先体现为对母语传统的反叛，"必须以自觉体悟颠覆母语文学传统，甚至颠覆文化传统的精神失落感为前提，在更高更深的层面上对民族文化和母语的

---

[1] 罗庆春、王菊：《第二母语的诗性创造》，《小说评论》2008年第3期，第57页。
[2] 同上。
[3] 巴莫曲布嫫：《"边界写作"：在多重复调的精神对话中永远迁徙》，《阿库乌雾诗歌选·代序》，四川民族出版社2004年版，第7页。

'元叙述'方式加以全面背叛"①。阿库乌雾的《蛛经——关于蜘蛛与诗人的呓语》中,诗人以"第二母语"对母族文化传统进行了全面解构,重新构建了一个彝人"重新建立自身与语词的关系"的当代信仰。在彝族文化里,有蜘蛛创世的传说,因此"蜘蛛"被誉为神物。但在这里诗人颠覆了彝族传统中人对"蜘蛛"的崇敬,颠覆了彝人自古相沿的"蜘蛛创世神话"与彝人传统社会至今依然笃信的"蜘蛛是魂君的信仰"。诗人看来:

蛛多　蛛网多

道路与方向四通八达

线形的陷阱毫无破绽

人蜘蛛　气蜘蛛

语言蛛　图画蛛

诗人形同苍蝇

受困于一种成就

电网磁网　信息网

情网肉网　魂灵网

网状的毒汁无始无终。②

所以诗人力图挣脱蛛网的困缚与毒汁的伤害,渴望"诗人重新建立自身与语词的关系"③。同样,《雏鹰》颠覆了彝族人自古崇拜的"鹰"的形象:

一只鸟儿的阴影

整整笼罩了一个民族

---

① 阿库乌雾:《阿库乌雾诗歌选·代序》,四川民族出版社 2004 年版,第 7 页。
② 阿库乌雾:《阿库乌雾诗歌选》,四川民族出版社 2004 年版,第 87—88 页。
③ 同上书,第 88 页。

全部的历史。①

《乌鸦》则解构了彝人民间信仰中乌鸦是"凶兆显象"的传统:"母亲说过乌鸦是吞吃孩子的足印成长的"传说;诗人表达了自己的"渴慕":

我渴慕虚虚实实的乌鸦

栖落在我的头顶

于是,我作为一面被撕碎的旗帜

作为一座老去的寨子

作为城市的中心

从此　乌鸦叼食自己的足印

走向不死。②

阿库乌雾以身体力行的"全面背叛",在大凉山彝族诗人群中率先走向重建"第二母语"的诗歌创作实践。

阿库乌雾提出的以"第二母语"来表达"第一母语"文化精神的文化理念在其诗歌创作中除了体现为对母语传统的解构外,还体现在建构方面,即如何在汉语表述中体现彝族的文化思维、文化精神。用大凉山彝族现代诗群中女诗人巴莫曲布嫫的话来说即如何"再本土化"。在原有汉语词汇中融入彝族文化内涵,是以阿库乌雾为代表的大凉山彝族现代诗群的诗人们使汉语写作"本土化"的浅层表现。以"黑色"为例子,在汉语文化系统中,"黑色"传递的是死亡、压抑、消沉等文化内涵;而彝族文化系统里,"黑色"代表的是高贵、庄重等文化含义。如吉狄马加的诗歌中常出现关于"黑色"的书写:

我了解葬礼

---

① 阿库乌雾:《阿库乌雾诗歌选》,四川民族出版社2004年版,第26页。
② 同上书,第23页。

第五章 大凉山彝族现代诗群的文化想象

我了解大山里彝人古老的葬礼

(在一条黑色的河流上

人性的眼睛闪着黄金的光)

我看见人的河流，正从山谷中悄悄穿过

我看见人的河流，正漾起那悲哀的微波

沉沉地穿越这冷暖的人间

沉沉地穿越这神奇的世界

我看见人的河流，汇聚成海洋

在死亡的身边喧响，祖先的图腾被幻想在天上

我看见送葬的人，灵魂像梦一样

在那火枪的召唤声里，幻化出原始美的衣裳

我看见死去的人，像大山那样安详

在一千双手的爱抚下，听友情歌唱忧伤

我了解大山里彝人古老的葬礼

我了解葬礼

我了解大山里彝人古老的葬礼

(在一条黑色的河流上

人性的眼睛闪着黄金的光)[1]

　　那条"黑色的河流"就是一条生命之流，是彝族人绵延不绝的生命之流，他们即使面对死亡也不悲伤，而是勇敢地向前走去。这里用"黑色"修饰

---

[1] 吉狄马加：《吉狄马加诗选》，四川文艺出版社1992年版，第100—101页。

"河流",衬托出彝族人生命的高贵、强劲与稳健,完全不同于汉文化中关于"黑色"的通常内涵。"童裙"这一核心意象在汉语文化体系中被理解为儿童的衣裙,但在彝族文化里却是一种成人礼的象征。换"童裙"是彝族少女的成人仪式,这一仪式在彝人看来,标志着少女长大成人,可以迈入恋爱、结婚、生子的人生历程,同时这一仪式还承载着对少女未来幸福生活的祝福。阿库乌雾写有《童裙》一诗:

> 那野蜂巢被掀翻后的世界
> 可那多产的女人
> 早已用语言和看不见的绳索
> 硬将你捆缚于那弯曲的锅庄石
> 你开始属于石头的女人
> 石头　却更见沉默不语
> 你换下的童裙
> 多么纯美的的春天呵
> 一个季节在你的秀发间
> 像獐子的蹄声一样
> 遗落
> 周遭依然日照充足
> 你开始接收梦中持续不断的
> 枪声炮声雷声雨声云游声
> 谁说女人不懂得战争
> 你　决意积水成渊
> 淹死　天底下所有弯曲的锅庄石
>
> 童裙失落的山路

第五章 大凉山彝族现代诗群的文化想象

引诱你 进入

第五个季节。①

　　这里，诗人运用"童裙"意象，体现了彝族文化体系里少女成人的含义，同时诗人无情地揭示了女性成人后常遭受的压抑与痛苦，以及最后走向对命运的抗争。"童裙"这一汉语词语被赋予了彝族文化内涵。同样"鹰""虎""雪"等意象，在彝族文化体系里被视为彝族创世的神物，因此在吉狄马加、阿库乌雾、阿苏越尔等大凉山彝族诗人的诗歌里也常被赋予神性，明显地不同于通常的汉语表述。总之，无论是"童裙"还是"鹰""虎""雪"等意象，诗人尽情地展现了彝族文化体系赋予它们的明显不同于汉文化体系的含义。正是这些不同于汉文化中被固化的含义的存在，实现了以阿库乌雾为代表的大凉山彝族现代诗群的诗人们汉语写作"本土化"的愿望。当然这种努力也丰富了汉语言的表述内涵，带来了汉语言的创新，所以称之为"第二汉语"。

　　另外，对汉语语词的结构、内在逻辑、文法进行解构与重组，是阿库乌雾等大凉山彝族现代诗群使汉语写作"本土化"的更深层表现。应用彝语与汉语两种语言创作的阿库乌雾是利用母语文化重组以解构汉语表述规范的代表。彝语与汉语虽同属于汉藏语系，但是它们在语音、语汇、语法上有区别。"彝语是一种声音和谐又富于音乐美的语言，其文字属于音节文字。彝语词汇以单音节、双音节和三音节占绝大多数，四音节次之，五音节为数积少。"②而自古以来以五言为主体句式的诗行组合，"在节律上有二三式、三二式、四一式、二一二式、二二一式，这几种句式可以随意使用，均可构成五言句，

---

① 阿库乌雾：《阿库乌雾诗歌选》，四川民族出版社2004年版，第8—9页。
② 巴莫曲布嫫：《"边界写作"：在多重复调的精神对话中永远迁徙》，《阿库乌雾诗歌选·代序》，四川民族出版社2004年版，第10页。

其中不难发现彝语构词法以双音节居多"。① 阿库乌雾钟情于"双音节",从《阿库乌雾诗歌选》中的诗歌篇名可看出,116首诗歌都使用了双字、双音节的诗题,如第一辑巫唱中的"土路、口弦、月食、童裙、狩猎、巫唱、乌鸦、雏鹰、虎子、毕摩"等,而且许多词汇有韵律美,比如"土路""重游""伐木""岩羊""阳光"等。"阿库乌雾'双音节情结',则将音韵、节奏、构词、句式、辞格乃至章法等彝语材料创造性转化为整齐划一的'第二汉语'表述,其题旨或深蕴或显赫地传达出了本民族诗歌传统的风格。"② 尽管使用汉语表达,但标题中双字、双音节词的大量应用是诗人力图将母语思维融入汉语表述的表现,也是诗人努力将汉语"本土化"的结果。还有,阿库乌雾诗歌标题常采用传统彝语句法的即兴倒装手法。如阿库乌雾的诗歌标题为"人鸟""镜梦""透影""人病"等词语,它们就是"鸟人""梦镜"(境)、"影透""病人"即兴倒装的结果。阿库乌雾摒弃了那种遵循汉语规范、讲求文法的汉语写作方式,将母语文化融入其间,从而造成了诗句纵横交错、音律驰骋跳跃的"第二汉语"。"每一种语言本身都是一种集体的表达艺术。其中隐藏着一些审美因素——语言的、节奏的、象征的、形态的——是不能和任何别的语言全部共有的。这些因素有时把自己的力量融合于上文所说的不知道的绝对语言——这是莎士比亚和海涅的方法,有时组成一种独自的、技术性的艺术织物,把一种语言内在的艺术提净了或升华了。"③ 以阿库乌雾为代表的大凉山彝族现代诗群的诗人们,通过母语文化含义对语词、句法的破坏、重组等方式,自觉地将母语文化融入汉语表述,实现了母语文化的传承,而且带来了新质,促进了现代汉语的变革与创新。

阿库乌雾的汉语诗歌写作的"本土化"实验中,存在一种双声复调的自

---

① 巴莫曲布嫫:《"边界写作":在多重复调的精神对话中永远迁徙》,《阿库乌雾诗歌选·代序》,四川民族出版社2004年版,第10页。
② 同上书,第10—11页。
③ [美] 爱德华·萨丕尔:《语言论》,商务印书馆1985年版,第202页。

我对话风格。《阿库乌雾诗歌选》第三辑的《性变》与第四辑的《犬吠》里，诗人"通过口头程式风格的自述、对语、旁白、设问、作答，乃至采取'闪念'、'幻觉'、'顿悟'等画外音，实现叙事人称在对话关系中的灵活移位，传达出更为玄妙、更为深刻的双声性复调对话"①。也就是说诗歌中常呈现两个自我的对话，如《雨城》：

毁林垦荒

与火无关

雨　似远似近

语言在城市面庞上

长势旺盛

无良无莠

将悲剧变为沙石

贫瘠的城市呵

神的踪迹灭绝之前

横空出世的婴孩

还记得多少个

恩体古兹

神的名字总会是

一组跌宕铿锵的音节

悦耳　悦耳悦心

闪念：小儿希希在

---

① 巴莫曲布嫫：《"边界写作"：在多重复调的精神对话中永远迁徙》，《阿库乌雾诗歌选·代序》，四川民族出版社 2004 年版，第 14 页。

远隔千里的故乡还牙牙学语!

神绩如雨　守护城市

语言与语言的屏蔽

在谁的梦里

动植物血肉相连

那位织妇漫无边际的思情

发酵的城市

啤酒花、膨化雪糕

苏打水加冰块

人神合一的努力

在金属与金属的距离间

赓续着

默念：若惹古达镇东方

舒惹尔达镇西方

阿俄舒补镇南方

施惹底里镇北方

羽毛，那飘飘欲仙的羽毛谁镇?!

我与城市之间的立交

无人驾驶汽车

断了粮草

潜意识：一股股扑朔迷离的妖气

观光电梯在我的

血管里升降自如

默念Ⅰ：邪不压正！

默念Ⅱ：血浓于水！

默念Ⅲ：金钱万能！

……

有雨的城市

总算一种幸运

从快适的灾难起步

广岛　长崎

夏威夷　莫斯科

香港　柏林

有雨雨掷地有声

雨无族别、国别和性别

城市的红唇　刺青

并长长伸展

四通八达的城市

问题Ⅰ：有鼠进入我的陷阱能否

再次逃脱？

问题Ⅱ：犹太人的眼泪多

还是中东地区的石油多？

问题Ⅲ：人工爆破一座城市

需要多少诗人？

幻觉：雨是长在天上的树。①

　　这里诗人自觉运用了彝族民间文学"克智"论辩传统中的对话方式，呈现了自我的两种声音，一个"我"在诉说着对"城市"的诸种体验，在每一种体验后面，诗人紧跟着用"闪念""默念""幻觉"等方式插入另一种声音形成复调，甚至以叩问的方式直接形成对话。可以说该诗的复调风格是具有双声风格的彝族传统话语的"移置"和"转型"。"多重复调的'精神对话'蕴含着诗人对母族文化包括口头传统的价值取向，在多声部的开放性写作姿态下，诗人所追寻的、珍视的、认同的异质'混血'得以强化。"② 阿库乌雾通过复调式话语的插入与切换，打破了单一的语汇系统、语体风格与文体形式，充分展示了彝族语言与汉语的凝合，也体现了阿库乌雾力图通过"本土化"的诗学建构创造"第二母语"的努力。在全球化的语境里，无论是吉狄马加还是阿库乌雾，他们以开阔的视野，或致力于追求民族性与人类性的结合，或致力于追求母语文化与汉语文化的交融，这些不同的方式正是他们重构彝族文化的努力。

　　大凉山彝族现代诗群是一个具有鲜明的"文化寻根"意识的诗歌群体，他们用诗歌深情地表达对"故土"的眷念与怀想，以此寄予了对母族文化的怀念；他们还用诗歌抒发全球化时代强势文化对于位于弱势地位的母族文化的侵蚀而引发的焦虑情怀。这些都是大凉山彝族现代诗群的诗人们追寻彝族文化之根脉的表现。但大凉山彝族现代诗群的"文化寻根"不是"返回"，他们在回顾文化之根时又积极地谋求母族文化的重构与创新，在内涵表达上他们执着地追求民族性与人类性的融合；在形式探索上，他们力图将母语文化嵌入汉语书写中创造"第二母语"与"第二汉语"。大凉山

---

① 阿库乌雾：《阿库乌雾诗歌选》，四川民族出版社 2004 年版，第 139—143 页。
② 同上书，第 17 页。

第五章 大凉山彝族现代诗群的文化想象

彝族现代诗群是少数民族文学中具有鲜明的、独特的"寻根"路径的诗歌群体。它是少数民族"文化寻根"文学现象乃至中国文学的"文化寻根"现象的又一重要构成。

第六章 少数民族文学的民族志写作

在少数民族文学的"文化寻根"潮流中，有一部分少数民族作家在寻民族文化之根时有意识地接受人类学的民族志写作影响，笔者称此类文学作品为少数民族文学的民族志写作。民族志是人类学者在田野工作结束之后写作的文本，其写作过程体现为走进田野、追求非虚构性、呈现地方性知识以及运用深描手法等特征。少数民族文学的民族志写作，是指少数民族作家在文学写作中有意识地吸收民族志的写作方法，体现为走进田野追求非虚构性、在文学文本中呈现大量的地方性知识及自觉运用深描手法等。少数民族文学的民族志写作是少数民族文学"文化寻根"的构成部分之一，它的出现为少数民族文学乃至中国文学的"文化寻根"展示了又一条完全不同的寻根路径。少数民族文学的民族志写作现象因何出现？这源于20世纪以来文学与人类学两门学科之间的良性互动，即人类学的"文学转向"与文学的"人类学转向"的发生，这是该现象出现的重要学理基础。

一　人类学的"文学转向"

　　人类学是指从生物与文化的角度对人类进行全面研究的学科，是研究人类的体质与社会文化的学科。它包括体质人类学与文化人类学。体质人类学注重对人的体质进行研究；文化人类学主要研究人类社会各个部落或族群的文化，以此发现人类文化的特殊性和普适性。文化人类学的研究对象大多是弱势族群、少数团体以及较为蛮荒的部落，这是它区别于社会学的显著特征。人类学的兴起，最初缘于人们对异文化、异民族独特性的好奇。当人们发现存在一群与自己迥然不同的人群，体质形态、语言、风俗习惯都截然不同，于是就产生探索这一群体奥秘的兴趣。这种对异民族的异文化的关注，就是原初意义上的人类学实践。在很早的历史时期，古代人就开始了对异民族、异文化的认知。如古埃及人在坟墓的壁画上绘出与自己不同的亚洲人、黑人等形象；中国先秦时期的典籍文献中，曾记载了南蛮、西戎、东夷等不同民族；古希腊哲学家希罗多德在《历史》中，也描述了地中海沿岸许多国家与族群。

　　地理大发现以前，大多数西方学者对异民族及其文化缺少了解，也很少对其生活方式进行系统研究。15世纪至18世纪，随着地理大发现以及由之产生的了解他者的需要，使得许多西方探险家、传教士、商人、海员等对异文化的描述材料受到学者们重视。于是，那些居住在世界各地且很少为外界知晓的诸多土著民族进入了欧洲人的视野。1501年，"人类学"这个词第一次出现在德国学者亨德的著作《人类学——关于人的优点、本质和特性，以及人的成分、部位和要素》之中。19世纪以前，人类学主要侧重于人体解剖学与生理学的研究，人们称之为体质人类学。进入19世纪后，欧洲的许多考古学学者对化石遗骨非常感兴趣，同时他们也发现这些遗骨常伴有人工制品，并且这些人工制品在土著民族中仍在使用。这样的现象，使得学者们开始关注土著民族的体质类型及其文化。于是，人类学不再局限于解剖学与生理学，而逐步从考古、文化等诸多方面展开了对人类的综合研究。人类学由此逐渐由关注人体体质的人类学转向关注文化的文化人类学。1840年，达尔文的《物种起源》出版，提出了进化论。这一理论很快成了19世纪后期的时代主潮。学者们开始以进化论观点审视各民族，尤其是非西方的各民族的民族志材料。他们把西方文化作为人类文化发展的顶点，并以之衡量其他文化，确立各类文化在人类进化史上的位置。受进化论思想的影响，使人类学发展史上产生了第一个理论流派——古典进化论。这标志着人类学作为一个学科正式形成，同时文化人类学取代了体质人类学，成了人类学的主流。此后，人类学得以迅速发展。

人类学到20世纪中后期发生"文学转向"，这鲜明地体现在关于民族志的认识由客观性指向虚构性的变化。田野考察是人类学的基本立足点。一般人类学的研究过程以田野考察为核心分为"前田野""田野"与"后田野"三个阶段，每阶段有不同的目标。"前田野"的主要任务是为田野考察进行各种准备，包括确定考察点、制定考察计划等；"田野"时期，即开展各项田野作业；"后田野"，则是指民族志的写作。民族志，是人类学者进行田野调查后写作的文本。民族志写作是人类学研究的最后阶段，也是人类学的"文学转向"发生的阶段。或者说，人类学的"文学转向"就发生在"后田野"时期的民族志写作阶段。人类学的"文学转向"主要体现为人们对民族志的认识由强调它的客观性、真实性发展到发现它的虚构性。文学是虚构的产物，发现民族志的虚构性就是人类学的"文学转向"的重要标志。那么人类学的"文学转向"是如何发生的？或者说人们如何由强调它的客观性、真实性发展

第六章 少数民族文学的民族志写作

到发现它的虚构性呢？

在人类学的初期，描述异文化的文本多为殖民地官员或冒险家或传教士等业余作者写作。由于他们写作的随意性以及殖民主义心态，使得这些文本具有不科学性与虚假性。到20世纪20年代，人类学者马林诺夫斯基根据其在特罗布里恩德岛的田野调查，写作了《太平洋的航海者》。马林诺夫斯基确立了民族志的科学性，要求观察者摆脱先入为主的成见，以中立的立场进入异文化，去体验与感知异文化；要求民族志作者的观点需建立在观察所得证据的基础上；要求建立科学的收集与整理材料的方法。此后，人类学者强调民族志对异文化、异民族的记录是真实的、客观的与科学的。

20世纪60年代，随着世界形势的变化以及后现代主义思潮的强力冲击，人类学遭遇了前所未有的危机。这场危机主要源于人类学所追求的具备客观性、科学性与精确性的现实主义民族志遭到了学者们的质疑与批判。其中有两个事件直接与传统民族志的表述危机相关。第一件就是1967年马林诺夫斯基私人田野日记的公开出版。马林诺夫斯基的日记真实地再现了他田野考察中对工作的厌倦，对健康的焦虑，对调查地居民的厌恶与蔑视，还有性爱的缺乏与孤寂等。而这些记录与其关于特罗布里恩德岛的人类学著述《太平洋的航海者》中的表述截然相反。可以说，这部日记完全颠覆了马林诺夫斯基写作的民族志的所谓客观性与真实性。此后，人们对于民族志所谓的客观性、真实性不再深信不疑。第二件是一场关于民族志写作的论争。人类学者米德完成于1928年的《萨摩亚人的成年》是一部传统民族志的经典。该书中米德展现了萨摩亚人青春期轻松与平和的状态，而这与美国人躁动叛逆的青春期完全不同。所以，米德提出青春期的变化不仅受到生物属性的制约，还受到文化的制约。在米德去世后，她的《萨摩亚人的成年》受到了澳大利亚人类学家德里克·弗里曼的批评。弗里曼与米德一样也以萨摩亚人作为田野调查的对象。1983年，弗里曼出版了著作《米德与萨摩亚人》。弗里曼在书中描绘的萨摩亚社会与米德之前所称赞的田园牧歌般的萨摩亚完全不同，相反是等级森严的、充满竞争的。《米德与萨摩亚人》出版后立刻引起了学术界的激烈论争，并持续了很多年。研究同一对象，但却得出截然不同的观点，这就是米德与弗里曼事件呈现给人们的事实。这一事实显然更让传统民族志追求的客观性陷入危机之中，再次遭到人们激烈的质疑与批判。

20世纪60年代，美国人类学家格尔茨的《文化的阐释》一书提出了阐释人类学，强调文化是"人自己编织起的意义之网"①。这意味着每个人都有理解自己所置身的文化的能力。而民族志的任务，就是对"每个人对意义的阐释"的再阐释，并用深描取代了观察与记录。格尔茨的阐释人类学揭示了田野调查与民族志写作的主观性的存在。1984年，在美国新墨西哥州圣塔菲的美洲研究所，召开了一个题为"民族志文本的打造"的高级研讨会。此次会议共有十位学者参加，包括八个人类学家、一个历史学家与一个文学家。后来，与会者提交的论文汇集成《写文化——民族志的诗学与政治学》一书。该书作者们以审视的眼光分析经典民族志作品，揭示了其中应用的文学修辞，为此发现了民族志的虚构性。学者们认为即使是所谓的最客观、真实的民族志文本也是由所选择的真实组成，所以民族志的真实性是不完全的部分的真实。《写文化——民族志的诗学与政治学》的出版，使人们认识到一直以来强调的民族志的所谓客观性、真实性是有限度的，民族志不可避免地具有一定的虚构性。这里，民族志的虚构性被强调、凸显，这就是所谓的人类学的"文学转向"。"人类学的文学转向是针对人类学写作实践而言的。确切地说，这个术语指的是人类学者在写作过程中赋予文本一种明确文学虚构性意味的过程。"②

由于人类学家写作的民族志仅是"部分真实"，具有虚构性，所以有的民

---

① ［美］克利福德·格尔茨：《文化的阐释》，韩莉译，译林出版社1999年版，第5页。
② 王倩：《人类学的文学转向——民族志书写的另一种思考》，《世界民族》2011年第5期。

族志写作就体现出一定的文学性。人们将人类学家写作的具有一定文学性的人类学著作称为人类学诗学。中国人类学家林耀华写于20世纪40年代的《金翼——中国家族制度的社会学研究》是一部体现一定文学性的人类学作品,它用小说形式叙述了福建一个小村庄毗邻而居的两个家族迥然不同的命运。该部作品首开国内人类学的文学写作先河,是人类学诗学的代表作。当今的人类学家庄孔韶也是一位倡导人类学写作文学化的学者,他的《银翅》就是有意模仿《金翼》而作。2001年庄孔韶出版了"独行者"人类学系列著作,包括《自我与临摹》、《远山与近土》、《文化与性灵》、《家族与人生》和《表现与重构》共五本。这套"'独行者'人类学随想丛书"采用了诗、散文、小说、民族志等多种文体形式。它书写了作者在中国西南、西北以及北美等地的田野调查及文化感悟。其中《自我与临摹》是庄孔韶访美期间的客居诗选,其用诗歌的形式表达了客居他乡时感受到的文化差异。庄孔韶的这套人类学丛书,可谓人类学诗学的代表。此外,彭兆荣主编的"文化人类学笔记丛书"也是人类学诗学的代表。该套丛书包括彭兆荣的《生存于漂泊之中》、易中天的《读城记》、潘年英的《扶贫手记》、徐新建的《苗疆考察记——在田野中寻找文本》等。彭兆荣的《生存于漂泊之中》记述了作者游历新加坡、马来西亚、泰国等国的见闻与感受,其行文大多为抒情式,少了一般人类学写作的枯燥与烦琐。这些著作都可视为中国人类学诗学的代表作品。人类学家创作的具有文学性的人类学作品的出现,就是人类学"文学转向"的具体体现。总之,人类学的"文学转向",就是强调民族志写作的虚构性。

二 文学的"人类学转向"

文学的"人类学转向"包括两个层面,就文学研究而言,指以人类学的视野、理念等思考及研究文学;就创作而言,指将人类学的思想、方法等注入文学创作之中。

(一) 文学研究的"人类学转向"

"转向"一词可用来标示学术研究中正在发生某种变革趋向,如语言学转向、叙事转向、文化转向、图像转向、生态转向等。当下国际学术界的最新发展趋向——"人类学转向"正成为人文社会科学研究的一股新思潮。作为人文社会科学研究构成部分的文学研究的"人类学转向"最早发生在西方。在西方,理论上比较清晰地论及文学研究的"人类学转向"的首推加拿大文艺理论家诺斯洛普·弗莱。弗莱应该是文艺学领域中将人类学引入文学批评的第一人。1957年弗莱出版了《批评的解剖》一书,它是原型批评理论的代表作。弗莱通过对文学与人类学的交叉点——神话的研究,考察了西方文学中的各种文学类型,归纳出文学作品中那些不断重复出现的模式——原型。弗莱认为文学源自神话,神话又与宗教仪式密切相关。因此,神话与仪式构成文学结构中原型的基础。弗莱阐述神话与文化原型关系时说:"根植于某一特定社会的神话体系及时地留下了该社会成员所共有的幻想和语言经验的遗产,因而,神话系统有助于创造一种文化史。"[①] 这是强调某一特定时期的神话结构所反映该时期的文化原型。关于在科学取代神话之后,神话的模式如

[①] 叶舒宪编:《神话——原型批评》,陕西师范大学出版社1987年版,第391页。

何又通过文学继续活跃在文化之中,弗莱说明"神话体系由于其早期的神圣性质会以一种无机的方式存在于社会意识之中"。①"我们早已看到,哥白尼对于我们来说,意味着科学的空间观念取代神话的空间观念,而达尔文则标志着科学的时间观念取代神话的时间观念。但是,神话传统的不幸并不是真正的神话体系的消亡,神话体系的中心线索仍会由每一时代的诗人们再创造出来。"② 由于神话在每个时代的文学中不断地发出回响,着眼于原型的具有人类学倾向的文学批评自然成为解读文学的一种理论。到 20 世纪七八十年代,美国原型批评家维克里先后出版了《神话与文学:当代理论与实践》《〈金枝〉的文学影响》等著作。维克里沿着弗莱开创的从人类学视角进行文学批评的思路出发,进行文本分析。可以说,以弗莱为代表的原型批评是自觉地借鉴与运用文化人类学方法研究文学的产物。

德国接受美学家沃尔夫冈·伊瑟尔也是推进文学研究向"人类学转向"的代表。1978 年,沃尔夫冈·伊瑟尔提出"走向文学人类学"的口号,并出版了专著《虚构与想象——文学人类学的疆界》。伊瑟尔认为:人们长期把文学视为与现实对立的虚构物的观点片面,主张以一种"三元合一"的观点取代"二元对立"的传统观念。所谓的"三元"就是现实、虚构与想象。关于虚构,伊瑟尔认为"虚构化行为实质上是一种疆界的跨越,从人类学的角度看,文学虚构使人超越自身,使自由驰骋成为可能。因为虚构意味着补偿或实现未被遮蔽的成分"③。关于想象,伊瑟尔说:"如果我们要深入了解文学媒介的历史性需要……我们就必须打破前面的界定而使用一个被广泛接受的合法形式……于是我们的焦点就集中到了人类学的特征上,我们知道,人类

---

① 转引自叶舒宪《文学与人类学——知识全球化时代的文学研究》,博士学位论文,四川大学,2003 年,第 60 页。
② 叶舒宪编:《神话——原型批评》,陕西师范大学出版社 1987 年版,第 396 页。
③ 同上。

生活是离不开'想象'支撑的。"① "作为一种媒介，文学所显示的所有固定形态都只能是一种想象。文学甚至能将人类所有特性具体化为一种非真实性的幻象，这种幻象是文学呈现千变万化的相关事物特征的唯一途径。"② 伊瑟尔通过阐述"三元合一"观，指出人类的娱乐本性是文学人类学的本体，由此得出类似于某种艺术游戏观的结论。如果说弗莱是从文化人类学的视角切入文学，那么伊瑟尔则是从社会人类学的视角切入文学。

文化诗学，也是具有人类学倾向的一种文学理论。美国学者斯蒂芬·格林布拉特是文化诗学的代表人物。什么是"文化诗学"？格林布拉特如此解释："我在本书中企图实现一种更为文化的或人类学的批评——说它是'人类学的'，我们是指类似于格尔茨、詹姆斯·布恩、玛丽·道格拉斯、维克多·特纳等人的文化阐释研究。与此类工作有着亲缘关系的文学批评，因而也必须意识到自己作为阐释者的身份，同时有目的地把文学理解为构成某一特定文化的符号系统的一部分；这种批评的正规目标，无论多么难以实现，应当称之为一种文化诗学。"③ 在格林布拉特看来，文学是构成文化话语的中坚力量，并非游离于文化话语之外，"文学永远是人性重塑的心灵史，是对文化极为敏感的记录，而文学阐释则是一种人性的共鸣。因此，对任何个别文本的进入，都不可能仅仅停留在文词语言层面，而是要不断返回个人经验与具体环境中去，回到人性之根，也就是回到个体与群体所能达到的统一心境的层面上去"。④ 文化诗学，实际是强调文学批评需重视其文化意义，而"写文化"本就是人类学的核心任务，所以说文化诗学是一种具人类学倾向的文学

---

① ［德］沃尔夫冈·伊瑟尔：《虚构与想象——文学人类学疆界》，陈定家、汪正龙等译，吉林人民出版社 2003 年版，第 3 页。

② 同上。

③ 中国社会科学院外国文学研究所《世界文论》编辑委员会编：《文艺学和新历史主义》，社会科学文献出版社 1993 年版，第 79 页。

④ 骆晓飞：《〈金枝〉与文学人类学——析文学人类学的发展线索》，硕士学位论文，兰州大学，2007 年，第 29 页。

理论。在西方，无论是弗莱的原型批评、伊瑟尔的"虚构与想象"，还是格林布拉特的文化诗学，它们都是深受人类学影响的文学理论。

在中国，早在20世纪二三十年代中国文学研究的"人类学转向"就已初步显现。1906年王国维出版了《屈子文学之精神》，以印度、希腊的神话为参照，说明产生了《庄子》和《列子》的南方文化在想象力上远胜过北方。茅盾引进比较神话学梳理汉族古神话；郭沫若从婚姻进化史角度阐释甲骨；闻一多从神话学、民俗学角度求解《诗经》《楚辞》的难题；郑振铎借人类学视野透析汤祷传说；等等。可以说，上述研究是中国文学人类学转向的最初表现。新中国成立后，由于国家的自我封闭，人类学、社会学等产生于西方的社会科学类学科被拒之门外。直到20世纪80年代，随着大量西方文化的涌入，中国文学批评领域出现了"人类学转向"。最初显现为弗莱原型批评理论的影响，叶舒宪、萧兵、方克强等学者利用原型理论研究中国古典文学，从宏观的文化维度重释种种文学现象；同时，以叶舒宪为代表的学者不断拓展证据的疆域，在"二重证据"基础上提出"三重证据""四重证据"。20世纪初，王国维提出了将传世文献与以甲骨文为主的出土文献作为"二重证据"，到世纪末叶舒宪又增加了"第三重"与"第四重"证据。"三重证据"是在"二重证据"基础上增加人类学的口传与非物质文化遗产；"四重证据"是在"三重证据"基础上增加实物、图像。无论是原型理论的应用或是多重证据的出现，都使文学研究具有一种跨文化的"人类学"视野。

20世纪末以来，运用人类学的仪式理论、图腾理论、田野调查法等研究中国少数民族文学也是当下文学研究"人类学转向"的一种表现。少数民族文学不只是审美对象，还是族群记忆的载体，积淀着丰厚的文化意蕴。因此，许多研究者采用人类学理论对其进行研究。其中人类学仪式理论常成为研究少数民族的神话、史诗、民歌等民间口传文学的重要理论。这些文类不是纯粹的文学文本，它们大多数与仪式活动相伴生，因此从仪式角度切入更能深入地展开研究。彭兆荣的《文学与仪式》是我国第一部以文学与仪式的相关性为主题的研究专著。它从人类学仪式理论入手，对酒神及其祭祀仪式的发生学原理、酒神的文学叙事原型进行了论述。至今，中国少数民族传承着大量的"活态文学"，需要展开田野调查，因而人类学的田野调查法成为研究者的主要方法。近年，史诗研究界涌现了一批有分量的田野报告性质的著作，如朝戈金的《千年绝唱英雄歌——卫拉特蒙古史诗传统田野散记》、阿地里·居玛吐尔地的《〈玛纳斯〉史诗歌手研究》、杨恩洪的《民间诗神——格萨尔艺人研究》等。同时，部分学者还反思少数民族文学调查与整理中存在的问题。如彝族学者巴莫曲布嫫在《"民间叙事传统格式化"之批评》一文中，借助彝族史诗《勒俄特依》个案，否定了传统彝族史诗研究的两种偏向：一种是将史诗作为研究彝族历史、社会的旁证材料；一种是仅将其作为文学作品来看待。"至此，译本改写了上个世纪三四十年代以来国内外彝学界一直仅将'勒俄'作为阐述彝族历史、社会等级、奴隶制度的'旁证'材料，并将作品的文学特质及其诗歌属性引入了民间文艺学的探讨，进而被少数民族文学研究界纳入彝族'四大创世史诗'之列。"[①] 巴莫曲布嫫认为这两种偏向，忽略了史诗的演述场景与彝族传统的内部规定，必然产生误读。她强烈呼吁回归史诗的田野现场，"通过田野研究，从民间鲜活的口头史诗演述活动去复归文本背后的史诗传统，并建立一种'以表演为中心的'史诗文本观和文本阐释观"[②]。如今，少数民族文学研究中的田野工作正自觉地接近人类学规范。而这种"田野自觉"，就是当代中国文学研究的"人类学转向"的表征。

多民族文学的建构也是中国文学研究向"人类学转向"的又一个重要表征。新中国成立以后，国家采取了强调区别的民族政策（给予少数民族特殊

[①] 巴莫曲布嫫：《"民间叙事传统格式化"之批评（中）——以彝族史诗〈勒俄特依〉的"文本迻录"为例》，《民族艺术》2004 年第 1 期。

[②] 同上。

优惠),使得"少数民族"与"汉族"渐渐处于二元并置并被割裂的状态。由汉族、少数民族衍生的汉族文学、少数民族文学也由此处于二元并置的割裂状态。而且因为汉族是中国的主体民族,汉族文学是中国文学的构成主体,少数民族的边缘地位注定了少数民族文学处于边缘位置。进入 21 世纪,一批学者深感作为中国文学构成部分的汉族文学与少数民族文学之间存在深深的隔阂,同时也深感作为主流文学的汉族文学对位于边缘的少数民族文学的严重忽略。所以,2004 年,关纪新、汤晓青、徐新建等学者共同创办了"中国多民族文学论坛",这个论坛强调中国文学的多民族性,力图打破以割裂汉族文学与少数民族文学的状况。"中国多民族文学论坛"以"多民族"取代"少数民族",实则是强调 56 个民族都是平等共存的主体。它有利于打破原有"中心"与"边缘"二元对立思维模式——把 55 个少数民族与汉族对立的思维模式,打破文学研究各个领域存在的画地为牢、闭关自守的局面。此后,"中国多民族文学论坛"每年召开一次。在 2007 年的"中国多民族文学论坛"上"多民族文学史观"被作为议题提出,学者们为此展开了深入的研讨,一致认为"多民族文学史观"就是强调中国文学史是一部多民族文学共同发展的历史。因为中国是一个多民族国家,中国文学是由各民族文学组成的有机整体。"多民族文学史观"的提出直接挑战了历来的中国文学史著作,因为它们几乎只构成了一部汉族文学史,或者有少数民族文学作品那也是零星点缀。2011 年,参与创办"中国多民族文学论坛"的徐新建教授申请获得了 2011 年国家社科基金重大项目"中国多民族文学的共同发展研究",他在多篇文章以及项目的开题报告中阐述了"多民族文学"的内涵、价值等诸多问题。徐新建教授认为"'多民族文学'指的是在特定文化单位中通过民族交会而演进成为既独立存在又彼此相关的文学整体"[①]。他提出"多民族文学"的内涵包括

---

① 徐新建:《中国多民族文学研究的意义和前景——国家社科基金重大项目开题报告》,《中外文化与文论》2013 年第 2 期。

"多民族""多文学"和"多地区""多历史"等方面。徐新建要求在多元互补的整体观下，考察不同的民族、不同的文学、不同的区域与不同的历史文化。"多民族文学"的建构虽还在进行中，但它的提出充分展现了反文字中心、反中原中心、反汉族中心的人类学理念。总之，无论是20世纪80年代以来的原型理论对古典典籍的研究，还是21世纪人类学理论与方法对少数民族文学的研究以及"多民族文学"的建构，都是文学研究"人类学转向"的重要表征。

（二）文学创作的"人类学转向"

就文学创作而言，文学的"人类学转向"是指作家的文学作品渗透着人类学的理念、思想与方法等元素。从性质上看，人类学是一种理论方法，而文学创作是一种实践，但两者之间存在密切的联系。文学本身就孕育着自发的人类学意识，或者说本然地带有人类学思想色彩。当人类学还没有诞生之前，作为一种全人类的"集体无意识"，它面目不清地栖身于文学和其他艺术形式之中。正因为它的存在，伟大作家创作出来的作品才获得了世界范围的沟通与理解。直到近代当人类学被有意识地提取、整理与升华为一门系统学科后，它在文学上的应用由自发状态逐渐进入了自觉状态。

中国文学创作自觉的"人类学转向"与文学研究的"人类学转向"一样发生于20世纪80年代初期。它从杨炼1981年的诗歌肇始，以风俗文化小说为铺垫，以第三代诗歌为探索，到"寻根文学"热潮中终于蔚为大观。1981年，杨炼写下了具有明确回归传统意向的诗歌《自白——给圆明园废墟》，它以中华民族的命运为思考点，追寻民族与历史的悲剧。同年，汪曾祺以《受戒》《大淖记事》等作品开启了新时期风俗小说，随后出现了系列风俗小说，如邓友梅的"京味小说"、陆文夫的"苏南风俗小说"、贾平凹的"商州系列"、冯骥才的"津味小说"等。这些作品带有浓厚的民俗学考据和描述的意味，和尚的受戒、神奇的辫子功、烟壶的"内画"技巧、江南精致的食文化、北京的相声评书等不断闪现。如果说风俗小说吹起复古民风，带有民俗学意味，是人类学素材的借鉴。那么第三代诗歌中的"整体主义""新传统主义"则是从文化入手，注重人类学理念和思维方式在诗歌写作中的应用。1984年，四川的"整体主义"诗派注重从传统中汲取精华，其代表诗人江河说："任何一个民族都有自己的神话，自己心理建构的原型。作为生命隐秘的启示，以点石生辉。神话并不提供蓝图，他把精灵传递到一代又一代人的手指上，实现远古的梦想。"① 这表明诗人的神话学意识开始出现。1986年"新传统主义"出现，它力图破除与消解民族传统文化的束缚，张扬野性的、原始的生命力。可以看出，"第三代诗歌"中的"整体主义"与"新传统主义"，无论是回归东方玄学传统，还是返回本真，都是对人类学的"还原""原始"理念的表达。20世纪80年代中期出现的"寻根文学"是明显地表现出人类学倾向的文学流派。1985年，韩少功的《爸爸爸》《归去来》《蓝盖子》、扎西达娃的《西藏，隐秘岁月》《西藏：系在皮绳扣上的魂》、马原的《冈底斯的诱惑》《喜马拉雅古歌》等小说纷纷发表。作家们继承了风俗小说对地域特色的关注，但加入了更多的文化思考。"作家们运用人类学中'他者的目光'，'离我远去'的主位客位角度互换转化的观察方法，打量'他人的世界'。像一篇篇恍恍惚惚言语模糊的民族志，不自觉地应用了独行侠式的田野理论。他们走进偏远地区和大地的边边角角，搜寻探讨文化的历时状态，也关注文化的共时形式，即传统文化积淀物，同时也对文化构成与民族生存的辩证关系作出应有的思考。"② 可以说，"寻根文学"从方法到思想都表露了人类学影响的痕迹。进入20世纪90年代有少数作家的文学呈现为民族志倾向，即以田野调查作为文学创作的出发点和基本原则，在"常规"文本中穿插民族

---

① 《青年诗人谈诗·序》，北京大学五四文学社，1985年，第26页。
② 刘晓飞：《人类学与80年代以来中国当代文学的变革》，硕士学位论文，山东师范大学，2005年，第16页。

志研究资料和田野笔记，或直接以"标准"的民族志文本作为小说叙事形式。这里的民族志主要是指由马林诺夫斯基奠定，并由费孝通先生在《江村经济》中继承下来的标准民族志。如1996年，韩少功的《马桥词典》的问世引起了人们的争议，争议之一就是许多学者认为它不是小说，只能算民族志研究的资料。而叶舒宪却从文学与人类学互动角度指出，"这种写法与其说像词典类工具书，不如说更像人类学、民俗学家的田野调查笔记，且随处流露出人类学文化比较的研究旨趣，似乎要将语言史上从未有人开掘过的一座宝藏以其自身的魅力展现于世人而前"①。这可说是文学作品尝试向民族志靠拢的开始，这是文学创作的"人类学转向"。

20世纪末，中国当代文学开始呈现出人类学影响的痕迹，而作为当代文学构成部分的少数民族文学在受人类学影响方面更为显著。20世纪80年代初期，随着少数民族身份认同意识的逐渐复苏，少数民族作家们开始注重书写族群文化，特别是西方文化的冲击与"寻根思潮"的涌起进一步加剧了少数民族作家的民族身份认同意识，使他们更加自觉地向族群历史和现实的纵深处去探求生存的真相，写文化成为民族身份认同意识逐渐鲜明的作家们的重要选择。如20世纪80年代的乌热尔图一直致力于鄂温克族文化的书写，西藏的扎西达娃、色波也执着于书写藏文化，还有佤族的董秀英推出了书写佤家人文化的《马背上的三个女人》，霍达也创作了有着浓厚回族文化意味的《穆斯林的葬礼》等。可以说，少数民族文学写文化的倾向与同样以写文化为己任的人类学是天然的亲近。进入20世纪90年代，随着全球化趋势的加剧，少数民族作家不仅关注写文化，还关注怎样写文化。其中，部分少数民族作家更为自觉地接受人类学影响，他们运用人类学的理论、方法等书写文化。如张承志、潘年英、阿来等少数民族作家自觉地走进田野，以民族志的书写

---

① 叶舒宪：《文学与人类学相遇——后现代文化研究与〈马桥词典〉的认知价值》，《文艺研究》1997年第5期。

方式关注与呈现本民族文化,开启了民族文学的人类学写作倾向。

21世纪以来,文学写作的人类学倾向更为明显。其中,以迟子建、马丽华、范稳为代表的汉族作家们关于异文化的书写是文学向"人类学转向"的显著表现之一。马丽华的"走过西藏"系列散文(《藏北游历》《西行阿里》《灵魂像风》)、范稳的"藏地三部曲"(《水乳大地》《悲悯大地》《大地雅歌》)、迟子建的《额尔古纳河右岸》、红柯的《西去的骑手》、姜戎的《狼图腾》等都是边疆民族叙事,他们以行走的方式走进异文化,展开深入细致的文化描述,并表达强烈的现代反思精神,呈现现代文化困境与人类生存经验。马丽华是一位长期生活在西藏的外来者,她的"走过西藏"系列散文运用了人类学田野调查的方法,走进藏区调查并收集资料,以敏锐的洞察力呈现了藏区的历史文化、民族宗教、地理地貌等面貌。在《十年藏北·后记》中马丽华说:"不能承认自己笔下的西藏还是完整的和真切的。自从本人选择了纪实的道路,也就不由自主地追随了现实而去。"[1] "这种特殊的文学写作凝聚了汉族作家了解、研究少数民族文化的心血,保留了他们独有的可贵体验、发现与思考,在题材内容、书写方式以及价值取向等方面显示了人类学的某些品质和特征,因而这些作品也无疑具有了人类学的意义。"[2] 同时,以韩少功为代表的作家在20世纪90年代尝试的民族志写作在21世纪得到了较大的发展。2010年,《人民文学》杂志开设了"非虚构"栏目,发表了系列非虚构作品,刊载了梁鸿的《梁庄》、慕容雪村的《中国,少了一味药》、萧相风的《词典:南方工业生活》等。其中梁鸿的《梁庄》采用口述实录、现场调查等方式,如作者所言:"我和村庄里的人一起吃饭聊天,对村里的姓氏、宗族关系、家庭成员、房屋状态、个人去向、婚姻生育作类似于社会学和人类

---

[1] 马丽华:《十年藏北·后记》,中国社会科学出版社2002年版。
[2] 樊星:《"改造国民性"的另一条思路——当代作家对于少数民族文化的发现和思考》,《文学评论》2008年第4期。

学的调查。"① 作家以走进田野的方式,记录下一个个具有典型性的人生故事,以此展现了梁庄在城市化进程中存在的问题,如留守儿童的教育问题、三农问题、农村自然生态遭受破坏的问题以及情感新裂变等诸多问题。该作品生动形象地描绘出中国乡村在城市化进程中最为内在的生存状态。阎连科给予这部作品较高的评价:"这是一部具有别样之美的田野调查,又是一部与众不同的纪实文本,更是一扇认识当下中国独具慧眼锐思的理论之窗。从这里,正可以触摸今日中国与文学的心脏。"② 可以说"《人民文学》倡导的'非虚构'写作不仅是创作方法的'田野'转向,更有着创作旨趣的人类学追求"③。如果说这些作品还呈现为向民族志过渡的倾向,那么2010年霍香结出版的长篇小说《地方性知识》在民族志书写方面则达到了极致。这部作品与人类学家格尔茨的代表作同名。作家在田野调查与学术研究的基础上,以人类学家开阔的视野和深厚的学术素养,记录、描述了一个名叫汤盾的村庄。该书"有意采用了方志体,其结构包括凡例、疆域、语言、虞衡志、列传、风俗研究、艺文志(一)、艺文志(二)等八个部分,详细、甚至是科学地记录了汤盾的地产物产地貌、语言习俗、婚丧嫁娶、民间信仰等"④。若按照传统文学强调"虚构性"的观点,该作品"像"文学的只有"艺文志"部分,因为此部分记录了有关汤盾的神话、传说与歌谣等"虚构性"文类。而除"艺文志"之外的其他部分全为"非虚构性"的。所以说,《地方性知识》包含了标准民族志的一切基本要素,可说是一部标准的民族志作品。有研究者指出,"虽作者自称该书为'人类学小说'开山之作的观点不无偏颇之处,但不可否认的是,从文体结构的几个层次来看,无论是外在的形状外貌、构架,语体的语言修辞风格,还是具体的表现方式和内在审美追求,该文本都

---

① 梁鸿:《中国在梁庄》,江苏人民出版社2010年版,第2页。
② 梁鸿:《中国在梁庄》,江苏人民出版社2010年版,封底。
③ 李晓禺:《论当代文学的人类学转向》,《甘肃社会科学》2013年第2期。
④ 同上。

可以看作民族志文本的极端化书写"[1]。当代文学的"人类学转向"对于丰富当代文学品类及叙事艺术的提高有着极大的推动作用，但也需要警惕把文学的"人类学转向"发展成为一种极端化的"民族志"书写。若长期如此，必定会因民族志写作的反故事性、学术化等特征而丧失更多的读者。

总之，20世纪以来，人类学的"文学转向"与文学的"人类学转向"的发生，有力地促进了人类学与文学的交流互动，形成了两类不同学科之间良好的互动氛围，这为20世纪末少数民族文学的民族志写作现象的出现奠定了坚实的基础。

（三）走进田野追求非虚构性

少数民族作家走进田野追求写作的非虚构性，是少数民族文学的民族志写作现象的重要表现。田野调查是人类学的基本方法，也是建构民族志的源泉。什么是田野调查呢？它是指人类学者亲自走进某一社区，通过参与观察、深度访谈、居住体验等方式与被研究者经过一段长时间的接触与了解，获取第一手资料的过程。在人类学创始时代，人类学者的著作多是根据游客、航海家、传教士以及殖民地官员的口述或记录写成。后来，一些有志于人类学研究的学者乘船到遥远的国家去寻找材料，但是他们到达目的地之后几乎都不下船，只找一些本地人去了解情况。所以说，早期的人类学家都不愿意进行实地调查，如泰勒、摩尔根、弗雷泽等都如此。因此，人们将早期人类学者称为"摇椅上的人类学家"。直到19世纪末才出现真正地进行实地调查的田野工作者。被誉为美国现代人类学之父的博厄斯是田野调查法的创始人和推行者。博厄斯于1883—1884年曾以德国地理学家的身份参加了加拿大巴芬岛考察团，并在因纽特人中生活了几个月，从而认识到人类学研究的重要，并转向人类学研究。1886年，他又到美国西北沿海地区考察印第安人，并于

---

[1] 李晓禺：《论当代文学的人类学转向》，《甘肃社会科学》2013年第2期。

1887年定居美国。在博厄斯的指导下，一大批美国人类学家开始从事印第安人的调查研究。20世纪初，更多的人类学家开始直接到土著民族地区进行田野调查。此时，英国出现了一位重要的人类学者马林诺夫斯基，他于1914—1918年先后三次到新几内亚土著中进行田野调查。同时，马林诺夫斯基创立了人类学田野调查的科学方法。马林诺夫斯基要求调查者要与被调查对象共同生活一段时间（一般为1年以上）；学习当地人的语言；亲自参与观察该社区社会、经济、文化等方面的活动，从中观察、了解和认识他们的社会与文化。这种方法被称为"参与观察法"或"住居体验法"。同时，以参与观察法积极收集各种资料，然后根据田野调查中收集的资料进行民族志写作。正是马林诺夫斯基确立的田野调查法，把人类学从维多利亚时代的安乐椅上带入了科学研究的广阔时空之中，告别了传教士异域采风式的人类学。此后，田野调查成了人类学研究最基本的方法。

进入20世纪，随着人类学影响的扩大，田野调查不仅是人类学的基本方法，还被其他学科所借用。在中国，部分作家走出了书斋，他们走向田野，如走向少数民族地区、走向边地。这些作家或在田野驻足或在田野行走，他们一面体验、感悟文化，一面书写文化。其中，少数民族作家走向田野的书写是一道亮丽风景线。因为，20世纪末全球化的到来，位于边缘的少数民族文化面临着被同化的危险。部分少数民族作家选择以回到田野的方式回到本民族的文化土壤，致力于本民族文化的挖掘与审视，以期保留文化的多元化。侗族作家潘年英20多年以来一直坚持在故乡——贵州黔东南乡间进行田野调查，几乎走遍了黔东南的少数民族村寨。关于如此执着于田野调查的原因，潘年英说："因为走这样的一些地方我获得很多别人感受不到的东西，就是我要通过这样的一种深入的观察来了解一个立体的中国和世界，毫无疑问，我看到的世界，与那些没有行走能力的人相比，或者那些只喜欢在书斋里做学问的人相比，肯定要丰富得多，也精彩得多，他们看到世界的只是世界的某一个侧面,而我看到的是一个有时间长度和空间深度的世界,这是我引以为自豪的。"[1] 潘年英为此写下了系列记录当下贵州黔东南地区苗族、侗族文化变迁的田野随笔。最有代表性的是上海文艺出版社推出的"人类学笔记系列"《故乡信札》《木楼人家》《伤心篱笆》,还有21世纪推出的《雷公山下的苗家》《寨头苗家风俗录》与《长裙苗短裙苗》等。1999年,云南人民出版社组织作家走进西藏,随后推出了"走进西藏"系列丛书。其中,藏族作家阿来推出了长篇散文《大地的阶梯》,它是阿来通过徒步行走方式从家乡四川藏区一级一级地迈向青藏高原的文化记录。该书详细地呈现了从成都平原到青藏高原这一区域空间里藏文化的历史过往与当下变迁。

张承志的《心灵史》与系列散文是作家在西北的新疆、内蒙古以及甘肃西海固等高地游历的产物。为了写作《心灵史》,张承志用了六年的时间开展田野调查。张承志拜访了西北地区的二十多个教派,请教了许多民间奇人,跪拜过无数座拱北,还走过哲合忍耶派历史上诸多事件的发生地。每到一地,张承志让当地的百姓为他讲解与还原那一段段历史。有一次,为了体验第三代领袖马达天流放于松花江的那段历史,张承志踏上马达天走过的路途,亲身体验了流放者忍受的溽暑。张承志曾说:"只有让两脚沾满了泥巴,只有懂得底层的规矩——青春悲愿的实现,才能找到方向。"[2] 为了写作《心灵史》,张承志多次去西海固对哲合忍耶派进行田野考查,"我首先用了五年的时间,使自己变成了一个和西海固贫农在宗教上毫无两样的多斯达尼。后来——我四次从西海固、八次从大西北的旅途归来,当我擦掉额上的汗碱,宁静下来突然意识到自己正在沉思时,我觉得一种把握临近了我。我暗自察觉自己已

---

[1] 潘年英:《我的阅读、行走与写作——行走与写作之二》,http://blog.sina.com.cn/pny,2018年3月20日。
[2] 转引自张滨郑《"在路上"——论张承志的"行走"哲学》,硕士学位论文,辽宁师范大学,2014年,第22页。

经触着了大西北的心"①。在田野调查中，张承志收集了大量的历史文献资料，包括哲合忍耶派的第一手历史文献，如毡爷的《曼纳给步》、关里爷的《热什哈尔》与马学智的《哲罕耶道统史传》三大阿拉伯文藏书。此外，还收集了清代官方的文献资料如《平回纪略》《钦定兰州纪略》以及地方志等其他民间的汉文文献材料。张承志在《心灵史》序言中写道："大西北，尤其是哲合忍耶回民热烈地欢迎了我。三四部一直为他们秘藏的、用阿拉伯文和波斯文写下的内部著作，为我译成了汉文。悄无声息的大规模调查开始了，一百六十份家史和宗教资料送到了我手里。"②除此之外，张承志足迹还遍及宁夏、新疆、黑龙江、云南等哲合忍耶教区，与哲合忍耶派教民一起生活，还考察了大量的历史遗迹。正是在田野中作家发现了一种不同于主流意识形态的历史。乌热尔图20世纪90年代后主动申请从北京调回呼伦贝尔，此后他不断地在呼伦贝尔草原游走，写下了《沉默的播种者》《述说鄂温克》与《呼伦贝尔笔记》等文化随笔，通过他人言说或自我观察等方式记录鄂温克族的历史与文化。这些少数民族作家们用人类学的田野调查法进行写作素材的搜集与整理，为客观、真实地记录一个民族的文化史乃至精神史的写作奠定了厚实基础。

在20世纪末部分少数民族作家的创作中，不仅人类学倡导的田野调查方法被他们所借用，而且人类学民族志写作曾在很长时期里所追求的非虚构性也成了他们的追求。20世纪80年代以来，人类学家在田野调查中发现，现代文明正快速地侵蚀土著文化。面对土著文化的传承危机，人类学家提出了"抢救型"民族志的书写，力图用文字将鲜活的文化场景定格。1989年10月，联合国教科文组织第25届会议通过了《保护民间创作建议案》。该议案

---

① 转引自张滨郑《"在路上"——论张承志的"行走"哲学》，硕士学位论文，辽宁师范大学，2014年，第23页。

② 张承志：《心灵史·序》，花城出版社1991年版，第7页。

第六章　少数民族文学的民族志写作

强烈呼吁各国政府及时采取行动，保护与传播民间文化这一人类的共同遗产。20世纪90年代，随着全球化的推进，文化同化趋势在中国也日渐显现，处于边缘的少数民族文化不可避免地遭遇文化同化的危机。因此部分具有鲜明的文化自觉意识的少数民族作家们，认识到少数民族文化传承与保护的紧迫性。如潘年英强调"文化记录"的重要性："我遭遇到了一个紧迫的时代，就是说我们今天的变化实在太快了，如果我们稍不留心，再回过头来记录已经不可能了。""所以我有一种紧迫感，我要赶快记录下这个变化的过程。"[①] 于是，阿来、潘年英、张承志、乌热尔图等少数民族作家走进田野，并在田野调查的基础上将追求非虚构性作为文学创作的目标。

所谓非虚构性的追求，在少数民族作家的笔下首先体现为对"行走"过程的实录。这在潘年英、阿来的创作中表现最为明显，无论是在贵州黔东南的行走，还是在四川嘉绒藏区的行走，他们都坚持如实地记录自己在少数民族地区的见闻。阿来的《大地的阶梯》是其徒步行走的记录，作品真实地记载了作家从成都平原走向青藏高原旅途中的所见所闻。在漫游中，阿来一改以往用小说的方式进入西藏，认为小说太过于文学、太过于虚拟，而选择了用行走的方式进入西藏，"我更坚定地要以感性的方式，进入西藏（我的故地），进入西藏的人群（我的同胞），然后，反映出来一个真实的西藏"[②]。阿来认为"以双脚与内心丈量故乡大地的时候，在我面前呈现出来的是一个真实的西藏，而非概念化的西藏"[③]。阿来行走前查阅了大量相关地域的历史文献、地方资料，然后开始实地考察，用文字如实地记录下走在嘉绒藏区的见闻：

[①] 潘年英：《我的阅读、行走与写作——行走与写作之二》，http://blog.sina.com.cn/pny，2015年5月16日。
[②] 阿来：《就这样日益丰盈》，解放军文艺出版社2002年版，第136页。
[③] 同上书，第137页。

阳光落在两边光秃秃的破碎不堪的石山上,闪得人双目发疼发干。混凝土灰色一样的山坡上也有绿色,但不是树木,而是满山遍野的仙人掌。①

走进道观,不,我还是应该说走进神庙,就走进了底层大殿,正中供养着莫尔多山神像。原来,莫尔多山神的坐骑不是战马,而是一头黑色的健骡。山神就披一件黑毛毡大氅骑在骡子背上。更令人吃惊的是,骡子的缰绳不是控在山神自己手上,而在前面一个侍从的手里。不论如何,这都与我想象中的山神形象相去甚远。这也是我第一次看到人们为一座山神所造的神像。②

十多个清脆的铃铛声合在一起,竟有了一种动人的沙哑。就在这沙哑沉郁的节奏里,老者迈开了舞步。整个圈子都摇曳着身子迈开了舞步。女人的曼声吟哦凄厉而又美丽。男人的舞步越来越快,并向着假想着的敌人发出威胁性的吼叫。③

阿来行走沿途所见的嘉绒藏区的自然风貌、民俗人情、历史文化、宗教文化等藏地文化被历历呈现,体现了阿来对非虚构性写作的追求。

潘年英不仅如阿来一样行走在本民族生活的地区,如实地记录行走中的见闻。他还积极地思考该如何记录行走的见闻?潘年英曾经用"原生态的文学"一词来概括其非虚构性的写作,并解释:"什么是'原生态文学'呢?以我的理解,就是一种直接的、简单的、质朴的文学,不需要虚构和想象,直接忠实地记录生活的本真故事,直接描写生活本身的原生状态。"他还特别区别了"原生态文学"与纪实文学的差异,"纪实文学强调所描写事件的典型性,而我的'原生态文学'则更倾向于记录日常的生活"。这里,潘年英实际

---

① 阿来:《大地的阶梯》,云南人民出版社2000年版,第45页。
② 同上书,第95页。
③ 同上书,第120页。

是提出了以"非典型性"作为自己记录行走见闻的准则,这也是其非虚构性写作的重要特征。潘年英早期的作品如《扶贫手记》《木楼人家》《故乡信札》等虽同样是在故乡等地行走的产物,体现了一定的非虚构性,但它们的记录还没有真正地体现出他所强调的"非典型性"。进入 21 世纪初潘年英写作的《黔东南山寨的原始图像》《雷公山下的苗家》《寨头苗家风俗录》《长裙苗短裙苗》等作品,都是田野调查的实录。在这些作品中作家摒弃了所谓的"典型性",而力图原生态地呈现作家所见的生活。如《黔东南山寨的原始图像》将具体村寨设为独立的章节,详尽描述走访该村寨时的见闻;《长裙苗短裙苗》采用日记的体式,记录了潘年英在雷山县考察时每天的见闻与体会。同时,为了保持记录的"非典型性",潘年英不仅详细记录了自己走村访寨的经历,还记录了他与村民交谈的全过程。潘年英文中的对话体,有的是人们日常生活中的普通交谈,有的则是具体的访谈内容。"银花的奶奶和妈妈见到我,都笑着说:'你不起来吃饭,你没有年啦。''没关系',我说,'我昨晚吃了两顿年饭,我有两个年啦。'她们都愉快地笑了起来。"[1] 这是一段对生活中闲谈内容的记录,它的呈现保持了生活的原生态。此外,作家与被访谈者的访谈也大量保存在文本中。《寨头苗家风俗录》中,潘年英对寨头小学的万德文老师进行了一次访谈,"他说道:'你看到了的,我们很多古老的传统文化艺术都面临着失传的危机,所以,我们采用在学校教育中加进民族传统文化教育的方式,来试图减缓这种失传的速度,比如我们把手工技艺的学习插在图画课中,把芦笙舞蹈的学习插在体育课中……让学生从小培养起自己民族文化的感情,保护的效果十分明显。'"[2] 潘年英在如实记录报道中让被采访者自由地发出自己的声音,这增强了文本叙述的真实性。对话体的存在使得潘年英的田野记录更为本真质朴。

---

[1] 潘年英:《走进音乐天堂》,广西人民出版社 2007 年版,第 58 页。
[2] 潘年英:《寨头苗家风俗录》,上海文艺出版社 2009 年版,第 124 页。

非虚构性的写作历来被人们赋予散文、随笔等文体,而小说却被视为理所当然的虚构性作品。但张承志的《心灵史》却是一部追求非虚构性的小说,这鲜明地体现在对哲合忍耶教派的历史叙述中引用了大量的历史文献资料。哲合忍耶是回族人信仰的一个伊斯兰教派,开创于清代乾隆年间的黄土高原。《心灵史》叙述了从哲合忍耶的开创人马明心创立教派直至第七代导师马元章发展教派的历史,其间充满了血泪与挣扎。为了保证历史叙述的客观性,张承志文中多处引用了其在田野调查中收集的来自官方或民间的史料。比如,关于马明心被抓的情节,作家引用多方史料:

> 长篇阿拉伯文秘藏、毡爷著《曼纳给步》:当尊贵的主人来到城墙上时,众多斯达尼一见他的尊荣,都扑倒跪地,挥涕如雨,哭喊连天。
>
> 无民氏汉文本《哲罕仁耶道统史》叙述的此一日始末:苏阿訇不能忍受,同道祖的女儿赛力麦领了撒拉的教下来反兰州。要出道祖。赛力麦太太带女兵打西关;苏阿訇带男兵打东门。已和官兵打了数次仗,杀死官兵无数。……申兆林急带道祖太爷到城墙上,城外的人看见都跪下哭。
>
> 政府派著作《平回纪略》在描写马明心道祖登城后,见到哲合忍耶农民军时,与农民文学很相像:滚马下地,口称圣人,挥涕如雨。
>
> 《道光皋兰县志卷六》:数千人望见明心,皆伏地跪拜;诵新教经,作番语。[①]

这里,张承志将民间文本与官方文本比照,将哲合忍耶派的文本与非哲合忍耶派的文本比照,以厘清哲合忍耶历史叙述的非虚构性。小说中张承志正是以非虚构性的追求了解来自三方的描述历史的声音:"一是清朝官方的历

[①] 张承志:《心灵史》,花城出版社1991年版,第35页。

史宣判，清代官方大量文献资料表现出对哲合忍耶的贬抑；二是哲合忍耶教派的书面历史文献的历史言说，即哲合忍耶内传历史文本，毡爷的《曼纳给步》、关里爷的《热什哈尔》和马学智的《哲罕耶道统史传》，这三部结合历史记忆传承教主尊崇与神秘主义功修的志书所描述的，今日在教派内被记忆、被坚信的那些史事；三是民间'历史心性'对哲合忍耶历史的建构，即作者以田野民族志参与观察的方法考察大量的历史遗迹，通过民间访谈从农民那里得来的历史传说故事。"① 最后，张承志通过对这三种声音的倾听与分析形成了自我对历史的阐释。总之，《心灵史》以各种史料的呈现自觉地发掘了历史中的不同声音，以此表达了作家对历史叙述的非虚构性的追求。

少数民族作家非虚构性的表现不仅体现在文字方面，还体现在图片的应用方面。阿来、潘年英等在故乡行走中，用文字记录了行走中的见闻，同时还用镜头记录了行走中的图景。所以，在阿来的《大地的阶梯》与潘年英对黔东南的系列书写中常结合文字配有纪实性的照片，并在照片下附有说明性文字。摄影是人类学家的一项基本功，传统民族志通常会配有少量的图片，展现被访地的文化现象和土著形象。潘年英在田野调查中除了用笔记录外，还用相机记录。摄影"其实只是眼睛的图像凝结"②，是潘年英的另一支笔。潘年英在每部行走于黔东南的作品里都配上了他的摄影作品，文中的图片或是黔东南的自然风光、村寨风光，或是少数民族百姓日常生活场景、劳作场景，或是一个个少数民族孩子、老人等纯朴的笑脸等。这些图像与文字相映成趣，生动形象地展现了黔东南苗族、侗族等少数民族独特的文化事象与人们的生存面貌。而且，许多图像记录的是即将消失的非物质文化传统，它们的留存为人类的文化遗产留下了历史的记录。还有，阿来的《大地的阶梯》

---

① 叶淑媛：《族群文化精神史、历史民族志与文学叙事的复合——重论张承志的〈心灵史〉》，《石河子大学学报》2013年第4期。
② 潘年英：《文化与图像·前言》，贵州人民出版社2001年版，第4页。

也结合文字配有纪实性的图片，使所记载的文化既可感也可见。

20世纪末部分少数民族作家所开启的非虚构写作，在2010年《人民文学》的倡导下成了文坛的一个重要文学现象。"非虚构"写作不仅是一种具体文体的写作，而且是指一个大的文学类型的集合。"非虚构"写作包含非虚构小说、传记、报告文学、口述实录文学、纪实性散文、游记等文体。可以说，非虚构写作以虚构与非虚构的区分方式，打破了现有的诗歌、小说、散文、戏剧的文学文体分类格局。"非虚构"写作以文体变革的形式呼唤一种文学观念的革命。同时，"非虚构"写作也是对20世纪80年代以来文学日趋远离现实这一文学状况的反思，是重建文学与世界关系的一种尝试。20世纪末少数民族作家们走进田野追求非虚构性的写作方法是少数民族文学的民族志写作现象的体现，这种创作方法不仅有打破文学文体格局的文学意义，还有为人类留存多彩文化的文化意义。

三 "地方性知识"的呈现

"地方性知识"的呈现是民族文学的人类学写作现象的另一体现。"地方性知识"是美国当代著名文化人类学家克利福德·格尔茨最先提出，后被来自不同学科的学者广为引用与讨论的概念。1981年，格尔茨受邀到美国耶鲁大学法学院作了一次名为"地方性知识：从比较的观点看事实与法律"的演讲，首次提出"地方性知识"这一概念。1983年，他将该演讲稿收入其公开出版发行的论文集《地方性知识——阐释人类学论文集》。该书出版后，对整个西方学界产生了极大的影响，被奉为学术经典和理论楷模。

"地方性知识"这一概念的提出具有深刻的时代背景。首先，"地方性知识"的提出与人类学理论之争相关。众所周知,在人类学理论发展史上,一直存在所谓的"普遍主义和历史特殊主义之间的方法之争"①。普遍主义者力图在研究中寻找人类文化的普遍规律;历史特殊主义者则强调各种不同文化的差异性,主张通过具体的田野调查和个案研究,解释不同的文化观。这两种人类学思潮各执一词,交锋不断。20世纪60年代,结构主义的出现使得普遍主义再度复兴,于是历史特殊主义这种思潮在人们具有普遍主义倾向的研究视野中消失。为了批驳不显示特殊文化独有精神品性的普遍主义,以格尔茨为代表的象征人类学与解释人类学派兴起,他们非常重视"地方性知识"。另外,"地方性知识"的提出与后现代意识的出现相关。随着西方后工业社会的发展,掀起了西方文化向非西方文化强势传播的全球化浪潮。在全球化浪潮中,处于弱势的许多文化形态遭遇了强势的西方文化的冲撞与侵蚀,这给人类文化的多样性带来了灾难性的后果。为了矫正全球化进程中的问题,格尔茨强调了"地方性知识"的作用。

什么是地方性知识?格尔茨没有直接定义,但他举例进行具体阐释。格尔茨曾在爪哇、巴厘岛和摩洛哥等地进行田野调查,正是这些调查使得他发现在西方式知识体系之外,还存在许多没有进入字典或词典的本土知识。如格尔茨发现巴厘人的长幼序数就是地方性知识的典型代表。巴厘人按出生的长幼序数被命名为"头生的""二生的""三生的""四生的"四种,过了老四又开始新的循环,第五个孩子也叫"头生的",第六个叫"二生的"。在一母所生的同胞中,叫"二生的"的那个人也许是按出生顺序排列的第二个孩子或第六个孩子。这种循环式的称谓序列,不能反映同胞之中的长幼之序,但却体现了一种循环往复的生命观。这种具有文化特质的地域性的知识,就是"地方性知识"。所以说,"地方性知识"是指为某一给定的文化或特定的

---

① 叶舒宪:《文学与人类学——知识全球化时代的文学研究》,社会科学文献出版社2003年版,第32页。

社会所独享的知识。"它是由处于特定自然与社会环境中的特定族群与地域群体,在其长期的历史实践过程中所创造,并经世代相传,不断沉淀、过滤和积累起来的,具有鲜明地域特色和独特民族色彩的物质财富与精神财富的总和,其构成并体现了特定族群和地域群体的生产、生活方式。"① 地方性知识的存在,使人们意识到在一元化知识体系外还存在多样性文化,这有利于本土文化的反思。美国人类学家康克林曾在菲律宾的哈努诺族进行调研,其发现当地语言中用于描述植物各种部位和特性的语汇多达一百五十种,而且植物分类的单位有一千八百多种,这比西方现代植物学的分类还多五百种。有学者指出,"由此可知,世上罕为人知的极少数人使用的语言可能在把握现实的某个方面比自以为优越的西方文明的任何一种语言都要丰富和深刻"②。由此可见,"地方性知识"的确认对于传统的一元化知识观与科学观具有解构与颠覆作用。它的存在使得过去那些不用证明的"公理"有了"虚妄"的嫌疑。正是格尔茨对"地方性知识"的强调与阐释,使得后来的人类学者在调查与研究文化事象时,格外关注"地方性知识"。

20世纪末,伴随着少数民族作家民族文化认同意识的觉醒,书写民族文化成了他们文学创作的主题之一。而民族文化中的地方性知识更成了作家们彰显民族个性的选择。少数民族作家笔下的地方性知识常常包括自然物候、生活习俗、宗教信仰、历史传统等。侗族作家潘年英的"人类学笔记丛书"《木楼人家》《伤心篱笆》《故乡信札》是充分展现了"地方性知识"的典范作品。《木楼人家》以侗寨——盘村为对象,从年初到年尾详细地描写了侗族人的生活劳作场景与节日习俗。在农事活动方面,作家以月为单位依次记录盘村人的农事活动:"正月是一年里最闲暇的时间,但对于盘村人来说,有一

---

① 平锋:《"地方性知识"的生态性与文化相对性意蕴》,《黑龙江民族丛刊》2010年第5期,第145页。
② 叶舒宪:《地方性知识》,《读书》2001年第5期,第122—123页。

样重要的农事活动开始了,'要是不下雪,有些人家在正月初二便开始上山种春洋芋了',因为洋芋是当地人与畜的重要粮食之一;随着春天的到来,盘村人进入了忙碌时期,给稻田积肥、插秧、除虫、薅秧、养秧田鱼及种植各种蔬菜瓜果;秋天是收获的季节,人们又开始收割苞谷、高粱、小米,还为冬天的到来开始储备稻草与木柴;冬天来临了,母亲们忙着纺棉、织布,父亲们却忙着上山捡桐油、砍枞膏……一件一件,作家以形象的笔墨,呈现了一幅幅农耕时代侗族人的劳动图景。"① 盘村人不仅按照时序周而复始地开展他们的农事活动,还充分发挥其智慧,在农事活动中构筑立体的生态系统:"种秧苗的水田同时养上鱼,水稻成熟的季节也是吃鱼的季节;秋天的稻草变成是冬天牛、猪的'棉被';田地里除了施上农家肥,还通过草叶的腐烂为田地追肥等。关于侗族人如何劳作的'地方性知识'得以充分地展现,尤其是他们在劳作中闪现的生态智慧投射出农耕时代侗族人对自然资源的合理利用,这与当下人们以无穷的欲望无情地向大自然索取资源的态度形成鲜明的反差。"②

侗族是一个热爱唱歌的民族,唱歌是其生命中不可缺的部分。潘年英在"人类学笔记丛书"之一的《伤心篱笆》里,充分展现了侗族人喜爱唱歌这一"地方性知识"。在侗族人的日常生活中处处都可以行歌、对歌,歌声已经代替了人们的日常表达,它不再是生活的点缀,而是生活本身。赶集时年轻的侗家小伙子若发现心仪的姑娘,他们便"跟对方调笑、嬉戏、打闹或对歌,或者就干脆相约到某一僻静的山坡上去说话或唱歌"③;人们在去山间干活或赶集的路上,也常听见吊脚楼的廊檐下飞出年轻女子清亮的歌声;在有月亮的晚上,长辈们常坐在鼓楼里对歌谈笑,而年轻人却到河边的木垛上对歌去

---

① 杨红:《论潘年英〈木楼人家〉的历史叙述》,《贵州民族大学学报》2012年第6期,第114页。
② 同上。
③ 潘年英:《伤心篱笆》,上海文艺出版社2000年版,第78页。

了,"此时正是六月盛夏天气,空气中飘散着田间稻秧的清香和新鲜瓜果的气味。而在这样风轻月迷的夜晚里,年轻人禁不住要唱起来了。果然他们唱起来了。那声音是甜美的,悠扬的,欢快的,显示出他们内心真正的愉悦和快乐"①。潘年英笔下的侗族人个个爱唱歌,而且唱出好歌声的男女备受当地人们的喜爱。王月英、王月兰是一对爱唱歌的姊妹,只要有人叫她们唱歌,两姊妹就一起唱:

> 大月亮,小月亮,
> 哥哥起来做木匠,
> 嫂嫂起来打鞋底,
> 婆婆起来舂糯米,
> 舂粑粑,走婆家,
> 婆家有个红公鸭,
> 婆要留,妹要杀,
> 留到四月八……②

随着两姊妹的长大,她们开始唱情歌:

> 妹在一坡郎一坡,
> 又隔山来又隔河,
> 招手又怕人看见,
> 口喊又怕听不着。
>
> 哪个画眉不会叫,

---

① 潘年英:《伤心篱笆》,上海文艺出版社 2000 年版,第 101 页。
② 同上书,第 51—52 页。

哪片竹叶不常青，

哪条溪流不涨水，

哪个阿哥阿妹不谈情。①

月兰、月英两姊妹因歌声美妙，获得人们的喜爱，而且还不断有年轻的男子向他们表白心迹。同样，侗族男子常以美妙的歌声赢得姑娘的芳心，甚至招来媳妇。潘年英笔下的四公相貌丑，可因他擅长吹木叶、唱情歌，获得不少姑娘的喜爱：

四公吹木叶，吹的是双叶，两张木叶叠在唇上，轻轻吹，响的就是两种不同的声音，一高一低，两个声部，赛过蝉鸣……那木叶声直是柔柔地撩人，远近的姑娘媳妇听了，没有不停下手中活儿来的。四公吹一段，又唱一段，唱的也是那种很放浪的情歌……也就少有不心荡神驰的。②

还有尿尿精、木匠男子等，他们的歌声俘获满姑们的心。作家以细腻的文字呈现了大量的"地方性知识"，不仅让人们听到美妙的歌声，还让人们敬佩侗族以歌交友的方式，敬重那些被歌声打动而执着地坚守爱情的姑娘们。这个民族在青山绿水间采撷的灵气与感性，无疑给浮华世界中的人们带来了许多惊叹与诧异。

如果说潘年英侧重展现的"地方性知识"是人们日常生活中的习俗与节日，那么阿来钟情的"地方性知识"则是嘉绒藏区的历史文化。在《大地的阶梯》里，阿来走上群山，领略了藏民族多元一体文化格局中一个独具特色的文化地带——嘉绒藏区。在嘉绒藏地的行走中，历史遗迹是阿来最为关注

---

① 潘年英：《伤心篱笆》，上海文艺出版社2000年版，第52页。
② 同上书，第11页。

之处。他围绕历史遗迹插入了大量的"地方性知识",从而呈现了一种颇有地方志意味的历史,这是对正史的细化、补充与完善。"寺庙"是阿来关注最多的历史遗迹之一。嘉绒藏区是青藏高原向四川盆地的过渡地带,也是汉藏文化的交界地带,苯教是该地区最初的宗教,后随着佛教从西藏传入,曾出现激烈地交锋乃至对峙的局面,最终苯教逐渐隐落民间。阿来通过对嘉绒藏区诸多寺庙的探访,引入"地方性知识",复原了嘉绒藏区两种宗教并置与交锋的历史面貌。查果寺,是一座简朴的寺庙,但它在嘉绒藏区却有一座有名的灵塔,它是著名大喇嘛阿旺扎巴的肉身塔。阿来由寺庙灵塔这一历史遗迹,展开了关于阿旺扎巴人生轨迹的历史叙述:

> 当年阿旺扎巴离开嘉绒藏区向地势更高的西藏进发。……他不是去西藏朝圣,因为在那个年代,苯教徒的圣地不在西藏,而在嘉绒地区大金川岸边的雍忠拉顶寺。温波阿旺是要去寻找……①

阿旺扎巴在高原上找到了能帮助他解脱困惑之苦的大师——藏传佛教格鲁教派的创始人宗喀巴,并拜宗喀巴为师:

> 宗喀巴做了一个梦,梦见一株巨大的冠如伞盖的檀香树在黑云蔽天的藏区东北部拔地而起,那枝枝叶叶都是佛教教义高悬,灿烂的光华驱散了那些翻滚的黑云……阿旺扎巴也在相同的时候做了一个梦。他梦见两只大海螺从天上降落在他手中,于是,他便面东朝着家乡的方向吹响了海螺……大师谕示说"你的佛缘在你东方家乡"……大师赐他一串佛珠,阿旺扎巴当着众弟子的面发下宏愿,要在家乡嘉绒建立与佛珠同样数量的格鲁派寺院……阿旺扎巴再次穿越青藏高原时,已经是十五世纪初叶了。就像当年宁玛派的高僧毗卢遮那一样,整个嘉绒大地上都留下

---

① 阿来:《大地的阶梯》,云南人民出版社 2000 年版,第 178 页。

第六章　少数民族文学的民族志写作

了阿旺扎巴的身影与传说。①

阿来在叙述阿旺扎巴由苯教徒成长为佛教大师,并将佛教教义播撒在苯教流行的家乡土地上的故事中,添加了宗喀巴与阿旺扎巴梦境的传说,这样的"地方性知识"的进入,使得历史叙述颇有地方色彩,且丰富了历史的呈现。

嘉绒藏区从元代开始实行土司制度,所以土司官寨的遗迹也是作家关注的另一重心。阿来通过对大金川、小金川等地土司官寨的描述,不断地复原那些已经消失在时间深处的历史,其间穿插了不少的"地方性知识"。在关于对至今有官寨残壁存在的松岗土司叙述中,作家引入了一本在官寨附近小饭馆看见的铅印册子,其中用诗歌一样的分段文字歌颂松岗官寨:

> 东边似灰虎腾跃,
> 南边一对青龙上天,
> 北边长寿乌龟,
> 东边视线长
> 西边山势交错万状,
> 南山如珍珠宝山,
> 北山似四根擎天柱,
> 安心把手天险防地,
> 飞中耸立着,
> 松岗日朗木甲牛麦彭措宁!②

以上诗句是每座土司官寨造好之时,为画工绘下的官寨全景图所配的颂

---

① 阿来:《大地的阶梯》,云南人民出版社2000年版,第179—180页。
② 同上书,第211—212页。

词。阿来还将小册子上关于土司衙门的组成情况也记录下来：

> 每天，土司寨子里除了土司号令领地百姓，决定官寨及领地大小事宜之外，还有下属各寨头人一名在土司官寨里担任轮值头人……在值日头人下面，还有小管家，由二等头人轮流担任，……土司还有世袭的文书一名……①

阿来除了借用民间资料里关于土司官寨的书写外，还引用了当地人对土司司法的言说：

> 就说刑法里最轻也最常用的一种是笞刑。大多数土司那里，此刑都用鞭子施行。……笞刑由平时充任狱吏的叫腊日各娃的专门人员执行。而打人用的条子是一种专门的树条。……这种条子一束十根，每根只打十下，每束打完，正好是一百的整数。②

阿来关于土司官寨的叙述中，插入了民间小册子的书写以及当地人的言说，这些"地方性知识"的运用，使得历史的细节更为饱满，避免通常历史叙述只给人留下"伟岸而又模糊的背影"的通病。③ 阿来以在嘉绒藏区的空间位移为线索，展开了对这一特殊藏地文化的描绘，尤其是大量"地方性知识"的融入，实现了作家文化书写的愿望，"长期以来，大家都忽略了青藏高原地理与藏文化多样性的存在，忽略了在藏区东北部就像大地阶梯一样的一个过渡地带的存在。我想呈现的就是这被忽略的存在。她就是我的家乡，我精神与肉体的双重故乡"④。阿来通过大量"地方性知识"的书写，实现了真实呈现故乡形象的愿望。

---

① 阿来：《大地的阶梯》，云南人民出版社2000年版，第212—213页。
② 同上。
③ 同上书，第137页。
④ 阿来：《就这样日益丰盈》，解放军文艺出版社2002年版，第130页。

20世纪末,在少数民族作家笔下,大量"地方性知识"的描绘是少数民族文学的民族志写作现象的体现,它的存在使得少数民族文学的"文化寻根"更富有文化的质感。

四 "深描"手法的运用

新时期以来,书写母族文化逐渐成了许多少数民族作家的文学选择,由于少数民族文化具有许多异于汉文化的特质,地方性知识大量显现。而如何展现地方性知识呢?通常文学书写中关于地方性知识的描述多停留于把它作为奇风异彩给予展现,有满足他者猎奇眼光的嫌疑。而20世纪末部分少数民族作家的书写,却借鉴了人类学的"深描"的方法呈现地方性知识,实现了文化的立体呈现。"深描"是人类学的一个学术术语,是指对文化现象(或文化符号)的意义进行深入描绘的手法。"深描"是人类学家格尔茨文化观的体现,它是格尔茨从美国哲学家吉尔伯特·赖尔那里借用来的一个术语。在《文化的解释》一书中,格尔茨专门使用了赖尔曾用的例子阐释对"深描"的理解。"他说,让我们细查一下两个正在快速地张合右眼眼睑的孩子。一个是不随意的眨眼,另一个是则是挤眉弄眼向另一个朋友发信号。这两个动作,作为动作,是完全相同的……但是,眨眼和挤眼的差别,无论多么不可拍摄人像,却仍然是非常巨大的。"[1] 赖尔认为从外表上看两个动作是一样的,但是两者之间的差异是极大的。"因为挤眼的人是在交流,并且确实是在以一种准确而特殊的方式在交流:(1)有意地;(2)向着特定的某人;(3)传达特

---

[1] [美]克利福德·格尔茨:《文化的解释》,韩莉译,译林出版社1999年版,第7页。

殊的信息；（4）按照社会通行的信号密码，以及（5）没有受到其他在场者的察觉。"① 格尔茨继续借用赖尔的说法，"赖尔接下去说，假设还有另外一个男孩子，为了给他的伙伴开个恶作剧式的玩笑，故意歪曲地模仿第二个男孩挤眼的不当之处，譬如不熟练、太笨拙、太明显等等，当然，他做这个的方式和第一个男孩眨眼与第二个男孩挤眼的方式还是一样的：张合右眼的眼睑，只不过他既不是在眨眼也不是在挤眼，他是在模仿他人挤眼时的可笑之处"②。"还可以进一步设想，一个想要模仿以嘲笑他人的人，如果对自己的模仿能力没有把握，也许会在家里对镜练习，那么，他既不是在眨眼和挤眼，也不是在模仿，而是在排演。"③ 赖尔指出还有其他的可能，"上文所说的挤眼者或许实际是在假挤眼，比如说吧，是想把旁人引入歧途，以为存在着实际上并不存在的当事人之间的心领神会"④。对于以上关于"眨眼"的动作，赖尔称有两种描述方式，一种为"浅度描述"，即把上述各种动作都描述为"迅速地张合他的右眼眼睑"⑤；另一种为"深度描述"，即把上述最后的动作描绘为"练习对一个朋友的模仿，因为这个朋友假作挤眼以欺骗局外人误以为有什么只是当事人才能领会的事"⑥。由此可见，人的行动与其他文化事象一样都是一种符号，体现了某种或深或浅的含义。格尔茨受到赖尔"眨眼"分析的启发，认为在浅度描绘和深度描绘之间有一系列的层次深浅不同的意义结构，"通过这些结构，眨眼、挤眼、假挤眼、模仿、模仿之练习才得以产生，才为人所知觉，为人所解释"⑦。格尔茨指出，要完成揭示复杂文化事象与剖析繁复文化结构这一人类学的任务，只有采用"深描"。格尔茨不仅提出

---

① ［美］克利福德·格尔茨：《文化的解释》，韩莉译，译林出版社1999年版，第7页。
② 同上。
③ 同上书，第8页。
④ 同上。
⑤ 同上。
⑥ 同上。
⑦ ［美］克利福德·格尔茨：《文化的解释》，韩莉译，译林出版社1999年版，第7页。

第六章　少数民族文学的民族志写作

"深描"的方法,还将其运用于人类学的民族志写作中,而最能体现该方法的是其在1972年发表的成名作《沉溺性赌博:论巴里的斗鸡》。它是以格尔茨1958年春,到印尼东部一个巴里族村庄实地调查为基础的分析报告。所谓"沉溺性赌博"是指一类由于采用高赌注而激发赌徒浓厚兴趣,使之兴奋沉溺的赌博。格尔茨抓住这个被一般人类学家忽视的文化现象,精雕细刻,钩玄探微,从中发掘了丰富的心理、社会含义,体现了"深描"方法的特点。此后,"深描"成了格尔茨人类学思想的核心理念。

20世纪末始,"深描"手法不仅成了人类学研究的重要方法,而且也被少数民族作家引入文学书写里,其中潘年英的"人类学笔记系列丛书"就是典范。潘年英的"人类学笔记系列丛书"是书写故乡的作品,由于作家的家乡是侗族集聚区,所以侗族文化的书写成了系列作品的核心。如何书写侗族文化?如何呈现侗乡的地方性知识?潘年英选择了"深描"的人类学方法。他认为,"我的创作则偏重于生活细节的深刻展示和风俗习惯的立体描写(人类学称之为'深描')"[1]。为了能细致、深刻、立体地展示侗族文化,潘年英选择了一个村庄——盘村(他的家乡)为描述对象,从气候、耕作、物种、丧葬、婚嫁、习俗、惯例等角度全方位地对侗族文化进行了细致深入的描绘。《木楼人家》《伤心篱笆》《故乡信札》中都有关于"唱歌"这一地方性知识的描写,但作家没有停留于对"唱歌"相关习俗的介绍,而是通过盘村人物的命运立体地呈现了"唱歌"这一地方性知识在侗族文化中的地位。《伤心篱笆》中的满姑是一位爱唱歌的姑娘,在做完每天周而复始的家务后,唱歌就是她的最爱,教"亚弟"唱,或与伙伴们相约河边唱。不知不觉,她与一位来自异乡的爱唱歌的木匠小伙子相爱了。满姑与木匠因唱歌而相爱,可后来木匠走了,满姑在等不来的爱情中不知走向了何方。《木楼人家》里的波妹与

---

[1] 潘年英:《木楼人家·序》,上海文艺出版社2001年版,第2页。

老柱相爱,可因家人的反对,两人难以结婚。波妹要嫁往他乡了,于是按照盘村的风俗,波妹在出嫁前晚见见老柱,两人相互唱歌:

老柱唱:

今晚吃妹分离饭,

哥妹分离泪涟涟。

害哥日夜把妹想,

画眉离山各一边。

妹波唱:

说道分离人伤心,

阎王判命不公平。

判妹判哥俩分散,

哥你伤心妹伤心!

……

老柱唱:

送妹十步哥停步,

望妹一眼好分离。

哥愿等妹六十岁,

等到人死口含泥。

妹波唱:

送妹十步哥打转,

妹哥情意叹不尽。

第六章　少数民族文学的民族志写作

同到黄泉同条路，

同坟共墓心才平。①

妹波与老柱相视而歌，以歌告别过去，结束以往的感情，从此再无牵挂。盘村人就这样痴迷于唱歌，定情时唱、分手时唱、出嫁时唱、丧葬时唱；快乐时唱，悲伤时也唱……总之，歌声充溢在侗家人的生命中，是他们表达情感、交流思想的重要载体。潘年英将歌声与一个个人物的人生连接在一起，细腻、立体地呈现了侗族热爱歌唱这一地方性知识。

同样，阿来在《大地的阶梯》里，热衷于书写嘉绒藏区的地方文化，如土司制度、宗教文化等地方性知识。作家将自己实地考察所见的寺庙、村庄、山脉、河流、城堡遗迹等文化地理实物，与官方纸质典籍中的叙述，与民间流传的口头叙述相结合，立体、深入地展示了嘉绒藏区诸多的文化特质，可谓"深描"的运用。嘉木莫尔多神山地区，曾是嘉绒藏文化的中心区，也是从青藏高原传来的藏传佛教与本土苯教斗争最为激烈地地区。阿来在对嘉木莫尔多神山地区进行文化描述时，介绍了莫尔多作为山神的祭祀仪式——朝山节，节日里人们把顶部削成箭状的杉木杆作为箭献给山神，用印刷的马作为战马献给山神；作家又描述了当地流传颇广的莫尔多山神传说，相传在久远的古代，神灵们召开了万个山神参加的群神大会，莫尔多山神迟到没有座位，但他大胆地坐上玉石雕花宝座，引起了众神的不满与挑战，最后莫尔多山神胜出。当他坐上宝座脱帽致谢时露出了秃顶，众神不由脱口喊出"莫尔多"，因为佛祖释迦牟尼早就预言那"秃顶闪光"的地方将来佛音广为传播；作家还描绘了实地所见的一座鲜见藏式建筑特点，却更像一座汉式道观的莫尔多神庙。在这里，阿来将节日习俗、神话传说与神庙实物等地方性知识结合在一起，清晰地呈现了嘉木莫尔多神山地区藏式文化的进入及逐渐消退的

---

① 潘年英：《木楼人家》，上海文艺出版社2001年版，第173—174页。

变迁轨迹。这也是"深描"的一种表现。

20世纪末少数民族作家们用"深描"手法描绘地方性知识,其目的不再是仅用异文化风采作为点缀与陪衬,而是用它们表达作家们的文化观念。人类学倡导的文化多样性就是作家们通过"深描"地方性知识所表达的重要观点之一。作为一种亘古存在的事实,文化多样性是人类社会的一种常态。但随着全球化进程的推进,人们越来越强烈地意识到文化多样性本身的存在及其意义。根据联合国教科文组织的定义,"文化多样性"是指"各群体和社会借以表现其文化的多种不同形式"①。这些表现形式在一定的群体与社会内部传承。文化多元性"不仅体现在人类文化遗产通过丰富多彩的文化表现形式来表达、弘扬和传承的多种方式,也体现在借助各种方式和技术进行的艺术创造、生产、传播、销售和消费的多种方式"。②

潘年英的创作鲜明地体现其对文化多元性的倡导,他的作品通过深描手法呈现大量的地方性知识,以此展现了和谐、诗意的侗民族文化。在全球化语境里,侗民族文化美的刻意展现,其实正是作家捍卫边缘文化、少数文化生存价值的体现,也正是作家倡导文化多元性的体现。《木楼人家》运用深描手法书写了大量节日习俗这样的地方性知识,以此构筑了侗家人其乐融融的生活景象。比如,春节里侗族有吃"转转饭"的习俗,"大伙被一小孩整齐叫来,先集中于某一家一户,然后依此开始逐家逐户的品吃活动"③。"转转饭"的习俗使得侗家人的老老少少们天天可以欢聚一堂。而三月三情人节,又可让侗家人以唱歌的方式相聚,尤其是年轻的男女们相会,"盘村的男男女女,差不多要倾巢出动,到天柱、剑河、锦屏三县交界的高摆山上去唱歌"④。在

---

① 联合国教育、科学及文化组织编:《保护和促进文化表现形式多样性公约》,巴黎,2005年10月20日,第14页。
② 同上。
③ 潘年英:《木楼人家》,上海文艺出版社2000年版,第5页。
④ 同上书,第47页。

盘村的节日中,无论是吃"转转饭"或是唱情歌,都是众人参与的活动。于是,在侗族人的节日活动中,"亲人之间、村里人之间,甚至村外人之间因节日而欢聚一堂,从而增进了人与人之间的情感交流,促进了人与人之间和谐、融洽的关系。所以说在盘村那强调群体性的节日后面,蕴藏着侗家人和谐共生的文化观念"[1]。唱侗歌是侗族人喜爱的习俗,也可谓典型的地方性知识。"对于侗族人来说,如果说吃饭是'养身',那么唱歌就是'养心',唱歌是侗族人的精神世界里必不可少的粮食。"[2] 潘年英的《伤心篱笆》通过一个个简单、平凡而又热爱唱歌的乡亲形象深度描绘出家乡人爱唱歌的地方性知识。侗家姑娘小满从小就热爱唱歌,且有美妙的歌声,可谓唱歌能手。可一场疾病夺去了小满的歌喉,此后小满的生命渐渐走向了凋零。"在潘年英的笔下,侗族人的歌声不仅与生命息息相关,还与爱情密切相连。满姑是盘村一位普通而平凡的侗族姑娘,渐渐地随着满姑的成长,歌声唤醒了她的爱情,满姑爱上了爱唱歌的年轻木匠。小说的结尾部分,虽然木匠离开盘村之后再没有回来迎娶满姑,满姑最后也离开了盘村,但在侗家人歌声中绽放的爱情之花永远被定格。"[3] 盘村的歌声传递着侗家人甜蜜的爱情,还传递着侗家人爱而不得的忧伤。"《木楼人家》里的侗家姑娘妹波因不得已离开相爱的人嫁往他乡,在出嫁的前夕波妹与往昔恋人相约而歌,在歌声中互诉衷肠。最后,在泪眼婆娑中告别而去。在侗族人生活中爱情与歌声相生相伴,袅袅音韵里呈现了人性的真善美。潘年英笔下,故乡人的歌声,无论快乐、忧伤、得意、失意,它们都是侗家人精神世界的寄托。因为,歌声可以使他们超越贫穷与艰辛的物质生活,歌声可以使他享有精神世界的富足与自由。"[4] 这里,潘年英运用深描手法呈现的地方性知识给人们展现了侗族文化的诗意品质。

---

[1] 杨红:《论文化流散与潘年英的家园书写》,《民族文学研究》2009年第6期。
[2] 同上。
[3] 同上。
[4] 同上。

潘年英对侗乡的书写，通过描写人与人之间的温情，描写人在歌声中享有的富足，呈现了侗民族诗性的生存状态。尽管潘年英笔下的侗族人有着悲欢离合的各式人生，但作家始终把握住侗民族具有的精神品质——诗意的生存。就如法国人安妮所言，"潘年英是以侗族文化的精神品格作为创作的基础和中心，对他而言，侗族农村社会特有的精神面貌，是理想而美好的，即使生活是贫穷的，住在现实中也存在着值得注意的变化，但这一切都不能削弱和掩盖侗乡的美好，其仍是一个理想和谐的地方"[①]。潘年英对侗文化如此诗意美的呈现，后面隐藏着作家对多元文化的渴望。全球化语境下，"潘年英清晰地认识到地处边缘的侗族文化所面临的被同化的危机，但他力图用为家园立传的方式，展现侗文化所蕴含的'诗意的生存'，而这种诗意化的生存恰好是当今许多片面追求物质欲望满足的人们所缺少的、所渴望的"[②]。潘年英多年来始终坚持写一种边缘文化，它是一种与汉文化有相异之处的少数的文化，作家以此告诉现代人文化多样性的重要意义。就如潘年英所说："生活在当今世界的人们，已经越来越意识到生物多样性对人类良好生存环境建设的不可缺少，但却很少有人看到文化多样性对人类社会也同等重要。"[③]

此外，少数民族作家们也常常以深描手法呈现的地方性知识来表达作家对现代性的反思。新时期以来，中国打开了关闭多年的国门向西方学习。西方现代性成了构筑中国发展之路的核心体系。"现代性是社会的一种类型或者说模式。作为一种社会类型必然有一套自己价值系统。现代性的价值系统主要包括独立、自由、民主、平等、正义、公平、理性、个人本位等价值观念。西方的现代性开启之初，价值理性与工具理性，个性发展与经济增长，精神信仰的崇高性与物质财富的获取欲之间能保持平衡与和谐的关系。但西方现

[①] 吴宗源主编：《潘年英研究资料集》，风雅书社2007年版，第271页。
[②] 杨红：《论文化流散与潘年英的家园书写》，《民族文学研究》2009年第6期。
[③] 潘年英：《木楼人家·自序》，上海文艺出版社2001年版，第4页。

代性如一柄'双刃剑',随着发展进程的深入,它在把人类文明大力推向前的同时,又给人类社会带来些难以预料的消极后果,如人的异化、权力的控制,战争的灭绝人性,全球环境污染等等。"① 这些影响人类社会健康发展的弊端引起了人们对西方现代性的反思。阿来的《大地的阶梯》对现代性的反思鲜明地体现在对嘉绒藏区生态恶化现状的批判。在阿来的笔下,嘉绒藏区的生态恶化包括自然生态恶化与文化生态的恶化两个层面。就自然生态而言,阿来在嘉绒藏区的行走中看见了森林的消失,水土的严重流失与山野中残存的仙人掌:

> 公路下边,河道里浊流翻滚,黄水里翻沉碰撞发出巨大声响的,正是那些深山里被伐倒的巨树的尸体。落叶松、铁杉、云杉、冷杉、柏、桦、楸、椴,所有这些大树,在各自不同的海拔高度上成长了千百年,吞云吐雾了千百年,为这条大河长清长流碧绿了几百年,为这片土地的肥沃荣枯了几百年。但现在,它们一棵棵呻吟着倒下。②
>
> 阳光落在两边光秃秃的破碎不堪的石山上,闪得人双目发痛发干。混凝土灰色一样的山坡上也有绿色,但不是树木,而是漫山遍野的仙人掌。……我从来没有想到过在中国会有这样一个仙人掌丛生的荒凉地带。③

阿来在描绘嘉绒藏区恶劣的自然生态面貌时毫不留情地将批判的锋芒指向了人类,指向人类的自大与无知:

> 先是飞鸟失去了巢穴,走兽得不到蒙蔽,最后,就轮到人类自

---

① 杨红:《论文化流散与潘年英的家园书写》,《民族文学研究》2009年第6期。
② 阿来:《大地的阶梯》,云南人民出版社2000年版,第48页。
③ 同上书,第45页。

已了。①

所以，我才在目睹了泸定段大渡河谷里那些漫山遍野的仙人掌时，就感到这是已经破碎的大地用最后一点残存的生命力在挣扎，在呼喊，在警醒世人良知发现。但是那种巨大残酷的存在却没人看见。……几乎是所有的动物都有勇气与森林与流水一道消失，只有人这种自命不凡，自以为得计的贪婪的动物，有勇气消灭森林与流水，却又没勇气和森林与流水一道消失。②

在走向现代的进程中，嘉绒藏区的自然生态遭到了人类无情的践踏与破坏，对此作家深感揪心的痛楚。然而，阿来不仅看见了生物圈领域内的生态危机，他还看见了超越其上的更深层次的危机，那就是文化圈的生态危机。在历史文献与现实观察的行走中，尤其是透过历史的烟尘，阿来将批判的目光投向强势文化同化弱势文化的趋势。嘉绒藏区是靠近汉文化地区的一个藏文化的中心区域，原有着浓郁的藏地特色。但在清代以来，由于地方的土司政权与中央政权的对抗，使得战争纠缠着这片土地，最终土司政权分崩离析，藏文化也被置于不断被汉文化同化的境遇里。其形态与作家在嘉绒藏区的莫尔多山下所看见的一座神庙一样：

这座庙从外观上看，那两楼一底的亭阁式的建筑，更像是一座汉式的道观，而鲜少藏式建筑的特点。

……

同一层的大殿中面南方向，还供有千手观音像一座。

第二层，是汉人崇信的镇水的龙王。

---

① 阿来：《大地的阶梯》，云南人民出版社2000年版，第48页。
② 同上书，第53页。

第三层，更是汉藏合璧。①

这里阿来由一座神庙的景观犀利地指出嘉绒藏区因汉文化对藏文化的直接侵蚀所带来的文化杂糅面貌，"我从来不是一个主张复古或者是文化上顽固的守成论者。但在这样一个地方，你只看到了文化的损毁，而没有看到文化的发展。你只看到了一种文化拙劣的杂糅，而没有文化的真正的交融与建构"②。阿来认为，强势文化与弱势文化之间、边缘文化与中心文化之间应是协商的建构关系，而不应是一方压倒另一方的霸权关系。阿来还把目光聚焦于土司制度那样已崩溃的秩序，描述那些退场的土司们，其核心也是诉求不同民族文化之间的理解、沟通与互动。但现实世界里，强势文化对弱势文化的霸权却不可改变，而这可能会导致文化的单一性。这就是阿来意识到的除了自然生态危机之外，还存在的文化生态危机。阿来行走于嘉绒莫尔多山地区时发出这样的感悟："莫尔多山周围地区，是藏族文化区中别具特色的嘉绒文化区的中心地带，但现在你却看到自然界的满目疮痍的同时，看到了文化万劫难复的沦落。"③ 阿来对嘉绒藏区自然生态与文化生态陷入双重危机的揭示就是其现代性反思的表达。

长期行走在贵州黔东南的潘年英同样也通过深描地方性知识反思现代性，他反思缺少文化自觉意识的中国乡村的现代化之路。在潘年英看来，人们普遍缺少文化自觉，因而中国乡村的现代化之路存在漠视自我文化传统的弊端与唯城市化倾向。在中国，城市是最早开始现代化的地方，现代化给城市带来经济高速发展，但其弊端也日渐显现，如资源匮乏、环境污染、人伦危机等诸问题。而乡村因其相对的封闭性，始终处于发展滞后状态，乡村更多留有前现代文明的痕迹。但随着现代化进程推进，乡村不可避免地由前现代文

---

① 阿来：《大地的阶梯》，云南人民出版社2000年版，第94—95页。
② 同上书，第95页。
③ 同上。

明向现代文明迈进。潘年英反对把城市发展标准作为乡村发展的唯一模式。《故乡信札》里，潘年英以"我"回家参加小妹婚礼为叙述原点，描述盘村人生活中最为重要礼俗——"婚礼"的变化，以此呈现侗族传统婚礼习俗的消失。如婚礼上唱歌传统的消失，"自古及今，盘江地方的人都热爱唱歌，也崇拜一切对歌唱艺术有较深造诣的人，他们用歌唱表达思想，表达情感，也用歌唱来实践人生，消磨光阴。歌唱，成了生活中最重要的内容，成了生命中不可或缺的部分。古往今来，由唱歌引发的生命故事层出不穷"。① 可在婚礼这样的大习俗上，小妹已经不会唱"哭嫁歌"了，出嫁前夕表达感谢父母养育之恩的感人场面也不再显现。同样，前来迎亲的小伙们面对姑娘们的"拦门歌"也只是一言不发，因为他们丧失了传唱侗歌的能力。为何在盘村人生活中占据重要地位的唱歌传统消失了？潘年英痛心疾首地反思："我承认在情感上我是趋于保守的，但我并不反对进步，恰恰相反，我是最支持和拥护进步的。但这里有一个根本问题，我恐怕不得不特别提出来，就是什么是进步？或者说什么是真正的进步？很久以前我就在思考这个问题了，至今仍没有答案，但是，很显然，一切语言、服饰、风俗等外在形式的变化，都并不能说明什么，这则是毫无疑问的。"② 这里，潘年英批评了乡村年轻一代仅把拥有现代文明中的外在表象和物质层面作为唯一追求的无知，反思了乡村现代化之路缺少文化自觉意识的问题。

进入 21 世纪，潘年英继续深入反思乡村缺少文化自觉意识的现代化之路。他以行走方式，写下一部部走进苗乡侗寨的见闻录，如《雷公山下的苗家》《寨头苗家风俗录》《长裙苗短裙苗》等，原生态地呈现黔东南少数民族地区百姓生活面貌与文化风貌。其间，潘年英将两类村庄进行对比：第一类为当下较好地传承本民族文化传统的村落，如小黄、岜沙、占里等；第二类

---

① 潘年英：《故乡信札》，上海文艺出版社 2001 年版，第 48 页。
② 潘年英：《伤心篱笆·自序》，上海文艺出版社 2001 年版，第 5 页。

为发生急剧变化（汉化）的村落。通过对比，潘年英对那些缺少文化自觉意识而失去特性的村庄进行批判。如看见村寨里耸立着一栋栋水泥房，房里安装的一块块会产生光污染玻璃门窗时，作家犀利指出"我并不反对钢筋水泥、瓷砖、玻璃等现代建筑材料在我们本土建筑中的适当和恰当的使用"[①]。"但我们必须要有一种文化自觉的眼光和意识，那就是说，我们得进行多方比较，最终设计和选择出一种既能与我们的生活环境相协调，又能继承和发扬光大我们民族传统建筑文化的精华的东西。"[②] 乡村城市化的趋势不可阻挡，潘年英期望通过对盲目地进行文化转型而丧失了自我文化个性，变得千人一面的乡村建设反思，强调文化自觉意识对于当下乡村发展的意义。可以说，潘年英对少数民族村寨的书写，为人们认识、了解自我民族文化，培养民族文化自觉意识做出了极大努力。

20世纪末，随着全球化趋势的加剧，使得那些有着自觉的民族认同意识的少数民族作家们身处忧虑之中，因为他们切实地感知到少数民族文化在全球化语境中的弱势地位，以及可能走向消亡的命运。而如何阻挡文化的大一统取代文化的多元性？如何让位于边缘的少数民族文化源远流长？部分少数民族作家潘年英、阿来、乌热尔图等选择了走进田野的方式，他们近距离地接触母族文化，力图通过深描的手法呈现地方性知识的书写或唤起人们的文化记忆，或是实现文化的自我审视，以此建构族群文化，实现少数民族文化的保护、传承与创新，实现多元文化"美美以共"的美好局面。总之，20世纪末少数民族作家的民族志写作现象是"文化寻根"的独异构成部分。

[①] 潘年英：《长裙苗短裙苗》，上海文化出版社2008年版，第44页。
[②] 同上。

结语　少数民族文学"文化寻根"的价值

　　中国文学的"文化寻根"潮流兴起于 20 世纪 80 年代并延续至今,是一个跨文化、跨族群、跨地域、跨文体的文学现象。而少数民族文学"文化寻根"是其中一支尤为突出的文学力量。那么,在中国当代文学发展历程中,少数民族文学"文化寻根"的价值何在呢?

　　少数民族文学"文化寻根"的贡献之一是拓展了中国文学书写的话语空间。在中国文学"文化寻根"现象中,主流文学"文化寻根"主要从民间、地域的视角进行文化溯源,如莫言对民间世界的书写、韩少功对楚文化的书写、贾平凹对秦地文化的书写等。而少数民族文学"文化寻根"则打开了文学书写的另一个话语空间,那就是书写族群文化。新中国成立前,由于严重的民族歧视,许多具有少数民族身份的作家都不敢显示自己的民族身份,更不敢大胆地直接书写本民族文化,比如沈从文、老舍,他们的文学作品都是从地域的角度呈现湘西文化与北京文化,其族群文化的因子只能从文字缝隙之间去寻找。新中国成立后,各民族平等的政策使得少数民族作家们敢于彰显自己的民族身份,也敢于书写各民族的生活,但由于共和国早期政治对文学的强力控制,少数民族作家的文学书写缺少本民族的文化根性。直到进入 20 世纪 80 年代,以乌热尔图、扎西达娃、吉狄马加、张承志等为代表的少数民族作家直接为中国当代文学提供了带有个人身份记忆的族群文化书写。而且，他们在对族群文化的书写中，不再仅仅停留于描述民族文化表层的风俗与风情，而是以鲜明的民族主体意识去建构本民族历史或者呈现族群当下的生活境遇与情感体验。可以说，在"文化寻根"潮流中，少数民族作家对族群文化的书写主要体现在对族群历史文化与现实境遇两个方面，这也是当代文学的话语空间得以拓展的具体体现。

书写族群历史是致力于"文化寻根"的少数民族作家拓展文学话语空间的表现之一。20世纪末，随着全球化趋同性的加剧，在外来西方文化与主流文化冲击之下，各少数民族文化传统分崩离析，无根感日益笼罩着各少数民族。为此，部分少数民族作家力图以书写本族群历史的努力，唤醒族群的情感与记忆、凝聚族群的合力、建构族群的认同，从而捍卫族群文化价值的独立地位，维护族群文化的根基不被瓦解。在少数民族作家的历史书写中，多侧重于从个人记忆出发去建构族群的历史图像。如阿来的《尘埃落定》通过傻子"我"的视角，书写了"我"的土司家庭的兴衰，从而呈现了土司制度统治之下的阿坝地区藏民族的生活史。潘年英的《木楼人家》则通过对一个侗族村庄人们日常生活的书写，尤其是他们的劳作生活与节日生活的书写，建构了农耕时代侗家人的日常生活史。历史是族群文化的记忆库，尤其是那些带有个人体温且富质感的历史叙述，它的不断浮现，是少数民族作家对族群文化记忆的召唤与建构的最好利器。总之，致力于"文化寻根"的少数民族作家正是力图通过族群历史的书写，建构族群文化的自我，让族群文化在全球化的浪潮中得以保护与传承。

少数民族作家们除了书写族群过往的生活之外，还关注族群当下的现实生存境遇。在全球化语境里，少数民族文化遭遇了双重的文化同化压力——西方文化与汉文化的强势进入。在双重文化压力之下，少数民族的生存境遇发生了不同以往的裂变，迷茫、焦虑等情绪弥漫其间。致力于"文化寻根"的少数民族作家们勇敢地直面现实，呈现了关注文化转型时代少数民族现实生存境遇的作品，如扎西达娃的《西藏，系在皮绳扣上的魂》、乌热尔图的《萨满，我们的萨满》、吉狄马加与阿库乌雾的诗歌等。扎西达娃较为关注藏族文化传统在现代性冲击之下的生存处境，早在20世纪80年代中期，他就开始书写藏文化转型时期人们的困惑、迷茫与焦虑。在其《西藏，隐秘岁月》里，一方面彰显了藏人对传统藏文化宗教信仰的执着追求，表达了对母族文化生生不息的期待；另一方面又让宗教信仰的终端空无一物，就如次仁吉姆终其一生虔诚供奉的修行大师却是一堆白骨。作为藏族文化传承者，扎西达娃信仰母族文化传统，但他又是具有现代意识的作家，难以完全认同母族传统文化。扎西达娃的创作表现出对母族文化认同与否的纠葛与焦虑属于独特的生命体验，这是藏族文化传统遭遇"现代性"现实境遇的反映。有学者说："扎西达娃表达了他对民族文化的焦虑和对现代冲击下民族生存的焦虑，以自我对本民族历史的理解和切身体验，丰富了'寻根'中的边地民族书写，并提供了不同于'寻根'作家们对'主流'和'规范'文化的反省而具有的精英姿态，他是以自我的生命经验书写了独特的民族文化和现代文明冲击下的文化忧患。"[①] 同样，乌热尔图在20世纪90年代后写作的《你让我顺水漂流》《萨满，我们的萨满》等小说，一致描述鄂温克族狩猎文化在"现代性"侵蚀之下走向消亡的悲剧命运，其间流露出作家对母族文化发展前景的忧虑。吉狄马加、阿苏越尔等人的诗作里，现代文明与彝族文化传统碰撞产生的"回不去"的文化焦虑也是诗人们表达的重要主题。无论是扎西达娃、乌热尔图还是吉狄马加，他们以文学书写的方式记录了少数民族文化在"现代性"冲击下的现实境遇，这样独特的文化景观拓展了当代文学的话语空间。

[①] 吴雪丽：《试论"文化寻根"思潮中的少数民族书写》，《民族学刊》2011年第6期。

结语 少数民族文学"文化寻根"的价值

致力于"文化寻根"的少数民族作家们，从作为族群代表的生命体验出发，或建构族群历史，或呈现族群文化的现实生存境遇，以此展现了各民族文化的独特性。而这些主流汉文化之外的"他者"形象出现，极大地拓展了当代文学的话语空间，丰富了当代文学的"中国经验"，也重构了中国文学乃至文化的多元图景。

少数民族文学"文化寻根"的贡献之二是推进了文学形式探索的创新。中国当代文学发展初期，由于极"左"思潮影响，文学创作只关注"写什么"，而"怎么写"完全遵循所谓革命现实主义的创作方法。20世纪80年代初，在外来文艺思潮影响下，许多作家开始致力于"怎么写"的探索，到1985年前后以马原、格非、孙甘露为代表的先锋作家们，更是把"怎么写"提到文学创作最重要的位置，把文学形式探索推向高峰。可以说，20世纪末是中国文学形式实验的巅峰时期。"文化寻根"的少数民族作家毫无例外地参与了文学形式探索，如阿来、扎西达娃、阿库乌雾、张承志、潘年英等积极尝试以各种现代艺术形式寻民族文化之根，并为之做出贡献。

魔幻现实主义手法的本土化，是致力于"文化寻根"的少数民族作家们在文学形式探索上对中国文学的一大贡献。魔幻现实主义自20世纪80年代传入中国后，以阿来、扎西达娃为代表的藏族作家们自觉地将魔幻现实主义与充满神秘色彩的藏文化相结合，力图将魔幻现实主义本土化。扎西达娃是最早接受魔幻现实主义手法并推进其本土化的尝试者，他致力于将西藏神秘的宗教文化与现实生活相叠加，制造出亦真亦幻的叙事效果。而阿来是将魔幻现实主义本土化的集大成者，其《尘埃落定》最为典型。小说中的傻子少爷亦魔亦幻，而这正是作家从藏族大智若愚的民间人物阿古顿巴身上汲取营养的结果。阿来还把笔触直接深入藏族文化深处去描写藏族古老的神话传说、歌谣、巫术等，于是一个没有舌头的书记官能重新开口说话了、人的耳朵里可以盛开花朵、死囚穿过的紫色衣服能让穿上它的人拥有神力，助其完成复仇大计……种种神奇的人、物、事，让藏族生活的神秘气息扑面而来，魔幻色彩弥漫在小说的字里行间。可以说，从扎西达娃对魔幻现实主义手法的引入与本土化的尝试，到阿来对魔幻现实主义手法本土化的自觉改造，使得魔幻现实主义手法的中国化获得了成功，此后成了中国文学创作的常用手法。因此，可以说以阿来、扎西达娃为代表的致力于少数民族文学"文化寻根"的作家们的文学形式探索不仅显示了形式实验对于文学创作的价值，更凸显了少数民族文学为中国文学与世界文学接轨所做出的贡献。

杂糅性语言的追求是致力于"文化寻根"的少数民族作家们在文学形式探索上对中国文学的另一贡献。对于少数民族作家而言，杂糅性语言就是指作家们在汉语书写中引入属于本民族文化的特有词汇以及创造携带母语思维的汉语，从而形成杂糅或混杂的语言风格。中国少数民族有着不同的语言系统，除了维吾尔族、藏族、哈萨克族、蒙古族、朝鲜族、彝族等民族有自己的文字书写系统外，其他民族多使用现代汉语。在少数民族作家们的汉语写作中，藏族的阿来、回族的张承志、彝族的阿库乌雾等的语言表述都体现了一定的杂糅性。语言的杂糅性常表现为在汉语创作中带入大量的有文化异质性的语词，如张承志的《心灵史》是以回族的哲合忍耶教派为书写对象，因此作品中有大量的伊斯兰教（回族）词汇，比如拱北、多斯达尼、穆勒什德、阿米乃、卧里、口唤等。《心灵史》中这些陌生的词汇，是回族语言体系中的语言表述，它们负载着浓厚的宗教（伊斯兰教）内涵和色彩，也体现了回族特殊的民族心理和文化感受。这些回族特有词汇的进入不仅扩展了汉语词汇的范畴，更是增强了汉语整体的宗教表现功能。由异质文化带来的陌生词汇在汉语言表述中的出现，使得文学语言表述呈现为杂糅性，这是对汉语言语词范畴的极大拓展，是汉语表述创新的表现。此外，语言的杂糅性还表现为少数民族作家利用母语思维或母语表述对汉语现有语词的结构、内在逻辑、文法进行解构与重组，彝族诗人阿库乌雾就是这类作家的典范。新时期以来阿库乌雾一直坚持双语（彝语与汉语）写作，他自觉在汉语诗歌写作中利用母语文化重组、解构汉语表述规范。比如，彝语词汇以单音节、双音节和三音节占绝大多数，而阿库乌雾的诗歌大量使用了双字、双音节的词语作为诗题，或者使用传统彝语词法、句法的即兴倒装等，这种摒弃汉语规范而将母语文化融入其间的解构与重组，创造了"第二汉语"。在"文化寻根"中，少数民族作家们通过母语词汇的引入或利用母语文化对汉语语词、句法的破坏、重组等方式，自觉地将母语文化融入汉语表述，造成了汉语言的杂糅性，从而促进了汉语表述的创新，这必然拓展中国文学的汉语表述。

民族志写作倾向是致力于"文化寻根"的少数民族作家们在文学形式探索上对中国文学的又一贡献。20世纪80年代以来，伴随着民族文化认同意识的觉醒，写文化成了少数民族作家日趋关注的文学主题。尤其进入20世纪90年代后，全球化加剧，少数民族文化传统受到外来文化的极大冲击。面对现代性冲击之下日渐衰微的本民族传统，少数民族作家力图通过写文化以重构民族文化传统。书写文化是人类学学科的主要任务，且20世纪中期以来，人类学的科学性受到质疑，民族志的虚构性被发现，为此促进了人类学的文学转向。正是20世纪末人们对写文化的重视，以及人类学的文学转向的发生，使得部分少数民族作家有意识地吸收人类学的民族志写作方法，因此他们的创作呈现出民族志写作倾向。在少数民族文学的"文化寻根"现象中，体现了民族志写作倾向的代表作品有潘年英的"人类学笔记"系列丛书及阿来的被冠以"民族志诗学写作"的《大地的阶梯》等。这些作家采用走进田野的方式，走进了少数民族地区，并以纪实的方式记录了行走中的所见所闻。阿来的《大地的阶梯》是作家徒步从家乡四川藏区一级一级地迈向青藏高原的文化记录；潘年英的"人类学笔记"及其他作品，是作家多年来行走于贵州黔东南少数民族地区的文化记录。在作家们的文化记录中，书写地方性知识成了作家彰显民族个性的选择。而在通常的文学书写中，关于地方性知识的描述多停留于展示奇风异俗，有满足他者猎奇眼光的嫌疑。可进行"文化寻根"的少数民族作家们却借鉴了人类学的"深描"方法呈现地方性知识，立体地呈现地方性知识。如潘年英的《木楼人家》《伤心篱笆》《故乡信札》中都有关于"唱歌"这一地方性知识的描写，但作家没有仅仅停留于对"唱歌"相关习俗的介绍，而是通过盘村各式人物的命运立体地呈现"唱歌"这一地方性知识在侗族文化中的地位。在《大地的阶梯》里，阿来将行走中所见的寺庙、村庄、山脉、河流、城堡遗迹等文化地理实物，或与官方纸质典籍中的叙述，或与民间流传的口头叙述相结合，立体、深入地展示了嘉绒藏区关于土司制度、宗教文化等诸多的地方性知识。阿来、潘年英等走进田野追求写作的非虚构性，并运用深描手法呈现地方性知识，这些都是民族志写作倾向的体现。可以说，民族志写作倾向在少数民族文学创作中的出现，是作家们对文学文体的一种探索，这推进了中国文学文体的创新。

　　少数民族作家寻文化之根时，不断地进行艺术形式探索。以扎西达娃、阿来为代表的藏族作家积极借鉴拉美魔幻现实主义手法，并将之与本土文化资源相融合，实现了魔幻现实主义手法的"本土化"，体现了少数民族文学"跨文化"的发展态势；以潘年英、阿来等为代表的民族志写作倾向的文学写作，创造性地突破了文学与人类学之间的学科障碍，将两者有机糅合，实现了一种"跨文体"的写作；以阿库乌雾、张承志等为代表的作家，从语言革新角度，有意识地将母语思维融入汉语表述，推进了汉语言文学表述的创新，实现了"跨语言"的写作。总之，在"文化寻根"潮流中，少数民族作家的形式探索有意识地将外来文化与本民族文化相结合，促进了本民族文化的传承与创新；有意识地将本民族文化与汉文化相融合，极大地拓展与促进了汉文化的创新；有意识地将文学体式与人类学的民族志体式相结合，推进了文学体式的创新。总之，少数民族作家进行的文学形式探索极大地推进了中国文学的形式探索，也构筑了更为多元的中国文学图景。

少数民族文学"文化寻根"的贡献之三是有力地推进了中华多民族文学史格局的建构。中华民族是一个由五十六个民族构成的多民族共同体，在我国的发展历程中，各民族共同创造了灿烂的中华文化。作为中华文化构成部分的中国文学在各民族的历史交融中形成了多元杂交状态，因而中国文学必然包含多民族性。但长期以来，中国文学的多民族性遭到了忽视。在主流的中国文学史格局中，少数民族文学常以一种缺席的姿态被遮蔽，这种缺席表现为两种形式：一种是"空白式缺席"，另一种是"在场式缺席"。"空白式缺席"是指少数民族文学在中国文学史书写中的不在场；"在场式缺席"是指汉语世界以自身的文学观将少数民族文学从其语境中剥离，使其虽然出场却失去自身的意蕴。针对中国文学领域存在的汉族中心主义现象，21世纪少数民族文学研究界提出了"多民族文学史观"这一审视中国文学多民族性的新理论。该理论认为中国文学从古至今是一个多民族文学互动发展的历程，中国文学是由各民族文学组成的有机整体，所以中国文学史的构成必须体现多民族性。那么如何在中国文学史格局中体现多民族文学史观？或者说如何建构中华多民族的文学史格局呢？其中，中华多民族文学互动关系是不可忽视的内容。而少数民族文学"文化寻根"恰好是少数民族文学与汉族为主体的"寻根文学"思潮交流互动中发生、发展的文学现象，它体现了20世纪末汉族文学与少数民族的互动交融，这为多民族文学史格局建构提供了典型的文学个案。

就"寻根文学"思潮与少数民族文学"文化寻根"关系之一而言，"寻根文学"思潮有力地促进了少数民族文学"文化寻根"的发展。20世纪80

年代初期，少数民族文学"文化寻根"在改革开放背景下，伴随着少数民族作家民族身份认同意识的觉醒已初现书写文化的端倪，"寻根文学"思潮倡导以现代意识寻民族文化之根的主张极大地推动了中国少数民族文学"文化寻根"发展。"寻根文学"思潮倡导者韩少功曾就如何进行文化寻根，提出"我们的责任是释放现代观念的热能，来重新镀亮这种自我"。[①] 这里强调以现代意识来审视自己的文化根脉。"寻根文学"思潮的作家们在倡导理论的同时，还把现代意识注入创作实践，推出了《爸爸爸》《女女女》等作品。"寻根文学"思潮理论倡导与文学实践的并存，使得以现代意识寻民族文化之根的理念深入地影响了少数民族作家的"文化寻根"，如张承志的《黑骏马》以人本主义这一现代意识审视民族文化传统。小说中的"我"从小被草原上的额吉老奶奶抚养长大，且与索米娅青梅竹马，长大后因"我"不理解额吉老奶奶与女友索米娅对黄毛无耻行为的宽容而离开了草原。多年以后的返乡之旅，"我"理解了她们对生命的挚爱，钦佩她们面对苦难生活时的坚韧。对草原底层百姓顽强的生命力与博大胸怀的敬佩之情，正是作家人文主义情怀的真挚表达。"寻根文学"思潮关于以现代意识寻民族文化之根的倡导，不仅促进了少数民族作家对本民族文化的自觉认同，更促进了少数民族作家与世界的接轨，《尘埃落定》《心灵史》等将民族性与人类性融为一体的文学经典应运而生。"寻根文学"思潮有力地推动了少数民族文学"文化寻根"的发展，这为建构中华多民族文学，推动中华文化复兴做出了贡献。

就"寻根文学"思潮与少数民族文学"文化寻根"关系之二而言，少数民族文学"文化寻根"丰富了"寻根文学"思潮引领下的创作，使其成为中国文学版图中一支重要的文学力量。"寻根文学"作为20世纪80年代中期出现的文学潮流，引领风骚几年后消失，但受它影响的少数民族文学"文化寻

---

① 韩少功：《文学的"根"》，《作家》1985年第4期。

结语　少数民族文学"文化寻根"的价值

根"却持续发展,在 20 世纪 90 年代蔚为大观,涌现出央珍、石舒清、梅卓、叶广芩、郭雪波、铁木尔等作家,推出了《无性别的神》《清水里的刀子》《采桑子》等文学经典。在少数民族文学的"文化寻根"潮流中,以央珍、梅卓等为代表的少数民族女作家的创作颇具特色,体现了民族意识与女性意识的交相融合。她们一方面秉承少数民族身份赋予的民族意识,创造具有民族文化意蕴的文学世界;另一方面又以现代女性的生活体验为基础,表达作为独立个体的女性性别意识。如央珍的《无性别的神》通过主人公央吉卓玛生活空间的移动,淋漓尽致地展现了西藏社会政治、宗教、经济及民间风貌,展现出作家对西藏文化批判与认同交织的审视,浓烈的民族意识渗透其间。同时,小说又呈现了央吉卓玛精神成长的主体意识从无到有的过程,表达了鲜明的女性意识。少数民族女作家们自觉融合女性意识与民族意识的写作突破了 20 世纪 90 年代主流女性写作叙述空间狭窄的瓶颈(叙述空间多为私人领域),为女性写作走向开阔空间提供了新指向。同时这样的女性写作也拓展了"寻根文学"思潮的路向,成为少数民族文学"文化寻根"的独特存在。21 世纪以来,人口较少民族的作家的"文化寻根"也较为突出,如裕固族的铁木尔、达斡尔族的萨娜、鄂伦春族的敖长福、撒拉族的韩文德等,在文化同化趋势强劲的境遇里以强烈的危机意识挖掘族群文化的根脉,先后推出了《北方女王》《阿西卡》《噶仙遐想》《家园撒拉尔》等作品。少数民族文学"文化寻根"中出现的诸多文学现象,拓展了"寻根文学"思潮的创作路向,丰富了中国文学的版图,也促进了中华文化的繁荣。

少数民族文学的"文化寻根",以高度的文化自觉拓展文学话语空间,开掘多民族文化传统,实现了多民族文化传统的传承;同时又将多民族文化传统与现代文明相结合,实现了多元文学形式的创新以及中华文化的创新。少数民族文学"文化寻根"是全球化的产物,是人们在全球化语境中寻找自我身份认同、寻找族群文化身份认同的必然选择。全球化语境的存在注定了少数民族作家们的"文化寻根"仍在路上。我们期待在推进中华民族伟大复兴的"中国梦"指引下，涌现更多优秀的"文化寻根"之作，讲述精彩的民族故事，呈现多彩的中华多民族文化，从而实现为人民"提供丰富的精神食粮"，"满足人民过上美好生活的新期待"；实现"讲好中国故事，展现真实、立体、全面的中国，提高国家文化软实力"[①]的宏伟目标。

[①] 习近平：《决胜全面建成小康社会 夺取新时代中国特色社会主义伟大胜利——在中国共产党第十九次全国代表大会上的报告》，2017年10月27日发表，中华人民共和国中央人民政府网站，http://www.gov.cn/zhuanti/2017-10/27/content_5234876.htm，2018年1月5日访问。

参考文献

一 经典作品

阿来：《尘埃落定》，人民文学出版社 1998 年版。

阿来：《大地的阶梯》，云南人民出版社 2000 年版。

阿来：《就这样日益丰盈》，解放军文艺出版社 2002 年版。

阿苏越尔：《阿苏越尔诗选》，四川民族出版社 2005 年版。

阿苏越尔：《阳光山脉》，中国戏剧出版社 2014 年版。

俄狄小丰：《火塘边挤满众神的影子》，中国文联出版社 2013 年版。

发星工作室编：《当代大凉山彝族现代诗选》，中国文联出版社 2002 年版。

郭雪波：《大漠狼孩》，中国文联出版社 2003 年版。

霍达：《穆斯林的葬礼》，北京十月文艺出版社 1993 年版。

霁虹：《大地的影子》，中国戏剧出版社 2002 年版。

吉狄马加：《吉狄马加诗选》，四川文艺出版社 1992 年版。

吉狄马加：《吉狄马加的诗》，四川文艺出版社 2004 年版。

老舍：《老舍文集》（第 11 卷），人民文学出版社 1987 年版。

老舍：《正红旗下》，译林出版社 2012 年版。

梁鸿：《中国在梁庄》，江苏人民出版社 2010 年版。

玛拉沁夫：《在茫茫的草原上》（上部），作家出版社 1957 年版。

玛拉沁夫、吉狄马加主编：《中国少数民族文学经典文库》（诗歌卷），云南人民出版社 1999 年版。

玛拉沁夫：《玛拉沁夫文集》卷四《中短篇小说》，作家出版社 2015 年版。

马丽华：《十年藏北》，中国社会科学出版社 2002 年版。

潘年英：《伤心篱笆》，上海文艺出版社 2000 年版。

潘年英：《故乡信札》，上海文艺出版社 2001 年版。

潘年英：《木楼人家》，上海文艺出版社 2001 年版。

潘年英：《文化与图像》，贵州人民出版社 2001 年版。

潘年英：《走进音乐天堂》，广西人民出版社 2007 年版。

潘年英：《长裙苗 短裙苗》，上海文化出版社 2008 年版。

潘年英：《寨头苗家风俗录》，上海文艺出版社 2009 年版。

色波主编：《前定的念珠》，四川文艺出版社 2002 年版。

铁穆尔：《裕固民族尧熬尔千年史》，民族出版社 1999 年版。

乌热尔图：《七叉犄角的公鹿》，民族出版社 1985 年版。

乌热尔图：《你让我顺水漂流》，作家出版社 1996 年版。

《西藏新小说》，西藏人民出版社 1989 年版。

谢冕、洪子诚主编：《中国当代文学作品精选》，北京大学出版社 2002 年版。

晓雪、李乔主编：《中国新文艺大系（1949—1966）少数民族文学集》，中国文联出版公司 1991 年版。

张承志：《心灵史》，花城出版社 1991 年版。

张承志：《张承志文集》，上海文艺出版社 2015 年版。

扎西达娃：《西藏，隐秘岁月》，长江文艺出版社2001年版。

扎西达娃：《骚动的香巴拉》，时代文艺出版社2001年版。

二　学术专著

［美］爱德华·萨丕尔：《语言论》，陆卓元译，商务印书馆1985年版。

［美］阿里夫·德里克：《后革命氛围》，王宁等译，中国社会科学出版社1999年版。

［美］爱德华·W.萨义德：《东方学》，王宇根译，生活·读书·新知三联书店1999年版。

［英］马丁·阿尔布劳：《全球时代：超越现代性之外的国家和社会·导论》，周宪、许钧主编，商务印书馆2001年版。

［德］沃尔夫冈·伊瑟尔：《虚构与想象——文学人类学疆界》，陈定家、汪正龙等译，吉林人民出版社2003年版。

［英］安东尼·吉登斯：《现代性的后果》，田禾译，译林出版社2011年版。

［苏联］别林斯基：《别林斯基论文学》，梁真译，新文艺出版社1958年版。

［英］巴特·穆尔－吉尔伯特等：《后殖民批评》，杨乃乔等译，北京大学出版社2001年版。

陈光孚：《魔幻现实主义》，花城出版社1986年版。

陈思和：《中国当代文学史教程》，复旦大学出版社1999年版。

［美］大卫·雷·格里芬：《后现代精神》，王成兵译，中央编译出版社1997年版。

［英］戴维·赫尔德等：《全球大变革：全球化时代的政治、经济与文化》，杨雪冬等译，社会科学文献出版社2001年版。

丹珍草：《当代藏族作家汉语创作论》，民族出版社2008年版。

［德］恩格斯：《恩格斯选集》（第4卷），人民出版社1995年版。

费孝通：《中华民族多元一体格局》，中央民族大学出版社1999年版。

国家民委政策研究室编：《国家民委民族政策文件选编（1979—1984）》，中央民族学院出版社1988年版。

国家民族事务委员会、中共中央文献研究室编：《新时期民族工作文献选编》，中央文献出版社1990年版。

国家民委政策研究室编：《中国共产党主要领导人论民族问题》，民族出版社1994年版。

国家民委办公厅等编：《中华人民共和国民族政策法规选编》，中国民航出版社1997年版。

关纪新：《老舍评传》，重庆出版社2003年版。

关凯：《族群政治》，中央民族大学出版社2007年版。

洪子诚：《中国当代文学史》，北京大学出版社1999年版。

［英］克莱夫·贝尔：《艺术》，周金环等译，中国文联出版社1984年版。

［美］克利福德·吉尔兹：《地方性知识——阐释人类学论文集》，王海龙、张家瑄译，中央编译出版社2004年版。

［美］克利福德·格尔茨：《文化的解释》，韩莉译，译林出版社1999年版。

蒋介石：《中国之命运》，正中书局1943年版。

［哥伦比亚］加西亚·马尔克斯、门多萨：《番石榴飘香》，林一安译，生活·读书·新知三联书店1987年版。

金炳镐、王铁志主编：《中国共产党民族纲领政策通论》，黑龙江教育出版社2002年版。

［日］酒井直树、花轮由纪子主编：《印记：西方的幽灵与翻译的政治》，江苏教育出版社2002年版。

九丹、阿伯:《音不准》,文汇出版社 2003 年版。

姜飞:《跨文化传播的后殖民语境》,中国人民大学出版社 2005 年版。

老木编:《青年诗人谈诗》,北京大学五四文学社 1985 年版。

柳鸣九主编:《意识流》,中国社会科学出版社 1989 年版。

梁庭望、张公瑾主编:《中国少数民族文学概论》,中央民族大学出版社 1998 年版。

梁启超:《梁启超全集》,北京出版社 1999 年版。

罗钢、刘象愚主编:《文化研究读本》,中国社会科学出版社 2000 年版。

罗庆春:《灵与灵的对话——中国少数民族汉语诗论》,天马图书有限公司 2001 年版。

李泽厚:《美的历程》,生活·读书·新知三联书店 2009 年版。

刘大先:《现代中国与少数民族文学》,中国社会科学出版社 2013 年版。

毛星:《中国少数民族文学》,湖南人民出版社 1983 年版。

毛泽东:《毛泽东选集》,人民出版社 1991 年版。

马丽华:《雪域文化与西藏文学》,湖南教育出版社 1998 年版。

马立三:《彝学研究》(第 5 辑),云南民族出版社 2007 年版。

马绍玺:《在他者的视域中——全球化时代的少数民族诗歌》,社会科学文献出版社 2007 年版。

[德]马克思:《黑格尔法哲学批判》,曹典顺译,中国社会科学出版社 2009 年版。

孟立军:《新中国民族教育政策研究》,科学出版社 2010 年版。

[美]乔治·桑塔耶纳:《美感》,邱艺鸿、萧萍译,中国社会科学出版社 1982 年版。

[苏联]斯大林:《斯大林全集》,人民出版社 1953 年版。

孙中山:《孙中山选集》,人民出版社 1963 年版。

［美］苏珊·朗格：《情感与形式》，刘大基等译，中国社会科学出版社1986年版。

（清）孙希旦：《礼记集解》，中华书局1989年版。

宋景东：《马尔克斯》，长春出版社1995年版。

托娅、彩娜：《内蒙古文学概观》，内蒙古大学出版社1997年版。

（南齐）萧子显：《南齐书》，中华书局1972年点校本版。

（清）王韬：《弢园文录外编》，中州古籍出版社1998年版。

王平凡、白鸿主编：《毛星纪念文集》，学苑出版社2004年版。

吴仕民主编：《中国民族理论新编》，中央民族大学出版社2006年版。

吴宗源主编：《潘年英研究资料集》，风雅书社2007年版。

王岳川：《当代西方最新文论教程》，复旦大学出版社2008年版。

汪文学主编：《文学的多重视域与理论建构》，中央编译出版社2015年版。

杨亮才、陶阳记录整理：《白族民歌集》，人民文学出版社1959年版。

叶舒宪：《神话——批评》，陕西师范大学出版社1987年版。

叶舒宪：《文学与人类学——知识全球化时代的文学研究》，社会科学文献出版社2003年版。

叶舒宪：《现代性危机与文化寻根》，山东教育出版社2009年版。

［英］约翰·汤姆林森：《全球化与文化》，郭英剑译，南京大学出版社2002年版。

姚新勇：《寻找共同的宿命与碰撞———转型期中国文学多族群及边缘区域文化关系研究》，中国社会科学出版社2010年版。

周作秋、向丹编：《中国当代文学研究资料·玛拉沁夫专集》，山东大学出版社1979年版。

中共中央统战部：《民族问题文献汇编》，中共中央党校出版社1991

年版。

中国社会科学院外国文学研究所《世界文论》编辑委员会编:《文艺学和新历史主义》,社会科学文献出版社1993年版。

赵园:《北京：城与人》,北京大学出版社2002年版。

朱立元:《当代西方文艺理论》,华东师范大学出版社2005年版。

赵智奎:《改革开放30年思想史》(上卷),人民出版社2008年版。

赵学勇、孟绍勇:《革命·乡土·地域：中国当代西部小说史论》,山西教育出版社2009年版。

三 期刊论文

玛拉沁夫:《关于少数民族的文学——玛拉沁夫同志致本会信》,《作家通讯》1955年第4期。

阿城:《文化制约着人类》,《文艺报》1985年7月6日第8版。

阿来:《穿行于异质文化之间》,《中国文化报》2001年5月10日第3版。

巴莫曲布嫫:《"民间叙事传统格式化"之批评(中)——以彝族史诗〈勒俄特依〉的"文本迻录"为例》,《民族艺术》2004年第1期。

蔡翔:《有关"杭州会议"的前后》,《当代作家评论》2000年第6期。

程光炜:《一个被"重构"的西方——从"现代西方学术文库"看八十年代的知识范式》,《当代文坛》2007年第4期。

陈思和:《"杭州会议"与文化寻根》,《文艺争鸣》2014年第11期。

费孝通:《关于我国民族的识别问题》,《中国社会科学》1980年第1期。

费孝通:《反思·对话·文化自觉》,《北京大学学报》1997年第3期。

樊星:《"改造国民性"的另一条思路——当代作家对于少数民族文化的发现和思考》,《文学评论》2008年第4期。

发星:《"当代大凉山彝族诗人群"论》,2007年3月15日,转引自中国民族文学网（http：//iel. cass. cn）。

葛兆光：《难得舍弃，也难得归依——现代作家的宗教信仰困境》，《东方文化》1997年第7期。

耿占春：《一个族群的诗歌记忆——论吉狄马加的诗》，《文学评论》2008年第2期。

何其芳：《少数民族文学史编写的问题——一九六一年四月十七日在中国科学院文学研究所召开的少数民族文学史讨论会上的发言》，《文学评论》1961年第5期。

韩少功：《文学的"根"》，《作家》1985年第4期。

何新：《世界经济形势与中国经济问题——何新与日本经济学教授S的谈话录》，《新华文摘》1991年第2期。

黄光学：《中国的民族识别》，《中国民族》2004年第5期。

贺金瑞、燕继荣：《论从民族认同到国家认同》，《中央民族大学学报》2008年第3期。

吉狄马加：《我的诗歌来自于所熟悉的那个文化》，《凉山文学》1987年第2期。

老舍：《关于兄弟民族文学的工作报告——在中国作家协会第二次理事会（扩大）会议上的报告》，《文艺报》1956年5月6日第8号。

李杭育：《理一理我们的"根"》，《作家》1985年第9期。

李晓辉：《魔幻现实主义对中国文学的影响》，《内蒙古民族师院学报》（哲社汉文版）2000年第4期。

罗庆春：《永远的家园——关于中国当代少数民族母语文学的思考》，《中国民族》2002年第6期。

罗庆春、王菊：《第二母语的诗性创造》，《小说评论》2008年第3期。

刘大先：《当代少数民族文学批评：反思与重建》，《文艺理论研究》

2005年第2期。

李晓峰：《论中国当代少数民族文学话语的发生》，《民族文学研究》2007年第1期。

李晓峰：《重读玛拉沁夫》，《南方文坛》2011年第5期。

李怡、王学东：《新的情绪、新的空间与新的道路——改革开放三十年的四川诗歌》，《当代文坛》2008年第5期。

罗小凤：《"来自灵魂最本质的声音"——吉狄马加诗歌中灵魂话语的建构》，《民族文学研究》2011年第6期。

李长中：《"重述历史"现象论——以当代人口较少民族文学书写为例》，《民族文学研究》2011年第4期。

李晓禺：《论当代文学的人类学转向》，《甘肃社会科学》2013年第2期。

茅盾：《人民文学·发刊词》，《人民文学》1949年第1期。

毛巧晖：《国家话语与少数民族资料收集与整理——以1949年至1966年为例》，《广西民族师范学院学报》2012年第2期。

潘年英：《我的阅读、行走与写作——行走与写作之二》，http：//blog.sina.com.cn/pny。

乔以刚、包天花：《民族·性别·历史叙事——重读玛拉沁夫的〈茫茫草原〉》，《社会科学》2011年第10期。

任建涛：《现代性、历史断裂与中国社会文化转型》，《厦门大学学报》2001年第1期。

色波：《得与失——关于本期专号小说》，《西藏文学》1988年第5期。

色波、扎西达娃、刘伟、马原等：《"西部文学"和西藏文学七人谈》，《西藏文学》1986年第4期。

色波：《遥远的记忆——答姚新勇博士问》，《西藏文学》2006年第1期。

沙拉马毅：《论彝族毕摩文学》，《贵州民族研究》2003年第1期。

舒乙：《老舍和少数民族文学》，《民族文学》2005年第11期。

孙正华、沈莉：《凉山彝族民间诗歌的类型与特征》，《西昌学院学报》2008年第2期。

田泥：《可能性的寻找：在民族叙事与女性叙事之间——20世纪80年代以来少数民族女性小说的叙事追求》，《民族文学研究》2007年第4期。

《文艺报》编辑部：《突飞猛进中的兄弟民族文学》，《文艺报》1959年第18期。

王安君：《把刊物办得更加丰富、活泼》，《西藏文艺》1982年第2期。

汪承栋：《雪野上探索者的足迹》，《西藏文学》1983年第3期。

王菲：《魔幻与荒诞：攥在扎西达娃手心儿里的西藏》，《当代作家评论》1993年第4期。

乌热尔图：《声音的替代》，《读书》1996年第5期。

乌热尔图：《不可剥夺的自我阐释权》，《读书》1997年第2期。

乌热尔图：《弱势群体的写作》，《天涯》1997年第2期。

唯色：《唯色网络散文专辑》，《天涯》2001年第4期。

王尧：《在潮流之中与潮流之外——以80年代初期的汪曾祺为中心》，《当代作家评论》2004年第4期。

王倩：《人类学的文学转向——民族之书写的另一种思考》，《世界民族》2011年第5期。

王琨：《诗意的图腾信仰与文化崇拜——论当代大凉山彝族诗人群》，《文艺争鸣》2014年第9期。

万夏：《苍蝇馆上世纪80年代成都的那帮诗人》，2012年10月19日，http：//blog.sina.com.cn/ayudeshi。

《西藏文艺》编辑部：《发刊词》，《西藏文艺》1977年第1期。

《西藏文艺》编辑部：《〈西藏文艺〉改刊启事》，《西藏文艺》1979年第

4 期。

《西藏文艺》编辑部：《新春寄语》，《西藏文艺》1982 年第 2 期。

《西藏文艺》编辑部：《西藏文艺》1982 年第 2 期。

《西藏文学》编辑部：《雪野诗》，《西藏文学》1983 年第 1 期。

《西藏文艺》编辑部：《换个角度看看换个写法试试——本期魔幻小说编后》，《西藏文学》1985 年第 6 期。

肖敏：《走向民族文学的深处——谈"雪野诗"》，《西藏文学》1983 年第 3 期。

徐琴、冉小平：《一份杂志，一份文学——20 世纪 80 年代的〈西藏文学〉与西藏新小说》，《西藏民族学院学报》2010 年第 1 期。

徐新建：《中国多民族文学研究的意义和前景——国家社科基金重大项目开题报告》，《中外文化与文论》2013 年第 2 期。

延益：《探索者的足迹和新一代的追求——给汪承栋同志的一封信》，《西藏文学》1983 年第 5 期。

尹虎彬：《从单重文化到双重文化的负载者》，《当代文艺思潮》1986 第 6 期。

叶舒宪：《文学与人类学相遇——后现代文化研究与〈马桥词典〉的认知价值》，《文艺研究》1997 年第 5 期。

叶舒宪：《地方性知识》，《读书》2001 年第 5 期。

姚新勇：《"家园"的重构与突围（上）——转型期彝族现代诗派论之一》，《暨南学报》2007 年第 5 期。

徐友渔：《我对 80 年代"文化热"的回顾》，《人物》2011 年第 5 期。

叶淑媛：《族群文化精神史、历史民族志与文学叙事的复合——重论张承志的〈心灵史〉》，《石河子大学学报》2013 年第 4 期。

杨红：《西藏新小说之于寻根文学思潮的意义》，《贵州民族学院学报》

2007年第6期。

杨红：《论扎西达娃民族文化身份的建构》，《西藏文学》2008年第6期。

杨红：《论文化流散与潘年英的家园书写》，《民族文学研究》2009年第6期。

杨红：《论潘年英〈木楼人家〉的历史叙述》，《贵州民族大学学报》2012年第6期。

杨红：《20世纪80年代中国少数民族文学的文化寻根》，《北方民族大学学报》2013年第6期。

郑义：《跨越文化断裂带》，《文艺报》1985年7月13日第8版。

郑万隆：《我的根》，《上海文学》1985年第5期。

张法、张颐武、王一川：《从现代性到中华性》，《文艺争鸣》1994年第2期。

张清华：《从这个人开始——追论1985年的扎西达娃》，《南方文坛》2004年第2期。

郑靖茹：《"西藏新小说"的兴起与终结》，《民族文学研究》2008年第3期。

周伦佑：《先锋的历程——〈非非〉杂志20年风雨历程回顾》，《扬子江评论》2008年第4期。

赵德发：《让写作回到根上——应北京大学"我们文学社"而作的讲演》，《当代小说》2009年第9期。

朱斌、赵倩：《一体化身份认同与政治文化——论"十七年时期"民族小说的文化身份研究之一》，《西南民族大学学报》（人文社会科学版）2012年第6期。

四 学位论文

陈祖君：《论汉语期刊影响下的中国当代少数民族文学》，博士学位论文，四川大学，2007年。

韩刚：《中国民族优惠政策研究》，博士学位论文，南开大学，2012年。

金尚会：《中国彝族文化的民族学研究》，博士学位论文，中央民族大学，2005年。

骆晓飞：《〈金枝〉与文学人类学——析文学人类学的发展线索》，硕士学位论文，兰州大学，2007年。

刘晓飞：《人类学与80年代以来中国当代文学的变革》，硕士学位论文，山东师范大学，2005年。

刘源泉：《中国共产党少数民族文化政策研究》，博士学位论文，华中师范大学，2013年。

王兰兰：《中心与边缘——十七年时期的少数民族文学》，硕士学位论文，河南大学，2008年。

叶舒宪：《文学与人类学——知识全球化时代的文学研究》，博士学位论文，四川大学，2003年。

杨红：《边缘的吟唱："西藏文学"之于"寻根文学"——以〈西藏文学〉（汉文版）（1984—1988）为重点的考察》，硕士学位论文，华东师范大学，2007年。

张国亮：《文化融合与碰撞中的民族性生存——论十七年的少数民族诗歌》，硕士学位论文，浙江大学，2007年。

张小青：《理论的旅行》，硕士学位论文，中央民族大学，2011年。

张滨郑：《"在路上"——论张承志的"行走"哲学》，硕士学位论文，辽宁师范大学，2014年。

后　记

　　国家社科基金项目终于结题了，在结题成果《中国当代少数民族文学的文化寻根》出版之际，决定写一篇小文来梳理自己20余年的学术人生。

　　1994年初出大学校门进入高校工作的我，对未来的学术方向茫然不知，只记得在中央民族大学学习期间，非常喜欢白薇老师担任的中国现当代文学课程。凭借大学时期的美好记忆，选择了中国现当代文学作为学术发展方向。工作初期，系里缺少《基础写作》课程老师，安排我担任该课程教学。教学之余，跟随安尚育老师旁听《中国现当代文学》课程，开始从教学角度系统地接触中国现当代文学。1998年9月获得北大中文系进修学习的机会，并在北大幸运地遇见了温儒敏教授。作为指导老师，温老师在现当代文学学习方面给予我许多的鼓励与指导。此期间，我还参加了钱理群、洪子诚、谢冕、乐黛云、戴锦华等名师们的课程学习，老师们渊博的学识、深厚的功力以及炽热的激情深深地吸引、感染我，让我体味到中国现当代文学的无穷魅力。

　　迈入中国现当代文学领域不久，偶然的机会又让我开始关注当代少数民族作家文学。记得北大进修回来后，系里的杨昌国教授询问我可否参加中国社科院少数民族文学所的一个子项目，负责承担新时期少数民族文学研究部分。初生牛犊不怕虎，当时的我还没有阅读多少当代少数民族作家文学作品，却毅然地答应杨老师的提议。于是，开始埋头阅读新时期以来的少数民族作家作品及相关研究资料，一年时间里以"雪域魔幻文学"为题写作约10万字的研究报告，后来部分成果在《民族文学研究》杂志先后发表。初入学术之门的我，没料第一步就踏入了当代少数民族文学研究领域。加上，自我的少数民族身份以及在民族大学学习、工作的经历，使得我与少数民族文学一接触就有天然的亲近感。2015年我考入华东师范大学中文系攻读中国现当代文学硕士学位，论文选题时拟以《西藏文学》杂志为研究对象，因为在之前少数民族文学研究中我发现《西藏文学》杂志与以扎西达娃为代表的西藏新小说兴起密切关联，所以一直希望有机会能研究《西藏文学》杂志，探究该杂志与当代少数民族文学乃至新时期文学的关系。这个选题得到了导师罗岗教授的支持，在罗老师悉心指导下顺利完成硕士论文，并获得专家们的好评，这更强化了自己从事当代少数民族文学研究的信心。2010年又以《20世纪末中国民族文学的"文化寻根"现象研究》申报国家社科基金项目，获得立项。

项目立项后，研究断断续续地进行，持续了八年。该项目花费如此长时间让我惭愧，觉得愧对那些在学术道路上对我寄予厚望的老师们。然而，在历经与亲人的生死离别之后，回头望去却又感知自己的无愧。因为这八年中我曾竭尽全力陪伴身患疾病的亲人们，让他们在与疾病的搏斗中感知到温暖；我也曾遇到许多难于言说的困难，学会坚强地承受。学术的漫漫长路上，我仅是初入门者，希望苍天给予我更多的时间与精力，继续跋涉于这条长路之上。

在此，借助这篇小文感谢温儒敏教授为拙著写序，已有20年未见到老师，可当我在电话里提出希望老师为该书写序时，温老师毫不犹豫地答应，这令我十分感动。因为，我知道老师的允许承载着他对晚辈的厚爱。我还要感谢在学术人生的历程中给予指导与帮助的老师们，他们是罗岗、关纪新、汤晓青、姚新勇、钟进文、李晓峰、刘大先、杜国景、潘年英、庄森、杨昌国等！同时，感谢中国社会科学出版社郭晓鸿主任为该书出版的辛苦付出！感谢贵州民族大学科研处柳斌副处长一直以来的关心！感谢贵州民族大学为该书出版资助经费！还要感谢先生列雁翎与女儿婳婳的相依相伴！

  最后，我想把这部著作献给我的父亲与母亲，感谢父母的养育之恩和无私的爱。记得我在上海攻读硕士学位期间，父母专门从老家来贵阳帮助我照顾年幼的女儿。父亲每天风雨无阻地乘车从民大到花溪接送女儿上下幼儿园，而母亲辛勤地安排着一家人的一日三餐。正是父母无私的奉献，使得我顺利完成学业。我还想把这本著作献给我的妹妹，由于她在父母身边工作，帮助我承担了更多照顾双亲的责任，尤其父母晚年多病时，她不顾自己身患疾病仍无微不至地照顾着双亲。可苍天无眼，早早地让聪明、能干、孝顺的妹妹在父母离开后又离开了我们！只愿我的父亲、母亲与妹妹在天堂安好，那儿不再有病痛的折磨！

2018 年 6 月 28 日
于贵阳花溪河畔